पंजाबी की समकालीन कहानियाँ

(कहानी-संग्रह)

पंजाबी की समकालीन कहानियाँ

चयन व अनुवाद

फूलचन्द मानव

भारतीय ज्ञानपीठ

वाणी प्रकाशन : भारतीय ज्ञानपीठ की पुस्तकों
के एकमात्र प्रकाशक एवं वितरक

पहला संस्करण : 2021
दूसरा संस्करण : 2023

लोकोदय ग्रन्थमाला : ग्रन्थांक 1461

प्रकाशक
वाणी प्रकाशन ग्रुप
4695, 21-ए, दरियागंज, नयी दिल्ली-110 002
फ़ोन : 011-23273167, 23275710
ईमेल : sales@vaniprakashan.in

ISBN : 978-93-5775-025-7

पंजाबी की समकालीन कहानियाँ
(कहानी-संग्रह)
चयन व अनुवाद : फूलचन्द मानव

PUNJABI KI SAMKALEEN KAHANIYAN
(Short-Stories)
Compiled and Translated by Phoolchand Manav

मुद्रक : आर. टेक ऑफ़सेट प्रिंटर्स, दिल्ली-110 032

Price : INR. 595

समकालीन पंजाबी कहानी में
होनहार हस्ताक्षरों
और
पंजाबियत के सुधी पाठकों को

भूमिका

कहानी की उम्र मनुष्य के, मानव सभ्यता के जन्म और विकास के साथ ही शुरू होती है। प्रत्येक इतिहास एक कहानी ही तो कह रहा है। संसार, देश, प्रान्त से सिमटकर मानव मन समाज या घर परिवार की बात करता है तो वह कहानी का सहारा लेता है। विश्व कथा पर भारतीय कहानी की तरह पंजाबी कहानी की भी रोचक दास्तान है। और फिर समकालीन पंजाबी ने तो देश-देशान्तर में अपने नाट्य रूपान्तर, धारावाही सीरियलों के रूप में भी धाक जमाई है। कथा-कहानी, लघुकथा अथवा लम्बी कहानी या उपन्यासिका के रूप में हमारे कथाकारों ने भारतीय समकालीन कहानी से टक्कर ली है और बड़े या छोटे, पुराने या नये रचनाकारों की कहानियाँ उर्दू, अँग्रेज़ी से आगे, विश्व की अन्यान्य भाषाओं में भी गूँज पैदा करती रही हैं।

हम सभ्यता के विकास के साथ पात्रों का, समाज का, वातावरण, परिस्थितियों का ही आकलन करें तो पौराणिक काल से लेकर आज तक, किस्से-दास्तानें, कथा रूप में सामने आए हैं। ऐतिहासिक, पौराणिक कहानियों की तरह बचपन में दादी-नानी से सुनी, समझी कहानी पर अमल करना शुरू किया तो शिक्षाप्रद परिणाम सामने आने लगे। आदर्श पात्रों ने जो प्रभाव दिया वह किशोर या युवावस्था तक, मन पर अमिट छाप छोड़ने वाला लगा। रामायण, महाभारत, जातक, नैतिक, राजनीतिक कहानियाँ ही नहीं, वैज्ञानिक, तकनीकी कहानियों ने भी समाज को मोड़ दिया। यही परिवर्तन यथार्थ, प्रयोग के नाम पर सामने आने लगा तो हम धर्म, नैतिकता, सम्प्रदाय, विकास-ह्रास या मानव मूल्यों की गाथा कहानी में दिखाने लगे।

लेखक और उसकी सोच या धारणा ने करवट ली तो कथा-समीक्षा, आलोचना या इसके मूल्यांकान के मानदंड बनने और विकसित होने लगे। मौखिक कथा, दन्त कथा, लोककथा से आगे, लिखित-प्रकाशित रूप में कहानियाँ अख़बारों, पत्रिकाओं, पुस्तकों के पन्नों तक उतर आईं। प्रगतिवादी, प्रयोगवादी, अकहानी, सचेतन या विचार कथा कहलाने लगी। अँग्रेज़ी, हिन्दी या उर्दू कहानी का प्रभाव पंजाबी कथा पर पड़ना

ज़रूरी था। अनूदित, रूपान्तरित होकर विश्व कथा, भारतीय कहानियाँ पंजाबी में उभरने से हमारे लेखकों-सम्पादकों-आलोचकों की चेतना विकसित हुई तो उन्होंने अपनी भाषा, माँ-बोली पंजाबी के लिए भी बदलाव की रचना दिखाई, परिणामतः लोकप्रिय, श्रेष्ठ, मनपसन्द कथाएँ, यादगारी-चुनिन्दा कहानियों के संकलन भी तैयार होने लगे।

समकालीनता का पैमाना सामने आया तो स्थिति, समाज, वातावरण, मानव-मन के साथ शिल्प, शैली का विकास भी हमने देखा। भाषा के तेवर, मुहावरे की चमक और वाक्य-विन्यास तक चौंकाने लगे। समकालीनता पर बहस करें तो चर्चा अधिक लम्बी भी हो सकती है। समकालीन लेखन में से विविध स्तरों पर जो कथा-लेखन सामने आता है उसमें मीन-मेख की गुंजाइश रहती ही है। पंजाबी समीक्षकों, आलोचकों, सम्पादकों, पाठकों की पसन्द पर समकालीन पंजाबी कहानी के मोड़, घुमाव, ट्रेंड या उत्थान, आज हमारे सामने हैं। जन रुचियाँ सामने रहें तो भिन्न-भिन्न दौर सिमटते-बिखरते सामने आ खड़े होते हैं। ऐतिहासिक, सामाजिक, सियासी, आर्थिक, नैतिक धरातल पर अथवा ऐसे ही दूसरे-तीसरे पैमाने पर हम समकालीन पंजाबी कहानी का अध्ययन करें तो बहुबिध परिणाम हमारे सामने रहेंगे।

मात्र सौ-सवा सौ साल के पंजाबी कहानी के इतिहास में विविधता ही नहीं चार-पाँच पीढ़ियों का कथा-सम्वाद भी उभरने लगता है। एस.एस. चरण सिंह, शहीद हीरा सिंह दर्द, लाल सिंह कमला अकाली जैसे प्रवर्तक कथाकारों की कहानियाँ इसे आधार देती हैं। उस दौर, सन् 1880 के आसपास, रचनाकार अपना नाम तक कविता-कहानी के साथ न देकर, उन्हें उदारता के साथ समाज को सौंपते रहे। मुद्रण-प्रकाशन की परम्परा में भी ऐसा देखने को मिल जाएगा। पंजाबी की प्रथम कहानी किसे मानें, इस पर मतभेद हैं। शोध-खोज जारी है। परिणाम प्रमाण रूप में सामने आने लगे हैं। शोध निर्देशक या छात्र इस दिशा में अपने मानदंड अपने ढंग से स्थापित करने में प्रयासरत हैं।

गद्यकार गुरबख्श सिंह प्रीतलड़ी, ज्ञानी गुरमुख सिंह मुसाफिर, उपन्यासकार नानक सिंह के बाद मोहन सिंह दीवाना, देवेंद्र सत्यार्थी, प्रो. मोहन सिंह, सन्त सिंह सेखों, सुजान सिंह, नौरंग सिंह से लेकर हरि सिंह दिलबर, गुरचरन सिंह, करतार सिंह दुग्गल, बूटा सिंह तक, सभी कथाकारों ने अपनी कहानियों से ऐतिहासिक तौर पर प्रामाणिकता के साथ पंजाबी कथा को सम्पन्न किया। बीत चुकी इस दूसरी पीढ़ी के बाद अमृता प्रीतम, बूटा सिंह, सन्तोख सिंह धीर, महेन्द्र सिंह जोशी, कुलवन्त सिंह विर्क, नवतेज सिंह, सुखबीर या महेन्द्र सिंह सरना भी हमारे बीच आज नहीं हैं। लेकिन इनकी रचनाधर्मिता में समय की छटपटाहट, समकालीनता मुखर हो रही है।

हाँ, जसवन्त सिंह कंवल, प्यारा सिंह भोगल, प्रेम प्रकाश, मनमोहन बाबा के हस्ताक्षरों से आज भी कहानी सम्पन्न, सन्तुष्ट करने वाली लिखी जा रही हैं। आयु और उम्र के साथ दीर्घलेखन, अनुभवों की सम्पन्नता पंजाबी कहानी को आगे ले जा रही है। राम स्वरूप अणखी, गुरदयाल सिंह, सुरजीत बिन्दरी, रघवीर ढंड की कहानियाँ समकालीनता में मुँह बोलती तस्वीर पेश करने वाली हैं। जसवन्त विरदी का नाम भी इन्हीं की जमात में शोभायमान है, जिन्होंने पंजाबी के अतिरिक्त हिन्दी पाठकों को भी अपनी कहानियों से सन्तुष्ट किया। दलीप कौर टिवाणा, अजीत कौर, गुलज़ार सिंह सन्धु, गरदेव रूपाणा, एन. कौर, मोहन भंडारी, रविन्दर रवि के साथ गुरवचन सिंह भुल्लर, वंचित कौर, अतर जीत जैसे सिद्धहस्त कथाकार आज पंजाबी कहानी के गौरव हैं। इन्होंने विविध-दौर देखे हैं। ससम्मान पत्रिकाओं में छपे हैं। इनके कहानी संग्रह आते हैं, पाठ्यक्रम में भी ऐसे रचनाकारों का लेखन पढ़ाया जाता है। इनकी कथा-रचना पर शोध-खोज हुई है, हो भी रही है।

साधु सिंह, वंचित कौर, परगट सिंह सिद्धू, चन्दन नेगी, आज कथा रच रहे हैं तो राजिन्दर कौर, सुखवन्त कौर मान, जोगिन्द्र कैरों, स्वर्ण चन्दन, एस. तरसेम, गुरमेल मडाहड़, गुरपाल लिट्ट के सक्रिय व सार्थक योगदान को पंजाबी कहानी कैसे भुला सकती है? जगजीत बराड़ की संकलित कहानियों की पुस्तक तो हिन्दी में नहीं आई, लेकिन नादिर शाह, वापसी, लाल निशान श्वेत कबूतरी की तस्वीर, मरदम शुमारी और 'जानने की चाह' जैसी समकालीन, कालजयी कहानियों के बिना, आज पंजाबी कहानी का इतिहास एकांगी, अधूरा ही कहलाएगा। रचनात्मकता, मौलिकता, संरचना की सम्पन्नता में बेजोड़ रहे हैं जगजीत बराड़।

आज जसबीर भुल्लर, किरपाल कज़ाक, बलदेव सिंह, के.एल. गर्ग, जरनैल सिंह, मुख्तार गिल सहित वरियाम सन्धू, जोगिन्दर सिंह निराला, एस. वलवन्त, गुरपाल सिंह लिट्ट, प्रेम गोरखी, रशिपन्दर रश्मि, जिन्दर, जसविंदर सिंह, बलदेव सिंह धालीवाल या सुखजीत के नाम इसलिए भी चर्चित हैं कि नयी ज़मीन पर कथा को इन्होंने ला खड़ा किया है।

भारतीय कहानी के सामने आज पंजाबी कहानी, मात्र कथ्य के आधार पर ही नहीं, शिल्प, शैली, मुहावरे अथवा संरचना के हर पड़ाव पर सशक्त और सार्थक सिद्ध हुई है। साहित्य अकादेमी, नयी दिल्ली के अधिकाधिक पुरस्कार, विगत वर्षों में कथा-संग्रहों के लिए ही घोषित हुए हैं। पंजाबी का सबसे बड़ा विदेशी (प्रवासी) साहित्यिक पुरस्कार जतिन्दर हान्स के कथा संग्रह के लिए घोषित हुआ है, यह सन्तोष का विषय है।

अजमेर सिद्धू, वीना वर्मा, साधु बिनिंग, दलवीर चेतन, नृपेन्द्र रतन की पंजाबी

कहानी को पाठक चाव से सराहते हैं तो पंजाबी से बाहर, दूसरी भारतीय भाषाओं में भी पंजाबी कहानी अख़बारों, पत्रिकाओं में सम्मान पा रही है। इन पर फिल्म बनाने की चर्चा चलती है, टी.वी. सीरियल के लिए सोचा जा रहा है। 'कामवली' कहानी सुखजीत द्वारा रचित, 'चित्रलेखा' की स्मृतियों तक ले जाने वाली कहानी है। धर्म-अध्यात्म में चरित्र हनन नहीं तपस्या-साधना के सम्मुख कामुकता का प्रदर्शन चिन्तनीय हैं। नर-नारी पात्रों में होड़ कोई प्रतियोगिता नहीं, ज़रूरत और जगह की तरज़ीह को उजागर करती है। आज के दौर में नैतिकता की होड़ या ज़रूरत प्राकृतिक आकर्षण के चरम बिन्दु की कथा है। सुखजीत की 'अन्तरा' अथवा ऐसी ही अन्य कहानियों की अपेक्षा इसमें समकालीन सन्दर्भों की उठान है।

'तराजू' मानव जाति के झुकाव, आकर्षण और अतर्चेतना की रचना में बलदेव धालीवाल मर्द-औरत की सोच पर अंकुश, छूट की बात कर गए हैं। बलदेव धालीवाल की अन्य कहानियों में भी समकालीन सन्दर्भ उभरते हैं। 'तराजू' झुकने या झुकाने की प्रक्रिया को चरिथार्थ करती कहानी में नैसर्गिक खिंचाव की विजय सामने आती है। इसी तरह जिन्दर का कितनी ही कहानियों में समकालीनता का सन्दर्भ उठता है। 'जा, अब तू सो जा' एक तनाव को तोड़ती, मर्म से जोड़ती कथा है। जिन्दर ने चरित्र चित्रण में यहाँ एक नये पक्ष को तरज़ीह दी है। जिन्दर, बलदेव सिंह धालीवाल और सुखजीत की कहानियों की सम्भावना इन्हें वृहत्तर उपलब्धियों की ओर इंगित करने वाली है।

गुरपाल सिंह लिट्ट की कहानियाँ 'एक माँ का हनीमून', 'स्टील फ्रेम', 'नहीं यह अन्त नहीं' की तरह 'जड़ों वाले' लेखक के अनुभव संसार को खोलती कहानी हैं। मूलतः मनुष्य अपने और दूसरों के लिए भी संघर्षरत रहता है। लिट्ट ने समाज से लेकर, व्यक्तिगत स्तर तक, तकलीफ़ और तरलता को उभारा है। वरियाम सिंह सन्धु आतंकवाद का पंजाब ही चित्रित नहीं करते, राहों को समझने और समझाने वाले कहानीकार हैं। 'चौथी दिशा' हो या 'भज्जीयाँ वाँहाँ', वरियाम सिन्धु की कहानियों में सन्तुलन झलकता है। अपने दौर की चर्चित और उल्लेखनीय कहानी 'चौथी दिशा' समय-सापेक्ष रचना का प्रतिनिधित्व करती है। 'नाकाबन्दी' और 'आत्माराम की आत्मा' एक ही शहर 'मोगा' में रहने वाले, समकालीन रचनाकारों की कहानियाँ हैं। दोनों कथाकार कई विधाओं में लिखते-छपते हैं। सम्मानित और पुरस्कृत हैं। अपने उपन्यास 'अन्नदाता' के लिए चर्चित बलदेव सिंह ने 'नाकाबन्दी' के माध्यम से समय को गति देते हुए सहलाया है। पात्रों के माध्यम से सब कुछ कहलवाया है। जबकि के.एल. गर्ग ने व्यंग्यात्मक शैली में 'आत्माराम और आत्मा' को उभारा है।

'नकली दाँतों वाला' और 'धूप छाँव की दूरी' प्रयोगधर्मी कवि, कथाकार त्रिलोक सिंह आनन्द की, दो छोटी कहानियाँ, 'एक ही फ्रेम में' प्रस्तुत की गयी हैं।

आत्म-संघर्ष या अंर्तसंवाद रचनाओं में फैलता दिखता है। ये छोटी लगती हुई भी त्रिलोक सिंह आनन्द के कथाकार की बड़ी कहानियाँ हैं, जो रचनाकार का प्रतिनिधित्व करती हैं। जसवीर भुल्लर भी कवि, कथाकार, उपन्यासकार हैं, जिनकी हिन्दी में अनूदित 'नौ मैन्स लैंड' उपन्यासिका को गुजराती में भी रूपान्तरित करके पुस्तकाकार छपवाया गया था। यहाँ 'लाशों के नगर में' अनुभवों की श्रृंखला से आई मौलिक कथा है जो त्रासदी, पीड़ा का पर्वत दिखा रही है।

'वापसी' स्याह और सफ़ेद, अँधेरे उजाले की ही नहीं, पूर्व और पश्चिम के प्रभाव को भी प्रतीकात्मक अन्दाज़ में खोलती, एक बोलती हुई, सफल समसामयिक कहानी है। मसला रोटी का, आदमी को चूल्हे से जोड़ता है। जगजीत बराड़ मेरे लिए पंजाबी के बेजोड़ कथाकार हैं, जिनकी लगभग सभी रचनाओं का नोटिस इधर लिया गया है। मैं निजी स्तर पर वापसी (जगजीत बराड़) को विश्व कथा के स्तर पर प्रस्तुत करता हूँ। काली रातें (गुरवचन भुल्लर) और साझा (मोहन भंडारी) समय और संस्कृति के दो छोर हैं। देहाती आंचलिकता और पंजाब के काले दिन यहाँ उद्घाटित हुए हैं।

'उखड़े हुए वृक्ष' और 'साधारण उदास आदमी' पंजाबी की दो महत्त्वपूर्ण लेखिकाओं — एन.कौर और दलीप कौर टिवाणा की कलम से आयी कहानियाँ हैं। नारी मानसिकता और उससे आगे पुरुष जाति के प्रति दृष्टिकोण के साथ वातावरण, स्थितियाँ, परिवेश भी रचनाओं को रेखांकित कर जाता है। सम्मानित-पुरस्कृत दलीप कौर टिवाणा, और 60 साल से प्रवास में रह रही एन.कौर, पंजाबी कथा के दो पहलू भी कहे जा सकते हैं। 'एक साधारण आदमी का पत्र' और शान-ए-पंजाब, दोनों स्मरणीय कथाकारों—सुरजीत विरदी और रघुवीर ढंड की नुमायाँ कहानियाँ हैं जिन पर पंजाबी कहानी गर्व कर सकती है। अपनी शैली में सुरजीत विरदी ने ख़त में रचनात्मक तनाव ही नहीं एक मानसिकता को भी ध्वनित किया है। 'शान-ए-पंजाब' का स्वागत तब भी धर्मयुग में छपने पर हुआ था। आज भी इसका नायक निश्चय ही 'शाने-पंजाब' बनाकर चित्रित किया लगता है। पंजाबी कहानी के इतिहास में सुरजीत विरदी या रघुवीर ढंड का उल्लेख न कर पाना, एक बड़ी भूल हो सकती है। कथा तकनीक के दोनों माहिर रचनाकार, पंजाबी कहानी में समय-समय पर नायक रहे हैं।

'पहली रात' (जसवन्त विरदी) और 'नगीने वाली अँगूठी' (गुरदयाल सिंह) अपने-अपने अन्दाज़ में दिग्गज कथाकारों की समकालीन रचनाएँ हैं। एक ग्रामीण परिवेश को चित्रित करती 'अँगूठी' है तो दूसरी जसवन्त सिंह विरदी की कलम की शाहकार कहानी है पहली रात। फैंटेसी कथा कहने वाले जसवन्त विरदी की सरोकारों वाली कहानियाँ 'सारिका' आदि में 'तारे तोड़ना' आई, तभी 'जागृति' के कथांक में

'पहली रात' ली गई थी। बड़े कथाकार की हर कहानी 'इक्कीस' ही सिद्ध होती रही।

रामसरूप अणखी (पाँव की जूती) और प्रेम प्रकाश (डेडलाइन) की तरह ही जोगा सिंह का चौराहा, (अमृता प्रीतम) लिखतम लाजवन्ती (करतार सिंह दुग्गल) और 'बागी की बेटी' (गुरमुख सिंह मुसाफिर) अपने आप में लैंड-मार्क कहानियाँ हैं। लैंप पोस्ट सबको रोशनी और राहत देते रहे हैं। इनकी कहानी पढ़कर, आने वाली पीढ़ियों ने लिखना सीखा। भारतीय ज्ञानपीठ से ऐसा संकलन तैयार करने का निमंत्रण भाई मधुसूदन आनन्द, जो स्वयं कथाकार कवि हैं, से पाकर मैं सन्तुष्ट हूँ, यों ज्ञानोदय से 1964-66 से व ज्ञानपीठ के सहयोगी लेखक के तौर पर मैं 1974 से जुड़ा हूँ। पाठकीय प्रतिक्रियाएँ दरकार हैं।

मो. 9316001549

—फूलचंद मानव

239 दशमेश एंक्लेव,
ढकौली-160104
ज़ीरकपुर (चंडीगढ़)

अनुक्रम

पंजाबी की समकालीन कहानियाँ

बागी की बेटी

—गुरमुख सिंह मुसाफिर

बिशनसिंह ने पुलिस को देखते ही कह दिया, ''लो खालसा तैयार-वर-तैयार हैं,'' लेकिन चेहरा उसके दिल के डर को छिपा न पाया।

''यदि देर हो गयी तो रात उन्हें थाने की हवालात में काटनी पड़ेगी। जेल और थाने के हवालात के अन्तर से तो तुम परिचित ही हो।'' पुलिस इंस्पेक्टर की बात सुनकर किशन सिंह ने कहा, ''मेरे लिए एक ही बात है। थानों के हवालातों में भी भरपूर पसलियाँ घिसायी हैं।''

''नहीं नहीं, मेरा मतलब...''

बिशनसिंह ने बीच में ही कहा, ''तुम्हारा अभिप्राय जल्दी से है न? चलो, मेरी ओर से कोई ढील नहीं।''

मुँह से तो बिशनसिंह ने ये बातें कीं, कर दीं, मगर उसका मन कहीं और था। प्रतीत होता है, मानो उसकी कोई चीज़ खो गयी हो। जेल जाने से पहले वह मिल जाये तो वह सही तसल्ली के साथ इस सफर में पड़ सकता है। इस ओर चल सकता है।

''सरन!'' बिशनसिंह ने अपनी पत्नी को बुलाया।

''भरा जी, भरजाई तो मीटिंग में गयी हुई है।'' अन्दर से बिशनसिंह की बहन वीरांवाली ने उत्तर दिया।

इंस्पेक्टर के कान खड़े हो गये। बिशनसिंह ने कहा, ''वीरां! लाज के बुखार वाला काग़ज़ तो ला।''

वीरांवाली ने काग़ज़ बिशनसिंह के हाथ में पकड़ाते हुए कहा, ''भरजाई जाते समय कह रही थी कि अभी बुखार 102 है, यदि बढ़ जाये तो बर्फकी पट्टी रखना।''

बिशनसिंह पहली बार तो जेल जा नहीं रहा। इंस्पेक्टर उसके दृढ़ निश्चय से बखूबी परिचित है। इंस्पेक्टर को बिशनसिंह की मामूली परेशानी का कारण भी अब मालूम हो गया है। मीटिंग का शब्द इंस्पेक्टर के कानों में काँच के टुकड़े-सा बज उठा। साइकिल पर लात लगाते ही उसने अपने सिपाहियों को आँख के संकेत से कुछ

समझाया फिर बिशनसिंह से कहा, ''सरदार जी, भले आराम से तैयारी करो, मैं आ रहा हूँ।''

इंस्पेक्टर सड़क के पार सामने कारखाने के बड़े दरवाज़े में से, भीतर चला गया। बैठे सिपाहियों में से एक ने कहा, ''इंस्पेक्टर साहिब शायद कहीं टेलीफोन करने गये हैं।''

वीरांवाली की आँखों से स्रोत फूटने को था। बिशनसिंह की गुस्सैली संकेत-मुद्रा को पहचानकर वह लाज की खाट के पीछे पड़ी चौकी पर बैठ गयी। बिशनसिंह ने अपनी उँगलियों के साथ लाज के केशों (बालों) को ठीक करते हुए कहा, ''बेटी, अब तुम ठीक हो। आज तो बुखार कम है। कल शायद टूट जाये। यदि तुम्हें बुखार न होता तो अब तक मैं जेल जा चुका होता। साथी तो सभी जा चुके हैं!''

लाडो लाज ने मद्धम-सी आवाज़ में कहा, ''पिता जी, मैं एक कमजोर लड़की हूँ न, जिसने आपके भले काम में रुकावट डाली है।''

''नहीं, मेरी लाज बेटी, तेरा इसमें क्या दोष है। बुखार कोई तुम्हारे हाथ की बात तो नहीं है। तुम्हें इस तरह छोड़कर जाने का तो मेरा पहले मन ही नहीं। साहस ही नहीं। जिस दिन बम्बई में हमारे नेता पकड़े गये थे, उस दिन मैं उन्हें बधाई देने वाले प्रस्ताव पर पाँचेक मिनट बोला था। फिर मैं तुम्हारी दवाई-दारू में लगा रहा। कहीं बाहर जाने का समय ही नहीं मिला। वैसे भी, पहले लीडरों को पकड़ेंगे। हमारी, सेवकों की बारी बाद में ही आएगी, लेकिन हमें फ़र्क़ ही क्या पड़ता है, भले अभी पकड़ लें।''

बिशनसिंह के मुँह से ये शब्द अभी निकले ही थे कि लाज ने साथ ही कह दिया, ''भले पकड़ लें।''

बिशनसिंह अपनी इकलौती लाडली से जैसे बातें करता गया, उसका मन हल्का होता गया। अब वह बेसब्री से सरन कौर की प्रतीक्षा में था। बरामदे की ओर देखकर वह सन्तुष्ट हो जाता है कि इंस्पेक्टर भी अभी नहीं लौटा।

पास बैठी वीरांवाली पहले तो आँखें भर आने के भय से नहीं बोलती थी, लेकिन अब उसे भी कुछ साहस-सा हो गया। उसने कहा, ''लाज! यदि तेरे पिता जी पकड़ लिए गये तो तुम्हारी दवाई कौन करेगा? तू उदास तो न हो जाएगी।''

''बुआ जी, दवा-दारू के लिए मेरे पास माता जी हैं। बाकी जो उदासी की बात है। मैं तो इस बार ठीक होकर खुद जेल जाना चाहती हूँ।''

लाज की बात सुनकर वीरांवाली की अनियन्त्रित हँसी निकल गयी।

लाज ने कहा, ''नहीं बुआ जी, हँसी की बात नहीं। अपने देश के लिए जेल जाना कोई बुरी बात तो नहीं। मैं इस बार जरूर जाऊँगी।''

''लाज! तू तो अभी बारह साल की भी नहीं हुई!''

बुआ की बात सुनकर लाज ने कहा, ''पिता जी! सुन लो बात बुआ जी की। जान

पड़ता है बुआ जी कभी गुरुद्वारे नहीं गये। इन्होंने कभी कथा नहीं सुनी। पिता जी, बुआ जी को बताना, साहिबजादों की उम्र कितनी थी भला! वे तो इस आयु में शहीद हो गये थे। मैं जेल भी नहीं जा सकती!''

वीरांवाली की तो बात ही क्या, अब तो बिशनसिंह की आँखें भी अनियन्त्रित हो गयीं। ये तसल्ली भरे खुशी के आँसू थे।

बिशनसिंह ने लाज के सिरहाने से चाबियाँ उठायीं। सामान वाले कमरे में ही उसने कपड़े बदले और फिर लाज के पास आ गया। लाज के इस प्रश्न पर कि 'पिताजी, इस समय कपड़े क्यों बदल लिए, कहीं जा रहे हो?' बिशनसिंह का काम आसान हो गया। बिशनसिंह को अब यही चिन्ता थी कि अभी गिरफ्तार होने की खबर बीमार लाज से वह किन शब्दों में कहे। वीरांवाली की विशेष बेचैनी ने भी बहुत कुछ प्रकटकर दिया। बिशनसिंह ने शब्दार्थ की पोथियाँ और नित्य नेम का गुटका लाज के कमरे में ही अल्मारी में से निकालकर अपने छोटे से बक्से में रख लिया। बरामदे में जूतों की पदचाप भरी। बिशनसिंह ने ताप में सुलग रहे लाज के माथे को चूमा। 'मेरी लाज' का भावपूर्ण शब्द उसके मुँह से निकला। उसकी आँखों में जमे मोती एक बार फिर पिघल पड़े। अनजान लाज ने खूब सियानी आवाज़ में कहा, ''पिताजी, मेरी चिन्ता न करें।''

घर के गली वाले दरवाज़े में से एक नौजवान भीतर आया और पुलिस की आँख बचाकर उसने बिशनसिंह के कान में कोई बात की। युवक लौट गया। बिशनसिंह के चेहरे पर फिर गहरी छा गयी। इसी अवस्था में वीरांवाली को लाज के सम्बन्ध में कुछ बातें समझाकर पुलिस के साथ ताँगे में बैठ गया।

शहर कोतवाली में टेलीफोन की घंटी बजते ही गार्ड को तैयार होने का हुकुम तो हो गया, लेकिन चलने का आदेश एक घंटे की प्रतीक्षा के बाद मिला। छोटे बाजार के साथ लगती पुरानी हवेली को ज्यों ही पुलिस ने घेरा डाला, हवेली की बायीं नुक्कड़ वाले कमरे के गली में खुलने वाले दरवाज़े में से एक खद्दरपोश महिला दौड़कर बाहर आयी। इसके हाथ में एक राष्ट्रीय झंडा और गातरे वाली किरपाण थी। तुरन्त इसके पीछे–पीछे कौमी नारे लगाती खद्दर की साड़ी वाली अन्य अनेक महिलाएँ निकल आयीं। गली के द्वार पर खड़ा सिपाही देखता रह गया और ये बीबियाँ बाजार में पहुँच गयीं। 'भारत माता दी जय' के नारों के साथ असमान गूँजने लगा। थोड़ी देर में ही इतनी भीड़ हो गयी कि छोटे बाजार का रास्ता ही बन्द हो गया। कौमी झंडे वाली बीबी ने झंडा ऊपर उठाते हुए कहा, 'कौमी झंडा!' उत्तर में लोगों ने कहा, 'सदा उच्चा रहे!' एक पुलिस वाले ने आगे बढ़कर झंडा छीनने की कोशिश की। झंडे वाली बीबी आगे बढ़ती जा रही थी।

पुलिस वाले का हाथ 'गातरे वाली किरपाण' पर जा पड़ा। धू–फड़ीस खींचतान में मियान उतर गयी और पुलिसकर्मी के हाथ पर खरोंच उभर आयी। थोड़ा खून भी

बहने लगा। पुलिस ने हड़बड़ी में लाठीचार्ज किया। बहुत-सी भीड़ बिखर गयी मगर झंडे वाली बीबी ने कौमी झंडे को दोनों हाथों में कसकर थाम लिया और एक दुकान के सामने तख़्त पर धरना देकर बैठ गयी। बाकी बीबियाँ जमीन में बैठ गयीं। भीड़ के बिखरने पर पुलिस गार्ड-इंचार्ज ने पहले पूरे रौब से और फिर नरमाई के साथ, झंडा लेने की कोशिश की। पर बीबी के गहरे विश्वास के सम्मुख उसकी एक नहीं चल पायी। बीबी ने कहा, "यह झंडा हमारी जान के साथ ही जाएगा।"

आखिर बीबियों के पूरे जत्थे को गिरफ्तार करके ताँगों में बिठा लिया गया। जेल के दरवाज़े पर आकर फिर झंडे का झगड़ा शुरू हुआ। बीबियाँ कहती थीं कि हम जेल की बैरक पर लगाने के लिए कौमी झंडा अन्दर, साथ ले जाएँगी। यह झगड़ा हो ही रहा था कि बिशनसिंह को लेकर पुलिस जेल द्वार तक आ गयी। बीबियों के जत्थे में झंडा हाथ में थामे बैठी पत्नी सरन कौर को देखकर बिशनसिंह को हैरानी नहीं हुई। लगा, कि पहले से ही बिशनसिंह को इस घटना की खबर थी। बिशनसिंह ने बीबियों को समझाया, "तुम लोगों ने झंडे के प्रति अपना पर्याप्त विश्वास व्यक्त कर दिया है। छूट की हालत में तुमने इसकी बेअदबी नहीं होने दी। अब तुम कैद हो। यदि एक बार तूने बैरक पर झंडा लगा लिया तो जेल कर्मचारी तुम्हें बैरक के भीतर बन्द करके झंडा फाड़ देंगे। इसलिए इसका कोई लाभ नहीं।"

आखिर फैसला हुआ कि झंडे को बाअदब कांग्रेस दफ्तर में पहुँचा दिया जाये। जेल में दाखिल होकर सरन कौर ने अपने पति से लाज के बारे में जानकारी ली। लेकिन उत्तर सुनने से पहले ही, जनाना-बार्डर का द्वार खुलकर बंद हो गया।

बड़ा घोर तप और माँ-बाप की गिरफ्तारी से दुःख और देश सेवा के लिए, जेल यात्रा की प्रबल इच्छा जागृत हो उठी। लाज दिनों में ही चलने-फिरने योग्य हो उठी। बुआ ने लाज की देखभाल में कोई कसर नहीं रखी। लाज को उठवाकर वह घर ले गयी थी।

वीरांवाली के पति जमांदार हुशनाकसिंह को, अपने साले और सलहज की गिरफ्तारी की खबर गाड़ी में ही किसी यात्री से मिली, जब वह घर छुट्टी पर आ रहा था। छावनी में अखबार तो जाता नहीं था। हुशनाकसिंह का तांगा जब द्वार पर पहुँचा तो लाज दरवाजे में खड़ी थी। उसने पहले फूफाजी के आने की खबर बुआ को अंदर जाकर दी। फिर लौटकर तांगे में से उतर रहे फूफा को वह गले लग गयी। वीरांवाली ने पहले दरवाजे पर आकर अपने पति को सतश्री अकाल कहा। फिर तुरन्त अंदर आकर शीशे के सामने अपने बाल बाँधे, सँवारे, ठीक किए। दुपट्टा बदला और भरपूर चाव में वापस बाहर आकर सामान सँभालने लगी। लाज भी छोटी-छोटी चीजें सँभालने में अपनी बुआ की मदद करने लगी। पड़ौस में से सज्जन-मित्तर हुशनाकसिंह को पूछने, खोजने आये। वीरांवाली ने चूल्हे पर चाय रखकर, पड़ौसियों के लौट जाने पर वीरांवाली

को अपने पति की कुशल-क्षेम पूछने का मौका मिला। उसने चाय में मीठा मिलाते पूछा, ''जी, राजी बाजी रहे ओ?''

''अगें तां वल्ल (चंगे) ही रहे हां, पर मलूम हुंदा ऐ, तूं वल्ल रहिण नहीं देंणा।''

वीरांवाली को ऐसे ही उत्तर की आशा थी। वह अपने पति के चेहरे से उसके मन की अवस्था पढ़ चुकी थी, लेकिन नाराज़गी के कारण की पूरी समझ उसे अभी नहीं आयी थी। वीरांवाली ने बात यहीं दबा दी। हुशनाकसिंह ने न-नुच करते हुए चाय की प्याली ले ली। रात की रोटी तक वीरांवाली ने कोई बात छिड़ने का मौका नहीं दिया। हुशनाकसिंह ने भरे पीए ही दो रोटियाँ नीचे हल्क से उतारी। वीरांवाली ने तो खाना ही क्या था। रात के कपड़े पहन कर हुशनाकसिंह लेट गया। वीरांवाली लाज को रोटी खिला, भाड़े-बर्तन सँभाल कर टाँग दबाने के बहाने अपने पति के पास खाट पर बैठ गयी। दस-पंद्रह मिनट दोनों ओर खामोशी रही। हुशनाकसिंह ने करवट ली। उवासी ली, मानो वह पहले सो गया था और अभी उसे वीरांवाली के पास बंठी होने का पता चला है। वीरांवाली ने कहा, ''जी, ऐधर मुँह तो करो। तुहानूं ते जग रखणा वी नहीं औंदा। उडीक-उडीक के साडीआं अक्खां वी पक्क गइ'आं ने ते एह सिद्दे मुँह गल्ल वी नहीं करदे। छुट्टी कितनी मिली जे?''

हुशनाकसिंह ने पुनः करवट ली। आँखें पर हाथ टिकाकर कहने लगा, ''तुम अब लंबी छुट्टी ही समझो। तुम्हें सुख पचता नहीं। अभी तरक्की के दिन थे, लेकिन तुम मुझे कुछ बनने नहीं दोगी।''

''जी, गल्ल ते दस्सो।''

'गल्ल क्या बताऊँ? मालूम नहीं कि आजकल लड़ाई के दिन हैं। किसी सैनिक के बागियों के साथ मेलजोल को सरकार पसंद नहीं करती। पहले तो सरकार को पता ही नहीं लगने देना चाहिए कि कोई बागी (क्रांतिकारी) हमारे संबंधी भी हैं। यदि पता चल ही जाये तो हम कह सकते हैं कि ये हमारे कहने से बाहर हैं, लेकिन तूने यह बला जानबूझ कर क्यों अपने गले डाल ली? बागी की बेटी को घर रखना, तू जानती नहीं बड़ा जुर्म है।''

अपने पति की बात सुनकर वीरांवाली को कंपकंपी-सी आ गयी। उसे यह खयाल भी नहीं था कि लाज को इस अवस्था में यहाँ लाना उसके पति के लिए इतना दुःखदायी हो सकता है। उसकी जान पसीना छोड़ने लगी। हुशनाकसिंह ने पुनः दाँत पीसते हुए कहा, ''तुम इस लड़की को मेरे घर में क्यों लायी?''

वीरांवाली ने भरे मन से पूरी व्यथा यूँ कह सुनायी। ज्यों कोई पुजारिन देवता से मनौती का तरला ले रहा हो। तुरंत उसे अनुभव हुआ कि पतिदेव तो पत्थर की मूर्ति हैं। उसके मन में पति के छुट्टी आने की कित्ती उमंगें थीं। उसके सारे अरमान बिखरकर

उसकी आँखों के सामने परछाई बनकर बुझ गये, पायताने लेटे ही उसने रात गुजार दी। आँसुओं के मूल्यवान मोतियों को सौगात। लेकिन पत्थर की प्रतिमा में कोई अनुभूति ही नहीं। पति ने वीरांवाली को अपने अपराधी होने का संदेह–सा डाल दिया।

घबराया हुआ आदमी अपनी घबराहट के कारण को छिपाने के लिए साधन उपयोग करता है। वे उसकी घबराहट ज्यादा ही अभिव्यक्त करता हैं, सज्जनों–मित्तरों तक बात पहुँच गयी। सयानों की दलीलें–मिसाल हुशनाकसिंह को कायल न करवा सकी। कि तुम्हारे साले और सलहज की जिम्मेदारी किसी तरह भी तुम पर नहीं आती। लाज को अपने पास रखकर वह अपनी सब आशाओं की समाप्ति का प्रमाण–परवाना समझता था अधिक नहीं तो सूबेदार मेजर तो वह इसी जंग में हो जाता। लाज के कान तक कोई न कोई बात पहुँचती ही रही।

छुट्टी पूरी हो गयी। हुशनाकसिंह ने ताँगा दरवाजे पर ला खड़ा किया। वीरांवाली को बाँह से खींचकर ताँगे में बिठाया और मकान की चाबियाँ जेब में डाल लीं। दरवाजे में लड़कियों संग खेलती लाज ताँगे में बैठी बुआ की ओर, बुआ आँसू भरी आँखों के साथ लाज की तरफ, देख रही थी। ताँगा नजर से ओझल हो गया।

भरा जी, लाज दा की वणियाँ''

''वीरां, 'असीं तां तेरे पास अमानत छड्ड आए साँ।''

मुलाकात करवाने वाले अधिकारी ने समय समाप्त होने की घंटी बजायी। दोनों बहिन भाई एक दूसरे को देखते, खामोशी में देखते हुए, अलग हो गये। माँ–बाप जायी के साथ, यह अन्तिम भेंट है, बिशनसिंह को इस बात का क्या पता था।

जेलों में कैदियों का आना–जाना लगा रहता है। बिशनसिंह को यह तो पता चल चुका है कि शव अब लाहौर के टी. वी. हस्पताल में है। लेकिन वीरांवाली उससे भी कठोर कैद में है। बिशनसिंह को यह बात किसी ने नहीं बताई थी। छावनी में तो पंछी पंख नहीं खोल सकता था। बागी भरा–भरजाई और क्रान्तिकारियों की बेटी के बारे में वीरांवाली को कौन खबर देता! वीरांवाली जेल तक मुलाकात के लिए कैसे पहुँच गयी। इस भेद का आज तक किसी को पता नहीं चल सका। उसने अपनी जान खतरे में डाली। अपने पति हुशनाकसिंह से भेद छिपाने में उसे सफलता मिली। लेकिन भरा की अमानत में खयानत हो जाने का सदमा वह नहीं सह पायी।

हुशनाकसिंह ने असल रोग की ओर तो ध्यान नहीं दिया। दवाएँ फिर क्या सँवारतीं?

सरन कौर की कैद पूरी हो गयी। वीरांवाली ने अमानत में खयानत की दोषी होकर भरजाई के सामने पेश होने से पहले ही सदा के लिए रिहाई प्राप्त कर ली।

सरन कौर सीधी अस्पताल पहुँची। बड़ा दरवाज़ा बन्द था। दरबान ने कहा, ''यह मरीजों के आराम का समय है। इस समय अन्दर जाना मना है।''

दरवाज़े की बायीं नुक्कड़ में भंगियों का घर था। बेगानी, अपरिचित खद्दरपोश जनानी को देखकर जमादारिन पास आ गयी। उसने पूछा, ''आपने किससे मिलना है?''

सरन कौर चाहती ही थी कि उस पर कोई सवाल करे। उसने कहा, ''मेरी बेटी यहाँ बीमार है, लाज।''

जमादारिन ने वार्ड और कमरे का नम्बर पूछा और साथ ही कहा, ''हमने तो इस नाम की कोई बीमार नहीं सुनी। मैं प्रतिदिन हरेक वार्ड में सफाई के लिए जाती हूँ।''

सरन कौर ने कहा, ''मुझे वार्ड का तो पता नहीं। न कमरे का नम्बर ही मालूम है। सुना है कि मेरी लाज इस अस्पताल में है।''

''सुना है? आपने उसे यहाँ दाखिल नहीं करवाया था?'' जमादारिन ने हैरान होकर पूछा।

''नहीं, हम जेल में थे। पीछे से वह बीमार हो गयी।''

''ओह, बागी की बेटी होगी।'' जेल का नाम सुनकर जमादारिन ने कहा। यहाँ उसे लाज नाम से कोई नहीं जानता। पतली, गोरी-सी। बारह-तेरह साल की छोकरी है। बहुत मीठी बातें करती है। उसकी बातें सुनकर कभी हँसी आ जाती है, तो कभी रोना। वह अपनी बुआ के पास थी?''

सरन कौर ने 'हाँ' में सिर हिलाया, स्वीकारोक्ति दी।

बस, वही है। जब पहले यहाँ आयी तो उसने किसी लड़की से पूछा—बागी किसे कहते हैं? और फिर खुद ही बताया कि मेरा फूफा मेरी बुआ से कहता था—तुम बागियों की 'धी' को क्यों घर लायी हो? उसी दिन से उसका नाम बागी की बेटी हो गया। जब डॉक्टर आता है, वह कहती है, मुझे मेरे माता-पिता के पास जेल में ले चलो। डॉक्टर हँस देता है।''

जमादारिन की बात को सरन कौर बुत्त बनी सुनती रही। जमादारिन ने पूछा, ''सरदार जी नहीं आए?''

''उनकी कैद अभी आधी भी नहीं गुजरी। उन्हें तीन साल की कैद मिली थी।''

सरन कौर की बात सुनकर जमादारिन ने ठंडी साँस ली और कहा, ''बेटी बहुत सयानी है। बताती है कि मेरा फूफा, बुआ को लेकर चला गया। मैं बाहर दरवाज़े पर बैठी दहलीज में ही सो गयी।'' सर्दी के कारण मुझे बुखार हो गया। फिर मेरे पिताजी का दोस्त मुझे अपने घर ले गया। जब मैं बहुत बीमार हो गयी तो वे यहाँ छोड़ गये। मैंने बहुत कहा, ''मुझे जेल ले चलो। लेकिन वे नहीं ले जा पाये।''

इतनी बात सुनाकर जमादारिन ने कहा, ''अब तो बस, वह आप ही की प्रतीक्षा में है।''

जमादारिन के आखरी वाक्य का भाव सरन कौर समझ गयी थी। लाज के कमरे

में पहुँचने तक उसके सब आँसू बह चुके थे।

अपनी माँ को देखकर लाज की आँखें खुली की खुली रह गयीं।

सुबह के दीपक की यह आखरी झलक थी।

लिखतुम लाजवन्ती

—करतारसिंह दुग्गल

'अज्ज न सुत्ती कन्त सिउँ अंग मुड़े मुड़ि जाई।'

भाईजी ने अपनी फटी हुई आवाज़ में फरीदजी के श्लोक का पहला पद अलापा। फिर आँखें बन्दकर लीं और फिर उसको दोहराया। तीसरी बार फिर गाया एक नशे में, एक सरूर में।

दूर पीछे महिलाओं की संगत में ओढ़नी ओढ़े बैठी हुई लाजवन्ती का हृदय जैसे बँध सा गया। पद का एक-एक अक्षर मानो उसके वक्ष में चुभ सा गया। उसने जीवन के सत्ताईस वर्ष कुँआरेपन में ही काट लिए थे। कभी उसके जीवन में कोई कन्त न आया। नित्य नियमपूर्वक वह दोनों बेला गुरुद्वारे आती रही। सारे के सारे पाठ बचपन में ही उसको कंठस्थ थे। कभी किसी की तरफ उसने आँख उठाकर नहीं देखा। एक से दूसरे कान तक कभी उसकी आवाज़ नहीं पहुँची। अपने कुँआरेपन को सम्भालते-सम्भालते, ढँकते-ढँकते उसकी ओढ़नियाँ फट-फट जातीं।

प्रात:, अमृत की बेला, अभी धुप अन्धेरा होता कि वह उठ जाती, चाहे जाड़ा हो, चाहे गर्मी। नहा-धोकर पाठ भी करती जाती थी, और दूध-दही, चूल्हे-चौके का काम भी निपटाती जाती थी, बैठकों में, औसारों में, आँगनों में झाड़ू-बुहारू देती, छोटी-मोटी चीज़ों को चारों तरफ सँवारती-सम्भालती। फिर उसके छोटे भाई-बहन जाग जाते। उनको वह सजाती-सँवारती। और फिर रोटी-सब्जी के काम में लग जाती। दोपहर में चरखा लेकर बैठ जाती, कशीदा भी शुरूकर लेती। पिछले पहर डंगर पशुओं के चारे-पानी का प्रबन्ध करती। फिर रात की रोटी दाल का काम। सोने से पहले बच्चों को देवपरियों की कहानियाँ सुनाती। और इस तरह पता नहीं कब उसकी आँख लग जाती। ठीक इसी तरह एक मशीन की मानिन्द, उसने अपनी पूरी ज़िन्दगी बिता ली थी।

"अरी लाजो, गधिये, तू तो भूसी के भाव ही जाएगी।" उसकी पास-पड़ोस की सखियाँ उसे चिढ़ातीं।

"माँ राँड पैदा किए जाती है, और लड़की बेचारी को इन कुकुरमुत्तों का पालन

करने में लगा रखती है।'' कुछ वृद्धाएँ लाजवन्ती को हर वक्त काम में व्यस्त देखकर बड़बड़ा देतीं।

गाँव के जवान छोकरे उसके मेहनत से कमाये हुए शरीर और अछूते कुँआरेपन की आकर्षक स्थूलता से डरते उसको सिंहनी पुकारते थे। वैसे भी मशहूर था कि एक बार इसके पीछे-पीछे गाँव का एक लड़का इनकी एकान्त हवेली में घुस गया। लाजवन्ती ने हीला किया, न दलील, उसको गाय के पगहे से बाँधकर भूसी वाले कोठे पर दे फेंका। तभी से इसके व्यक्तित्व से डरता कोई भी आँख उठाकर इसकी ओर नहीं देखता था।

लाजवन्ती को माता-पिता, बहन-भाई, पास-पड़ोसी, आने-जाने वाले, सगे-सम्बन्धी, सभी भरपूर सत्कार देते थे। कभी किसी को शिकायत करने का अवसर वह न देती थी। न ही कोई उसकी कही हुई बात का विरोध करता। घर में से कुछ निकाले कुछ डाले, स्याह करे, सफेद करे। सबकी वह मालिक थी।

लाजवन्ती को स्कूल भी भेजा गया था। गाँव का स्कूल असल में गाँव का गुरुद्वारा ही था, जहाँ वह सिर्फ थोड़ा-बहुत पढ़ना और टूटे-फूटे दो चार अक्षर लिखना ही सीख सकी। इससे ज्यादा नहीं।

लम्बी-सी व्याख्या के बाद कि 'कन्त' का अर्थ इस चरण में पति-परमेश्वर है, और यह मानने का अभिप्राय है उसकी भक्ति करना, भाई जी ने पुनः इस चरण को अपनी फटी हुई आवाज़ में गाया।

'अज्ज न सुत्ती कन्त सिउँ अंग मुड़े मुड़ि जाइ।'

लाजवन्ती के वक्ष में अन्दर ही अन्दर मानो एक टीस-सी उठी। उससे अब गुरुद्वारे में बैठा न रहा गया। आठ-दस स्त्रियों की देहाती संगत के पीछे बैठी वह उठ खड़ी हुई, और धीरे से निःशब्द बाहर निकल गयी।

भाई जी की मुँदी आँख एक निमेष के लिए खुली और फिर पूर्ववत् मुँद गयी। कथा कहते हुए यदि कभी चिड़िया का पंख भी फड़क जाये, तो भाईजी की वृत्ति एकाग्र नहीं रहती थी और फिर लाजवन्ती को तो उन्होंने पढ़ाया था। इस तरह की अशिष्टता वह भी नहीं कर सकती थी। उसको यह मालूम था कि जब तक भोग न लग जाये, समाप्ति न हो जाये, गुरु का कोई भी सिक्ख गुरुवाणी का निरादार नहीं कर सकता। लाजवन्ती ने फरीद जी के श्लोक का केवल एक ही चरण सुना था, अभी तो भाई साहब को दूसरा चरण पढ़कर सुनाना था, उसकी व्याख्या करनी थी, फिर पूरे श्लोक का भावार्थ बतलाना था। फिर उन्हें भूल-चूक, कमी-बेशी के लिए, क्षमा माँगनी थी, जैसा कि वह रोज ही माँगा करते थे। फिर उन्हें प्रतिदिन की ही तरह शाम को गुरु-विलास की व्याख्या का पाठ करवाना था। फिर भोग लगाना था। अरदास होनी थी और तब कहीं जाकर एकत्रित लोग अपने-अपने घर जा सकते थे।

न केवल भाई जी, एकत्र संगत को भी लाजवन्ती का इस तरह उठकर चला ना

बहुत खटक गया। गाँव के इस गुरुद्वारे में ऐसे कभी कोई न करता था।

"री बहन, आज तेरी लड़की कितनी भरी हुई संगत में से उठकर चली गयी?" एक स्त्री ने लाजवन्ती की माँ से बाहर निकलकर पूछा।

"कुछ तबीयत ठीक सी नहीं है।" वृद्धा माँ ने सयानेपन से बात को खत्मकर दिया।

"री आज लाओ को क्या हो गया?"

"यह अन्धेर कभी नहीं देखा था।"

"री अभी कल की छोकरियाँ..."

"तोबा, तोबा।"

अभी लाजवन्ती की माँ ने जूती पहनी ही थी कि और तीन-चार स्त्रियाँ आकर उसको चिपट गयीं। कई बहाने बनाकर, कई झूठ बोलकर, बड़ी मुश्किलों से कही उनको टाला जा सका।

"री लाजवन्तीए, आज तुझ पर क्या मूर्खता सवार हो गयी थी?" माँ ने सोचा जाकर वह उससे अच्छी तरह इस बारे में पूछेगी। पर अपनी जवान बेटी की सुघ को देखकर कुछ कहने का उसका साहस न हुआ।

कथा कहते हुए भाई जी ने सोचा, अरदास के बाद इस प्रकार संगत में से उठ जाने की अशिष्टता पर वे कुछ बोलेंगे। पर जब समय आया तो वे टाल गये। लाजवन्ती इतने वर्षों से नित्य नियमपूर्वक दोनों वेला गुरुद्वारे आती थी। सारे गाँव भर में सिर्फ एक लाजवन्ती ही थी, जिसे 'सुखमनी साहब' पूरा कंठस्थ था।

फिर उन्होंने सोचा जब परशाद, रोटी लेने के लिए उनके घर जाएँगे, तो लाजवन्ती से खुद ही इस विषय में बात कर लेंगे। उसे समझा लेंगे। पर समय पर परशाद लेकर वह लौट आए। उनका साहस न हुआ।

फिर उन्होंने सोचा शाम को 'रहिरास साहब' के पाठ के बाद सही। पर पता नहीं वह मौका न निकाल सके। वह खुद बड़े हैरान थे।

आखिर उन्होंने निर्णय किया कि कभी किसी गली-कूचे में मिल गयी तो शिकायतकर लेंगे। पर दिन में कई बार वह लाजवन्ती को देखते। वह देखते रहते और वह आँखें झुकाये आगे से गुजर जाती।

कुछ दिनों से भाई जी ऐसा महसूस करते, जैसे आँखें मूँदकर कथा कहते-कहते एकदम उनके नयन कपाट खुल जाते और वे एक नजर में तसल्ली कर लेते कि लाजवन्ती कहीं उठकर तो नहीं चली गयी। लाजवन्ती वहाँ बैठी होती तो भाई जी की कथा में एक रस, एक स्वाद, एक उल्लास चमक उठता।

यह क्यों?

आखिर क्यों?

उसको मैंने पढ़ाया है, मैंने खुद सिखाया है।
पर–नारी धी–भैण बखाणी। (पर स्त्री, पुत्री, बहन के समान जाने)
मैं ?
मैं पातशाह का हजूरिया, उनका चरण सेवक।
भाई साहब गुरुदित्त सिंह, ज्ञानी गुरुदित्तसिंह, सन्त गुरुदित्तसिंह।

दूसरे दिन भाई साहब ने साबुन से मल–मल के दुग्ध सम श्वेत वस्त्र धोकर पहने। कथा कहने की वेला उनकी धवल दाढ़ी कुछ कम बिखरी हुई थी। उच्च स्वर में उनसे बोला ही नहीं जा रहा था। अपनी फटी हुई आवाज़ उनको बहुत! गड़ रही थी, मानो उनका अंग–अंग आज व्यथित था। उनको एक कमजोरी, एक कमी–सी महसूस हो रही थी।

'जिवें तारिआई जोग्गासिंघ ताईं,
सारी रात बण कै चौकीदार प्रीतम।'
(जैसे पारकर दिया जोगासिंह को भी, सारी रात बनकर चौकीदार प्रीतम।)

कथा कहते–कहते आखिर उन्होंने गिड़गिड़ा कर गाया। उनकी आँखें सजल हो गयीं।

फिर उन्होंने जोगासिंह का आख्यान सुनाया। किस तरह भाई जोगासिंह दशमेश पिता दशम गुरु गोबिन्दसिंह की आज्ञा मिलते ही विवाह की भाँवरों पर से उठकर घर से चल दिया था। मार्ग में एक वेश्या के कटाक्षों का शिकार होकर कलगीधर दशमगुरु का फरमान भूल गया, और लगा चौबारे के नीचे खड़ा होकर प्रतीक्षा करने। रात भर जिस समय भी वह आगे जाने के लिए बढ़ता था, चौकीदार आगे से उसको रोक देता। और इसी तरह सवेरा हो गया।

जिवें तारिआई जोग्गासिंह ताईं, हो। जोग्गासिंघ ताई...जिवें तारिआई...।

अत्यधिक वैराग्य से भरकर भाई जी ने इस चरण को फिर–फिर दोहराया। उनको अपनी फटी हुई आवाज़ का ख्याल ही न रहा। उनकी आँखों में से आँसू फूट–फूटकर निकलने लगे। उनकी आवाज़ सजलता से लथपथ हो गयी। मजबूरन आज समय से पहले ही उनको भोग लगा देना पड़ा। अरदास करते समय वक्तव्य में कुछ घुमाव डालकर उन्होंने रोकर–गिड़गिड़ाकर फरियादें कीं—हम प्रमादी जीव हैं, आप क्षमताशील पिता हैं, क्षमा कीजिए, वे कर्म कराइए, जो आप जी को भला लगें।

'असीं खते बहुत कमाँवदे, कुछ अन्त न पारावार।
हरि किरपा करके बख़्श लओ, हम पापी वड़ि गुनाहगार।।''
(हम बहुतेरे दुष्कर्म करते हैं, उनका अन्त और पारावार नहीं। हे हरि, कृपा करके बख़्श लीजे, हम पापी और बड़े गुनाहगार हैं।)

'जेता समुन्द्र सागर, नीर भरिआ, तेतेऔगण हमारे।

दिआ करो कुछ मिहर उपावो, डुबदे पत्थर तारे।।'

(विशाल सागर में जितना जल भरा है, उतने ही हमारे अवगुण हैं। दया कीजिए, कुछ अनुग्रह कीजिए। आपने डूबते पत्थरों को भी पार लगाया है।)

इस प्रकार 'अरदास' की समाप्ति हुई, संगत को आज बड़ा आनन्द मिला। और सब जन अपने-अपने घर लौट गये।

'परशादियाँ' लेने के लिए आज जब वह लाजवन्ती के घर गये, तो एकाकी धूप में बैठी हुई उसकी माँ से उन्होंने पूछा—''माई, आप बच्ची की शादी क्यों नहीं कर देतीं? सुख से अब तो वह खूब जवान हो गयी है।''

''हाँ, हाँ, भाई साहब जी, मुझे भी दिन-रात इसी की चिन्ता खाए जाती है। क्या करें, कोई अच्छा वर ही नहीं मिलता। ढूँढ़-ढूँढ़कर थक गये हैं। और इधर लड़कियाँ हैं दिन में बालिश्त-बालिश्त बढ़ जाती हैं।''

लाजवन्ती की माँ का उत्तर सुनकर भाई जी चुपचाप वहाँ से चल दिए। उन्होंने फिर बात न छेड़ी।

परशादियाँ वह इकट्ठी कर लाए थे, पर वापस आकर उनसे कुछ भी खाया न गया। शाम को कथा न हो सकी। संध्या की वेला 'रहिरास' के पाठ के लिए वह उठ न सके। दूसरे दिन सवेरे वह बीमार थे।

भाई साहब की कोठरी गुरुद्वारे के बगल में ही थी। पूरा-पूरा दिन उसी में पड़े रहते। गाँव के लोग उनकी खैर-खबर पूछ जाते, जो कुछ उनको जरूरत होती दे-ले जाते थे। भाई जी को खिचड़ी, दूध, दवाई इत्यादि देने की लोगों ने आपस में बारी बाँट ली थी। छोटे-छोटे लड़के-लड़कियाँ आकर उनकी मुट्ठी-चाँपी करते। उनके कमरे की सफाई करते। उनका मुँह धुलाते। उनकी दाढ़ी में कंघा फेरते।

लाजवन्ती के छोटे भाई से एक दिन बात करते समय उनको पता लगा कि गुरुद्वारे का सब काम-काज उसकी बहन से सम्भाल लिया है, वही प्रकाश करती है, वही पाठ करती है, वही समाप्त करती है, सिर्फ झाड़ू बारी-बारी आकर दूसरी स्त्रियाँ दे जाती हैं।

''और तेरी बहन घर काम काम-काज आजकल नहीं करती।?''

''नहीं, वह भी करती है।''

बालक, भाई जी की छोटी-छोटी बातों का उत्तर देता जा रहा था।

''तेरी बहन ने कभी तुझे मारा है?''

''हुँ-ऊँम बालक ने सिर हिलाते हुए कहा—कभी बहनें भी मारा करती हैं?''

''तेरी बहन का ब्याह कब होगा, काका?''

''हुँ-ऊँ। हमें नहीं उसका ब्याह-श्याह करना।''

भाई जी ने बालक को अपने पास से माल्टा दिया और इस तरह छोटी-छोटी खाने-पीने की चीज़ें। प्रत्येक बार जब भी वह उनके पास आता, वह उसको देते रहते

थे।

जब अकेले होते, पूरी-पूरी रात जागकर, रो-रोकर, गिड़गिड़ाकर, भाई जी बिनतियाँ करते, 'अरदासें' करते—हे रब, मैं किस मुँह से आपकी दरगाह में हाजिर होऊँगा। किस मुँह से आपकी हुजूरी में लोगों को फिर-फिर यह कह सकूँगा—

वेख पराईयाँ चंगियाँ। माँवाँ भैणाँ धीआँ जाणे।

(पराई स्त्रियों को माँ, बहन और पुत्रियाँ समझें।)

मैं नीच हूँ, मैं कपटी हूँ, मैं कृमि हूँ विष्ठा का, मेरा लोक-परलोक नष्ट हो गया है।

और वह फिर कितनी-कितनी देर तक रोते रहते। रोते रहते।

एक दिन संध्या की वेला रोते-रोते भाई जी अर्द्ध चेतनावस्था में पड़े हुए थे कि अकस्मात् उनकी कोठरी का द्वार खुला। इस समय कभी उनको देखने के लिए कोई नहीं आता था। आँखें उठाकर उन्होंने देखा तो द्वार में लाजवन्ती खड़ी थी। उस क्षण तो भाई जी को जैसे विश्वास ही नहीं हो रहा था। पर जब लाजवन्ती उनके समीप पलंग के पास आई, तो वह अपने रुदन को रोक न सके। उच्च स्वर से क्रन्दन करने लगे, उनका एक-एक अंग फरियाद कर उठा।

दूसरे दिन भाई जी की तबीयत में काफी अन्तर पड़ गया था। भिनसार ही लाजवन्ती फिर आई। दोपहर को भी एक चक्कर लगा गयी। संध्या की वेला वह फिर आई। और इस प्रकार पाँच-सात दिन में ही भाई जी उठने-बैठने लगे। लाजवन्ती उनके लिए दूध लाती, दही लाती। मक्खन लाती, पनीर लाती। लस्सी लाती और भी कितना ही कुछ।

भाई जी आखिर बिलकुल स्वस्थ हो गये। फिर कथा आरम्भ हुई। फिर से पाठ होने लगे, सवेरे, शाम और रात। उसी तरह संगत एकत्र होती, उसी तरह दीवान सजाए जाते थे।

किसी को पता भी न लगता, लाजवन्ती, भाई जी के बटन लगा जाती, उनके लिए छोटा-मोटा सीने-पिरोने का काम कर जाती। गुरुद्वारे की चादरों के साथ-साथ उनके कपड़े भी धो लाती। उनकी पगड़ी में चुन्नट डालती। उनके जूतों को झाड़ देती। उनकी खड़ाऊँ धो देती।

'जे तूँ मेरा हो रहें, सभ जग तेरा हो।'

जब लाजवन्ती जाती, तो कभी-कभी नशे में, सरूर में, एक हिलोर में भाई जी गा उठते।

भाई जी बड़े परेशान थे कि उन्होंने सारी उम्र ऐसे ही क्यों काट ली ? एक आदमी की उम्र के पचास साल। सब स्त्रियाँ उनके लिए माताएँ थीं, बहनें थीं, पुत्रियाँ थीं। 'मन मारे धात मर जाए'' उनके इष्ट ने उनको सिखाया था। और उन्होंने अपने मन को

मारकर भस्मकर दिया था। एक राख का बुत चलता रहा, उपदेश देता रहा। खाता रहा, लोगों के परलोक सँवारने का दावा करता रहा।

'कंघा करके बाल बाहर फेंक देती है, भाई साहब जी ने कहीं देख लिया, तो जूँडा तेरा उखाड़ लेंगे। गाँव के लोग अपने दैनिक जीवन में भाई जी के बताए हुए आदेशों को ही सामने रखते थे। कोई भी गुरुद्वारे में माथा टेके बगैर काम-काज नहीं कर सकता था। भाई साहब गुरु-मन्त्र देते थे, सन्तान के लिए, वर्षा के लिए, फसलों के लिए। भूत आदि रोग भाई साहब के कुछ पढ़कर थूक देने मात्र से ही ठीक हो जाते थे। नये मकान के उद्घाटन पर भाई जी जरूर उपस्थित होते थे। कोई पैदा हो, भाई जी जरूर होते। कोई मर जाए, भाई जी जरूर होते। लोग अपनी मुरादें भाई साहब जी के पास ले-लेकर आते और वे किसी को भी खाली हाथ नहीं लौटाते थे।

लोग मानते थे कि जिन्न-भूत को भाई जी अपने वश में किए हुए हैं। एक बार भी किसी ने उनका निरादर किया तो रात में कोई शक्ति आकर उसको चारपाई से उठाकर नीचे दे मारेगी। भाई साहब जी चाहें तो दूर देशों के फल, बीती ऋतुओं के मेवे मँगवा लिया करते थे। जिसको कभी कहीं कोई चुड़ैल पकड़ लेती थी, या उस पर कोई भूत चढ़ जाता तो भाई जी झाड़ू फिरा दिया करते थे और वे लोग बिलकुल भले-चंगे हो जाते थे। बच्चों की बला तो भाई साहब जी एक मिनट में उतार देते थे।

'सब तेरी ही लीला है', जब लाजवन्ती भाई जी से इन सब कौतुकों का रहस्य पूछती, तो वे सदा एक ही वाक्य कह दिया करते थे और लाजवन्ती लजा जाया करती थी।

एक दिन भाई जी ने लाजवन्ती से कहा—"लाजवन्तिए, आ चलें यहाँ से।"

लाजवन्ती को भाई जी का आशय समझ में न आया। वह खाली-खाली नजरों से उनकी ओर ताकती रही।

भाई जी भी फिर टाल गये।

पर उनका जी यही करता था कि अब वह लाजवन्ती को वहाँ ले जाएँ, जहाँ वह गयी ही नहीं। सिर्फ गुरुदित्त सिंह रह जाएँ और लाजवन्ती गुरुद्वारे में आने वाली नित्य नियम का पालन करने वाली न रहे, जिसको उन्होंने लिखना-पढ़ना सिखाया था। उसके सामने एकत्र संगत में बैठकर अनेक बार उन्होंने चिल्ला-चिल्लाकर गाया था—

अनक कवाड़ देइ पड़दे में, पर दारा संग फीके।
चितरगुपत जब लेखा माँगे, तब कऊण पड़दा तेरा ढाँके।।

(अब तो पर्दे में अनेक किवाड़ दें, पर नारी का भोग करते हो, पर जब चित्रगुप्त हिसाब माँगेगा तो, कौन तुम्हारा पर्दा ढाँक सकेगा?)

वह चाहते थे लाजवन्ती को वहाँ ले जाएँ, जहाँ गहन अन्धकार हो। लाजवन्ती उनको न देख सके, वह लाजवन्ती को न देख सकें। और उन दोनों को दूसरा कोई भी

न पहचान सके। चोर अन्धकार में खो जाएँ, डूब जाएँ, बह जाएँ। कुछ और हो जाएं और फिर कुछ और होकर पुनः आविर्भूत हो जाएँ। दो चीज़ें जो एक दूसरे को पहचान सकें, एक दूसरे को अपना सकें, एक दूसरे की होकर जिएँ, एक दूसरे की होकर मरें।

गाँव में एक दिन शोर मच गया। राजपूतों का लड़का एक खत्री की लड़की को लेकर भाग निकला था। खत्रियों ने भाले और बन्दूकें लेकर उनका पीछा किया, और पन्द्रह कोस पर उनको एक शीशम के नीचे सोए हुए जा पकड़ा। राजपूतों ने उधर कमरें कस लीं, और मरने-मारने के लिए तैयार हो गये। इस फसाद को खत्म करने के लिए मामला भाई जी के सामने पेश किया गया। भाई जी ने फैसला राजपूतों के हक में कर दिया और लड़की उनको सौंप दी गयी। पूरे गाँव में, सारे इलाके में एक भीषण आन्दोलन उठ खड़ा हुआ। खत्री माने ही न। आखिर उनका धर्म ही कहाँ रहा? पर भाई जी अपने फैसले से बिलकुल न टले।

लाजवन्ती सुबह तड़के ही उठ जाती थी, उसको घर के अनेक काम निबटाने होते थे। भाई जी सवेरे-तड़के उठते थे। उनका यह धर्म था।

एक दिन लाजवन्ती का जी चाहा भाई जी को वह भी एक चिट्ठी लिखे। दूसरे सभी लोग पत्र भेजते थे। पूरी-की-पूरी दोपहरी वह काग़ज़, कलम-दवात लेकर बैठी रही। उसने लिखा, "लिखतम लाजवन्ती पास में मेरे परम प्यारे, एक-एक पल याद आने वाले।..." और वह लिखती गयी लिखती गयी। एक अल्हड़ सी ग्रामीण बाला अपने हृदय को निरावरण कर रही थी। उसने सब कुछ लिख दिया, जो भाई साहब के भीतर का पुरुष भी कहने में संकोच से लजाता था। एक नारी ने पुरुष की देह का उल्लेख किया। एक नारी ने अपने आपको एक पुरुष की आँखों से देखा। एक अनपढ़ सी औरत जिसने कभी कलम हाथ में नहीं ली थी, लिखने बैठी तो लिखती गयी, लिखती ही गयी।

संध्या की वेला उधर से जाते हुए उसने वह चिट्ठी भाई जी के हाथ में रख दी। जब अपनी कोठरी में जाकर लैम्प की रोशनी में उसको उन्होंने पढ़ा, मानो उनकी समूची देह में आग लग गयी। गुरुमुखी में ये बातें, गुरु अंगद की बनाई लिपि में यह बकवास। मैं उमर भर गलियों में से गुरुमुखी में छपे अखबारों के टुकड़े उठा-उठाकर दीवारों में ठूँसता रहा हूँ। यह अनर्थ, सत्गुरु के लेख में यह कोढ़! अरी ससुरी लाजवन्तीए, मुझे नहीं पता था कि तू इतनी चुड़ैल है, यह जुल्म, यह अन्धेर।

भाई जी यह कभी सोच भी नहीं सकते थे कि जिन अक्षरों में समग्र गुरुवाणी लिखी हुई है, उनको कोई ऐसे विचारों की अभिव्यक्ति का माध्यम भी बना सकता है। लाजवन्ती के भीतर की नारी ने मुश्किल से वही कुछ लिखा था, जो भाई जी के भीतर का पुरुष लाख बार कहना चाहता था। पर भाई जी को ऐसा लगा, जैसे समूची दुनिया डूबने लगी है। अब सूर्य नहीं उदय होगा, अब तारे नहीं चढ़ेंगे। अब आकाश फट

जाएगा, एक भूकम्प आएगा। समुद्र धरती को निगल जाएगा, नीचे की धरती ऊपर हो जाएगी।

और उन्होंने अपने बाल नोच लिए उनकी सम्भाल-सम्भालकर रखी दाढ़ी बिखर गयी। नंग-धड़ंग होकर वह बाहर निकल भागे।

गाँव वालों ने उनकी बाबत फिर कभी कुछ न सुना।

कभी-कभी कोई राही आकर बतलाया करता है कि उसने एक बूढ़े जर्जर को दूर, बड़ी दूर सड़क पर बिलखता देखा है, जो इस गाँव का नाम ले-लेकर गालियाँ दिया करता है।

जोगा सिंह का चौबारा

—**अमृता प्रीतम**

पटियाला में चौक अनारदाना से फूल सिनेमा की ओर जाएँ तो रास्ते में एक तंग-सी अनाज मंडी में से होकर गुजरना पड़ता है। फिर 'नाला' पार करके लकड़ी की दुकानें हैं—शहतीरों और चौगाठों की दुकानें। गाड़ियों, रथों आदि के पहिए भी वहीं बनते हैं। लुहारी ठक्-ठक् एक ही साँस में कानों में पड़ती है। वहीं एक टूटा सा गेट है—कन्दर नौनिहाल सिंह पर गिरती ड्योढ़ी की तरह। और लगता है कि शायद वह गेट भी वहाँ से गुजरने वालों के सिर पर गिरा कि गिरा। लेकिन इस भय को फाँद जाएँ, तो उससे आगे एक बहुत बड़ा डेरा मिलता है—जिसमें एक ओर सन्त लोग रहते हैं, तथा एक ओर लगभग तीन सौ भैंसें और उनके ग्वाले। दोधी लोग। यहीं नानकशाही ईंटों में घिरा एक इमली का वृक्ष भी है—चार सौ साल पुराना वृक्ष। इसलिए इस डेरे को इमली वाला डेरा कहते हैं।

ऊपर, कभी बहुत से चौबारे होते होंगे, लेकिन अब सिर्फ एक ही शेष है, बाकी सब ढह चुके हैं। यह चौबारा खड़ा है, मानो एक जिद्द बाँधकर खड़ा हो। और इसी चौबारे में जोगा सिंह रहता है।

इमली का पेड़ चार सौ साल पुराना है, और जोगा सिंह मार्क्सवादी समय का आदमी।

आधे चौबारे में हरिद्वारी चटाइयाँ बिछी हैं, ऊपर अकालियों के समय की दरी बिछी है, और परदादा के समय के चार खेस और चार रजाइयाँ पड़ी हैं, जिनमें एक शहनशाही बिस्तर पर जोगा सिंह सोया करता है। और शेष तीनों में उसके मेहमान।

चौबारे में दो अलमारियाँ भी हैं पुस्तकों से भरी हुई, जिनमें से एक अलमारी के शीशे पर ताश का एक जोकर गूँद के साथ चिपकाया हुआ है तथा दूसरे शीशे पर एक बलगारियन नर्तकी की तस्वीर चिपकी हुई है।

चौबारे में एक दीवार पर गोर्की का चित्र है, और एक दीवार पर (जोगा सिंह के सिरहाने) हुसैन की पेंटिंग है—मिसिंग ऐरो।

दीवारों पर कई जगह कीलें ठोक दी गयी हैं जिनमें से किसी पर पट्टेदार नाइट सूट लटक रहा है तो किसी पर क्लफ में अकड़ी हुई गहरे गूढ़े रंग की पगड़ी।

चौबारे के बीच एक मेज है, जिसकी एक टाँग टूटी हुई है। लेकिन वह चौबारे को बराबर दो हिस्सों में बाँट देती है और बिछौने वाले हिस्से को एक तरफ करके, दूसरे हिस्से को जोगा सिंह का लंगर बना लेता है—रसोईघर। जहाँ लकड़ी के एक तख़्ते पर मिट्टी के तेल का स्टोव पड़ा हुआ है और लकड़ी के तख़्त के नीचे—घी और आटे के डिब्बे, नमक-मिर्च वाली डिबियाँ पड़ी हैं।)

चौबारे की बाहर वाली दीवार पर कितनी ही मेहराबें हैं, जिनकी हरेक गहराई में चित्र टँगे है। लेकिन हरेक चित्र का मुँह दीवार की ओर है तथा फ्रेमों के गत्ते और कीलों वाला भाग बाहर की ओर। जोगा सिंह का कोई मेहमान कभी किसी चित्र को यदि कील से उतारकर देख ले, और चित्र को सीधा लटका दे, तो जोगासिंह के चौबारे की नानकशाही ईंटें त्यौरियाँ चढ़ाकर उसकी ओर झाँकती हैं। लेकिन स्वयं जोगा सिंह धीमें से हँस भर देता है, और अपने हाथ से उस चित्र को आहिस्ता से पुनः उलटा लटका देता है।

यदि कोई मेहमान हैरान होकर जोगा सिंह से पूछ भी ले कि चित्र लटकाने का यह क्या शौक है तो जोगा सिंह कह देगा—बस, यह भी बीत चुके है, किनारे लग चुके हैं। चुक गये हैं। और प्रश्नकर्ता को लगता है मानो उसका चेहरा भी इन चित्रों के चेहरों की तरह दीवार की ओर हो गया हो...

चार सौ साल के इमली के वृक्ष की तरह जोगा सिंह मार्क्स के समय का आदमी है—लेकिन दिखने को इमली के ताजा पत्तों की तरह वह युवा है और गोरे चिट्टे रंग वाला भी। कभी तो दबंग आदमी की तरह जो भी कपड़े हाथ लगे, पहन लिए। लेकिन कभी गहरे रंग की कलफ लगी पगड़ी बाँधकर उसके साथ हल्के रंग की कमीज पहनकर बड़ा सजा-संवरा हो जाता है।

एक रात—उसकी हरिद्वारी चटाइयों पर अकालियों के समय की दरी—उसके जेल के समय के तीन मार्क्सवादी मित्रों ने रोक रखी थी कि रात में देसी शराब गटकते व तले हुए आलू खाते समय तीन-चौथाई रात बीत गयी। और फिर परदादा के समय की रजाइयों में भी उन्हें नींद नहीं आ रही थी कि उनमें से एक ने मेहरावों में टँगे चित्रों का प्रसंग उठाया—जोगा सिंह! आज तो भेद वाली बात सच सच बता दो कि यह चित्र तुमने क्यों लगाये हैं। और तुम्हें इनके साथ प्रेम ही है तो इन्हें सीधा करके लटकाओ। या फिर उन्हें शीशों की कैद से छुड़ाकर फाड़ फेंको।

"बस, यही तो बात है दीवार पर चित्र लटकाने भी जरूरी हैं, और उन्हें अब देखने में भी दिलचस्पी नहीं।"—जोगा सिंह नानकशाही ईंटों की तरह हल्की सी हँसी हँसा ... और फिर रात वाली देसी शराब की तरह मालटे के रंग जैसा होकर कहने

लगा—''जब लगाये थे तो प्यार से ही लगाये थे चित्र। तब मैं नवीं-दसवीं में पढ़ा करता था। फिर मैं बड़ा हो गया और साल-दर-साल लगने लगा कि मुझे पहले चित्र के साथ प्यार नहीं रहा था। फिर दूसरे के साथ नहीं, फिर तीसरे से... और इसी तरह एक-एक को सीधे से उल्टा करता रहा। ...ये नौ चित्र मेरे नौ सालों का हिसाब है।

पहला चित्र तो भाई वीर सिंह का है, मैंने सीधा करके देखा था जोगा सिंह के दोस्तों में से एक ने कहा।

'हाँ! यह चित्र मैंने सन् 1959 में लगाया था, जब भाई वीर सिंह के देहान्त की खबर सुनी थी। तब मैं अभी नया नया ही लिखने लगा था। उनकी मृत्यु की खबर सुनकर उनका चित्र भी लगाया और एक कविता भी लिखी—'आज एक दीपक बुझ गया।' यह कविता मैंने मंचों पर पढ़ी भी थी। लेकिन कुछ वर्षों बाद जब मैं कश्मीर गया, भाई वीर सिंह के 'मटक हुलारे' मुझे कंठस्थ थे, लेकिन कश्मीर की सुन्दरता देखकर मुझे मटक हलारे भूल गये। लगा, उसने प्रकृति को टीन के डिब्बे में बन्द किया था और मैंने घर जाकर उसका चित्र उल्टा कर दिया। उन्हीं दिनों मैंने पूर्ण सिंह को भी पढ़ा था—जैसे वे कीकरों को बाँहों में भरता था, घास के तिनकों को चूम-चूमकर रोया करता था—शायर तो वहीं था, भाई वीर सिंह नहीं...।

जोगा सिंह के तीनों दोस्त रजाइयों में ही उठ बैठे और पूछने लगे—'फिर दूसरा चित्र?'

जोगा सिंह अपनी धारीदार कमीज की धारियों की तरह गिनकर बताने लगा—'दूसरा चित्र मैंने गुरबख्श सिंह का फ्रेम करवाया था, तब मैंने उनकी एक कहानी में से एक वाक्य कंठस्थ किया हुआ था—मैं उसके जूठे गिलास में से सुच्चा पानी घूँट-घूँट पी गया।'

मैं सोचता था—जब मैं किसी लड़की को प्रेम पत्र लिखूँगा, उसमें यह वाक्य भी लिखूँगा। लेकिन जैसे ही मैं बड़ा हुआ, मुझे इस बात की समझ दूसरी तरह ही आई—कि गुरबख्श सिंह ने जूठे को जूठा होने के कारण नहीं स्वीकारा था, पहले जूठे शब्द को शुद्ध किया था, उसको सच्चा सुच्चा बनाया था, और फिर उसे मुँह लगाया था। उसको हिम्मत भला जूठे पानी को पीने की क्यों न हुई?

यह तो सरासर कट्टरपन्थियों वाली बात थी। और मैंने उसका चित्र उल्टा लटका दिया। तीसरा चित्र मैंने सन्त सिंह सेखों का उलटाया था। जब सीधा लटकाया था तो लगा था कि वह मार्क्सवादी आलोचक है, लेकिन जिस दिन उसने श्रीमती—को महान कवि घोषित किया—'मुझे लगा कि जाट ऊंटपटाँग बघारने लगा है।'

मैंने उसी दिन उसका चित्र उलटा दिया था। और चौथा—

'वहाँ एक चित्र जसवन्त सिंह कंवल का लगा हुआ है'—उसके दोस्तों में से एक ने उसे याद दिलाया।

'हाँ चौथी बार मैंने उसी कंवल का चित्र उल्टा लटकाया था। पहले लगा करता था, बढ़िया आंचलिक भाषा लिखता है, और उपन्यासों में कामरेड पात्र भी डालता है। उसको मिलकर देखा कि रहन-सहन आम गाँव वालो जैसा ही था उसका, जो अच्छा लगा था। लेकिन मैं जब चार अक्षर पढ़ गया तो लगने लगा कि उसके उपन्यास तो दसवीं फेल लड़कों को ही अच्छे लग सकते हैं...और मैंने उसके चित्र का मुँह दीवार की तरफ कर दिया। और इसी तरह देवेन्द्रसत्यार्थी के चित्र का चेहरा भी एक दिन दूसरी ओर लगा दिया। मैंने जब उसकी कहानी 'साँप और आदमी' पढ़ी थी तो उसका चित्र खरीद लाया था। बाद में जब मैं मिला तो उसने मुझे बताया कि वह 1947 के दिनों पर एक उपन्यास लिख रहा है—'सतलुज तुम्हारी कसम'।—मुझे उसकी बातों ने बहुत प्रभावित किया। लेकिन फिर उसकी 'लक टुणूं-टुणूं' पढ़ी तो कुछ भी समझ नहीं पाया। लगता था सभी चेपियों वाला प्रोग्राम है। कई पंक्तियाँ तो बहुत बढ़िया हैं, लेकिन सब मिलाकर कुछ नहीं बनता। एक बार उसने कहीं भाषण दिया और कहा अभी मैं छोटा सा ही था, जब मेरे दादा मर रहे थे और उनका सिर मेरी रानों पर पड़ा था। मुझे अब भी लगता है कि दादा मरा नहीं और उसका सिर मेरी रान पर पड़ा हुआ है।'' यह परम्परा और व्यक्ति के सम्बन्ध के बारे में उसने कहा था। और मुझे उस दिन वह फिर अच्छा लगा। लेकिन फिर जब उसका 'सूई बाजार' पढ़ा तो लगा—उसका दादा मर चुका था और उसकी रानों पर पड़ी दादा की लाश सूख रही थी। इसलिए उस रोज उसका चित्र मैंने उल्टा लटका दिया।''

''यह तो बात हुई न जोगा सिंह! हम तुम्हें वैसे ही तो नहीं अपना गुरु मानते। हर प्रस्ताव में तेरी राय लेने आते हैं।'' जोगा सिंह के मित्रों में से एक इसी क्षण जैसे उसका शिष्य होने की बाट जोहता था।

जोगा सिंह की दाड़ी का काला रंग, उसके गोरे चेहरे पर अधिक खिलने लगा। उसके नाक की धार अधिक तीखी लगने लगी। वह मुस्कराकर कहने लगा-फिर हरिभजन सिंह बढ़िया कवि लगता था। उसने जब लिखा—''चाहता हूँ—कि लगे न मेरी लाश किनारे— '' मैंने उसका चित्र दीवार पर लगा लिया। फिर उसने 'समालोचना' लिखनी शुरू की तो मैंने उसके कथनों को उसकी शायरी पर प्रतिपादित किया अर्थ ही नहीं उभर रहे थे। उसके अहं के पत्थर ने उसकी नौका पलट दी। और उसका चित्र भी पलटी हुई नौका की तरह ही मैंने पलट दिया। मोहन सिंह का चित्र मैंने देर से दीवार पर लगा रखा था। तब से, जब उसने 'ईश्वर' और 'नूरजहाँ' जैसी कविताएँ लिखी थीं। उसकी कविता 'सवेरा' मैं कंठस्थ करके लोगों को सुनाता रहा, जिसमें पूर्व की ग्वालिन दूध बिलौने बैठती है—लेकिन बाद में जब वह 'ननकायण' में साखियाँ लिखने लगा और तुकें मिला मिलाकर उसने पन्नों के ढेर लगा दिये, तब एक दिन क्रोध में मैंने उसका चित्र भी उलटा दिया।''

'यह तो हो गया आठ चित्रों का इतिहास! जोगा सिंह के दोस्तों में से एक ने उंगलियों पर गिनकर हिसाब लगाया और फिर कहा—बाहर दीवार पर नौ चित्र गिने थे। एक शायद करतार सिंह दुग्गल का था—'

'न, न। उसका चित्र तो दीवार पर मैंने कभी लगाया ही नहीं। वैसे, पूरे नौ हैं—नौवाँ चित्र अमृता प्रीतम का है। उसका उपन्यास 'पिंजर' पढ़कर मैंने दीवार पर उसका चित्र टाँगा था, फिर कविताएँ भी पढ़ी थीं, "हुस्न इश्क दिया गल्लां वे मुँडिया वेहले वेले दियाँ गल्लां" और "हक जिन्हाँ दे आपणे आपे लैणगे खोह"। और फिर जब उसने मैं 'तवारीख हाँ हिन्द दी' लिखी और लिखा "हुस्न भुखा रोटिये, प्यार भूखा गोरिये, काहदा है "निजाम दा, फल कोई लगदे नहीं।" मैंने सोचा—यह बढ़िया शायरा है। लेकिन बाद में जब उसने 1968 की दुर्घटना के समय चैकोस्लोवाकिया पर कविताएँ लिखीं तो मैंने उसी दिन उसका चित्र अपनी दीवार पर उल्टा लटका दिया।"

"बहुत खूब जोगा सिंह।" जोगे के दोस्तों को रात वाली शराब जैसे फिर एक बार चढ़ गयी। उसकी बातों ने उनकी आँखों में लाल डोरियाँ खींच दी थीं।

जोगा सिंह जैसे घोड़े पर सवार, तना हुआ और खुश था।

दोस्तों में से एक को आगे की सूझी। कहने लगा—अब तुम नये कवियों के चित्र दीवार पर लगाओ। ये रोमांसवादी, आदर्शवादी और प्रगतिवादी इसी तरह उल्टे लटके रहने दो। प्रयोगवादी भी जैसे आए, उसी तरह गये। चले गये। अब तो तुम सिद्धान्तवादियों को अपनी दीवार पर सजाओ।"

जोगा सिंह के सरपट भागते घोड़े को मानो सामने एक दीवार नजर आ गयी हो। घोड़े की लगाम खींचकर कहने लगा, नहीं यार, अब किसी का चित्र नहीं लटकाना। फिर चार दिनों बाद उसे भी उल्टा करता फिरूँगा। मैं अपनी दीवार पर पहले ही कितने कील तो ठोक चुका हूँ।

डेड लाइन

—प्रेम प्रकाश

सतपाल, एस. पी. आनन्द, सत्ती या पाली—मरने वाले के ही नाम थे। जब मैं इस घर में ब्याहकर आई थी तो सामाजिक सम्बन्ध में वह मेरा देवर था—आँगन में गेंद से खेलने वाला। छोटी-छोटी बात पर रूठने वाला, और जो भी सब्जी बनती, न खाने वाला। लेकिन भावनात्मक सम्बन्ध से वह मेरा बेटा था, भाई और प्रेमी भी।

बी. ए. करके एक साल की बेकारी के बाद सत्ती को नौकरी मिली और कुड़माई हुए अभी पूरा साल भी नहीं वीता था कि गले में हो रही खारिश का नाम कैंसर बन गया, जिसकी रिपोर्ट देते हुए रिश्तेदारी में मामा लगते डॉ. पुरी की पूरी चाँद पर पसीने की बूँदें चमकने लगी थीं। उन्होंने मेरे और आनन्द साहब के कन्धे पर हाथ रखकर कहा था, ''बेटा, छह महीने बाद यह अपना नहीं रहेगा। इलाज का कोई लाभ नहीं। यदि पैसे खर्चना ही चाहते हो तो कहीं धर्मार्थ लगा दो। मात्र नाम के लिए दवा मैं देता रहूँगा।'' लेकिन डॉक्टर पुरी को क्या मालूम कि बिना कोई चारा किए जीना कितना मुश्किल होता है! शाम के समय मैंने सत्रह हजार रुपये वाली साझे खाते की पासबुक उसके वीर (भाई) के आगे रखकर कहा, ''यह पैसा हम किसके लिए बचाएँगे?''

सत्ती की रिपोर्ट लाकर हम पिताजी के कमरे में दरवाज़े के पास खड़े थे, काग़ज़ थामे। वह हमें इस तरह देख रहे थे, मानो हम शॉपिंग करके लौटे हों और उनके लिए फल लाए हों। हम उनकी यह नजर सहन नहीं कर सके। जल्दी ही अपने कमरे में चले गये।

सत्ती अभी दफ्तर से लौटा नहीं था। उसे कैसे बताएँगे? यह सवाल आनन्द साहब ने मुझसे किया और फिर खुद ही आँखों पर हाथ धरकर रो दिए। मेरे भी आँसू निकल आए, लेकिन मैंने जल्दी ही आँखें पोंछकर पति को दिलासा दिया कि यह काम मैं करूँगी। मुझे लगा कि सास के बाद यह जिम्मेदारी मेरी ही है। मैं इस घर की माँ हूँ। सोचा, यदि मैं भी रो पड़ी तो फिर सत्ती रोएगा, पिताजी रोएँगे...यह घर कैसे चलेगा?

रात आनन्द साहब सैर करने चले गये। पिताजी खा-पीकर सो गये तो मैं सत्ती

के साथ कैंसर की बातें करने लगी। हम रोगियों की पहेलियाँ-सी बूझते रहे। आखिर हम उस जगह पहुँच गये, जहाँ रोगी बाकी बचे जीवन को सुखी बनाने के लिए संघर्ष करते हैं और बिना दु:ख के ही मौत कबूलकर लेते हैं। और फिर मैंने डॉक्टर पुरी का फैसला, शंका बनाकर कह डाला।

सुनकर वह डरा नहीं, लेकिन उसके चेहरे की मुस्कान लुप्त हो गयी। बोला, ''मैं खुद ही डॉक्टर पुरी से पूछूँगा।'' मैंने रिपोर्ट उसके आगे रख दी। उस पर कैंसर तो नहीं लिखा हुआ था, डॉक्टर की भाषा में कुछ और ही था। उसने एक बार देखकर रिपोर्ट उसी तरह तह करके टिका दी। एक बार खाँसा और उठकर अपने कमरे में चला गया।

मैं खड़ी देखती रही। वह दो-तीन मिनट अपनी मेज पर सामान इधर-उधर करता रहा और फिर बाहर आकर रुक गया। सामने गेट के पास क्यारी में लगे फूलों की तरफ देखता रहा। मुझे लगा कि लो, यह मौत का चक्कर शुरू हो गया!

जब मैं इस घर में ब्याहकर आई थी तो वह गोद में खेलता बच्चा था। अम्बाला वाली मौसी ने इसे पकड़कर मेरी गोद में डाल दिया था। यह कोई परम्परा थी या प्रार्थना कि परमात्मा इस गोद में लड़के बिठाए। लेकिन मुझे लगा था कि जैसे याद दिलाया गया हो कि तुम इसकी माँ भी हो।

अपने घर में अपने छोटे भाई सुभाष को स्कूल भेजने के लिए मैं ही तैयार किया करती थी; यहाँ आकर सत्ती को करने लगी।

मेरी हमेशा कोशिश होती कि सत्ती अकेला नहीं रहे। हम ताश, कैरम व अन्य खेल खेलते या फिल्में देखने चल पड़ते। ताश वह अँगूठे और उँगली को थूक लगाकर बाँटता था। रोटी खाता तो मेरी कटोरी में से वुर्की लगा देता। शर्त लगाता तो मेरे हाथ पर हाथ मारता। मैं डर जाती।

एक दिन डॉक्टर पुरी के पास गयी। वे बोले, ''कैंसर छूत का रोग नहीं है, लेकिन परहेज में क्या हर्ज है!''

मैं ऊपर से हँस देती, लेकिन अन्दर से डरती, पर कभी-कभी मेरा प्यार इतना जोर मारता कि मैं सब कुछ भूल जाती।

एक दिन हम इंग्लिश मूवी देखकर आए। चौबारे की सीढ़ियाँ चढ़ते सत्ती ने फिल्मी स्टाइल में सहारे के लिए अपना हाथ पेशकर दिया। मैंने भी फिल्मी अन्दाज़ में सहारा लेकर अन्तिम स्टेप पर जाकर उसका हाथ चूम लिया। वह अजीब-सी नजरों से मुझे देखने लगा। मैं बेपरवाह-सी कुर्सी पर बैठकर अलमारी के शीशे में उसके चेहरे के बदलते रंग देखती रही। वह सुर्ख होकर पीला पड़ने लगा था।

''क्या बात है, उदास क्यों हो ?'' मैंने उसके कन्धे पर हाथ रखकर प्यार से पूछा तो वह मेरी गोदी में सिर देकर रो पड़ा। मैंने उसके सिर और पीठ पर हाथ फेरते हुए उसे दोनों बाँहों में कस लिया, ''तुम तो मेरी जान हो प्यारी-प्यारी।'' उसने नि:श्वास

छोड़कर अँग्रेज़ी में कहा, "मैं ज़िन्दगी खो चुका हूँ।"

उसकी इतनी बात से मेरी जान निकल गयी। मौत के बारे में यह पहली बात थी, जो उसने कही थी, खुद अपने मुँह से। मैंने उसका माथा चूमते हुए अँग्रेज़ी में ही कहा, "हमारा सर्वस्व तुम्हें अर्पित है!"

डर के कारण सत्ती की नींद उड़ गयी। वह कितनी ही रात देर तक जागता रहा। यही बात हमारी नींद उड़ाने के लिए काफी थी।

एक रात डेढ़ेक बजे आवाज़ आई, जैसे सत्ती ने पानी माँगा हो। मैंने जल्दी में बीच का दरवाज़ा खोलकर देखा। सत्ती तकिए में मुँह दिए औंधा पड़ा था। उसके शरीर का ज्यादा हिस्सा रजाई से बाहर था। इतनी ठंड में भी प्यास लग सकती है? न जाने अन्दर क्या तूफान मच रहा होगा! यही सोचकर मैं उसके पास पहुँची। सामने बैठकर सिर सहलाते हुए पूछा, "क्या बात है, नींद नहीं आती?"

"नहीं, दो घंटे से जाग रहा हूँ।"

मैंने उसे काम्पोज दी, जो अब आनन्द साहब को, और कभी-कभार मुझे भी खाने की आदत पड़ गयी थी।

"भाभी जी, मेरा शराब पीने को दिल करता है।" उसने नजरें उठाए बिना ही धीमे से इस तरह कहा कि कहीं वीरजी न सुन लें।

"अच्छा, डॉक्टर से पूछेंगे। अब तू सो जा।" कहकर मैं उसे रजाई से ढककर अपने बिस्तर पर करवटें बदलने लगी...

सुबह काम से फ़ारिग होकर डॉक्टर पुरी के यहाँ गयी। उन्होंने फौरन कह दिया, "वह जो कुछ माँगता है, दो। उसकी आत्मा तृप्त रखो, और समझो कि यही नियति-क्रम है। चिन्ता ताकी कीजिए..."

एक शाम सत्ती पीकर आया। लड़खड़ाते कदमों से अपने कमरे में जाता हुआ वह दहलीज पर गिर पड़ा। मैंने सहारा देकर उठाया। उसने मेरे गले में बाँह डाल ली और बिस्तर पर गिरते हुए मेरी चुन्नी खींचकर अपने मुँह पर लपेट ली। आधी चुन्नी मेरे कन्धे पर थी और आधी उसके मुँह पर। वह रो रहा था—मौत के डर से शायद। मौत से पहले आदमी अपनी असफल कामनाओं के बारे में क्या सोचता है, मैंने सोचा और डर गयी।

डेढ़ेक घंटे बाद उसका वीर उसे देखने गया तो वह उल्टियाँ कर रहा था। उसमें खून के धब्बे थे, जो मैंने आनन्द साहब की नजर बचाकर जल्दी ही पोंछ दिए।

अगले दिन इतवार था। हमेशा की तरह हवन करने बैठे तो सत्ती का मन नहीं टिक रहा था। पहले वह श्रद्धापूर्वक बैठा करता था। शाम के समय संध्या भी करता था। आचमन करता था। उसका वीर और मैं बड़े दिल से मन्त्रोच्चार करते-जीवेम शरदः शतम्। पिताजी पिलर के सहारे बैठे सिर्फ सुनते थे।

सत्ती ने अनमने भाव से हवनकुंड में अग्नि प्रज्वलित की और हर मन्त्र के बाद

स्वाहा कहकर आहुति डालता-डालता अचानक रुक गया; पीछे हटकर दीवार का सहारा लेकर बैठ गया और आँखें बन्द कर लीं।

शाम को वह फिल्म देखकर आया। थोड़ी देर बैठकर दवा खायी और बाहर जाने लगा। मैंने रोक लिया। अलमारी में से अँग्रेज़ी शराब का क्वार्टर निकालकर मेज पर टिका दिया। वह मुस्करा दिया। मैंने कहा, ''पी ले घर बैठकर। तायाजी के यहाँ मत जाना! न जाने वहाँ क्या-क्या खा आता है।''

मैंने उठकर अलमारी खोल ली। वह मेरे साथ आ खड़ा हुआ। उसकी साँस तेज हो रही थी। मैंने उसे वह भी दे दी, जो क्वार्टर में से निकालकर रखी हुई थी। उसने शीशी पकड़कर मेरे कन्धे चूमकर रस्सी-सा धन्यवाद किया। शायद कुछ और भी कहा था, लेकिन मैंने वह सुना नहीं। मेरे शरीर में से लहर-सी काँपती निकल गयी थी।

मैं सामने कुर्सी पर बैठ गयी। उसे देखती रही। उसने दूसरा गिलास पास रखकर उसमें भी उड़ेल दी। न जाने उसे मेरे दिल की बात कैसे मालूम हुई! आदमी ज्यों-ज्यों मौत के पास होता जाता है, उसकी छठी ज्ञानेन्द्रिय तेज होती जाती है शायद।

मेरे न-न करते भी उसने मुझे बाँहों में कसकर दवा की तरह वह तीखी कड़वी चीज़ पिला दी। जीवन में दो बार पहले भी मैंने यह पी थी। एक बार क्वारी थी मैं, तब—सहेली के घर। तब तो कुछ पता ही नहीं चला था। और दूसरी बार आनन्द साहब के साथ मिलकर कॉफी पी ली थी। अच्छी-खासी चढ़ गयी थी। बहुत कड़वे-मीठे अनुभव हुए थे, लेकिन सुबह उठकर मेरी तबीयत इतनी खराब रही थी कि फिर कभी मुँह लगाने से मैं डरती ही रही। लेकिन उस दिन प्यारे सत्ती का कहना न ठुकरा सकी। यूँ लगता था कि मैं उसकी कोई भी बात ठुकराने योग्य नहीं रही। वह कहकर तो देखे!

मैं रोटी परोसकर लाई तो उसके हाथ बुर्की तोड़कर मुँह में डालते गलतियाँ कर रहे थे। दरअसल बुर्की तोड़ते हुए, सब्जी लगाते भी, उसकी नजर मुझ पर रहती थी। उसने खाना बन्दकर दिया। चीखती आवाज़ में 'भाभी जी' कहकर मेज पर, बाँहों में मुँह टिकाकर बैठ गया।

मैंने प्यार से कहा, ''सत्ती, उठ! चल, लेट जा...सो जा।''

उसने चेहरा ऊपर उठाया तो लाल सुर्ख हो रहा था। आँखें भी लाल थीं। मैं समझ गयी कि वह क्या चाहता था। मेरा दिमाग सुन्न होता जाता था। मैं सोच रही थी कि हिन्दू धर्म उस आत्मा के लिए क्या कहता है, जो नारी प्रेम के लिए भटकती शरीर छोड़ जाए?

मैं उसे सहारा देकर उसकी चारपाई तक ले गयी। मुझे लगा मेरे पैर भी ठीक से नहीं टिक रहे थे।

रजाई उस पर ठीक करके मैं हटने लगी तो उसने मेरी साड़ी पकड़ ली। बोला, ''भाभी जी, मुझे एक बार निर्मल से मिला दो।''

मेरे अन्दर से हूक निकल गयी—"मैं कहाँ से लाऊँ मेरे अज़ीज तेरे लिए निर्मल! वह तो एक बार तुझे देखने भी नहीं आई।"

विवश दिल पर बोझ लेकर मैं उसी की चारपाई पर बैठ गयी। उसे चूमा और प्यार से उसका सिर उठाकर अपनी गोद में ले लिया। उसने बेबसी में बाँहें फैलाईं और मुझे बाँहों की सख्त पकड़ में ले लिया, जैसे डरा बच्चा अपनी माँ से चिपट जाता है।

एक बार तो मैं जड़ हो गयी। फिर न उसे एहसास रहा, न मुझे कि हम कौन थे। मैं उसकी भाभी थी, बहिन थी, माँ थी या पत्नी।

मेरे सामने उसका चमकता माथा, घनी भवों और पतले होंठों वाला चेहरा था, या चेहरा भी नहीं, केवल शरीर था...अग्नि में तपे लाल लोहे-सा, या केवल आत्मा थी, निश्छल, निर्विकार और न जाने क्या-क्या, जिस पर कोई आवरण नहीं था। आत्माएँ नंगी थीं, कपड़े तो शरीरों पर थे...बस, हवन हो रहा था। आहुति पड़ रही थी। हर आहुति पर अग्नि प्रचंड होती थी। स्वाहा-स्वाहा की ध्वनि हो रही थी।

शान्तिपाठ हुआ तो वह थक के चूर-सा सोने लगा। मैं उसके साथ लेटी उसके मासूम चेहरे की ओर देखती रही। मुझे तब याद आया, उसके नक्श उस लड़के से मिलते-जुलते थे, जिसे एक बार देखने के लिए मैं कितनी देर मुँडेर पर खड़ी रहती थी। मैंने उठकर उसे भवों के बीच चूमा और रजाई देकर अपनी चारपाई पर आ पड़ी। सोचती रही, हमने क्या किया है? क्या हम धर्म की राह में पथभ्रष्ट हो गये हैं? नरक के भागी बन गये हैं? मुझे लगा कि धर्मग्रन्थों में जो कुछ पढ़ा वह झूठ है। सच वही है, जो परिस्थितियाँ हमें देती हैं, जिसमें ब्रह्म-हत्या भी पाप नहीं हो सकती।

सुबह इतवार था। आनन्द साहब सात बजे ही आ गये। शायद वे हर इतवार के हवन करने के नियम को भंग नहीं करना चाहते थे। इसके साथ उनका कोई वहम जुड़ा होगा। मैंने सत्ती को जगाया कि उठकर नहा ले।

हवनकुंड के इर्द-गिर्द आनन्द साहब मेरे बाएँ बैठे थे, सत्ती दाएँ, सामने पिताजी बैठे थे—पिलर का सहारा लेकर। हवनकुंड के इर्द-गिर्द चारों दिशाओं में पानी डालकर शरीर के सभी अंगों के लिए शक्ति की प्रार्थना करके मैंने अंजुरी में से पानी के कतरे ऊपर फेंकने के साथ-साथ सत्ती पर भी फेंक दिए। तभी मुझे लगा— हम इतनी उम्मीदें बाँधते हैं शारीरिक अंगों की शक्ति के लिए, सौ साल जीने के लिए। सत्ती के तो अब तीस दिन भी बाकी नहीं रहे।

दूसरे कमरे में जाकर मैंने आनन्द साहब से पूछा, "कुरुक्षेत्र वाले वैद्य ने क्या बताया?"

"बताना क्या था! बोला, बीमारी पक चुकी है। दवा लेनी हो तो ले जाओ, वरना

न सही। मैं पन्द्रह दिन के लिए ले आया हूँ।''

बरामदे में हवनकुंड में से ज्वाला प्रज्वलित हो रही थी। पिताजी पिलर के सहारे बैठे थे। उनकी नजर कभी सत्ती की ओर उठती, कभी अग्नि की ओर तो कभी आसमान की तरफ।

मेरी गहरी साँस उभरी तो आनन्द साहब ने पूछा, ''क्यों न पी. जी. आई. चंडीगढ़ ले चलें ? एक नया इलाज होने लगा है वहाँ ...रान पर लकीरें डालकर दवाई पेट में कर देते हैं, सप्ताह-भर उसका असर देखते हैं। कितने रुपये बचे हैं ?''

''बहुत हैं...जैसी आपकी इच्छा।'' कहकर मैं रसोई में जाकर सोचती रही— मालूम नहीं किसे कहाँ-कहाँ की दवा खाकर कहाँ, किस बिस्तर पर मरना है ! चंडीगढ़ क्या बनेगा ? चलो, यहाँ क्या है ?

शाम के समय सत्ती दिनभर घूम के आया तो उसका शरीर टिकता नहीं था। वह संकेत करके मुझे चौबारे में ले गया। हेर-फेरकर बात करने लगा। मैं समझ गयी, उसका दिल पीने को कर रहा था; लेकिन वीरजी का डर था। मैं उसे सब कुछ वहीं पकड़ा आई।

आनन्द साहब साबूदाना लेने बाजार तक गये तो सत्ती भी नीचे उतर आया। रसोई में मेरे पीछे खड़ा हो गया। उसकी साँस बहुत तेज चल रही थी। मैंने लौटकर देखा, उसकी आँखें भी सुर्ख थीं। उसने अँग्रेज़ी में कहा, ''प्लीज किस भी... !''

मैंने उसके माथे से बाल हटाए और कसते हुए उसे चूम लिया, और कुछ देर उसे उसी तरह सीने से सटाकर खड़ी रही। तभी मुझे महसूस हुआ कि यहीं से पाप शुरू होता है, जब मनुष्य अपने स्वार्थ के लिए कुछ करता है। मैं एकदम पीछे हट गयी। लेकिन सत्ती ज़िद कर रहा था। मैंने समझाया, उसे आनन्द साहब का डर दिया तो वह बरामदे में जाकर बैठ गया। इसी कारण मैंने सफाई और बर्तनों के लिए काम करने आती लड़की हटा दी थी। इसी से मैं उसे ताया की बहू सन्तोष के पास नहीं जाने देती थी।

खाना खाकर आनन्द साहब सैर करने निकले तो सत्ती फिर बच्चों की तरह जिद करने लगा। मेरे रोकते-रोकते उसने बेडरूम की बत्ती बुझा दी।

वह शान्त होकर सुस्ताने लगा तो मुझे लगा, मानो मेरा मरने वाला बच्चा मेरे साथ लेटा है। मैं उछलते दूधवाली छाती उसके मुँह में देती हूँ, लेकिन उसमें चूसने की शक्ति नहीं...मुझे होश आया तो मैं उसी तरह सत्ती को लिए लेटी थी, जैसे माँ अपने दूध-पीते बच्चे को दूध पिलाती सो चली हो और फिर बच्चा भी।

उठकर मैं तेजी से बाथरूम गयी। ब्रश लेकर कुल्ला किया। मेरे अन्दर डर बैठ गया। शुरू-शुरू में मैं अपने होंठ बचाने के लिए मुँह पर कपड़ा रखती थी, लेकिन कुछ उसके जोर डालने पर व कुछ अपनी बेबसी में मैं यह भूल ही बैठी कि वह कैंसर का रोगी था।

दोपहर में जल्दी ही डॉक्टर पुरी के पास गयी। उन्हें नई आई नौकरानी के साथ

सत्ती की बात जोड़कर बताई तो वे बोले, ''कोई बात नहीं। नो इन्फेक्शन।'' लेकिन मेरा वहम दूर नहीं हुआ।

चंडीगढ़ में हमारे कई सम्बन्धी हैं, लेकिन हम किसी के यहाँ नहीं गये। रोगी के साथ जाना क्या भला लगता? अस्पताल के पास पन्द्रह सेक्टर में एक कमरा-रसोई किराए पर लेकर रहने लगे। अस्पताल से फ़ारिग होकर हम देवर-भाभी पकाते, खाते, ताश खेलते, शाम को सैर के लिए निकल जाते; या शॉपिंग सेन्टरों में लोगों की भीड़ में सत्ती का मन लगता था। वह जो भी पसन्द करता, मैं खरीद देती। कई कास्मेटिक्स वह मेरे लिए भी पसन्द करता, मैं वह भी खरीद लेती। एक दिन उसने एक स्कार्फ पसन्द किया। इतने गहरे लाल, नीले, पीले रंगों का वह स्कार्फ मुझे क्या अच्छा लगता भला! लेकिन सत्ती की ख्वाहिश थी या ज़िद, मुझे दुकान से वही बाँधकर उसके साथ चलते हुए घर तक आना पड़ा। उसी को बाँधकर बिस्तर पर लेटना पड़ा।

सर्दी जा चुकी थी, तो भी वह चाहता था कि रात को दरवाज़े-खिड़कियाँ बन्द रहें। नारी को देखने की उसकी भूख मिटती नहीं थी। कभी-कभार वह मुझे देखता, सोचता और मेरी छातियों में नाक घुसाकर रोने लग जाता।

अस्तपाल में मुझसे कोई पूछता, ''क्यों बीबी, यह तेरा भाई है?'' मैं हाँ कह देती। यदि कोई पूछता, ''तेरा बेटा है?'' मैं तब भी हाँ कह देती। यदि कोई पूछती, ''यह तेरा क्या लगता है?'' मैं चुप ही रहती। क्या बताती! चंडीगढ़ में वह मेरा पति बनकर रह रहा था, मेरे शरीर का स्वामी।

अब औरत उसके लिए कोई भेद, कोई रहस्य नहीं—एक रुटीन बन गयी थी। उसका अपना शरीर दिनोंदिन कमजोर होने लगा था—बिजली के इलाज के कारण, या उसकी मानसिक अवस्था के कारण, कुछ निश्चित कहा नहीं जा सकता। उसकी ज़िद व माँग भी कम होने लगी थी। खाने-पहनने से भी उसका जी उचाट होने लगा था। वह कभी शराब पीता, कभी समाधियाँ लगाता तो कभी गीता के श्लोक उच्च स्वर में पढ़ता रहता—नैनं छिदन्ति शस्त्राणि। मैं सोचती कि बार-बार उसका यह श्लोक-पाठ किसी को कैसे सहारा दे सकता है? आत्मा के अमर-अजर होने से उसे क्या फ़र्क़ पड़ता है!

पी. जी. आई. का कोर्स पूरा करके हम घर लौटे तो उसके लिए दलिया खाना भी मुहाल हो गया था। कभी-कभी हालत एकदम बिगड़ जाती। साँस लेना मुश्किल हो जाता। वह सुबह से शाम तक बरामदे में अपनी खाट पर लेटा गेट की ओर देखता रहता। कभी-कभी अचानक डर जाता। उसकी बाँह, टाँग या सारा शरीर काँप जाता, जैसे बच्चे सपना देखकर डरते हैं।

शाम को चाय के समय पिताजी ने सत्ती को बुलाया। वह सामने कुर्सी पर आ बैठा।

पिताजी देखते रहे। फिर कुछ फुसफुसाकर हाथ जोड़कर उन्होंने आँखें मींच लीं। मैंने सत्ती को इशारा करके उठा दिया।

एक दिन बरामदे में सत्ती को सिगरेट पीते हुए छोड़कर मैं रसोई में गयी तो चीख सुनाई दी। मैं दोड़कर आई। वह आरामकुर्सी से गिर पड़ा था। सिगरेट फर्श पर पड़ी सुलग रही थी। तनिक सहारे से वह उठ बैठा, बोला, ''भाभीजी, मेरी साँस रुकने लगी थी।''

मैं उसके गले पर देसी घी मलती रही।

आखिर डेड-लाइन भी आ गयी। वह आखिरी रात थी। मुझे नींद नहीं आ रही थी। आनन्द साहब गायत्री पाठ कर रहे थे, लेकिन सत्ती सो रहा था। मैं इसी दौरान दो बार उसे देख चुकी थी।

अचानक उसकी कठिन साँसों की आवाज़ रुक गयी। कुछ क्षण मैं साँस रोककर लेटी रही। फिर उठकर उसके कमरे में गयी। धीमे से चादर का पल्लू उठाकर देखा—उसकी साँस चल रही थी, लेकिन उसका चेहरा पीला हो गया था। झुककर मैं उसके चेहरे को निहारती रही, चेहरा जो कभी लाल गुलाब था।

वह रात निकल गयी—डॉक्टर पुरी की डेड लाइन।

सुबह उठकर आनन्द साहब ने फिर हवन किया। पिताजी के हुक्म के अनुसार कितना सारा अनाज व वस्त्र सत्ती के हाथ से दान करवाया। तीसरे पहर सत्ती आरामकुर्सी पर बैठा-बैठा गिर पड़ा। आनन्द साहब घर पर ही थे। हम जल्दी में उसे उठाकर डॉक्टर पुरी के क्लीनिक में ले गये। उन्होंने न जाने कैसे व क्या किया कि साँस ठीक हो गयी।

फिर दस ही दिन में सेहतमन्द होकर उसने डॉक्टर पुरी को भी हैरानकर दिया। वह घोड़े जैसा तगड़ा हो गया। सब कुछ खाता पीता और आवारागर्दी करता। फिर वह वही सब काम करने लगा, जो मुझे पसन्द नहीं था, जिसके कारण मुझे उस पर और खुद पर शर्म आती। अकसर वह सन्तोष के पास उसके चौबारे में बैठा रहता। तायाजी के लफंगे लड़कों के साथ पीता व लचर-सी हरकतें करता। कभी मेरे पर्स में से पैसे निकालकर ले जाता। यहाँ तक कि कभी मैं उसे प्यार करती तो उसकी नजर में वह प्यार ही न दिखाई देता। लगता, जैसे कोई बदमाश देखता हो। जैसे किसी से भी कोई चीज़ उधार ले लेना या माँग लेना, उसका हक बन गया। वह दूसरों के सिर पर पलने वाला बदमाश बन गया था, जिसकी बदमाशी का कारण शक्ति नहीं, कैंसर था। कैंसर उसे मार रहा था और कैंसर द्वारा वह हमें मार रहा था।

डेढ़ेक माह बाद उसकी तबीयत फिर बिगड़ने लगी। थूक में खून जैसा कुछ निकलता तो वह दहल जाता। आनन्द साहब घबरा जाते। मैंने फिर दवाइयों पर जोर दिया।

एक शाम थके-हारे आनन्द साहब सोचते हुए बोले, ''न जाने और कितनी देर

यह...नरक... ?''

''परमात्मा का नाम लो, सब दुख कट जाएँगे।'' उनकी बात का उत्तर मैंने दे तो दिया, लेकिन यह मेरी समझ में नहीं आ रहा था कि वह किसके नरक की बात करते थे—सत्ती के, पिताजी के या अपने ? मन में आया कि कह दूँ, जो कुछ तुम भोग रहे हो, वह नरक है, तो जो मैं भोग रही हूँ, वह क्या है ?

सत्ती दिन में न जाने कहाँ घूमता रहता, लेकिन अँधेरा घिरते ही घर लौट आता। वह डरा-सा होता और रात को चारपाई पर पड़ा धर्मग्रन्थ पढ़ता रहता। उसका चेहरा सदा गेट की ओर रहता था। कभी-कभी उसके चेहरे पर इतनी शान्ति होती कि भक्तों के चेहरों पर भी क्या होती होगी, लेकिन कभी इतनी व्याकुलता होती कि लगता, जैसे वह बहुत जल्दी में है। मानो वह किसी की प्रतीक्षा में हो। मानो कोई प्लेटफॉर्म पर बैठा गाड़ी के इन्तज़ार में हो, या मानो गाड़ी निकल गयी हो और प्लेटफार्म सूना पड़ा हो।

मरने से एक रात पहले न जाने कैसे उसे मालूम हो गया था। उसने संकेत से मुझे अपने पलंग पर बुलाया। बीच वाले दरवाज़े की बोल्ट लगाकर मैं उसके पास बैठ गयी। फिर उसके आग्रह पर साथ लेट गयी। वह मेरी ओर देखता रहा, देखता ही रहा। फिर उसकी बुझी-सी आँखों में आँसू आ गये। एकाएक मैंने उसका चेहरा अपनी छाती से लगा लिया, ''क्या बात है मेरे बच्चे ?''

उसने आँखें मींच लीं, मानो ध्यान में चला गया हो।

दूसरी सुबह उसने बेड-टी नहीं पी। नहाकर अगरबत्ती जलाई और पाठ करने बैठ गया। अभी प्रारम्भिक मन्त्र ही पढ़ा होगा कि उसके हाथ से पुस्तक गिर गयी और वह फर्श पर टेढ़ा हो गया।

मैंने रसोई में से भागते हुए जाकर उसे सँभाला तो मेरी चीख निकल गयी। आनन्द साहब काँपते भागे आए...लेकिन वह घटित हो चुका था, जिसकी प्रतीक्षा सत्ती को थी, आनन्द साहब को और मुझे भी।

आज इस घटना को हुए कोई एक साल बीत गया, लेकिन मुझे इस सवाल का जवाब नहीं मिल रहा कि वह मेरा कौन था ?

पाँव की जूती

—राम सरूप अणखी

रोटी–टुक्कड़ का सारा काम खत्म करके निहाले ने आँगन में दो खाटें और बिछाईं और बिस्तर बिछाकर उसने दोनों लड़कों को एक खाट पर इकट्ठे ही पड़ जाने के लिए कहा, गोद वाली लड़की आँगन में पहले ही बिछी खाट पर सो चुकी थी, लड़की को दूसरी खाट पर डालकर उसने अपना जुल्ला भी झाड़ लिया और फिर लड़की को यों ही उठाकर अपनी खाट पर डाल दिया।

खाट पर लेटे दोनों लड़के छोटी छोटी बातें करने लगे।

उसने टोकरी में पड़ी, चीथेड़े में लपेटकर रखी रोटियाँ गिनीं—सात थीं। दो रोटियाँ उसने अपने हाथ पर रख ली, पाँच तो उसके लिए काफी होंगी। और तोड़कर कुडी में से प्याज की चटनी उसने रोटियों पर रख ली और खाने लगी। दो लुकमें ही भीतर गये थे कि दरवाज़े के तख़्ते खड़क उठे। उसने कान देकर सुना—कहीं वही न हो। दूसरी बार तख़्ते फिर खड़के, रोटियों को किनारीदार खाली लोटे पर रखकर उसने दरवाज़ा खोला। पड़ोसियों का कुत्ता ढब्बू, दुम हिला रहा था। एक क्षण उसके होंठों पर ना मालूम सी मुस्कान आयी और वह बड़बड़ायी—पूत पीटों का।

डब्बू जब कभी बाहर रह जाता, वह दूसरे घरों के तख़्तों पर टक्करें मारता रहता था।

चूल्हे के पत्थर के पास बैठकर उसने रोटी खा ली और फिर चुनरी के पल्ले से घड़े की गरदन नवाकर उसने लोटा भर लिया और ओक से ही पानी पीने लगी।

रोटियों वाली टोकरी उठाकर उसने आटे वाली परात के नीचे रख दी। चटनी से लिथड़ी कुंडी को परात पर उलटा धर दिया। एक क्षण उसने सोचा चटनी देखकर वह आज भी कहीं बवंडर न खड़ा कर दे।

गेला शराब तो रोज ही पीता था। पर जब कभी संगत के बीच बैठकर पीता तो बहुत अन्धेरा होने पर घर लौटता। रोटी के साथ कोई सब्जी या दाल न मिलती तो निहालो को गालियाँ देने लगता। अगर वह कोई जवाब देती तो लातों घूसों से उसे पीट

डालता। रो-सिसककर वह चुपकर जाती और फिर पहले की तरह उसकी टहल सेवा करने लगती।

गेले के दो भाई उससे बड़े थे। वह अकेला अलग था और दोनों बड़े भाइयों की रसोई एक ही थी। उनकी माँ बहुत पहले मर चुकी थी। फिर बाप की मृत्यु पर दोनों बड़े भाइयों ने गेले को अलगकर दिया था। तीसरे हिस्से की जमीन भी उसे दे दी गयी थी। नया बना, बड़े बड़े तीन कमरों वाला मकान भी बाँट दिया था। गेले वाले आँगन में आदमी से ऊँची दीवार भी बनवा ली थी। और फिर गेले ने जैसे-आँगन के एक कोने में एक छोटी सी बैठक बनवा ली थी। किसी से पुरानी छोटी ईंटों का खोला मोल लेकर आगे की दीवार डलवा ली थी। दरवाज़ा रखकर पुराने तख़्ते लगवा लिए थे। चौड़े आँगन में बैठक के साथ लगती कच्ची ईंटों की 'झलानी' निहालो ने खुद ही उठा ली थी। 'झलानी' के आगे चौंतरा बनाकर ऊपर चूल्हा रख लिया था।

अलग होने के बाद निहालो ने सोचा था कि गेला अब काम करेगा। खेती का काम चलाएगा। हम अच्छा खाएँगे अच्छा पीएँगे, बच्चों के फटे कुरते नहीं रहेंगे। खुद वह नंगे पाँव नहीं चलेगी। उसके सारे शौक पूरे हुआ करेंगे। पर नहीं, गेले ने तो पहले साल अपनी जमीन हिस्से पर दे दी थी। पहले की तरह ही अलख घूमने लगा था।

निहालो की बड़ी जेठानी कभी-कभी उससे कहती—ऐसा था, तभी तो अलग करना पड़ा। अब भुगते। तू समझा, चाहे न समझा। भाइयों के नाक-होंठ से तो यह कभी का उतरा हुआ है। जेठानी के शब्दों में तानों उलाहनों तथा हमदर्दी का मिलाजुला भाव होता। निहालों की आँखें भर आतीं।

जब वे इकट्ठे थे और बाप ज़िन्दा था, गेला काम के लिए हाथ तक नहीं उठाता था। छोटा था, तो उसने भैंसें जरूर चरायी थीं; लेकिन जब से जवान हुआ, उलटे कामों में पड़ गया था। साथी लड़कों के साथ मिलकर दारू निकालता। लड़कों की ज़िद ने ही दो बार पुलिस को उसके हाथ पकड़वाए थे। उनके घर की बेइज्जती हुई थी। एक बार अफीम के केस में भी उसका नाम आ गया था। और फिर जैलदारों के दसवीं फेल बेटे के साथ मिलकर कपास चुगने गयी बेगू चमार की लड़की को छेड़ा था—जिसके कारण गेले का नाम गाँव के मुसटंडों में गिना जाने लगा था। इन्हीं बातों के रहते उसके बाप ने झटपट इसका ब्याह कर दिया था—क्या पता सुधर ही जाये।

बेटा हुआ। फिर एक और बेटा, और फिर बाप चलता बना। उसे अलग भी कर दिया गया, पर वह न सुधरा।

पहले साल हिस्से पर जमीन दी थी तो दूसरे साल ठेके पर चढ़ा दी। ठेके के पैसे कुछ ही दिनों में शराब में उड़ा दिये। उन्हीं दिनों निहालो की बड़ी बहन के लड़के का ब्याह आ गया। खुद तो गया नहीं। बच्चों को लेकर निहालो गयी थी। बहन के घर में इकट्ठे हुए रिश्तेदारों ने उस पर तरस का तेजाब ही छिड़का। वह तो धरती में मुँह देने

लायक भी नहीं रह गयी थी।

शराब पीकर, अन्धेरा घिर आने पर वह घर लौटता तो वैसे ही किसी बात पर बिगड़ जाता और निहालो को पीटने लगता। पहले पहल तो बड़ी जेठानी छुड़वाने भी आ जाती थी। लेकिन वह भी क्या करती ? उसका तो नित्य यही हाल था। नित्य वह निहालो की हड्डियाँ तोड़ता। तड़के वह चंगी-भली हो जाती और गेले की सेवा-टहल करने लगती। कहीं से अफीम का मावा लाकर देती। हड्डियाँ जुड़ती तो पानी गर्म करके उसे नहलाती सिर में सरसों के तेल की मालिश करती। रोटी के साथ दही खाने को देती। शाम को उसकी देह टूट रही होती तो उसकी पिंडलियाँ दबाती। पर दिन छिपने के साथ ही वह चुपचाप आँख बचाकर घर से निकल जाता और शराब पीने लगता।

यार लोगों की महफिल कभी-कभी उसकी बैठक में लगती। उस दिन निहालो बहुत तंग होती।

परेशान होकर वह मायके चली गयी थी। दो महीने लौटकर ही नहीं आयी। ताइयाँ-चाचियाँ कहती थीं, जाना मत बेटी। अड़कर बैठी रहो। अपने आप बल निकल जाएँगे तो लेने आ जाएगा। यहाँ- आया तो उसकी मरम्मत हम कर देंगी।

पर उसके मायके जाने से तो बन्दर और भी खुल गया था। घर की कई चीज़ें उसने बेच डालीं। मुस्टंडों का आना जाना और बढ़ गया। निहालो को पता चला तो वह भाइयों से झगड़ने लगी। धक्का तो दे दिया कुएँ में, अब जाकर समझा तो दो रीछ को।

वे कहते—दामाद से हम क्या कहें ? तुम ही करो उसे सीधा। यहाँ बैठी क्या कर रही हो। जाओ तो कुछ नकेल ही पड़ेगी साले को।

माँ कहती—कमीने के झोटे उखाड़ दो जाकर। कुछ डर तो दो उसे। क्या सुख देखा लड़की ने।

और फिर निहालो का बड़ा भाई खुद आकर उसके ससुराल में छोड़ गया था। बातों-बातों में उसने गेले को अपमानित किया था। उसके सामने गेला कुछ बोला नहीं था। हूँ-हाँ करता रहा। तीले से मिट्टी कुरेदता रहा था।

भाई के जाने के बाद निहालो फिर एक बार नरक में धँस गयी।

रात को गेला बाहर से आकर जब उसे पीटता तो आवाज़ें भाइयों के घर में भी सुनायी देतीं।

निहालो सोचती रहती—पूत जवान होगे तो बदला ले लेंगे। कमाऊ निकले तो इस मलंग से फिर क्या लेना।

लेकिन उसका सब्र टूट-टूट जाता—जब तक बेटे कमाऊ होंगे, तब तक तो यह सारी जमीन फूँक चुका होगा। कब तक मैं पाँव की जूती बनी रहूँगी ?

और आज इन्तज़ार करते करते वह लेटने जा रही थी कि दरवाज़े पर दस्तक हुई। बेटे बातें करते करते सो गये थे। उठने लगी तो लड़की जाग गयी। उसे चुप कराने लगी

तो दरवाज़े की बाहर की कुंडी जोर से बजी। रोती लड़की को छोड़कर वह दरवाज़े की ओर भागी। अन्दर की कुंडी खोली। साँड की तरह नाक फुफकारता वह भीतर आया।

बहरी हो गयी हो क्या? कुंडी को आवाज़ सुनायी नहीं देती। उसने निहालो का कन्धा पकड़कर उसे धक्का दिया। वह गिरते-गिरते बची। पत्थर की तरह खटिया पर गिरकर उसने रोटी माँगी। जोर से खँखारा और थूक दिया। जल्दी कर और फिर एक कड़कती तीखी गन्दी गाली।

थाली में दो रोटियों पर प्याज की चटनी रखकर वह ले आयी। उसे थाली थमाकर वह पानी लेने गयी। पानी लेकर आयी तो उसने पूछा—दाल नहीं रखी कोई?

घर में कुछ हो तो रखूँ—उसने मरा सा उतर दिया।

और उसने थाली को आँगन में दे मारा। खड़ा होकर वह निहालो के सिर की ओर झपट पड़ा। पीछे हटते हटते वह चौंतरे पर चूल्हे के पास जा गिरी। शराब के नशे में अन्धा हुआ वह भी चक्कर खाकर गिर पड़ा। और फिर पड़ोस में जेठानियों ने आवाज़ें सुनी, जैसे 'थाणे' से कोई पांडू के ढेलों को तोड़ रहा हो। ठक ठक खटिया पर पड़ी लड़की चीखें मारती रही। लड़के नहीं जागे, जेठानियाँ खाटों पर करवटें बदलती रहीं। जेठ चुपचाप पिटाई के खड़ाक सुन रहे थे, क्या कहता कोई? उनका तो नित्य का यही हाल था। न हाय की आवाज़, न कोई चीख-पुकार। मिट्टी क्या बोलती?

दूसरे दिन निहालो जब घर से बाहर निकली तो जेठानियाँ आपस में बातें करने लगीं। यह घूम रही है वैसी ही नयी निरोई। क्या हुआ है इसे? खाल की तरह कूट डालता है। एक याद नहीं रहती, बल्कि दूनी सेवा करती है मुस्टंडे की।

उस दिन गेला घर से बाहर नहीं निकला। दूसरे दिन भी नहीं तीसरे चौथे—और फिर कई दिन वह बैठक में ही पड़ा रहा। निहालो उसके घुटनों, टखनों और जोड़ों पर लोगड़ से सेंक करती रही। दूध घी पिलाती रही। गुस्से में उसने कुछ ज्यादा ही तगड़ी चोटें दे दी थीं। बहुत दिन बाद छड़ी के सहारे लंगड़ाकर चलता जब वह घर से बाहर निकला तो खाऊ यार उसका हाल पूछने लगे। लेकिन क्या बताता वह? किसी से वह आँख नहीं मिला सका। शराब छोड़ दी। बिना छड़ी चलने-फिरने योग्य हुआ तो खेतों में जाने लगा। अगले साल उसने खुद ही अपने खेत में हल चलाया।

नगीने वाली अँगूठी

—गुरदयाल सिंह

उस रात की तरह आज भी मोहन को नींद नहीं आ रही थी। सिर घुमाकर देखा, पड़ोसी मकानों की छतों पर चारपाइयाँ बिछी हुई थीं लेकिन किसी चारपाई के नीचे किसी के लम्बे बाल बिखरे दिखाई नहीं देते थे। और न ही किसी का माथा खिली कपास की तरह चमक रहा था। तभी मोहन को कटे खाए बेर जैसा पीले रंग का चाँद जोहड़ के पीछे पीपल के खड़खड़ाते पत्तों के पीछे उभरता दिखाई दिया। साथ ही छत की मुँडेर से श्मशानघाट की समाधि के किनारे चमकते दिखाई देने लगे। पीपल के पार सूने खेतों में गीदड़ हुंकार रहे थे जिनकी अपशकुनी आवाज़ें भयंकर खामोशी को चीरती आकाश में बिखर रही थीं।

रात बहुत उदास थी। तीन साल पहले भी मोहन को उसी तरह रात में नींद नहीं आई थी। ऐसी ही रात थी—पीला चाँद पीपल के खड़खड़ाते पत्ते, सूने खेतों में बोलते गीदड़। लेकिन वह रात आज की रात से कहीं भिन्न थी। उस रात साथ वाली छत पर सो रही भानो के काले केश तकिए के नीचे हवा में लहलहा रहे थे। उसका माथा भी कपास के फूल-सा चमक रहा था और वे दो आँखें देर रात तक मोहन से खामोश रहस्यमयी बातें करती रही थीं। हवा का झोंका आया, दायीं तरफ की छत पर खाट पर बिछी सफेद चादर का पल्ला उड़कर किसी के मुँह पर आ गिरा। मोहन ने देखा भानो का बड़ा भाई सो रहा था। चादर जोर से मुँह पर आ गिरने से भी वह न हिला न ही जाग पाया।

मोहन को तभी ठंड-सी महसूस हुई और उसने खेस ओढ़ लिया। चाँदनी मद्धम पड़ने लगी थी, तारों की टिमटिमाहट बुझती हुई चिंगारियों-सी महसूस हुई। धीरे-धीरे आकाश पर गहरी कालिख बढ़ती गयी और उस कालिख में पीला चाँद डूबने लगा। जैसे बरसात में जोहड़ के छोर पर छोड़ी गयी उसकी काग़ज़ की नाव कुछ दूरी पर जाकर डूब जाया करती थी।

उस दिन शाम को वह घर लौटा तो उसकी भाभी ड्योढ़ी में चरखा कात रही थी। आँख बचाकर वह चुपके से अन्दर खिसक गया। भूसे वाली कोठड़ी में छुपाकर रखी

गेहूँ की तीलों में से एक निकालकर वह हारे में रखी हाँडी के पास चला गया। हाँडी का ढक्कन एक तरफ करके उसने तीले का एक सिरा दूध में डुबोया और दूसरा सिरा मुँह में लेकर दूध पीने लगा। मलाई की मोटी परत उसने कहीं से भी हिलने नहीं दी। भरपेट दूध पीकर उसने हाँडी को ढका और तीला वहीं भूसे की कोठड़ी में छिपा दिया। कोठड़ी से लौटते समय उसने अपनी नई फूट रही मूँछों पर हाथ फेरा, फिर खंखारा, अब उसके होंठ मुस्करा रहे थे।

"ऐसे चोरी से किसी की कमाई का दूध पीकर तुम पहलवान नहीं बानोगे।" भाभी की आवाज़ सुनकर वह दीवार थामे वहीं रुका रहा। लेकिन भाभी आज नहीं रुकी और उसे चुनौती देते बोली, "लाज-शरम हो तो अपनी कमाई का दूध पीकर देखो। तुम पाँच हाथ लम्बे जवान हो, चलते हो तो धरती काँपती है। ऐसे हराम का खाते-पीते शरम नहीं आती।"

भाभी की जली-कटी तो वह रोज सुनता था, लेकिन अपनी कमाई और 'हराम का खाना-पीना' जैसे कटु और असहाय शब्द उसने केवल आज ही सुने थे। एक पल के लिए मोहन की आँखें जमीन पर गड़ी रहीं, परन्तु अधिक देर तक वह वहाँ रुक नहीं पाया—ऐसे लगा जैसे किसी ने छाती में भाला चुभो दिया हो। भाभी के कुछ और कहने से पहले, वह जल्दी से बाहर निकल गया।

रात गये जब मोहन घर लौटा और चुपके से ड्योढ़ी की दीवार के साथ लगी लकड़ी की सीढ़ी से ऊपर चढ़ने लगा। आँगन में बिछी खाटों पर उसकी भाभी-भाई तथा भतीजे-भतीजियाँ लेटे हुए थे। भीतर आते समय उसने भाभी की धीमी आवाज़ भी सुन ली थी। ऐसे लगता था जैसे सभी गहरी नींद में सो रहे हों और वह ऊपर जाकर खाली चारपाई पर लेट गया।

'यह झगड़ा तो जल्दी निपटाना पड़ेगा।' लेटते ही उसने भाभी की आवाज़ सुनी। ऐसे शहजादों की आँखें तभी खुलती हैं जब कोई इन्हें साँझी भी नहीं रखता और दर-दर की खाक छाननी पड़ती है। हाँडी में से चोरी का दूध पीना तब याद आता है। दिन-रात काले बैल की तरह कमाएँ हम, और खाएँ यह, सोढ़ी साहिब!... क्यों पाँच सौ बीघे का मालिक है न।

मोहन के भाई ने आज पहले की तरह उसे कुछ कहने से नहीं रोका। अपना स्वाभाविक वाक्य भी नहीं दोहराया, 'अरे बचपन से पाला-पोसा है इसे ब्याहकर अपना भार उतार दें फिर सब हो जाएगा।'

मोहन के पाँवों के तलवे जलने लगे। उसकी आँखों के आगे अन्धेरा छा रहा था। लेकिन जब उसने सिर घुमाकर दाईं तरफ कोठे की छत पर देखा तो भानो का चमकता माथा और तकिए के नीचे लहलहाते बालों की लटें देखकर वह एक पल के लिए सब कुछ भूल गया। न जाने क्यों भानो सोते में अपने बाल हररोज यूँ ही बिखेर लेती थी।

दायीं आँख के ऊपर पड़े चौथ के चाँद जैसे निशान में चमक पड़ने लगी। उसने माथे पर हाथ फेरा और एक लम्बी साँस लेकर मुँह दूसरी ओर घुमा लिया। लेकिन कसक बढ़ने लगी थी। वह रातभर सो नहीं पाया। सुबह मुर्गे ने बांग दी तो उसकी पड़ोसन सन्ती चक्की पीसने लगी। वह उठकर बैठ गया। शरीर में थकान थी तभी अधिक देर नहीं बैठ पाया और फिर लेट गया। उसका माथा चकरा रहा था।

जब दिन निकला, आसपास के घरों के बच्चे शोर मचाने लगे तो वह हड़बड़ाकर उठ बैठा। आँखें मलकर इधर-उधर देखा, लोग अपने कामों पर जा रहे थे और भाभी भी। चुपके से वह नीचे उतरा। आँगन में झाड़ू देती भाभी ने उसे चाय के लिए आज नहीं पुकारा। वह स्वयं भी रसोई में नहीं गया। बाहर गली की ओर चल दिया। गाँव से बाहर आकर देखा तो उपलों की टोकरी उठाए भानो जा रही थी। आसपास कोई नहीं था। वह रुक गया। उसके पास आकर भानो मुस्करा दी। लेकिन मोहन ने उसकी ओर नहीं देखा। हाँ, सिर झुकाए धीमी आवाज़ में कहा, मैं जा रहा हूँ।

'नौकर?' भानो ने मुस्कराकर मज़ाक किया। आवाज़ मानो' मोहन का गला फाड़कर बाहर निकल आई थी। 'अच्छा!' भानो ने कहा, 'तो छुट्टी पर आते हुए मेरे लिए नगीने वाली अँगूठी लेते आना।' यूँ मुस्कराकर वह निकल गयी। मोहन मुड़कर उसकी ओर देख भी नहीं पाया। उसके माथे के निशान में फिर पीड़ा होने लगी थी।

इसके बाद वह तीन साल तक घर नहीं आया। प्रत्येक वर्ष उसे आषाढ़ की एकादशी की रात को नींद न आती। एक पल भी सोचे बिना वह सारी रात आँखों में बिता देता। उसी तरह उनींदी आँखों से अगले दिन वह साहिब को छुट्टी की अर्जी देते गिड़गिड़ाया—'सर, बस एक सप्ताह, आप कहेंगे तो चार दिन में ही आ जाऊँगा।' लेकिन जब छुट्टी मिल जाती और वह सामान बाँधने लगता तो उसे भाभी की जली-कटी सुनाई देती। तभी बँधा-बँधाया सब खुल जाता।

दो साल बीते। इस तीसरे साल वह नहीं रुक सका। जब वह बिन बुलाए मेहमान की तरह अपना बिस्तर काँधे पर उठाए गाँव पहुँचा तो उसे बीसियों गाहिरों के बीच उपलों का वह जखीरा दिखाई नहीं दिया, जिसे अपने दोस्त की तरह वह पहचान सकता था—भाभी के हाथों का पुता हुआ गहीरा। फिर जब वह घर के पास पहुँचा तो पड़ोसियों के दरवाज़े के दोनों ओर सरसों का तेल बिखरा देख उसका दिल धड़कने लगा।

भाभी ने उसे सर-आँखों पर उठा लिया। गाँव का वही पुराना प्रेम जाग उठा। यार-दोस्त उसे मिलने आए। तो भी उसे अपने चारों ओर एक उजाड़-सा दिखाई देने लगा। एक महीने की छुट्टी के सात दिन वह बिताकर लौटने को तैयार हो गया। सब हैरान थे पर वह रुक नहीं पाया।

आज भी एकादशी की रात थी, फ़र्क़ केवल इतना था कि एकादशी श्याम पक्ष की थी। वह सारी रात आँखों में बिताकर मुर्गे की बांग देते ही उठकर बैठ गया। सुबह

की गाड़ी से उसे जाना था। स्टेशन गाँव से पाँच मील दूर था।

नीचे आया तो भाई उसके लिए किसी का ऊँट लेने चला गया था। भाभी उसके लिए मीठी रोटियाँ पका रही थी। वह धीरे से अन्दर चला गया और अपनी वर्दी पहनकर जब अपना सामान इकट्ठाकर रहा था तो उसकी भाभी मुस्कराते हुए उसके पास आकर बोली, 'भाभी की यह निशानी भी सम्भालकर रख ले।

मोहन ने भाभी की ओर देखा। एक क्रोशिए से बुना सितारों वाला रंग-बिरंगा रूमाल उसके हाथ में था। रूमाल से नजर हटाकर भाभी की ओर देखा तो उसकी आँखें लालटेन की मद्धम रोशनी में भी नगीनों-सी चमकती दिखाई दीं। मोहन के मन में उथल-पुथल हो रही थी। देर तक वह भाभी की आँखों में नहीं देख सका। चुपके से रूमाल पकड़ ट्रंक में रखा और उसी में से एक हरे रंग का पतंगी काग़ज़ निकालकर भाभी को थमा दिया।

'यह मेरे लिए लाया था क्या?' भाभी ने काग़ज़ से अँगूठी निकाल हैरानी से पूछा।'अरे, यह तो नगीने वाली है।''हाँ'। अपने जीवन में यह 'हाँ' पिछले तीन वर्ष में वह पहली बार बोला था। फिर वह ट्रंक के कपड़े सम्भालने लगा, जिन पर गिरने आँसू उसकी भाभी नहीं देख सकी।'जुग-जुग जीवे मेरा ऐसा देवर।' मुस्कराते हुए भाभी ने अँगूठी बाएँ हाथ की छोटी उंगली में पहन ली।

पहली रात

—जसवन्त सिंह विरदी

कुछ दिन ही ऐसे होते हैं कि मनुष्य उन्हें आम दिनों की तरह नहीं भोग सकता। मोहन बाबू पर शायद इसी तरह के दिन आए हुए थे। दफ्तर के साजिशी माहौल से दुखी होकर उसने नौकरी छोड़ी थी...मगर कारोबार के दिनों की शुरुआत में ही वह मानसिक तनाव का शिकार हो गया। पर यह उसकी शिथिलता नहीं थी। कोई भी व्यक्ति उसकी तरह दुविधा में फँस सकता था।

मगर परेशानी? परेशान हर कोई तो नहीं होता। मगर यह परेशानी जैसे उसके अन्तर्मन में ही समा गयी थी।

बात यह थी कि काम अभी नया-नया था और स्टैनो की पोस्ट के लिए इंटरव्यू का दिन और समय निश्चित किया गया था और फिर इसी उद्देश्य को स्पष्ट करने के लिए विज्ञप्ति...।

इंटरव्यू पर आने वाले व्यक्तियों में एक लड़की भी थी। वह लड़की सुन्दर तो नहीं थी मगर किसी दूसरे शहर से अकेली ही आई थी और इसी बात ने मोहन बाबू को चकित कर दिया था।

देखने में वह सजीली सी दिखाई देती थी परन्तु मन की बड़ी दृढ़ होगी। तभी घर से अकेली चली आई।... मोहन बाबू बार-बार सोचता। वह सोचता और हैरान होता। हैरान होता कि उसकी पत्नी तो घर से बाहर जाने के लिए भी उसका साथ चाहती थी और कोई भी निर्णय लेने से पूर्व सौ बार उससे पूछती थी। अपने मायके भी जाना होता तो उसकी इच्छा और स्वीकृति के साथ और उसको अपने साथ लेकर जाती थी। 'अकेली क्यों नहीं जाती?' वह पूछता तो कहती : 'कहीं गयी ही नहीं अकेली... पता नहीं एक झिझक सी मन को घेरे रहती है।' उस समय पत्नी बिलकुल घबरा जाती। उसकी वह घबराहट मोहन को अच्छी लगती। 'मगर यह लड़की' मोहन सोचता—'अब कौन सी स्वतन्त्र हवाएँ चलने लगी हैं लड़कियों के लिए?'

मोहन ने जब उससे अकेली आने के बारे में प्रश्न किया तो उसने मुस्कराकर

कहा—"नौकरी पर लगकर मुझे अकेले ही दफ्तर आना है...पहले दिन मेरे साथ आकर किसी ने क्या कर लेना था?"

मोहन ने देखा कि उसे पूर्ण आशा थी कि वह नौकरी के लिए चुन ली जाएगी। शायद कुछ चेहरे ही आशाजनक होते हैं।

अगर वह चाहता तो उसकी इच्छा पूरी भी कर सकता था। परन्तु उसका मन डोलने लगा था।

यही सही है कि हर निर्णय लेने से पहले उसका मन दुविधा का शिकार हो जाता था, परन्तु अब वह इस तरह की स्थिति में नहीं था। वह प्रत्येक बात को व्यावसायिक और कारोबारी दृष्टिकोण से निश्चित करना चाहता था। लड़की काम के लिए सर्वथा निपुण थी और उसने जो भी प्रश्न उससे पूछे, उन पर वह सही तथा योग्य सिद्ध हुई। मगर, फिर भी वह घबरा गया। उसने सोचा कि यदि उसने लड़की को काम पर रख लिया तो लड़की अपने स्वाभिमान तथा मन की दृढ़ता द्वारा उस पर छाई रहेगी। सम्भव है, कि उससे कई गलत फैसले भी करवा लिया करे। अभी उसका नया-नया कारोबार है और वह किसी भी कुप्रभाव को स्वीकार करके नहीं चलना चाहता। यदि कोई व्यक्ति उसे अपनी ओर से अच्छी राय भी देगा, उसे भी वह परखकर ही, उसके बारे में निर्णय लेगा। दफ्तरी जीवन में तो उस पर अनेक प्रकार के दबाव थे, मगर अब तो वह स्वतन्त्र है। इच्छानुसार कार्यकर सकता है। दफ्तर के बारे में सोचकर उसे विचार आता कि वहाँ गलत लोगों और फैसलों को सही कहना पड़ता था।

मगर यह लड़की काम में सर्वथा निपुण थी और नियुक्ति के लिए पूर्णतया योग्य। लड़कों से भी बढ़कर। लड़के तो कुछ भी नहीं थे।

फिर उसने सोचा कि अगर उसने लड़की को रख लिया तो लोग क्या कहेंगे। अभी तो उसका कारोबार बिलकुल नया है। उसकी पत्नी भी उसके साथ नाराज हो सकती थी कि उसने इस्टैबिल्शमेंट में एक लड़की को क्यों रख लिया? इससे तो बेहतर है कि वह अपनी पत्नी को ही व्यवस्था के लिए साथ ले आया करे। उसका समय भी आराम से गुजर जाएगा। मगर पत्नी घर का काम करेगी कि दफ्तर का? पत्नी तो अपनी ऊल-जलूल बातों से उसके काम में बाधा डाल सकती थी। ये पत्नियाँ दफ्तर का काम नहीं कर सकतीं। वह अकसर सोचता। यदि पत्नी उसके साथ काम नहीं कर सकती तो एक लड़की कैसे कर सकती थी?... फिर उसने कई और संस्थानों में काम करने वाली लड़कियों के बारे में सोचा तो उसे महसूस हुआ कि लड़की उसके काम में पूरी तरह सहायक हो सकती थी। मगर वह लड़की की दीदा दलेरी देखकर घबरा गया। लड़कियाँ इतनी साहसी कैसे हो गयीं कि पुरुषों की समानता करने लगें? परन्तु वह लड़की योग्य ही थी।

इंटरव्यू के बाद उसने सबको कह दिया कि वह निर्णय करके बाद में पत्र डालेगा

और नियुक्ति पत्र भेजेगा।

बाहर पतझड़ के पत्ते गिर रहे थे और इंटरव्यू देने वालों के चेहरे उदास हो गये।

उस समय लड़की ने उसे जिस दृष्टि से घूरा, उसका अभिप्राय था कि यदि उसने उसे रखना था, तो अभी ही रख लेता...और वह शिथिल सी होकर चल पड़ी...चली गयी। जैसे कोई 'नहीं' में उत्तर लेकर जाता है।

लड़की की नजर में उस समय का भाव कुछ इस तरह का था, जिसे हीन-भाव नहीं कहा जा सकता। हीन भाव तो उस में था ही नहीं। मगर वह कुछ ऐसा अवश्य था, जो कि मोहन बाबू के मन में चुभकर रह गया था। शायद लड़की की तीखी नजर, जो कि उसका निर्णय सुनकर शून्य हो गयी थी।

'यह भावुक दौरा है।' उसने सोचा...

फिर उसने निश्चय ही कर लिया कि लड़की यद्यपि कितनी भी काम के योग्य और रखे जाने के अनुकूल थी, परन्तु वह उसे नहीं रखेगा। वह नौकरी करके अपने माँ-बाप का आश्रय बनना चाहती हो, अथवा अपने बहन-भाइयों का। उसे क्या?... और उसने लड़की के बारे में सोचना ही छोड़ दिया।

लड़की के जाने के बाद वह उसके प्रभाव के दायरे से भी बाहर निकल आया और उसने नियुक्ति पत्र किसी लड़के को दे दिया। पूर्ण विश्वास के साथ।

रात के समय जब उसने इस सम्बन्ध में अपनी पत्नी के साथ बात की तो उसने कहा कि चलो जो कुछ हो गया, ठीक है,...मगर नियुक्ति पत्र उस लड़की को ही मिलना चाहिए था...यदि वह उसकी जगह होती, तो इसी तरह करती...।

'यह औरत भी अजीब है।' उसे ख्याल आया—'यदि मैं उसे रख लेता, तब भी इसने नाराज़ हो जाना था।'

और अपने निर्णय के बारे में वह फिर असन्तुलित हो गया।

'योग्य व्यक्ति को उसका अधिकार अवश्य मिलना चाहिए।' उसकी पत्नी ने खाना खिलाते समय उसे कहा था—'मगर अब जो हो गया, ठीक है।'

पत्नी का चेहरा निर्विकार था और वह बिस्तर पर लेटते ही सो गयी।

मगर मोहन बाबू को रात भर नींद नहीं आई। वह सोचता रहा कि शायद लड़कियों की दीदा-दिलेरी और योग्यता भी उनके विरुद्ध जा रही है।... (कौन बताए।)

उस समय शून्य रात की खामोशी, आवाज़ की उपेक्षा करके, उसने अपने निर्णय के पक्ष में बहुत से तर्क प्रस्तुत करने का प्रयत्न किया। उसने यह भी सोचा कि—'कारोबार के सम्बन्ध में प्रतिदिन मुझे कितना कुछ इस तरह का काम करना पड़ेगा जो कि मेरे कारोबार के लिए हितकर होगा।...वैसे यद्यपि वह बुरा और अशोभनीय ही होगा...और वह सब कुछ मैं हर हालत में करूँगा भी...। अच्छे और बुरे की पहचान करने वाली आत्मा का व्यवसाय से क्या सम्बन्ध है?'

मगर उसे रात भर नींद नहीं आई। बाहर बूँद-बूँद ओस कण रात्रि के कोमल और स्निग्ध बदन पर गिर रहे थे, जैसे रक्त-बूँदें।

उस समय वह बड़ी बेचैनी से सोच रहा था :

अभी तो पहली ही रात है...ज़िन्दगी की शेष रातें मैं कैसे गुजारूँगा?

शान-ए-पंजाब

—रघुबीर ढंड

फिर शान-ए-पंजाब अमृतसर स्टेशन से चल पड़ी दूसरों की तरह मैं भी एक मुसाफिर था। जब तक दिखाई दिया, वह हाथ हिलाता रहा। और मैं भी। फिर हाथ हिलने थम गये। लेकिन वह ज्यादा देर तक दिखाई देता रहा, मैं नहीं। हालाँकि वह छतशुदा प्लेटफॉर्म पर खड़ा था और शान-ए-पंजाब खुले आकाश तले भाग रही थी। जहाँ वह खड़ा था, रोशनी-ही-रोशनी थी।

मैंने शीशा नीचे गिराया, रुपये वाली गड्डी बैग में रख ली।

बाहर मैदानों में घुटनों तक उभरी गेहूँ की फसल तो बढ़िया थी, लेकिन सूरज बादलों में लिपट गया था, इसलिए गेहूँ की फसलें उदास थीं। जैसे कोई ऐसे घर में रह रहा हो, जो उसका अपना हो।

मन में आया कि बादलों में लिपटे सूरज की मद्धम रोशनी में गेहूँ की फसल को निहारूँ, निहारता चलूँ और किसी कविता जैसी चीज़ के बारे में सोचूँ। लेकिन वह मेरे दिमाग में से नहीं निकल रहा था। वह, जो अभी मुझे विदा करके हाथ हिला रहा था, वह जहाँ खड़ा था, वहाँ रोशनी-ही-रोशनी थी। प्लेटफॉर्म तो भले सारा ही छतशुदा था।

कल शाम मैं उसके पास आया और रात ठहरा था। मर्जी से नहीं, मजबूरी में, हम विलायती-इंडियन हैं। मर्जी से तो वहीं रात ठहरते हैं, जहाँ विलायती शराब मिले और मुर्गा इंडियन हो और गुदगुदा बिस्तर, जिस पर पीठ टिकाकर हम विलायती सौगातों और रहमतों के किस्से तुर्श मिर्च-मसालों के साथ सुना सकें...अमृतसर में ऐसा ठिकाना न होने के कारण मुझे उसी के पास जाना, रहना पड़ा था। जैसे गली-मुहल्लों में से रिक्शा निकल रही थी और रिक्शावाला 'बस पहुँचे ही समझो' कह रहा था। वहाँ यह हिसाब लगाना कोई मुश्किल नहीं था कि शराब, मुर्गा और मुलायम बिस्तर मिलना सम्भव नहीं है।

था तो वह मेरे सगे चाचा का बेटा, लेकिन मेरे लिए वह अजनबी ही था, चूँकि बीस साल पहले जब मैं इंग्लैंड आया था, तो वह नौ-दस साल का था। बीच में एक बार

जब मैं देश गया तो वह कैद में था। जमीन खरीदने के चक्कर में मिलने का वक्त ही नहीं मिल सका था। फिर मुलाकात होती भी कैसे? मुझे न तो उस तक कोई काम था और न ही दिलों का मामला था। बस, बापू जी सहज ही लिख दिया करते थे—''तुम्हारे चाचा के साथ बोलचाल लगभग बन्द ही समझो...जलना-भुनना खूब है। लोगों को कहता-फिरता है—''अपना बेटा तो विलायत भेज दिया, हमारी बारी पर ज्यों सो गया। मुझसे हल चलवाता रहा और खुद बड़ा सोढ़ी सरदार बना बैठक के आगे छिड़काव करवा के आरामकुर्सी पर लम्बा लेटकर 'रूप बसन्त' का किस्सा पढ़ता रहा...और जब इंग्लैंड से पैसे आने लगे तो थोड़ी सी जमीन देकर अलग कर दिया मुझे!'' बेटों का जिक्र करते समय बाबू जी का एक विशेष अन्दाज़ होता था जिसमें थोड़ी करुणामय बेगानी सी हमदर्दी और थोड़ा अपने बड़े होने का गुमान और स्वाद शामिल होता था। लिखते—''तुम्हारे चाचा के लड़के तो ससुरे नालायक निकल गये। बड़ा भजना तो दसवीं पास नहीं कर पाया। गाँव में किसानी-खेती देखता है। छोटे के वैसे लच्छन ही अच्छे नहीं हैं। बड़े नक्सलियों के साथ धक्के खाता रहा। फिर सजा हो गयी। अब तो खैर बाकी कसर भी पूरीकर दी। कैदिन सुनारी के साथ शादी करवा के सोढ़ी वंश ही दागदार कर दिया है, माँ के खसम ने।''

बापू जी बड़े पंचायती आदमी थे। वे एक कंकर से दो जानवर मारना जानते थे, इसीलिए उन्होंने पिछला वाक्य बहुत घोट कर, खुशखत-सुन्दर लिखा था ताकि मैं भी सतर्क हो जाऊँ कि तेरे चाचा के बेटे ने तो जो चाँद चढ़ाना था, चढ़ा दिया। तुम शादी-ब्याह के मामले में अपने उच्च कुल का ख्याल रखना। तब अभी मेरी शादी नहीं हुई थी।

''बस बाऊजी, इससे आगे रिक्शा नहीं जाती।'' एक तंग सी गली और चौड़ी सी गन्दी नाली के पास रिक्शा रोककर, रिक्शावाला बोला था।

पैसे देकर मैं गली में आ गया, तंग और ईंटोंवाली गली। नाली में इतना गन्द कि नालियाँ उछलकर गली में आ रही थीं...कीचड़ और गन्दगी!

''भैण जी! मुझे जसवन्त सिंह के घर जाना है।'' मैंने एक पास से गुजरती हुई प्रौढ़ा से पूछा।

''वह है, चबूतरे पर मास्टर जी की बेटी ही खेल रही है।''

मैं चबूतरे के पास जाकर रुक गया। सातेक सालों की लड़की सड़क पर, बल्कि फर्श पर चाक से लिखती-लिखती रुक गयी। नगरपालिका के खम्भे की बत्ती रिवाज के अनुसार बुझी हुई थी। चबूतरे के साथ वाले कमरे के शीशों में से रोशनी बच्ची पर, और उसके द्वारा उकेरे शब्दों पर पड़ रही थी, जिससे चाक द्वारा लिखे अक्षर और भी चमक रहे थे। मुझे देखकर बच्ची उठ खड़ी हुई और मेरी ओर पूरे ध्यान से देखने लगी। मेरे कुछ पूछने-बोलने से पहले ही बोल पड़ी—

''अंकल! आप मेरे पापा से मिलने आए हैं?''

"हाँ, क्या नाम है तेरे पापा का?"

"मिस्टर जसवन्त सिंह सोढ़ी, पापा द ग्रेट...मम्मी का भी बतलाऊँ?"

"बताओ।"

"मिसेज सीमा सोढ़ी! अपना भी बताऊँ?"

"जरूर!"

"मिस रामोना सोढ़ी!... पापा की सिंक्केबन्द वोट!"

मैं वहीं जड़ हो चला। हैरानी की वजह से मुझसे कुछ भी बोला न गया। ऐसे माहौल में इतने प्यारे, जहीन और स्वाभाविक बच्चे भी पैदा हो सकते हैं... कीचड़ में कमल? मैंने सोचा।

मैंने चबूतरे पर आकर उसके कन्धों तक कटे हुए मुलायम भूरे बालों पर हाथ फेरते हुए उसका माथा चूम लिया और चूमते समय मैंने देखा, उसका चेहरा काफी पीला था। जब मैं रुका तो देखा कि मेरे सामने एक अट्ठाईस-उनतीस साल का लम्बा नौजवान खड़ा था। उसने मुझ पर एक पड़तालती-सी दृष्टि फेंकी।

"जसवन्त?" मैंने पूछा।

उसने एकाएक मेरे घुटनों को स्पर्श करते हुए मुझे बाँहों में भर लिया। फिर मेरा बैग पकड़ते हुए बोला—"बाई, आप! खत लिख देते, मैं स्टेशन पर आ जाता...आपको तकलीफन होती।"

बच्ची समेत हम अन्दर निकल आए।

छतशुदा ड्योढ़ी से आगे एक लम्बा, चौड़ी गली जैसा आँगन था। जिसके एक ओर कई कमरे थे, ज्यों रेलवे के चौथा दर्जा क्वार्टर्स हों, जिनमें बहुत से परिवार रहते हैं। छोटी सी रसोई के आगे से निकलते हुए जसवन्त ने आवाज़ लगायी, "सीमा! देख कौन आए हैं?"

हम अन्दर निकल आए, दो छोटे-छोटे कमरे थे, या यूँ कह लो कि कमरा तो एक ही था, जिसे मकान मालिक ने दो कमरों का सेट बनाने के लिए दो हिस्सों में बाँट दिया था। मैंने ओवरकोट उतारकर खूँटी पर लटका दिया।

इतने में सीमा अन्दर आयी और हाथ जोड़कर मुस्कराई। वही सीमा, जिसने सोढ़ी कुल को कलंकित करके जसवन्त को बेदावा करवा दिया था, बेदखल। कितना इतिहास समेटे खड़ी थी सीमा मेरे सामने, लेकिन फिर भी मुस्करा रही थी।

"सीमा, ये इंग्लैंड वाले बाई (भाई) हैं।"

वह दो कदम मेरी ओर बढ़ी और मेरे पैरों को हाथ लगाने के लिए झुकी। मैंने उसे रोक दिया और उसके सिर पर हाथ फेरते हुए कहा—"जीती रहो भई! लड़कियाँ तो देवियाँ होती हैं...और फिर तुम तो सचमुच देवी हो।"

"क्यों शर्मिन्दा करते हो भापा जी।" उसने नजरें झुका लीं। इससे उसके सादे

बिस्कुटी शॉल की 'बुक्कल' खुल गयी और मोटी लम्बी वेणी उसकी गोदी में आ गिरी।

"नहीं सीमा, तूने यह छोटा सा घर इस करीने से सजाया हुआ है, इतनी प्यारी और ऐसी मोह लेने वाली बातें करने वाली तुम्हारी बिटिया...यह सब तुम्हारी अच्छाई का ही तो प्रमाण है।"

"बहुत बातें करती है, बिना फुलस्टॉप बोलती रहती है, यदि मैं इन्हें न भेजती तो पता नहीं कितनी देर आपको वहीं रोककर रखती।"

रामोना होंठ टेरती जसवन्त की गोद में जा घुसी। जसवन्त दूसरे कमरे में चला गया। सीमा मेरे सामने बैठी मेरे परिवार का हालचाल पूछने लगी। वह अपनी उम्र से कोई पाँच बरस छोटी लग रही थी। सुन्दर भी पर्याप्त थी। किसी समय बहुत चंचल रही होगी। लेकिन समय की गर्म-सर्द ऋतुओं ने अब उसका चेहरा गम्भीर बना दिया था। लेकिन गम्भीरता में उदासी नहीं थी, आत्मविश्वास था। जो अपनी लड़ाइयाँ स्वयं लड़कर ही पैदा होता है। हाँ, मुझे उसका चश्मा, चेहरे की अपेक्षा खूब बड़ा लगा, जिसके घटिया फ्रेम ने उसकी नाक पर निशान बना दिया था। कल ही सीमा के लिए बढ़िया फ्रेम खरीद दूँगा। भले कितने ही पैसे लग जाएँ। लड़कियों को जितना भी दिया जाये, कम ही होता है, इससे घर की शान बढ़ती है, बाबा जी कहा करते थे।

सीमा खाना बनाने के प्रयोजन से अन्दर रसोई में जा घुसी।

जसवन्त चमचे के साथ बेटी को कोई दवाई पिला रहा था।

"काहे की दवाई है यह?" मैंने पूछा।

"साँस और खाँसी की।" जसवन्त ने उत्तर दिया।

खाँसी तो चलो ठीक है, लेकिन साँस वाली बात से मैं चिन्तातुर हो गया। इन्तज़ार करता रहा कुछ मिनट कि वह कुछ विस्तार से बता देगा, लेकिन वह चुप रहा। मुझे यह परिवार इस कदर अपना लगने लगा, मानो मैं लगातार कई साल से इन्हीं के साथ रहता रहा होऊँ। मैं निस्संकोच इनसे हरेक बात पूछ सकता था। मैंने फिर पूछा तो जसवन्त ने बताया कि जन्म से रामोना स्वस्थ और खूब भली चंगी थी। फिर सर्दियों में इसे निमोनिया हो गया। मैं और सीमा दोनों बेकार थे। अच्छे, योग्य डॉक्टर को दिखा नहीं पाये। जीवन-मृत्यु के बीच लटकती यह ठीक तो हो गयी, लेकिन इसे दमा हो गया... ।" कहते हुए उसका चेहरा कुछ उदास हो गया। उसने बेटी को अपने संग सटा लिया। वह तो मुस्का रही थी।

"चाचा के पास जाते न गाँव।" मैंने जैसे उसे खींचा।

"गया था, पर बापू खूब चढ़ा हुआ था। कुत्ते, कमीने, हरामी के बगैर बोलता ही नहीं था, 'तूने कंजरा! सुनारी से शादी करवा के सोढ़ी खानदान की नाक कटवा दी। मेरी नजरों से दूर हो जा, नहीं तो कुदाली मार-मारकर सिर फाड़ दूँगा। मैं तो तुम्हें कब से

बेदखल कर चुका हूँ। यहाँ क्या लेने आए हो?'... फिर बात करने का मेरा साहस ही न हुआ।''

''लेकिन जसवन्त! तुम चाचे को कुछ समझाते तो सही धैर्य के साथ...''

वह हँसा। मेरे खयाल में, मेरी सोच पर हँसा था। मैं, जो विलायत से आकर सन्तवाणी बोलने लगा था।

''बाई! कभी बेटों से भी पिता समझे हैं। खासतौर पर अनपढ़। और वे, जिनके सिर पर सोढ़ी सरदारों के उत्तम कुल का गुल्ला फँसा हुआ हो...वैसे मैंने बापू को ठंडा करने के लिए दशम पातशाह गुरु गोविन्द सिंह का वास्ता देकर कहा था कि हम दशम पातशाह के वंश में से हैं, जिन्होंने जातपात का भेद मिटाने का सन्देश दिया है, लेकिन बापू भीगा नहीं। बोला, 'तो बताओ मुझे फिर कही, दशम पातशाह की शादी किसी दूसरी जाति में हुई हो तो'...।''

''मेरे बापू जी के पास जाता फिर... ताऊ भी तो बड़ा बाप ही होता है।''

''ताऊ जी को मैं सिर्फ प्रणाम करने गया था। खैर, छोड़ो इन बातों को। गयी-बीती बातों पर क्या समय बरबाद करना। आप सुनाएँ, भाभी जी कैसी हैं? मेरे भतीजे, भतीजियाँ कितने बड़े हो गये हैं? उन्हें क्यों नहीं लाये साथ?''

मैंने उसकी ओर काफी ध्यान सें देखा। उसकी मोटी गम्भीर आँखें, ज्यों-की-त्यों धरती पर टिकी थीं। मेरे बापू जी को प्रणाम करने जाने वाली बात ने मुझे उसके सामने बहुत छोटा बना दिया था। काश! मुझे पता लग जाता! काश... क्या अन्दाज़ था उसका बात करने का, बात उसके ठीक भीतर से आ रही थी। न कोई मुलम्मा, न भूमिका और न तोड़-मरोड़ ही। मुझे अपने बारे में बात करना व्यर्थ लगा। सिर्फ इतना ही कहा, ''तुम्हारी भाभी और बच्चे बिलकुल ठीक हैं। भाभी तुम्हारी मोटी होने के डर से डाइटिंग कर रही हैं।''

जसवन्त ने रसोई की ओर झाँका और कहा, ''सीमा, बाजार से कुछ लाना तो नहीं?''

रसोई में से आवाज़ आयी, ''नहीं जी! आप भापा जी का दिल लगाएँ।''

''इस घटना के बाद भी गाँव गये क्या?''

''कई बार, मैं लगभग हर माह गाँव जाता हूँ।''

''चाचा जी का व्यवहार अब कैसा है?''

''पहले मैं वहीं जाता हूँ, जहाँ बापू होते हैं। वह ज्यादातर खेत में होते हैं—मिट्टी के साथ मिट्टी होते हुए। पहले पहल तो कलाम भी नहीं करता था। मैं घुटनों को हाथ लगाता तो पीछे हट जाते, लेकिन जबसे बेबे मरी है, माँ का देहान्त हुआ है, वैसे नहीं। बातें गिनती की ही करता है। रात को बैठक में मैं ही उसके पास सो जाता हूँ। चाराली गाड़ी के साथ जोर से उबासी लेकर पूछ लेता है 'क्या वक्त हुआ होगा?' 'चार बजे हैं।'

मैं कहूँगा, फिर कहेंगे, 'इस समय तुम्हारी बेबे चाय बनाया करती थी।' 'मैं चाय बनाकर दे देता हूँ। जब मैं आने लगता हूँ' तो कहता हूँ, ठीक है बापू। मैं चलता हूँ... 'ठीक है, अच्छा!' बस इतना ही उत्तर देता है, लेकिन पिछली बार जब आने लगा तो बापू आम के पेड़ तले खड़ा था। 'अच्छा' बोलकर कहने लगा, 'लड़की को भी ले आया कर साथ में'। अच्छा कहकर, दस कदम ही चला होऊँगा, बोला—'लड़की का अर्थ कहीं सुनारी मत समझ लेना।' मेरी दायीं ओर मोटा सा शहतूत का पेड़ था। मन में आया कि बापू को तो कुछ कह नहीं सकता। अपना ही माथ फोड़ लूँ, शहतूत के पेड़ से माथा पटककर। लेकिन बाई, सब पी गया, और कहा, 'नहीं बापू' फिर वह चुपचाप। मेरे पास आया और जेब में सौ-सौ के पाँच नोट निकालकर मेरी ओर बढ़ाये—'सर्दी आ रही है। लड़की को कपड़े दिलवा देना। मैं बगैर पैसे पकड़े ही वहाँ से चल दिया। कुछ कदम आगे आकर मैंने तनिक पीछे देखा—पैसे जेब में डालते हुए बापू बोला था, 'साले में जहर अभी उतना ही है।'

जसवन्त चुप हो गया। मैंने उसके चेहरे की ओर देखा। मुझे हैरानी हुई कि इतनी उत्तेजित, चुभती हुई पीड़ादायक बातें हैं, जिनका सम्बन्ध उसी के निजत्व के साथ था। न तो वह चेहरे पर कड़वाहट लाया, और न निराशा या निज करुणा...उसके चेहरे पर तो बस यही लिखा हुआ था कि मुसाफिर अभी थके नहीं।

"चाची का व्यवहार कैसा था?"

शादी से तो बेबे भी बहुत नाराज थी। लेकिन बापू की तरह गाली नहीं देती थी। सीमा के साथ एक फासला रखती थी और मैं तथा सीमा दोनों ही बेबे के मूल्यों से परिचित थे। लेकिन बेबे की खामोशी हमें खूब दुखी करती थी। बेबे माँ थी, इसलिए बापू ने जब मुझे बेदावा लिखवाया, बेबे खूब तड़पी थी। मामा को बुलाया गया। लेकिन बापू टस से मस न हुआ। इसके बाद बेबे टूट गयी थी...रामोना के जन्मदिन पर अपनी पंडिताइन को साथ लेकर आयी। बहुत कुछ लेकर आयी। पंजीरी का टिन, रामोना के लिए स्वर्ण की चेन, और सीमा के लिए दस-बारह तोलों का स्वर्णिम रानीहार। तीन दिन रही। एक खास तरह की गमी छायी रहती थी घर में। मेरे साथ भी कम ही बोलती थी। लेकिन आखिरी दिन कहने लगी, 'काम धन्धा तो कोई है नहीं। ट्यूशनों पर मगज (दिमाग) लगाते रहते हो। गाँव आकर मुर्गीखाना खोल ले या मंडी आकर अपना स्कूल ही चला देख। यहाँ नरक काट रहा और गाँव की बड़ी हवेलियाँ कबूतरखाने बनी पड़ी हैं। कुछ तो दिमाग से काम ले पगले।'

"मैं खीज उठा, उन हवेलियों में मेरे लिए तो एक कमरा भी नहीं था, रखो अपनी हवेली और मुरब्बे! मैं तप गया और खाना खाये बिना ही सो गया। बेबे भी गालियाँ देती सो गयी। लेकिन आधी रात गये बेबे मेरे सिर को सहलाने लगी। मैं चौंककर उठा। बेबे की आँखें इतनी लाल थीं मानो रात भर रोती ही रही हो। मैंने कारण पूछा तो मुझे अपने

संग सटाकर खुलकर रो दी। चन्दरे भूखा ही सो गया...फिर मेरे लिए दूध गर्म करके लायी। साथ ही पंजीरी मेरे मुँह में डालती रही। और कहती रही। 'गाँव आ जा तुम्हें मेरी कसम... मेरा, मरी हुई का मुँह देखो यदि न आओ तो...'

'लेकिन सीमा को कहाँ धक्का दे दूँ।' मैं पुनः खीज उठा।

बेबे ने मेरे मुँह-सिर पर हाथ फेरा और बोली, 'मैं रखूँगी सीमा को, तुम्हारा बापू भले 'बड़े' के साथ रहे, उसके कहने पर अब बेटा गँवा लूँ? तनिक भी मन में न ला तू!' फिर बेबे मेरे साथ ही सो गयी।

सीमा अन्दर आयी और जसवन्त से कहने लगी, "भापा जी के लिए बाथरूम में गर्म पानी रख देना जरा। मुँह-हाथ धो लें। खाना तैयार ही है।

जब वह लौटने लगी तो रोमोना ने उसकी लम्बी चोटी (वेणी) पकड़ ली। सीमा ने गुस्से में थप्पड़ दिखाया, लेकिन रामोना ने पंजा कर कहा, "जरा मुस्कराओ श्रीमती जी..." सीमा ने गुस्सा, शर्मयुक्त मुस्कान बिखर दी। मुझे बहुत खुशी हुई। कितना सुखी परिवार है, मैं सोचा। आया तो मैं इसलिए था कि अन्यत्र रात बिताने की जगह नहीं थी, लेकिन यहाँ आ कर मैं अपना अस्तित्व खो बैठा और यह परिवार मुझे अपना लगने लगा।

जब मैं गुसलखाने में मुँह-हाथ धो रहा था तो मुझे ऊँची-ऊँची खाँसने की आवाज सुनायी दी। अंदर आया तो रामोना की बुरी हालत थी। वह साँस के कारण ही तड़प रही थी। आँखों और नाक से पानी बह रहा था। सीमा उसकी छाती, हाथ और पाँव मल रही थी। बच्ची तड़पती रही। छाती और गले में से सीटियाँ बजती रहीं, लेकिन न वह रोयी, न चीखी और न ही चिल्लायी। बस उसने अपने पापा का हाथ पकड़ लिया। दौरा (अटैक) निकल गया। जसवंत ने उसके मुँह में शहद का चमचा डाला, और रामोना मुस्का बैठी। फिर उसने अपनी हथेली हवा में फहरायी और बोली—पापा, कैसी लड़ाई थी मेरी?"

"रानी झाँसी की तरह..." जसवंत की जगह मैं बोला और उसे बार-बार चूमते हुए अपने साथ सटा लिया। फिर मैंने जसवंत और सीमा को संबोधित किया, "बहुत बहादुर बेटी है। इतनी भयानक बीमारी भी इसे हरा नहीं पायी, पराजित नहीं कर सकी, बारह साल की उम्र में यह ठीक हो जायेगी, बहुत जहीन होगी। दमा जहीन रोगों को ही होता है।" मैंने कहा।

जसवंत और सीमा कुछ नहीं बोले और न ही उन्होंने अपनी बच्ची की तारीफ के पुल बाँधे।

"सीमा, खाना लगाओ, बाई को भूख लगी होगी।" रोटी आ गयी। आलू, गोभी, दला और पुदीने की चटनी...मैं इंतजार करता रहा कि जसवंत अलमारी में से बोतल निकाल कर लायेगा, लेकिन मेरी प्रतीक्षा को फल नहीं लगा। वैसे भी मुर्गे की

जगह आलू, गोभी देख कर मैं कोयले हो गया। हार कर मैंने ही कहा, ''जसवंत! मेरे बैग में से बरांडी की बोतल तो निकाल ला।'' मेज पर खाना लगाती सीमा के हाथ स्वत: ही रुक गये। जसवंत ने मुझे दूसरे कमरे में बुलाया और पूरी विनम्रता, लेकिन दृढ़ता के साथ कहा, ''बाई, आप महसूस न करें, सीमा ने शादी के समय मुझसे एक ही माँग चाही थी कि तुम न शराब पीओगे और घर में न किसी को पिलाओगे। अब यह घर की मर्यादा ही बन गयी है, आप महसूस न करें।''

''नो, नॉट ऐट आल!'' मैंने अँग्रेजी में उत्तर दिया, ताकि उसकी परखता पर भी काबू पा सकूँ और जाहिर भी कर सकूँ कि महसूस मैंने किया ही है, फिर बेदिली से निवाला उठाया। फिर एक, दो निवालों के बाद रोटी मुझे स्वादिष्ट लगने लगी। प्लेट में से रोटी लेते समय, सीमा ने रसोई से आ कर गरामागरम रोटी टिका दी। इसके बाद दूसरी, फिर मैंने कितनी ही रोटियाँ खायीं, मानो नायत में मैं भूखा ही मरता रहा होऊँ।

''सीमा, लगता है तूने तो कुकिंग में डक्टिरेट कर रखी है। मैं हफ्ता भर तुम्हारे हाथ से बनी रोटियाँ खा लूँ तो मेरी आदत बिगड़ जायेगी।'' मैंने कहा।

''शर्मिंदा न करो, पापा जी! इंग्लैंड में तो आप खूब बढ़िया पकवान खाते होंगे।'' वह बोली।

''वहाँ फुर्सत ही किसे है खाना खाने की। हम तो पौंडों की बिना की हुई हड्डियाँ चूसते हैं।''

''स्वाद होती हैं ताऊ जी?'' रामोना ने बहुत उत्सुकता से पूछा, मैंने रामोना के गाल पर हलकी सी च्योंटी काटते हुए कहा,

''ज्यादा स्वाद नहीं होती, स्वाद पड़ जाता है।''

समंदर छलक उठा, मोह का जी शब्द पड़ा था।

खून! मन में आया कि तीनों को ही बाँहों में भर लूँ और तब तक भर कर रखूँ, जब तक रोम-रोम में रची विलायती ठंडक दूर न हो जाये...

मैं चाहता था कि नाइट-सूट पहन कर रजाई ओढ़ कर बैठ जाऊँ और ढेर सी बातें करूँ, चूँकि दूसरी सुबह तो मुझे चले ही जाना था। लेकिन जसवंत के जीवन में न जाने क्या था कि मैं बाते करने के स्थान पर सुनना चाहता था, मैं दूसरे कमरे में कपड़े बदलने चला गया। गली की बत्ती अभी भी बुझी हुई थी आठेक बजे थे। लेकिन गली में आना-जाना 'न' के बराबर था। दूसरे कमरे में जसवंत रामोना को कहानी सुना रहा था—

दुश्मनों ने शेरू और बसंती को किले में कैद कर दिया और कहने लगे कि या तो हमारे राजा की चाकरी करना मान लो, नहीं तो तुम्हें न रोटी मिलेगी, न पानी। कैदखाने में ही भूखे-प्यासे तड़प-तड़प कर मर जाओगे कैदखाने के सौ दरवाजे थे, बड़े-बड़े ताले मार कर बंद किये हुए दरवाजे, सबके आगे बंदूके ले कर पहरेदार खड़े हुए थे।

वसंती बहुत घबरा गयी, लेकिन शेरू भले दुबला-सा था, पर वह हँसता रहा, वसंती खीज उठी—मौत सिर पर खड़ी है और तुम्हें हँसी सूझती है। शेरू कहने लगा, देख वसंती रात के बाद सूरज जरूर चढ़ता है और हम बाहर होंगे...' ऐसे कह कर शेरू ने वसंती को साथ लिया और पहला दरवाजा धकियाने लगा... लेकिन दरवाजा खुला नहीं फिर दूसरा पर वह भी नहीं खुला। इसी तरह करता गया बीस-पच्चीस के बाद वसंती का पारा फिर चढ़ गया बोली 'तुम्हारा तो दिमाग घूम गया है लो, मैं तो यह बैठी हूँ तुम टकराते रहो।' लेकिन शेरू उसी दिलेरी और लगन के साथ दरवाजे पर दरवाजा धकियाता गया। निन्यानबे दरवाजे धकियाये पर खुला एक भी नहीं कैदखाने में अँधेरा था और शेरू सोव दरवाजे के आगे खड़ा था। भय के मारे पसीने में भींगी वसंती से कहने लगा 'देख वसंती, ऊषा उभर रही है। पौ फुट आया...' ऐसा कह कर उसने धक्का लगाया और दरवाजा एकाएक खुल गया।

"जीवन में बहुत से दरवाजे बंद नहीं हुआ करते साहस नहीं हारना चाहिए..." जसवंत ने रामोना का माथा चूमा रामोना सो गयी।

सीमा रसोई संभाल कर चाय के तीन कप लेकर आ गयी। हम रजाइया ओढ कर बैठ गये। सीमा जसवंत के वायीं ओर बैठी थी। मैंने सीमा के चेहरे की ओर देखा। शायद यह पता लगाने के लिए कि उसमें हमारी जाति-बिरादरी से कौन सी चीज कम है। अलग है जिसे लेकर उसे सुनारी-सुनारी की धूम में इतना हंगामा खड़ा कर दिया कि गाँव के जद्दी पुश्ती घर में उसके साथ नौकर-नौकारियों से भी बुरा बर्ताव किया जाता है। मुझे कुछ भी अलग न लगा। हाँ, दो असमानताएँ जरूर थी। एक तो उसकी नाक में यह भी नहीं खुला इसी तरह करता गया बीस-पच्चीस के बाद वसंती का परा फिर बढ़ गया बोली इधर मुँह कोर, तुम्हें तो संसार से निपटन भी नहीं आता, इंतजार में हमारी आँखें पक गयी है ये सीधे मुँह बात ही नहीं करतें छुट्टी कब तक मिली है?

मैं चाहता था कि नाइट-सूट पहनकर रजाई ओढ़कर बैठ जाऊँ और ढेर सी बातें करूँ, चूँकि दूसरी सुबह तो मुझे चले ही जाना था। लेकिन जसवन्त के जीवन में न जाने क्या था कि मैं बातें करने के स्थान पर सुनना चाहता था। मैं दूसरे कमरे में कपड़े बदलने चला गया। गली की बत्ती अभी भी बुझी हुई थी आठेक बजे थे। लेकिन गली में आना-जाना 'न' के बराबर था। दूसरे कमरे में जसवन्त रामोना को कहानी सुना रहा था—

दुश्मनों ने शेरू और बसन्ती को किले में कैद कर दिया और कहने लगे कि या तो हमारे राजा की चाकरी करना मान लो, नहीं तो तुम्हें न रोटी मिलेगी, न पानी। कैदखाने में ही भूखे-प्यासे तड़प-तड़पकर मर जाओगे। कैदखाने के सौ दरवाज़े थे। बड़े-बड़े ताले मारकर बन्द किए हुए दरवाज़े। सबके आगे बन्दूकें लेकर पहरेदार खड़े हुए थे। बसन्ती बहुत घबरा गयी, लेकिन शेरू भले ही दुबला-सा था पर वह हँसता रहा। बसन्ती खीज उठी—मौत सिर पर खड़ी है और तुम्हें हँसी सूझती है। शेरू कहने लगा,

'देख बसन्ती ! रात के बाद सूरज जरूर चढ़ता है और हम बाहर होंगे... ऐसे कहकर शेरू ने बसन्ती को साथ लिया और पहला दरवाज़ा धकियाने लगा। लेकिन दरवाज़ा खुला नहीं। फिर दूसरा, वह भी नहीं खुला। इसी तरह करता गया। बीस पच्चीस मिनट के बाद बसन्ती का पारा फिर चढ़ गया। बोली, 'तुम्हारा तो दिमाग घूम गया है, लो मैं तो यह बैठी हूँ। तुम टकराते रहो।' लेकिन शेरू उसी दिलेरी और लगन के साथ दरवाज़े पर दरवाज़ा धकियाता गया। निन्यानबे दरवाज़े धकियाये, पर खुला एक भी नहीं। कैदखाने में अन्धेरा था और शेरू सौवें दरवाज़े के आगे खड़ा था। भय के मारे पसीने में भीगी बसन्ती से कहने लगा। 'देख बसन्ती, उषा उभर रही है, पौ फट आयी...' ऐसा कहकर उसने धक्का लगाया और दरवाज़ा एकाएक खूल गया।

''वह कैसे खुल गया पापा !...' रामोना आधी मुँदी आँखें खोलकर बोली।

''जीवन में बहुत से दरवाज़े बन्द नहीं हुआ करते। साहस नहीं हारना चाहिए...'' जसवन्त ने रामोना का माथा चूमा, रामोना सो गयी।

सीमा रसोई सम्भालकर चाय के तीन कप लेकर आ गयी। हम रजाइयाँ ओढ़कर बैठ गये। सीमा जसवन्त के बायीं ओर बैठी थी। मैंने सीमा के चेहरे की ओर देखा। शायद यह पता लगाने के लिए कि उसमें हमारी जाति-बिरादरी से कौन सी चीज़ कम है, अलग है। जिसे लेकर उसे सुनारी-सुनारी की धूम से इतना हंगामा खड़ा कर दिया कि गाँव के जद्दी पुश्ती घर में उसके साथ नौकरों-नौकरानियों से भी बुरा बर्ताव किया जाता है...मुझे कुछ भी अलग न लगा। हाँ, दो असमानताएँ जरूर थीं, एक तो उसकी नाक में पहना कोका खूब सज रहा था। दूसरा यह कि उसके साथ बैठा मेरा भाई पूरा आदमी लग रहा था...।

''सीमा, घर में ही बैठे हुए हैं, कुछ आपबीती बातें करें। तुम जसवन्त से किस तरह मिलीं ? क्या जेल में मिले थे ?''

सीमा कुछ लजा गयी, और उसने जसवन्त की ओर देखा। जसवन्त ने सारी बात बता दी। उसने अपनी सच्चाई का कोई प्रमाणपत्र नहीं दिखाया। लेकिन पता नहीं कई लोग जब बात करते हैं तो शब्द उनके दिल से आज्ञा पाकर नहीं, स्वत: ही निकलते हैं, जैसे उनकी आत्मा पिघल रही हो।

नक्सलवाड़ी दौर में वे एक ही स्कूल में पढ़ाते थे। तब प्यारवाली कोई बात नहीं थी। जब जसवन्त के वारंट जारी हुए, वह एक रात सीमा के पास ठहरा था। पुलिस सीमा को पकड़कर ले गयी और तीन दिन, तीन रात उससे पूछताछ करती रही...

''क्या पूछते थे तुमसे ?'' मैं सीमा से पूछ बैठा।

''बस, वही आम सी बातें। जसवन्त के साथ तुम्हारा क्या सम्बन्ध है ? कहाँ से आया था ? कहाँ गया ? साथ कौन था ? क्यों ठहराया था तूने अपने पास ?''

''क्या तुम्हारी पिटाई भी की या तुम्हें अपमानित भी किया ?''

''नहीं भापा जी, धमकियाँ बहुत देते थे। बदकलाम और बदतमीज बहुत थे। बहुत अश्लील बोली बोलते थे, लेकिन मार पिटाई और अपमान से मैं बच गयी। नहीं, ये चीज़ें तो आम हैं। शायद इसलिए कि मेरे चाचा जी डी. एस. पी. हैं।''

सीमा चुप हो गयी। मेरी आँखों के सामने उन सीमाओं की अनदेखी, लेकिन असल शक्लें उभर आयीं, जो पुलिस हिरासत में थीं और उनके चाचा डी. एस. पी. नहीं थे। फटे कपड़े, खुले-खिंचे उलझे हुए बाल, नील भरे चेहरे, रौंदी हुई कन्याएँ।

फिर जसवन्त बताता रहा कि वह पकड़ा गया। मार-पिटाई भी हुई। आशंका थी कि पुलिस हिरासत से भागने का आरोप लगाकर उसे गोली मार दी जाती, लेकिन उसके ताऊ अर्थात मेरे बापू जी ने बीच पड़कर सिफारिश और रिश्वत चढ़ा दी। उनकी नेक सलाह पर ही चाचा ने जसवन्त को बेदावा लिखवा दिया। हाईकोर्ट से बरी हो गया। स्कूल प्राइवेट था। दोनों की नौकरी जाती रही। नक्सलवाड़ी लहर की फुलझड़ी ठुस्स हो गयी।

''यह आन्दोलन असफल क्यों रहा?'' मैंने प्रश्न किया।

''यह लोगों का जनांदोलन नहीं था। गर्मी और निषेध की बातें पेट्टीबूर्जुवा को कील लेती हैं। अत: यह पेट्टीबूर्जुवा तक ही सीमित रही। लोगों के सरगर्म शिरकत के बिना हाकिम जमात की सरदारी छीननी सम्भव नहीं। वैसे भी इस आन्दोलन के लोगों के संचालकों के धड़ भारतीय, और दिमाग चीनी थे।''

''फिर तुम क्यों शामिल हो गये इसमें?''

''मालूम नहीं, बस बहाव में आ गया। युवा रक्त, गरीबी, अन्धेरगर्दी और रिश्वत-भ्रष्टाचार। दोनों ही कम्युनिस्ट पार्टियों की ओर से बार-बार चुनावों का वही चक्कर। बस आग ठंडी करने का यही एक रास्ता था। लेकिन पश्चाताप कोई नहीं। चलो, पता तो चला कि इन्कलाब जनरैली सड़क-सा सीधा सपाट रास्ता नहीं होता।''

''तुम्हारी शिक्षा क्या है और अब क्या काम करते हो?''

सीमा ने जसवन्त की ओर देखा। जसवन्त बताने लगा, ''मैं पंजाबी में हाई सेकेंड क्लास एम. ए. हूँ और सीमा हिन्दी में प्रथम श्रेणी में एम. ए.। लेकिन न तो हमें कोई सरकारी स्कूल अपनाता है, न कोई अच्छा प्राइवेट स्कूल ही। अब मैं एक दुकाननुमा प्राइवेट स्कूल में पाँच सौ रुपये महीने पर पढ़ाता हूँ और सीमा लगभग ढाई सौ रुपये महावार की ट्यूशनें कर पाती हैं।

''इतने पैसों में तो रोटी का गुजरा भी नहीं होता।''

''यहाँ से सात-आठ मील पर फतेहगढ़ शुकचक्क मेरा एक दोस्त रहता है। वह साल भर के लिए गेहूँ और चावल दे जाता है। उसकी अपनी खेती है।''

अजीब बात थी। मेरे सामने बैठा मेरा भाई जसवन्त यूँ बातें कर रहा था, जैसे ज्येष्ठ-आषाढ़ के माह में हमारे गाँव वाली लहर एक सुर बहती जा रही हो—अडज़ल,

किनारों तक भरपूर। न गन्दा पानी, न उतार, न चढ़ाव। क्या यह वही जस्सी था, जो लगभग नौ साल का रहा होगा जब मैं इंग्लैंड गया था। तब हम नहर किनारे बाबा चेतराम की बगीची में ताश खेला करते थे और अस्सी भगत सुनार के खोखे से हमारे लिए चाय और सिगरेट लाकर दिया करता था। क्या तब भी इसमें इतना गम्भीर, अडोल और वीर बहादुर बनने के बीज थे? इस दृष्टि से कभी देखा भी नहीं था। हाँ, इतना जरूर याद आया कि जिस दिन उसे आमों की रखवाली बिठा देते थे, उस दिन चकारों के आँगन में ज्यादातर घरों में अंबियों की चटनी बना करती थी।

लेकिन इस समय मेरे सामने जस्सी नहीं जसवन्त बैठा था, जिसे चाचा ने पुलिस से डरकर और सुनारी से शादी कर लेने पर, सोढ़ी वंश को कलंकित कर देने के कारण बेदावा कर दिया था, जिसकी बेटी दमे की मरीज थी। जो यूँ कह रहा था जैसे कोई कैम्प में रह रहा हो, जिसकी सीमा सहित सिर्फ इतनी आय थी, जितने का मैं अपनी कार में पेट्रोल भरवा लेता था। जिसका वह आन्दोलन भी असफल हो गया था, जो उसका सपना और इष्ट बनकर उसे साबुत कदमों पर चलाये जा रहा था और जिस आन्दोलन के सक्रिय सदस्यों में कई शूरवीर इंग्लैड और कनाडा भाग गये थे या समय की सरकारी मशीनरी में मिलकर पुर्जे बन बैठे थे या फिर निराशा के कुएँ में उतर, नशा करने लगे थे। लेकिन जसवन्त सब ओर से सजग होकर भी कैसे जीवित है? और बुरा नहीं जी रहा। और जिसे पेड़ों की जड़ों जैसा विश्वास है कि यदि और नहीं तो सौवाँ दरवाज़ा तो जरूर खुलेगा।

''तुम भी दूसरों की तरह इंग्लैंड, कैनैडा निकल जाते।'' मैंने खूब आत्मीयता से कहा।

जसवन्त ने कोई तनाव तो प्रकट नहीं किया। लेकिन उसके होंठों पर एक ऐसी मुस्कान उभरी, जो उसके सम्मुख मुझे बहुत छोटा बना रही थी।

''मैंने भई, ऐसा करने के लिए कभी सोचा ही नहीं। पता नहीं सिर्फ पैसों के लिए अपना देश छोड़ जाना मुझे (उसने 'कल' कहा और मेरी ओर देखकर रुक गया। वह शायद 'कलंक' कहना चाहता था) गलत क्यों लगता है। जब भी मेरे मन में दूसरों को देखकर यह विचार पैदा हुआ है। मुझे अपनी आत्मा भरती–सी नजर आयी है।''

''निराश नहीं हुए कभी?''

''होता तो हूँ, कभी–कभी...लेकिन इसें कभी हाबी नहीं होने दिया।''

''कैसे?''

''इतिहास मुझे खूब साहस बँधाता है। मेरा अटल विश्वास है कि नेकी की ताकतें, बदी की ताकतों को पछाड़ देंगी।''

''यह मसला इतना सीधा तो नहीं। तुम्हारे ही शब्दों में जरनैली सड़क तो नहीं...''

''मैंने सीधा तो नहीं कहा, अटल कहा है। जंग है, लड़ाई है, कोई खेल तो है नहीं। हारें भी होगी, लेकिन अन्ततः नेकी ही जीतेगी।''

मैंने सीमा की ओर देखा। वह मुस्करा दी। वह रिश्ते में मेरी छोटी भाभी और मैं उसका ज्येष्ठ था, जेठ। लेकिन इतने कम समय में मुझे बिलकुल छोटी बहन ही लगने लगी थी, जिसके साथ कोई औपचारिक लज्जा नहीं रह गयी थी। जसवन्त चाय बनाने चला गया। मैंने सीमा से पूछा, ''जिस रात जसवन्त पुलिस से छिपकर तुम्हारे घर आया, तब तक तुम शादी का मन बना चुके थे?''

''नहीं भापा जी, इनकी इज्जत में एक नेक और योग्य व्यक्ति के तौर पर करती थी। ये भी मुझे एक अच्छी लड़की समझते थे। उस रात के बाद मुझे इनसे प्यार हो गया।''

''इस पर तरस खा कर?''

''नहीं पापा जी, हमारे घर में शब्द 'तरस' से भी दया, बल्कि घृणा की जाती है। जब इन्होंने मेरे चौबारे का द्वार खटखटाया, रात के ग्यारह बजे थे, दिसम्बर का महीना था। इन्होंने चाय की प्याली चाही। पी ली; और कम्बल उठाकर बोले, 'दरवाज़ा अन्दर से बन्द कर लो मैं बरामदे में पड़ जाऊँगा।' पूरी रात बरामदे में बैठे रहे होंगे। मेरे जागने से पहले जा चुके थे। उस दिन तो मैं जाग भी जल्दी ही गयी थी।

जसवन्त चाय लेकर आ गया। हम चाय पीने लगे। जहाँ जसवन्त बैठा था, उसके ऐन सिरे पर रोशनदान था। चाँद रोशनदान में से उतरकर उसके चेहरे पर आ टिका था। जहाँ वह बैठा था, वहाँ रोशनी बहुत थी।

इतने में बच्ची रामोना ने पासा पलट लिया। सीमा ने रजाई तनिक परे हटाकर उसका मुँह नंगाकर दिया। उसका चेहरा काफी पीला था, नींद में वह मुस्का तो नहीं रही थी, लेकिन एक मुलायम हल्की मुस्कान उसके चेहरे पर खिली हुई थी। मैंने पूछा, ''तुम्हारे बस एक ही सन्तान है?''

हालाँकि मुझे मालूम था कि इनके यहाँ एक बेटी ही है, दरअसल पूछना या कहना तो मैं यही चाहता था कि तुम्हारे और बच्चों क्यों नहीं हुआ? होना चाहिए था या जल्दी होना चाहिए।

जसवन्त खामोश हो गया। बस बहुत खामोश!

सीमा के चेहरे पर एकदम उदासी छा गयी। मैंने फिर पूछा तो जसवन्त ने सब कुछ यूँ बताया—

''इमरजेंसी के दिन थे, मैं साइकिल पर स्कूल जा रहा था। पुलिस की जीप मेरे पास रुकी। पीछे एक एम्बुलेंस थी। मुझे साइकिल से उतार लिया।

'बैठ एम्बुलेंस में, तेरा आप्रेशन करना है, बच्चे पर बच्चा बनाते जा रहे हो।' थानेदार वाली भाषा में बोला।

"मेरी एक ही बेटी है और वह भी बीमार, मैं आप्रेशन नहीं करवाना चाहता।" थानेदार को मेरा उत्तर बेहद गुस्ताख लगा। बोला, "आप्रेशन तो तेरा बाप भी करवाएगा, भैण दिया यारा...माँ दिया खसमाँ।"

"देखो, मैं आदमी हूँ, कोई जानवर नहीं। मैं अप्रेशन नहीं करवाना चाहता। मेरी माँ-बहिन के बारे में जरा सोचकर बोलना।"

"बस, 'लाअ एंड आर्डर' खतरे में पड़ गया, थानेदार बेंत पर बेंत बरसाने लगा। मैंने भी खामोश रहकर बेंत नहीं झेली। टूटकर पड़ गया और थानेदार को नीचे धर दबोचा। लेकिन ऊपर से दूसरे थानेदार के सिपाहियों ने पीट-पीट कर मुझे अधमरा कर दिया। एम्बुलेंस में डालकर अस्पताल ले गये और वहाँ मेरा ऑप्रेशन कर दिया।

इसके बाद लम्बी खामोशी। इतनी भयानक कि जसवन्त के चेहरे पर झरती हुई चोर चाँदनी में से मुझे सेक (ताप) आने लगा। लेकिन जसवन्त का चेहरा ज्यों का त्यों था—साबूत और अडोल। शायद कोई उसके चेहरे पर उदासी, गुस्सा और निराशा की लकीरें पढ़ सकता हो। लेकिन रानी की मूरतवाले पौंडों ने मेरे अन्दर से एहसास मार दिया था। हाँ, सीमा के चेहरे पर इच्छाएँ और उम्मीदें उभर रही थीं। वह अपनी सो रही बच्ची को निहार रही थी। औरत इतनी कमजोर तो नहीं होती, लेकिन वह माँ होती है...सीमा की आँखें भर आयी थीं।

जसवन्त ने भी शायद मुझे खोया-सा, गुम-सा, उखड़ा हुआ देख लिया था। बोला, "बाई, आप अब आराम करें। हमने आपको खूब थका दिया है।"

मैं दूसरे कमरे में सोने चला गया। आधी रात टूट रही थी। गली की बत्ती यूँ बुझी पड़ी थी, जैसे बुझाकर ही लगायी गयी हों। गली की खामोशी में से एक उमस आ रही थी। जैसी अँग्रेज़ों की खामोशी में से आया करती है। दूसरे कमरे में रामोना सो रही थी। और उसकी छाती में से आ रही आवाज़ मुझे भी सुनाई दे रही थी। सीमा को भी आज बढ़िया नींद नहीं आएगी। आज उसका अचेत मन जागता रहेगा। वह माँ है, और जसवन्त! उसके बारे में सोचते हुए पता नहीं मुझे अपने गाँव में घटित होते वे दो काम बार-बार याद आ रहे थे, जो मुझे बेहद बुरे लगते थे। एक बैलों के खुरियाँ लगाना। बैल को रस्सा डालकर नीचे लेटाना, खुरी लगानेवाले का माँस में कील ठोंकना और बैल का तड़पना। दूसरे घर के पालतू बछड़े को खस्सी करवाने के लिए सलोतरखाने लेकर जाना। मैं कितनी ही देर सोचता रहा कि जसवन्त को कैसे मारा-पीटा होगा और फिर अस्पताल ले जाकर उसका आप्रेशन कर दिया होगा। फिर याद करने का यत्न किया कि खस्सी करने से पहले बछड़े को भी मारा-पीटा जाता है। नहीं, ऐसे तो नहीं किया जाता। खैर, मैं यह सोचता-सोचता सो गया कि मेरे देश में पशु और मनुष्य कितने फ़र्क़ से रह रहे हैं।

सुबह जब मैंने रामोना को जगाया, दिन चढ़ आया था। गली में काफी रौनक थी।

फेरीवाले हाँकें लगा रहे थे।

''ताया जी, मम्मी चाय ले आएँ?'' मेरी ओर से 'हाँ' होते ही रामोना ने अपनी मम्मी को आवाज़ दे दी। मैंने उसे गोदी में बिठा लिया। उसके पीले चेहरे पर कलवाले हमले (दमे) की कोई लकीर नहीं थी। यदि बीमारी को बच्चों की तरह लिया जाये तो बहुत कुछ सहज ही झेला जा सकता है, मैंने सोचा। सीमा चाय लेकर आ गयी। वह मुस्करायी तो उसके गालों में गड्ढे पड़ गये। उसने मुझे और रुकने के लिए आग्रह किया। रामोना भी पीछे पड़ गयी। लेकिन आज ही मुझे लुधियाना जाकर एक डेढ़ लाख रुपये की एफ.डी. करवानी थी और चंडीगढ़ प्लॉट खरीदने के लिए एक सिफारिश खोजनी थी। मैं ठहर नहीं सकता था। जसवन्त रिक्शा ले आया। स्टेशन के रास्ते में जसवन्त के चेहरे को देखते हुए मैंने कहा, ''जस्सी, तूने इतने कष्ट झेले हैं, मुझे खबर भी नहीं दी?''

''नहीं बाई, मेरे कष्ट कोई विशेष तो नहीं हैं, मुझे न तो किसी चीज़ का खेद है, न पश्चाताप ही...'' वह पूरे आदमी की तरह मुस्का दिया।

''अब इंग्लैंड में पाबन्दियाँ बहुत हैं, नहीं तो मैं तुम्हें वहीं बुला लेता। सीमा और रामोना भी बाद में आ जातीं...''

''नहीं बाई जी, मैं यहीं बहुत ठीक हूँ। पंजाब से बाहर कहीं मैं रह ही नहीं सकता। दो माह गाँव न जाऊँ तो मृतप्राय हो जाता हूँ।''

''भविष्य के बारे में क्या विचार है?''

''बहुत रोशन होगा भविष्य, इतिहास आगे चलेगा। नेकी की शक्तियाँ ताकतवर होकर लड़ेंगी। मैं भी इसमें गर्मजोशी से भाग लूँगा। सीमा पी-एच. डी. करेगी। मेरे विचार से मैं भी रामोना को हर लिहाज (पक्ष) से एक बढ़िया लड़की बनाऊँगा।''

स्टेशन आ गया। टिकट खरीदा और शान-ए-पंजाब में आ बैठा। जब गाड़ी ने पहली सीटी बजायी, मैंने सौ-सौ के दस नोट जसवन्त को पकड़ाते हुए कहा, ''ये थोड़े से पैसे रख ले, कोई जरूरत पूरी हो जाएगी।''

उसने दोनों हाथों से मेरा नोटों वाला हाथ मेरी ओर ही धकेल दिया। मुझे सीमा का शॉल और रामोना का स्वेटर बहुत घिसा हुआ लगा था। जसवन्त का कोट भी 'रैगजवालों' ने खरीदा हुआ था। मुझे बहुत तरस आया।

''नहीं बाई जी, शुक्रिया। हमारी जरूरतें बहुत थोड़ी हैं और वे पूरी हो रही हैं। यूँ फिर आदत पड़ जाती है। और फिर मैं भी इस तरह निज ग्लानि से मर जाऊँगा...गुस्ताखी माफकरना।''

मेरा नोटों वाला हाथ वहीं जम गया था। जड़ हो गया। मैंने उसके चेहरे की ओर देखा। उस पर इतनी निश्चित 'नकार' थी कि मैं हाथ आगे बढ़ा ही न पाया। मुझे साहस ही न हुआ।

शान-ए-पंजाब चल पड़ी थी और जसवन्त जब तक नजर आया, हाथ हिलाता रहा। फिर मैंने नोटों की गड्डी बैग में रख ली। शान-ए-पंजाब ने जब नहर का पुल पार करते हुए थरथराहट की, तब मुझे अहसास हुआ कि यह तो गाड़ी है। शान-ए-पंजाब को तो मैं प्लेटफार्म पर ही छोड़ आया हूँ।

एक साधारण आदमी का पत्र

—सुरजीत विरदी

उसने शेल्फमें से कुछ सफेद काग़ज़ निकाले और मेज पर रखे। मेज की दराज खोलकर एक लिफाफा निकाला और एक छोटे टिकट को जीभ से चाटकर लिफाफे पर चिपका दिया। पेन में स्याही नहीं थी और दवात भी खाली थी। अलमारी में पड़े सभी कपड़ों की जेबें टटोलते हुए उसे एक छोटी सी पेंसिल मिली। दाँतों के साथ सुरमें के इर्द-गिर्द लकड़ी टुककर उसने दीवार से सुरमा घिसाया और खिड़की में मुँह देकर रात की नशीली हवा का एक भरपूर साँस लिया और कुर्सी पर बैठ गया। टेबुल लैम्प और निकट घसीटकर, बाएँ हाथ की उंगलियों को अपने रूखे केशों में फँसाकर, गर्दन झुकाकर दाएँ हाथ से सफेद काग़ज़ों पर लिखना शुरू किया—

प्रत्येक आदमी के जीवन में एक ऐसा अवसर आता है। मुझे सभी अवसर याद आ रहे हैं, अवसर जो मेरे जीवन में आकर बर्फ के ढेलों की तरह खुरते गये, पिघल गये। और मैं घिरा, पिघलते ढेलों को देखता रहा। उजाड़ में पड़े मुर्दे की तरह, जो गिद्धों और कुत्तों को अपने दिल, जिगर, अन्तड़ियों को मुट्ठियाँ भर-भरकर ले जाते हुए, खुली आँखों से देखता ही रहता है, कुछ कर नहीं सकता।

भावों की अब परवाह नहीं, तनकि उदास होता हूँ। कभी मन भर जाता है, रोने को दिल करता है तो आदमी तो एक ओर रहे, दीवारें भी कह देती हैं पगले! सेन्टीमेन्टल हो गये? जाओ, तुम्हारी यहाँ कोई जगह नहीं, आज का युग चाँद का युग है, राकेट का युग है। तुम भूले भटके हो—हाँ, दीवारें सत्य कहती हैं। चाँद के इस युग में भी मैं अन्धा हूँ। राकेट के पंख मेरी सोच से भी तेज हैं। चाँद पर मनुष्य का पहुँचना मुझे डराने लगता है। यह विचार आते ही, चाँद में चरखा कातती बुढ़िया, मुझे किसी नई तरह के आक्रमण के नक्शों में बदल गयी लगती है। मैं बहुत बैकवर्ड हूँ, मुझे क्यों कुछ भी भला नहीं लगता?

प्रत्येक आदमी के जीवन में एक बार ऐसा अवसर आता है। समय ने मुझे बहुत कुछ सिखाया है, किन्तु मैंने अभी भी कुछ नहीं सीखा। जब मुझे उदास देखकर कोई दोस्त कह देता है कि, साले! सेन्टीमेन्टल हो रहे हो? तो मुझे यूँ लगता है जैसे टेस्ट ट्यूब

में पैदा किया गया बच्चा, मानवीय गर्भ में से जन्मे बच्चे को कहता है—साले! यह भी ढंग है जन्मने का? मैं उस दोस्त की ओर भरी-भरी आँखों से देखता, आँखों में ही कहता हूँ—किन्तु मरने का ढंग तो तुम्हारा भी मेरे वाला ही है।

वे समझते नहीं, मेरी नजर को बुद्धुओं वाली नजर समझते हैं। में बोलता नहीं, डरता हूँ, कि बोला तो कहीं नाराज न हो जाये। कोई मेरी गर्दन उतार दे किन्तु नाराज न हो। किसी का नाराज होना मुझसे सहा नहीं जाता।

मैं तो तिड़का हुआ गिलास देखकर भी रो पड़ता हूँ। जानता हुआ भी कि टूटे दिलों को भी टूटे हुए गिलासों की तरह कचरे में फेंक दिया जाता है। मेरे तो जितने दिल थे, मैं एक-एक करके हार चुका हूँ। अब उनके दाग, अन्तरिक्ष में रह गये हैं, जो भरने में ही नहीं आते।

अब मैं बहुत होशियार हो गया हूँ। मन की अत्यधिक सूक्ष्मता हो इसका कारण है। मैं बिलकुल मिट्टी हूँ, किन्तु मिट्टी में तो जान ही नहीं होती, मैं जानदार हूँ। शायद कीड़ा हूँ जिस पर नमक फेंककर, इसे मिट्टी पानी बनते, देख-देख, सभी बच्चों की तरह तालियाँ पीट-पीटकर हँस रहे हैं। कीड़े का अस्तित्व ही क्या है?

मैं कितना ही चाहूँ, डिटैच नहीं हो सकता, किन्तु मैं चाहता ही क्यों हूँ? शायद मैं चाहता ही नहीं। अपने आपको चार लोगों में बैठने योग्य बनाने के लिए मुझे ऐसे चाहना पड़ता है। आखिर मैं भी तो इनसान हूँ, एक साधारण आदमी। बनावट मुझे जीत नहीं सकती। जब तक मेरे किसी अंग पर लगे पक्ष (मैं चूड़ियों वाला पेंच हूँ, जो कुछ भी जोड़ नहीं सकता, जोर लगाने पर भी घूमता ही रहता है) में से खून निकलेगा, तब तक मेरे दिल की चोट लगते, आँसू बहते रहते हैं। यह मेरे वश की बात नहीं कि मैं ऐसा हूँ या जैसा मुझे सभी देखना चाहते हैं। और वे स्वयं हैं, मैं वैसा हो ही नहीं सकता। मैं मरी हुई चूड़ियों वाला नट (पेच) हूँ, जो कुछ भी जोड़ नहीं सकता, जोर लगाने पर भी घूमता रहता है, किन्तु गड़ता नहीं। सम्बन्धों और बिछोड़ों ने मुझमें छिद्रकर दिये हैं। अब जो भी कोई आता है सुराखों में पानी की तरह घुसता है, पानी की तरह निकल जाता है। मुझे लोग कहते हैं मैं इस युग का नहीं, मैं किस युग का हूँ? यह कौन सा युग है जो मेरे जीवित रहते हुए भी मेरा नहीं। मैं कितने ही काग़ज़ चेहरे पर, इस विशेष युग का बनने के लिए पाठ करता हूँ, किन्तु दिल के ऊपर तो कोई काग़ज़ का दिल नहीं चढ़ सकता।

मैं स्वयं अपनी होशियारी और सादगी के मार के नीचे दब रहा हूँ। सोच-सोचकर थक गया हूँ कि किस जगह, कौन से, कैसे पत्थर, किस मिट्टी की मुट्ठी के काम आ सकता हूँ। किन्तु इसके उत्तर में मुझे अपने अन्दर से लगातार गहरी खामोशी सुनाई दे रही है।

और अब मैं सोचता हूँ कि प्रत्येक इनसान के जीवन में ऐसा अवसर आता है जब वह सोचकर निर्णय ले लेता है कि इससे अधिक जीवित रहना कोई अक्लमन्दी नहीं।

अक्लमन्द के लिए इशारा काफी होता है।

मेरे दोस्तों! मुझे जाने दो, और न जाने दो। मैं तुम्हें अधिक बोर नहीं करूँगा और तुम्हारी महफिल में से चुपचाप उठकर चला जाऊँगा और मिट्टी के बिस्तर पर लेटकर, मिट्टी की रजाई में मुँह सिर लपेटकर सो जाऊँगा।

पत्र के प्रत्येक काग़ज़ पर पृष्ठांकित करे उसने काग़ज़ों की तह की और लिफाफे में डालकर, इसके मुँह को जवान से चाट कर, लिफाफा बन्द करके कुछ क्षण किसी बहुत प्यारी चीज़ की तरह वह उससे पोले-पतले हाथों से पलोसता रहा—शहद-शहद होकर, जहर-जहर होकर।

यह पत्र उसने एक ही बैठक में नहीं लिखा, दो तीन बार उसने चाय बनाकर पी थी, मुँह धोया था, शेव की थी। खिड़की में मुँह देखकर लम्बे-लम्बे साँस खींचकर तारों की ओर देखा था और सड़कों की बत्तियों की ओर निहारा था। चेहरे को उल्टा सीधा करके अपनी परछाईं पर प्रसन्न हुआ था। अब लौ हो रही थी और उसने शेल्फमें से एक छोटी लोहे की सन्दूकड़ी उठाकर ऊपर मेज पर रखी। जंग लगी चाभी से, जंग लगी ताली खोलकर उसने पहले ही भरी पड़ी सन्दूकड़ी में पड़े लिफाफों पर यह लिफाफा रख दिया। और ढक्कन को जोर से दबाकर ताली लगा दी। यह उसका तीन सौ पचपनवाँ पत्र था। सन्दूकड़ी को शेल्फ में रखते हुए उसने शेष बच गये काग़ज़ों की ओर देखा और संसार भर की फैक्टरियों में बनते सफेद काग़ज़ों के गट्ठरों के गट्ठर उसकी कल्पना में घूम गये।

'अब मैं एक बड़ा ट्रंक और एक बड़ा ताला लाऊँगा।' उसने मन ही मन निर्णय किया।

साधारण उदास आदमी

—दलीप कौर टिवाणा

दूर गहरे में कहीं बादल घिर आया।

वहीदा ने आकाश की ओर देखा, घूमती उड़ती चीलों के पीछे बादल चढ़ा आ रहा था।

शाल साड़ी पर अच्छी तरह लपेटकर वहीदा वापिस हो गयी। तेज हवा उसे उड़ाये लिए जा रही थी।

वर्षा भी होने लगी। जोरों की वर्षा।

वहीदा सारी की सारी भीग गयी।

एक दो बार तो गिरते-गिरते बची।

अपनी-अपनी छतों के नीचे खड़े लोगों ने वहीदा को निकलते देखा। भीगकर कपड़े उसके शरीर से चिपक गये थे।

गली में बहुत मैले पानी के छींटे, बचाते-बचाते भी उस पर पड़ ही गये थे।

पानी पड़कर उसका जूड़ा भी खुल गया।

भीगकर स्वयं जैसे वह कहीं अधिक निखर आयी थी। ऐसे जाती हुई वह कई लोगों को भली भी लगी।

आखिर इर्द-गिर्द देखकर वह एक बन्द दरवाज़े के आगे, छज्जे के नीचे आ रुकी।

सोचती थी, वर्षा रुकते ही चल देगी।

दरवाज़ा खुला। बहुत सीधे, बहुत उदास आदमी ने उसे वहाँ खड़ी देखकर सभ्यतावश भीतर आ जाने को कहा।

सभ्यतावश इनकार अयोग्य मानकर वह भीतर आ गयी। किन्तु अपने भीगे कपड़ों के कारण वह सोफे पर बैठने से संकोच करती रही।

''बैठ जाइए। लैदर का ही तो है। कुछ नहीं होता इसे।'' बहुत सीधे, बहुत उदास आदमी ने उसकी झेंप समझते हुए कहा।

वहीदा औपचारिकतावश बैठ गयी।

कमरे में सोफा, कालीन, तस्वीर, टाइमपीस, फूलदान—सभी कुछ मूल्यवान था, किन्तु सभी पर गर्द की परतें चढ़ी थीं। शायद आँधी चलने के बाद इन्हें झाड़ा पोंछा नहीं गया था।

"बहुत बेसमय वर्षा हो रही है। फसलें उल्टी हो जाएँगी।" बहुत सीधे, बहुत उदास आदमी ने खुली पुस्तक, जो शाद वह पढ़ रहा था, बन्द करते हुए कहा।

"जरूर कहीं बेमौसमी गर्मी पड़ी होगी।" भीगे शाल को अपने ऊपर से उतारकर सोफे पर रखते हुए वहीदा ने कहा।

"चाय पिएँगी?"

"नहीं, धन्यवाद! अभी वर्षा के रुकते ही मैं चली जाऊँगी।"

"हाँ, चले जाइएगा। आपके घरवाले प्रतीक्षा में होंगे।" अंगीठी में बुझ उठी आग की ओर निहारते हुए सीधे-उदास आदमी ने कहा।

"नहीं, प्रतीक्षा में तो कोई भी नहीं! और न मेरा यहाँ कोई घर ही है। मैं तो होस्टल में रहती हूँ।"

"पढ़ती हो?"

"हाँ।"

"कम से कम मुझे यह अच्छा नहीं लगता कि नारियाँ काम करें। सारा नारीत्व ही खत्म हो जाता है।"

"बल्कि मुझे वे लोग अच्छे लगते हैं, जो हर बात स्पष्ट कह दें। इस तरह जीवन कितना सरल हो सकता है।"

"औरतों का क्या पता? मिनटों में उन्हें कुछ भला लगने लगता है, मिनटों में बुरा।"

"इस का अर्थ है, किसी भी औरत को जीतना या हारना कितनी साधारण बात है।" वहीदा ने अपने ठिठुरते हाथों को भींचते हुए कहा।

"यहाँ तुम्हारा घर न सही, यहाँ तुम्हारी प्रतीक्षा में भी कोई नहीं। कहीं तो कोई प्रतीक्षा में होगा।" केतली में पानी डालकर स्विच लगाकर उस सीधे और उदास आदमी ने एक छिपी खीझ में कहा।

"सब लोग इतने खुशकिस्मत नहीं होते।"

"तब फिर वह कहाँ गये?" उस सीधे उदास आदमी ने पूछा, जैसे उसे भरोसा हो कि जहाँ भी बिजली चमकती है, बादल होता है।

"मालूम नहीं कहाँ हैं? किन्तु यदि वे पास भी हों तो भी पहचान नहीं होगी।"

"कभी कोई किसी को इस तरह भी भूल जाता है? नहीं, यह ठीक नहीं। यदि यह ठीक होता तो मैं उसे कभी का भूल चुका होता।" बहुत उदास आदमी ने कार्निस पर

पड़ी एक लड़की की तस्वीर की ओर हाथ करके कहा।

''किसी को भुलाने की कोशिश की सूली जब आपके बीच से निकलती है या जब आप उसके बीच से निकलते हैं तो बहुत कुछ, उसी क्षण मर-मिट जाता है। प्राय: आप स्वयं भी मर मिट जाते हैं। किन्तु मर मिटने के इस भय के कारण प्राय: आप उस क्षण को टालते ही रहते हैं।''

''नहीं, यह उचित नहीं। किसी को भूल जाना तो बेवफाई होती है।'' खौलते पानी की केतली की ओर देखकर वह सीधा-उदास आदमी बोला।

''किसी की याद के सुख से भी अपने आपको विमुख कर लेना बेवफाई नहीं, अन्याय है। किसी से नहीं अपने आप से अन्याय!''

''मेरा तात्पर्य आप समझ नहीं सकीं?

''समझती हूँ। किन्तु हम किसी को किसी के लिए नहीं, अपने लिए ही याद करते हैं।...पानी खौल गया है।''

बहुत सीधे और बहुत उदास आदमी ने अलमारी में से दो प्लेटें और कप, मेज पर लाकर रखीं। सूखे दूध का डिब्बा निकाला। नये चम्मच रखे। शुगर पाट में शुगर डालकर रखी।

''आप पहली औरत हैं, जो उसके जाने के बाद इस घर में आयी हैं। शायद अन्तिम औरत भी। मैं तो कभी किसी को इस तरह दरवाज़ा नहीं खोलता। यह तो अचानक मैंने द्वार खोले तो आप खड़ी थीं।''

''तो आपने भीतर आने के लिए नहीं कहना था।''

''कोई बात नहीं। दो-एक घड़ी में तो आपने चले ही जाना है।''

''अब जान-पहचान जो हो गयी। मैं फिर भी तो आ सकती है।'' वहीदा ने हँसकर कहा।

''क्या बात? ठंड लग रही है? मैं अभी गर्म-गर्म चाय बनाकर देता हूँ। मैं भी कितना बुद्धू हूँ। बातों में ही लगा रहा।''

बहुत सीधा और उदास आदमी उठकर चाय बनाने लगा। किन्तु चाय-पत्ती वाला डिब्बा तो खाली पड़ा था।

''कोई बात नहीं, रहने दीजिए।'' वहीदा ने सीधे-उदास आदमी की मजबूरी समझते हुए कहा।

''उसके ज़िन्दगी में से चले जाने के बाद सभी कुछ जैसे उलट-पुलट हो गया है। कभी कुछ याद ही नहीं रहता।''

''किन्तु कोई भी लड़की इतनी मूल्यवान नहीं होती, जिसे याद रखते हुए आप स्वयं को भूल जाएँ।''

''किसी को याद रखना या भूल जाना अपने वश की बात थोड़े ही होती है।''

''स्विच आफकर दीजिए। पानी यूँ ही खौल रहा है।''

''अब तो वह भी अपनी गलती नहसूसती है। मेरे जितना प्यार उसका दुकानदार पति कैसे कर सकता है?''

''किन्तु उसने किसी दुकानदार के साथ शादी क्यों की? क्षमा करना, प्रश्न निजी है, किन्तु दो अजनबी निजी बातें भी कर लें तो कोई हर्ज नहीं होता।''

''उसे वहम हो गया था कि मेरी किसी और के साथ दोस्ती है।''

''आपने यह वहम खत्मकर दिया है और वह गलती भी महसूसकर रही है न? किन्तु इस भ्रम के भरोसे उसके दिन आसान हो जाते। कैसा प्यार है आपका? उसके दुख-सुख की आपको कोई परवाह नहीं।''

''यह सब उसकी अपनी करनी है।'' उस सीधे-उदास आदमी ने उठते हुए कहा।

''सारी दुनिया उसके साथ उसकी करनी के अनुसार ही व्यवहार करती है। किन्तु आप तो उसे प्यार करते हैं।''

''मैं हाँ...हाँ...नहीं...आह-तो-हाँ-बस-ऐसे'' वह सीधा उदास आदमी पास बैठी वहीदा के साथ, उस चली गयी औरत के बारे में बातें करता रहा।

दिन ढल गया।

दिन छिप गया।

रात उतर आयी।

रात गहरा गयी।

रात आधी से अधिक बीत गयी।

''ओह! बहुत देर हो गयी...'' सीधे उदास आदमी ने अपनी घड़ी की ओर देखते हुए कहा।

''आपके साथ बैठकर समय का पता ही नहीं चला।'' वहीदा ने अपने गीले बालों पर उंगलियाँ फेरकर मुस्कराते हुए कहा।

''आपको तो भूख भी लगी हुई है। किन्तु अब तक तो वह होटल भी बन्द हो चुका होगा, जहाँ से मैं खाना लेता हूँ।''

''नहीं, भूखों रह लेने की मुझे आदत है।''

''आपको डर नहीं लग रहा कि इतनी रात बीते, वह भी आषाढ़ की रात, आप एक बेगाने आदमी के पास अकेली बैठी हैं?'' बहुत उदास और सीधे आदमी ने वहीदा से यूँ पूछा, जैसे इस बात से वह स्वयं डर रहा हो।

''यदि सारी दुनिया ही बेगानी हो तो किसी एक बेगाने से डर नहीं लगता। किन्तु क्या आप बेगाने हैं?'' वहीदा ने वही भीगी शाल लेपटते हुए कहा।

''ओह! आपके तो कपड़े भी भीगे हुए हैं। आपको तो बहुत ठंड लग रही होगी?''

"आपके पास बैठकर ध्यान ही न रहा। शायद ठंड भी नहीं लगी।"

"मेरा मन चाहता है, मुझे कहीं आपके 'वे' मिल जाएँ तो मैं उसे बताऊँ कि आप कितनी भली हैं!" बहुत सीधे और उदास आदमी ने वहीदा की ओर ध्यान से देखकर कहा।

"ज़िन्दगी में इतना समय ही कहाँ होता है कि जो खो गया, उसे खोजा जाए। जो खो गया, उसने शायद खोना ही था। न जाने कितने योजन, कितने युग, कितने जन्म वह आगे-पीछे हो गया। उसे ढूँढ़ना बेकार है। यदि मिल भी जाए, आप उसे पहचानते नहीं।

"चलिए, मैं होस्टल तक छोड़ आता हूँ। रात अधिक हो गयी है।"

"हाँ, अधिक रात हो गयी है।" बोलती हुई वहीदा अपनी भीगी साड़ी का पल्लू सिर पर सँवारते हुए खड़ी हो गयी।

होस्टल के दरवाज़े पर पहुँचकर वहीदा ने सीधे उदास आदमी का धन्यवाद किया। विदा ली और कहा—

"आप दुआ किया करें।" यदि कोई अन्धेरे में देख सकता तो देखता कि वहीदा की आँखों के कोनों में पानी भर आया था।

बहुत सीधे और उदास आदमी को अपने घर पहुँचकर ख्याल आया, "मैंने तो उसका नाम भी नहीं पूछा।"

भीगे कपड़े उतारकर, सूखे पहनकर जब वहीदा अपने बिस्तर में पड़ी तो उसे बिलकुल ठंड नहीं लग रही थी। बल्कि उसका शरीर तो तप रहा था। उसे बुखार हो गया था।

दूसरे दिन बुखार के साथ छाती में दर्द भी होने लगा था। इर्द-गिर्द के लोग कह रहे थे कि जिस रात अन्धेरी घिरी थी, वर्षा हुई थी, न मालूम कहाँ से इतनी रात गये वह आयी थी कि ठंड लग गयी थी। निमोनिया हो गया था।

इस ठंड और निमोनिये के साथ ही कुछ दिनों के पश्चात वह मर गयी। उस उदास मनुष्य को उसका नाम भी मालूम नहीं था।

उखड़े हुए वृक्ष

—एन. कौर

पेड़-पौधों के साथ उसे बचपन से ही मोह था। गहरा मोह। खिले फूल हमेशा उसे एक जादू की तरह सम्मोहित कर लेते थे। वह सोचती कि कितना प्यारा उद्देश्य था फूलों के अस्तित्व का...चारेक दिन के लिए आना, महकती मुस्कानें बाँटना और धरती की हथेली पर चुटकी भर बीज धरकर चलते होना, जैसे लौटकर आने का इकरारनामा लिख दिया हो। कभी-कभार उसे लगता मानो उसके भीतर भी किसी फूल की आत्मा भटक रही हो। बड़े-बड़े वृक्ष उसे बलवान शख्सियत वाले बुजुर्गों जैसे लगते। उनकी भुजाओं में आदमी के लिए अनन्त अपनापन था और एक दुर्ग-सी सुरक्षा का एहसास भी।

जिस दिन से उसके पड़ोस में एक नया पार्क बनने लगा था, वह बहुत खुश थी। जब स्कूल से आकर बच्चे अपने कामों में व्यस्त हो जाते और उसका पति टेलीविज़न पर शाम को खबरें देखने लगता, वह प्रायः नये पार्क की ओर चल देती। पार्क में लगे नये बेल-बूटे उसे नये चेहरों जैसे लगते। दिन भर में छोटे-मोटे काम करते हुए उसकी साँसों में भरी घुटन और थकावट कहीं उड़ जाती और उसका मन नये चेहरों की रौनक से भर जाता। वह हल्के धूल-से शरीर के साथ घर लौटती।

एक दिन सबसे पहले उसकी नजर पार्क में खड़े एक ट्रक पर पड़ी। वह जल्दी-जल्दी ट्रक तक गयी, जैसे नये चेहरों का स्वागत करना चाहती हो, ट्रक पर दो बड़े-बड़े वृक्ष लदे हुए थे...जड़ों और पत्तों सहित, हरे गहरे जीवित वृक्ष। उसके शरीर में आग की लकीर सी मचल उठी थी। उसके पाँव मानो वहीं स्थिर हो गये थे।

इतने बड़े-बड़े वृक्ष कैसे किसी नयी जमीन में अपनी जड़ें रमा सकेंगे? एक खामोश प्रश्न उसके मन में काँटे-सा चुभने लगा था। उसे पार्क में कर्मचारियों की निर्दयता पर काफी गुस्सा आया था। उस शाम घर लौटने पर भी, वह जैसे गुम-सी रही थी। खाने की मेज पर भी उसने कोई विशेष बात नहीं की थी। एकाध बार उसने वृक्षों की बात चलाने की कोशिश की थी, लेकिन बोल थे, मानो उसका साथ नहीं दे रहे थे।

खाने के बाद आज वह जल्दी ही अपने सोने वाले कमरे में चली गयी थी। उसने तत्काल बत्ती बुझा दी थी, जैसे अपने अन्दर से उठ रहे तूफान से बचने के लिए वह अन्धेरे की ओट में छिप जाना चाहती हो। उसने हठात आँखें बंदकर ली थीं। लेकिन एक विशालकाय ट्रक और उस पर लदे दो बड़े-बड़े वृक्ष, दबाकर बन्द की हुई पलकों के पीछे भी...उसे लगातार दिखायी दे रहे थे। एक बार तो उसे स्वयं पर काफी क्रोध भी आया था कि न जाने क्यों वह छोटी छोटी बातों में से बड़े-बड़े अर्थ खोजती रहती थी।

लेकिन वह ट्रक उसके अधिक करीब आने लगा था। उसे अपनी आँखों पर भरोसा नहीं हो रहा था। वह ट्रक एक हवाई जहाज सा लगने लगा था। उस हवाई जहाज पर लिखा नाम पढ़कर वह चौंक उठी थी। इसी हवाई जहाज में उड़कर तो वह बारह साल पहले इस धरती पर आयी थी। दोनों वृक्षों के वजूद, दो इनसानों में बदल रहे थे, जिनके चेहरे खूब परिचित से लगते थे। एक चेहरा तो उसे बिलकुल अपने चेहरे-सा लगा था, जबकि वह इसी हवाई जहाज में से उतरी थी।

उसका मन मानो पिछले पैरों दौड़ रहा था। बीत चुके बारह साल धागे की छल्ली की तरह उसके हाथों में उधड़ने लगे थे। उसे याद आया जब पहली बार उसने इस धरती पर पैर टिकाया था तो उसे लगा था मानो उसके पैरों तले कोई धरती ही नहीं थी। उसने बमुश्किल अपने डोलते मन को तसल्ली दी थी कि इतने घंटे लगातार हवा में उड़ते रहने के कारण उसका सिर चकरा रहा था। यही कड़वी हकीकत स्वीकारते हुए उसे आज थी उतनी ही पीड़ा महसूस होती कि उसके पैरों तले सचमुच कोई धरती नहीं थी। धरती और पैरों का सम्बन्ध माँ और बच्चे के सम्बन्ध-सा है। यह सम्बन्ध किसी भाव नहीं बिकता। हर आदमी इस सम्बन्ध का विरसा अपनी मुट्ठी में लेकर जन्मता है और जाते समय अपनी राख की एक मुट्ठी इसी सम्बन्ध के नाम, धरती के चरणों में भेंट कर जाता है। लेकिन घर से चलते समय उसने एक बार भी नहीं सोचा था कि उसकी धरती और पैरों का सम्बन्ध उसके साथ नहीं जा सकता। शायद तभी, जब भी उसने लौटकर देखा, इस धरती पर उसके पैरों का कोई चिह्न दिखायी नहीं देता था। बिना किसी चिह्न से चलते रहना उसे ऐसे लगता था मानो मौत का दरवाज़ा पार करके चल रहे हों।

दूसरी शाम उसने खुद से फैसला किया था कि वह फिर कभी उस पार्क में नहीं जाएगी। लेकिन दीवार पर लटकते क्लाक की टिकटिक उसे यूँ लग रही थी जैसे एक-एक पल कानों में से उसके मन में, कीलें ठोंक रहा हो। क्लाक के दोनों हाथ मानो उसे पार्क की ओर धकेल रहे हों। फिर न जाने कैसे, और कब वह दोनों वृक्षों के पास जा खड़ी थी। रस्सों और खूँटों के सहारे खड़े हुए वृक्ष उसे सलाखों के पीछे बन्दी दो बेगुनाह कैदियों जैसे लगे थे।

फिर उसे लगा कि उसके गिर्द तो कैदियों की एक भीड़ जमा हो गयी थी, जिस भीड़ में उसका अपना चेहरा भी पहचान खो चुका था। उसकी तरह कितने ही लोग एक

सपने की तलाश में इस धरती पर आते और इस भीड़ में खो जाते। घर लौट जाने की चाह दिलों में तड़पती रहती, लेकिन, इस जादूमयी धरती से लौट जाना कोई खेल नहीं था।

आज फिर उसे एक राजकुमार की बात याद आयी थी, जो वह अपनी दादी की गोद में सिर टिकाकर सुना करती थी। अपनी प्रेमिका का हाथ जीतने के लिए उस राजकुमार को एक काले गुलाब की जरूरत थी। काला गुलाब सिर्फ धरती के एक छोटे-से टुकड़े में पैदा होता था, जहाँ आदमी पहुँच तो सकता था, लेकिन उस धरती की सीमा में से लौटकर नहीं आ सकता था। कितने ही राजकुमार यह सुनकर रास्ते में से ही लौट गये थे, पर वह अकेला ही अपने सपने की उंगली पकड़कर चलता रहा था। काले गुलाब की धरती पर पहुँचकर मानो वह चाव से पगला गया था। फूल तोड़कर लौटते समय उस धरती ने उसके पैर जकड़ लिए थे। शेष आयु उस राजकुमार ने काले गुलाब के फूलों में ही, अपनी प्रेमिका के लिए तड़पकर गुजारी थी। उसे लगता कि वह भी तो इस धरती पर अपने सपने की बन्दी बनकर जी रही थी। उसकी ज़िन्दगी के तीस बरसों का टुकड़ा इस ब्रह्मांड के किसी दूसरे सितारे पर रह गया था। उसके हाथों में सिर्फ कुछ साल थे—गूँगे और बहरे बच्चों जैसे—गुमसुम साल।

कभी किसी शाम वह कितने ही काम अधूरे छोड़कर पार्क की ओर चल देती। गहरी आत्मीयता से उन वृक्षों के पास जा ठहरती। कई बार कोई अन्य दम्पती टहलता हुआ उन वृक्षों के पास अटक जाता, शायद इसीलिए कि ऐसे वृक्ष इस इलाके में नहीं होते थे। उसका चेहरा गुस्से में लाल हो जाता। उसे लगता कि लोगों की आँखों में खड़े प्रश्न मानो वृक्षों के शरीरों पर शूलों की तरह चुभ रहे हों, जिसकी पीड़ा केवल वही जानती थी। पहले-पहल इस धरती के लोग जब उससे कोई ऐसा सवाल पूछते थे कि उसका अपना देश कौन सा था तो वह बहुत स्वाभिमान के साथ उत्तर दिया करती थी। लेकिन इतने साल इस प्रश्न का उत्तर देते हुए वह इसका अर्थ समझ गयी थी। अब उसे लगता था कि यह सवाल दरअसल एक सवाल नहीं, इस धरती पर उसके अस्तित्व का एक कोरा उत्तर था। उस सवाल द्वारा जैसे वे उसे बताना चाहते हों कि उनकी इस धरती पर वह सिर्फ एक अजनबी थी और हमेशा एक अजनबी रहेगी। तभी तो अब यह प्रश्न उसके मन पर किसी तीखे शस्त्र सा लगता था। जब लोग उसके बच्चों की आँखों और उनके बालों के रंग की तारीफ करते, उसे लगता कि वे सिर्फ उसे बताना चाहते थे कि उसके बच्चे इस धरती के बच्चों से भिन्न थे।

एक रात बेशुमार बवंडर आया। वह बिस्तर पर पड़ी उन वृक्षों के बारे में सोचती रही जिन वृक्षों के पैरों तले कोई अपनी धरती नहीं थी। उसे याद आया कि पिछले बारह सालों में ऐसे कितने ही बवंडर उसके सिर के ऊपर से गुजरे थे। हर बार उसे महसूस हुआ था कि वह एक शून्य में घोंसला डालकर बैठी हुई थी, जिसका सम्बन्ध किसी

धरती या आमसान के साथ नहीं था। उसे लगता कि उसका घोंसला किसी क्षण भी तिनका-तिनका बिखर सकता था। तभी उसने बार-बार कोशिश की थी कि इस धरती का कोई सम्बन्ध उसकी पकड़ में आ जाए। कोई चेहरा उसकी आँखों में यूँ अटक जाये जैसे वह सचमुच उसी का अपना हो। किसी हाथ में से उसे ऐसा अपनापन मिले जिससे इस धरती की सर्दी दूर हो सके। लेकिन इस बदनसीब धरती पर, शरीरों के सम्बन्ध से परे, कोई और सम्बन्ध नहीं था। लोग खाली-खाली, ठूँठ से मिट्टी के बुत्तों से शरीर उठाए घूमते थे। रूहों के रिश्ते, खून के सम्बन्ध उनके लिए किसी अजनबी धरती की बातें थीं। दोस्ती नाम का शब्द उनके शब्दकोश के पन्नों में चिपका हुआ था, जिसका शर्थ मात्र जान-पहचान था।

कुछ देर बाद दोनों वृक्षों के नीचे नन्ही-नन्ही घास देखकर उसका मन चाव से भर उठा था, जैसे हारती-हारती भी वह इस धरती से कोई बाजी जीत गयी हो, अपने दोनों बच्चों के जन्म के समय भी उसने ऐसा महसूस किया था कि शायद उसका इस धरती से कोई सम्बन्ध स्थापित हो रहा हो, उसके बच्चे शायद उसकी जड़ें बन जाएँ। लेकिन इस सच्चाई तक पहुँचते उसको ज्यादा देर नहीं लगी थी कि किसी बेगानी धरती पर पैदा हुए बच्चे कभी किसी की जड़ें नहीं बन सकते, सिर्फ लता-टहनी से ही रहते हैं।

कभी पंछियों का कोई जोड़ा वह वृक्षों पर चहकता देखती, उसके भीतर एक आशा-सी जी उठती। उसकी आँखों में नये सपने ठहर जाते। वह सोचती कि अब वे वृक्ष नन्हे-नन्हे घोंसलों से भर जाएँगे। उन पर एक नयी दुनिया बस जाएगी और शायद उनके जीवन में फिर से बहार लौट आए। लेकिन इससे आगे सोचकर उसका चेहरा उतर जाता। अक्टूबर में हर साल जब धूप का रंग बदलता, मीठी-मीठी ठंड उतरती उसका मन दीपावली के दीपकों की लौ से भर जाता, जिस लौ में पुरानी यादें जल उठतीं, बसन्त ऋतु आती, उसके भीतर-बाहर मानो सरसों के फूलों की सुगन्ध महक उठती, गमकने लगतीं।

आजकल बरसात-सा मौसम था। पल-पल बाद मूसलाधार बरसात उतर आती। वह कई-कई दिन लगतार पार्क में न जा सकती। एक दिन पूरे हफ्ते के बाद जाकर उसने देखा कि 'वृक्षों' को दिये गये सहारे हटा दिये गये थे। अब तो वे कतई बेगाने नहीं जान पड़ते थे। उसका माथा धरती के प्रति आदर में झुक जाता। धरती का दिल कितना विशाल था, जहाँ हर बच्चे के लिए जगह बन सकती थी। आज उसे वह पार्क और भी अच्छा लगा था, जहाँ उसकी एक साँझ मानो जड़ें जमा बैठी थी। उसने घर आकर बड़े चाव से यह खबर पूरे परिवार को दी थी।

लेकिन आज शायद पूरे दो सप्ताह के बाद वह पार्क में गयी थी। गेट से निकलते ही उसे कुछ बदला सा महसूस हुआ। कुछेक पल तो मानो उसे अपनी आँखों पर ही भरोसा नहीं आया था। वृक्षों वाला कोना खाली पड़ा था। वह और नजदीक गयी तो

वृक्षों के खाली गढ़े उसे दो कब्रों जैसे लगे थे। वह जल्दी-जल्दी पार्क की दूसरी ओर चल पड़ी थी। पिछले गेट के पास दोनों वृक्ष दो लाशों की तरह पड़े थे। उनके नन्हें-नन्हें तने काट दिये गये थे। उसके मन में आया कि उन वृक्षों के गले लगकर वह खुलकर रो दे। लेकिन वह एक क्षण के लिए भी वहाँ ठहर न पाई थी।

आज इतनी जल्दी लौट आयी हो, उसके पति ने उसे बाहर वाला दरवाज़ा खोलते ही देखकर हैरानी से पूछा था। 'वे दोनों वृक्ष सूख गये है।' उसकी आवाज़ टूटती जा रही थी। रुआँसी आँखों को सम्भालती वह बच्चों की ओर देखकर मुस्करा दी। 'वृक्ष भी कितने बेचारे हैं, एक बार उखड़े तो उखड़े ही रह गये। यह तो आदमी ही है, न जाने किस कठोर मिट्टी का बना है ? बार-बार उखड़कर भी घर खोज लेता है।' उसने अपनी दोनों बाँहों में दोनों ही बच्चों को प्यार से भींच लिया था। दोनों बच्चे खिलखिलाकर हँस पड़े थे और कमरा मानो हल्की-सी रोशनी से चमक उठा था।

साझा

—मोहन भंडारी

उसने चिट्ठी पढ़ी। साधारण-सी चिट्ठी थी। वह पोस्टकार्ड पर। वही आम फहम् बातें।

उसे कोई हैरानी न हुई। वही रवैया था सतप्रकाश का, या तो लगातार कई साल तक लिखता ही नहीं था। यदि कभी-कभार लिखता भी था तो वही घिसे-पिटे वाक्य— आपकी कुशलता भगवान से शुभ चाहता हूँ। जमाना खराब है। होशियारी के साथ रहना, किसी से लड़ना-झगड़ना नहीं। बच्चों को प्यार...आदि। हाँ, उसमें एक बात पक्की थी। सम्बोधन के बाद वह 'जय जय सियाराम' लिखना, कभी नहीं भूलता था। कुछ खास या विशिष्ट उसके पत्र में से सहज नहीं मिलता था। यह बात शायद वह पढ़ने वाले पर ही छोड़ देता था। वही माथा पच्ची करे और पंक्तियों के बीच का रहस्य समझता रहे। जीवन के दूसरे मामलों के बारे में भी उसका यही व्यवहार था। सहज, सन्तुलित और कोरा। या कह लें कि वह व्यावहारिक आदमी था। कारोबारी और दुनियादार। न किसी से ज्यादा मोह, न बैर-विरोध। जहाँ तक बन पड़ता, सभी तीर्थों पर जाता, रीतियाँ-रूढ़ियाँ बखूबी निभाता, और मेलों त्यौहारों में शामिल होता रहता। जैसे यही उसकी आदत थी। सिर से नंगा रहता, लेकिन रस्मों के वक्त या सभा सोसायटियों में हाजिरी भरते समय, पगड़ी जरूर बाँधता। भापा के मामले में भी वह कट्टर नहीं था। काम चलाने योग्य तीन भाषाएँ उसे आती थीं। उर्दू, हिन्दी और पंजाबी। जिसमें चाहता, लिख देता। उर्दू का मुहावरा और बहाव उसका देखते ही बनता था। शब्द मोतियों के समान। हिन्दी और पंजाबी के शब्द भी वह बुरे नहीं लिखता था। हाँ, गुरमुखी की लिखत में 'स' और 'म' का फरक, फिकरा (वाक्य) पढ़कर ही लगाना पड़ता था। वह इसलिए हो जाता कि पूरी पंक्ति लिखने के बाद वह उस पर लकीर खींच देता था। आदत जो बन गयी थी।

इतनी देर बाद लिखा भी तो क्या लिखा? उसे सतप्रकाश पर खीझ आयी। आखिर उसका बड़ा भाई था। सविस्तार लिखता। भाभी के बारे में, भतीजे अशोक के

बारे में, पुत्रवधु के सम्बन्ध में...। अब तो प्रभु कृपा से उसकी गोदी हरी-भरी है। चलो खैर! यह तो उसका अपना परिवार हुआ। नहीं लिखा कुछ तो न सही। कम-से-कम बूढ़े पिता और वृद्धा हो रही विधवा बुआ (फूफी) के बारे में तो दो शब्द लिख भेजता। वे तो साझे थे। परिवार का साझा उन्हीं के कारण यों कायम था। खानदान की जायदाद का कोई विधिवत विभाजन तो नहीं हुआ था। और न सही, हिन्दू संयुक्त परिवारों की मान मर्यादा का ही उसे कुछ ख्याल होना चाहिए। प्रत्येक परिवार के कुछ तौर-तरीके, कोई संस्कार तो होते ही है! फिर ऊपर से आजकल हालात तो देखो क्या हैं?

वह माथा पकड़कर बैठ गया। और गहरी सोच में खो गया। 'हालात'! थोड़ी देर बाद वह बुदबुदाया। अपने होंठों पर जमी सिकरी (पपड़ियों) पर उसने जीभ फेरी। सिर के उस गंजे भाग पर हाथ फेरा, जिसके नीचे उसकी अक्ल दुबकी बैठी थी। वैसे माथे और उस भाग में अब कोई अन्तर नहीं रह गया था। देखने वालों में से किसी को यह मालूम नहीं पड़ता था कि उसका माथा कहाँ से शुरू होता है और सिर कहाँ खत्म। दर्पण के सामने खड़े हुए उसे भी कई बार ऐसा एहसास हुआ था। पर अब वह एहसास न जाने कहाँ छिप-छिपा गया था। उसकी गर्दन मोटी हो गयी थी। टाईयाँ तंग, पेट तृप्त सुअर की तरह फूल गया था। टाँगें भार उठाने में असमर्थ लेकिन गुमशुदा एहसास ने इसकी इत्तिला, सूचना देने तो नहीं आना था! उसके पास गाड़ी थी—शिवरले! कोठी थी, चार कनाल की। चार बेडरूम, चारों गद्‌दों-गद्‌दियों से भरे पूरे। बिलकुल उसके पेट के समान! ऐसे 'हालात' में अक्ल दब के नहीं तो क्या करे। चारों ओर से तो वह भरा हुआ था। जिधर भी देखो, कूड़ा-कबाड़। एक ओर तन का, दूसरी ओर मन का। औरत का बिखराव, सो अलग। काली किनारी वाली सफेद साड़ी पहने वह पलंग पर यूँ लेटती, मानो उठना ही न हो। उठने लायक रही हो तो उठे! खा लिया... पड़ गयी। खा लिया... सो पड़ी। पड़ गयी या सो गयी, कुछ पता ही नहीं लगता था। हाँ सच, लगता तो था। तब, जब वह हाय, करती। बुड़बुड़ाती या नौकरों को डाँटती-फटकारती। सुबह शाम उसे तब सुख का साँस आता, जब वह पूजा पाठ में लीन होती। नहीं तो सामने खाली पड़ी, आराम करती, वह उसे बर्दाश्त नहीं होती थी। देखनी तो भला पड़ती ही थी। सामने पड़ी देखकर आँखें कौन मूँद सकता है? सच्चाई तो आँखें मूँदकर भी नजर आ ही जाती है।

"हालात!!" उसके मोटे और सूखे होंठ थिरक उठे। थिरके और काँपने लगे।

देखो तो, करता क्या है। कहता, तुम्हें तो मालूम ही है!...हाँ, मालूम है! मालूम को मैं बच्चा हूँ क्या?...दूध पीता हुआ!...चंडीगढ़ रहते हो!...हाँ, चंडीगढ़ में ही रहता हूँ। निकाल सकते हो मुझे यहाँ से? हद हो गयी भई, हिमाकत की भी... कि तुम सीधे, ठीक से बात करें। जब भी करेंगे, काटती हुई बात करेंगे। धीरे-धीरे, धीमे धी...मे...। शूलें चुभोएँगे। अन्दर की बात करके तुम्हीं इसका अर्थ निकालो...'चंडीगढ़ रहते हो।'

पता है क्या कहता है। कहता है—तुम सेफहो। सुरक्षित खाते-पीते, सहज। सहज और खतरे से बाहर। कोई पूछे उससे, मैं पैरिस बैठा हूँ? या मास्को? चंडीगढ़! चंडीगढ़!! लगा रखी है। डेढ़ मिनट की मार है। चंडीगढ़। ऊपर से मालूम है क्या लिखता है, लिखता है। वैसे इधर खतरे वाली कोई बात नहीं। बई, यदि कोई खतरे वाली बात नहीं, तो फिर कोई बात नहीं। लिखते क्यों हो? बात तो है... सत प्रकाश! बात है!! फिर, तुम्हें तो मालूम ही है! हूँ! मुझे अकेले को मालूम है। सारी दुनिया जानती है, कि पंजाब के हालात ठीक नहीं। तुम कहते हो क्या चाहता हूँ?... सत प्रकाश!

हालात! खतरा!! वह कुछ खुलकर बुदबुदाया। और फिर उसका साँस फूल गया। फूलकर घुटने लगा। वह टाँगें फैलाकर, आरामकुर्सी पर सिर टिकाकर, लेटने की मुद्रा में बैठ गया।

मोतीराम, उसके नौकर को पता था कि जब उसके साहिब को दौरा पड़ता था तो इसी तरह पड़ता था। डॉक्टर ने एक अजीब-सी बीमारी का नाम लिया था। क्या कहते हैं उसे 'हाइपर टैंशन'...यह क्या बीमारी हुई साली! जैसे 'हापुर स्टेशन' हो। उसने कई बार सोचा था और एक बार डरकर, झेंपते हुए, मोहमारे ने कहा भी, 'बीवी जी, साहब जी को गलत बीमारी लग गयी।'' आगे से बीवी खट्टा डकार लेते हँसती हुई बोली थी, ''तुम्हारा साहिब कौन सा शाही आदमी है!'' यूँ बीबी दूसरी बार हँसी थी, उसे याद नहीं आ रहा था। इतना याद था कि इस नामुराद बीमारी में साहब चुप हो जाता था या फिर खुद ही बोलता रहता था। अब वह बोल रहा था। ऊँचे स्वर में बुड़बुड़ाकर। उसे बुड़बुड़ाते सुनकर वह भागा आया। हाँफा-सा अन्दर आकर बोला, ''क्या बात है, साहब!''

''कोई बात नहीं।'' उसने परेशानी भरे रौब में मोतीराम को बाहर चले जाने का संकेत करते हुए कहा, मोतीराम लौटते पैरों, दरवाज़ा पार कर जाने लगा तो उसने बुला लिया। मोतीराम घबराया, परेशान सा लौटा। बाएँ पैर की एड़ी को दाएँ पैर के पंजे पर खुजलाते बोला—''जी साहब!''

मोतीराम को ऐसे अधीनगी, बेचारगी और भयग्रस्त, मासूमों की तरह हाथ जोड़कर खड़े और बायीं एड़ी पर काँपते दूसरे पाँव के पंजे को देखकर, उसे खास तरह की तसल्ली और राहत महसूस हुई। उसे अपना डब्बू कुत्ता याद आ गया। कैसे वह पूँछ हिलाकर उसके पैरों में लोटपोट होता और प्यार पाता था। उसके हाथ चाटता और पाँव सूँघता-सूँघता, लातों से चिपक जाता था। तब भी उसे इसी तरह का सुख मिलता था। डब्बू पिछले महीने ही बीमार होकर मर चुका था। असावधानी उसी से हुई थी। समय पर इलाज करवाता तो शायद बच ही जाता। वह एक कुत्ता और जरूर लेगा। प्यारा और वफादार कुत्ता। उसने तो मित्तल को ऐसा कुत्ता लेकर देने की सिफारिश डब्बू के मरते ही कर भी दी थी। वह तो बस एक ही बात का कायल था कि नौकर और कुत्ता उसका

भय मानते रहें। दावा मनुष्य के आतंक का हथियार होता है। बस, दावा मानें और आनन्द लें।

मोतीराम अभी उसी मुद्रा में खड़ा था। उसके अँगूठे के नीचे।

कितने अजीब रिश्ते हैं ये। कैसा साझा है? गाँव, तारा 'लफैंड, उसका वृद्ध पिता, बूढ़ी बुआ, लाजवन्ती उसकी पत्नी, विलायत जा बसे उसके दोनों बेटे, गोरी पुत्र वधू, मोतीराम, डब्बू कुत्ता...वह मुस्कराया।

मोतीराम उसी तरह खड़ा था। उसे आनन्द आ रहा था, और फिर दौरे की हालत!

"साले! दरबार लगाने के! राजे! हुक्म-अदूली करने वालों को कहते हैं, समझाओ बुझाओ!"

"हैं जी!" मोतीराम ने उसका ध्यान आकर्षित किया।

"हाँ...हाँ...मोतीराम जाओ! पानी का जग भरकर ले आओ।" उसने आदेश दिया।

उसकी वकालत चली ही नहीं, बल्कि चमकी हुई थी। अब वह शहर के नामी-गिरामी वकीलों में गिना जाता था। कोठी उसकी आसामियों से भरी रहती। गाँवों के लोग साफा और उल्टी सीधी पगड़ियाँ बाँधे कोठी के लॉन में रखी कुर्सियों और बैंचों पर सुबह शाम घंटों तक बैठे रहते। उसे सिर खुजलाने तक की फुर्सत नहीं थी। सहायक वकील केस तैयार करते और पेशी वाले दिन वह कार में जाते हुए नजर मारता और गरजकर केस लड़ता। जीत भी जाता, ज्यादातर जीतता ही। सभी कहते, उसके हाथ में यश है। मुँह माँगे पैसे दो और केस अपने हक में करवा लो। दूसरे वकीलों में बैठा वह गप्प मारने से नहीं टलता था। "मैं तो फाइल सूँघकर बता सकता हूँ कि इस केस में क्या है?" यह ठीक है कि जहाँ उसके प्रशंसक थे, वहीं विरोधी भी थे। वे कहा करते कि वह न्यायाधीशों, जजों के साथ बनाकर रखता है। और निजी रसूख इस्तेमाल करके, अपने प्रभाव से जीत जाता है।

उसके प्रशंसकों में से एक मित्तल था। डी. डी. मित्तल, उसका साथी वकील। गत पाँच छह साल से वे दोनों एक साथ घूमते फिरते, बैठते और खाते-पीते, एक दूसरे की कदर करते थे। स्वाभाविक है कि अन्य वकीलों की आँखों में रड़कते भी थे, चुभते थे। यह चुभन वे शाम के वक्त दारू की घूँटों में घोलकर पी जाते और सुबह टहकते, महकते कचहरी में जा गरजते। पिछले दिनों वे दिल ही दिल में कुछ दूर भी हुए। लेकिन एक दूसरे की जरूरत उन्हें दूर नहीं होने देती थी। जरूरत में से साझा पैदा होता है न। इससे साझ पैदा ही नहीं होती, कायम भी रहती है। उसे मित्तल की जरूरत थी। वह उसके साथ दुख-सुख करता था। उकसाता था, नुक्ते बताता था, धन्धे के नुक्ते। उसके एक ही नुक्ते ने उसका धन्धा चमका दिया था। उसने कहा था, "बैक्टर, सियाना हो, समझदार। फौजदारी के केस लो। पंजाब के हालात भविष्य में कैसा मोड़ लेने वाले हैं,

तनिक सोच, बूझ तो सही। रब्ब का वास्ता है, यह सुनहरा मौका मत जाने दे। एक दिन ऐसा आएगा कि तुम अतिवादियों और तथाकथित सियासतदानों के शुकरगुजार होओगे। ये दोनों ग्रहें—हमारे वकीलों के लिए कुबेर का खजाना लुटा देंगी, और यह भविष्यवाणी सच हो निकली थी। पंजाब के बिगड़े हालात ने उनकी चाँदी कर दी। नहीं तो क्या धरा पड़ा था दीवानी केसों में। न कुछ खाने को न खटने, कमाने को। यदि वह मित्तल की बात न मानता, तो निचले दर्जे के वकीलों में ही रह जाता।

लेकिन शाम तो बितानी ही थी। इस तरह खामोशी में वह भी अकेले में... उसके लिए मुश्किल ही नहीं, दूभर लगती थी। क्या हुआ यदि मित्तल गुस्से हो गया। मैं स्वयं ही मना लूँगा। देखना तो सही, जब दो घूँटे अन्दर गयीं तो कैसे खिल उठेगा। शराब के दौर में गुस्से हुए लोग-यार शराब के दौर में ही तो मानते हैं। उसने सोचा। और वह हर शाम...प्राय: हर शाम एकत्र होते, मिलते। पुरानी तलखियाँ भूलते, नयी शुरू करके अलग होते।

"साला...कमीना! अभी तक नहीं आया।" उसने उबासी लेते हुए कहा।

वह मित्तल की प्रतीक्षा में था। बहुत शिद्दत से।

जीवन अच्छा भला बीत रहा था। कुल मिलाकर यदि खुश नहीं तो वह सन्तुष्ट जरूर था। घर-बाहर से, पूर्णत: सन्तुष्ट। बस, गम था तो बेटों का। उनके बिछुड़ने पर उसके जीवन में एक बड़ा अभाव उभर आता था। उनके व्यवहार से उसे धक्का भी खूब लगा। ले देकर दो ही तो उसके बेटे थे, दोनों डॉक्टर, दोनों ही बाहर, विलायत में नौकरी करते थे। दोनों में से एक ने तो 'मेम' के साथ शादी कर ली थी। उसे तो शादी के कई महीने बाद ही इसकी खबर मिली थी। अपने ताऊ की तरह चारेक पंक्तियाँ लिख भेजीं, "डैड, आई हैव मैरिड ए गर्ल आफ माई चाइस एंड बाई गौड्स गरेस वी आर हैप्पी। लाइफ इज सच हीयर..." दूसरा अविवाहित बेटा अपने जीवन के बारे में किसी से सलाह-मशविरा तक नहीं करता था। अभी नया-नया ही वह डॉक्टर बना था और विलायत का रंग उस पर अभी तक पूर्णत: नहीं था। न जाने आगे वह क्या करे! कौन-सा किसी से राय लेनी थी। अपनी मर्जी का मालिक। चलो, मौज करें। उसने निश्वास छोड़ा।

इस दौरान उसे कई बीमारियाँ लगीं। उसका जिगर बढ़ गया। एक गुरदा खराब हुआ, साँस की बीमारी लगी। ऊपर से साली यह 'हाइपर टेंशन!' उसे तनाव ने आ दबोचा। दौरे से पहले दौर शुरू हो जाता तो अच्छा था। कुछ तो बेचैनी कम होती। वह कुछ ज्यादा ही चिड़चिड़ा होता जा रहा है। वहमी और गुस्सैल, हर बात में शंका...और दिल की धक्'-धक्। ऊपर से मित्तल की बक् बक्!

"कंजर न हो किसी जगह का!" वह खीझ उठा।

मित्तल अभी तक नहीं आया था।

इन्तज़ार! इन्तज़ार!! और...? बस, और नहीं इन्तज़ार होता। वह तेजी में, आवेश में आ गया। दिन अन्तिम पलों पर था। घुसमुसा अँधेरे की चादर में अपने पंख समेट रहा था। उसने थकानयुक्त उबासी ली। फिर एक और। इस बात का संकेत, हे थके हारे, तलखियों और दरदों के मारे इंसान! अपनी असल संगति खोजो, मिल बैठो। जाम टकराओ और अपनी भी दो घड़ी जीकर तो देखो। तुम्हारे अन्दर का शोर कुछ तो कम हो। शान्त पड़े। इस नाशवान संसार के झमेले तो इसी तरह रहेंगे।

यदि कोई इस समय उसके चेहरे की ओर गौर से देखता तो उसे यह संसार सचमुच नाशवान लगता।

वह रिटायरिंग रूम में गया। पानी का भरा जग और दो गिलास वहाँ पड़े थे। उसने व्हिस्की के दो पैग तैयार किए। एक अपने लिए और दूसरा मित्तल के लिए।

वह क्षणेक के लिए मुश्किल से रुका, फिर पैग की ओर बढ़ा। एक अजीब दहशत उसकी आँखों में तैरने लगी। एक ही झटके में उसने पैग उठाया...सिर से भी ऊपर तक लाकर नारा बुलन्द किया, 'सियासतदानों के नाम!' और गटागट अन्दर उड़ेल गया। पहले की तरह चुस्कियाँ लेकर पीने का समय अब कहाँ रह गया था। ये खाली समय की बातें थीं, जो शायर-कवियों के पास रह गयीं या फिर मानसिक रोगियों के पास।

"साइकिक केसिस!" वह बुदबुदाया।

मित्तल अभी तक नहीं आया था।

उसने बाहर की ओर देखा। सहायक वकील केस तैयार करने में लगे हुए थे। सायल जा चुके थे। घर में नौकर चीज़ें, वस्तुएँ सँभालते घूम रहे थे। रसोई में सब्जी फ्राई करने और मसालों के पकने की गन्ध आ रही थी। वैसे उसने सूप पीना था। उबली सब्जी के दो चार कतरे खाने थे, चमचे के साथ। उसके निजी डॉक्टर की यही राय थी, यही परामर्श था।

उसे स्वयं के प्रति घृणा-सी हो आयी।"

बाहर, बैठक में से किसी के जोर-जोर से बोलने की आवाज़ें आ रही थीं। मिसिज भल्ला थी। उनकी पड़ोसिन। अजीब औरत थी। यूँ बोल रही थी जैसे कुश्ती लड़ रही हो। उसने कान लगाकर सुना। वह लाजवन्ती से कह रही थी, "बहिन, पुण्य-पाप का फल यहीं मिल जाता है। तुम्हारे दो बेटे, दोनों बाहर...विलायत तो स्वर्ग है स्वर्ग! तुम भी चक्कर लगा आओ। लिखा तो होगा उन्होंने भी, तुम्हें बुलाने के लिए। मुझे तो जहाज की आवाज़ से ही खूब डर लगता है। खुशकिस्मत हो...जिसके दो-दो बेटे विलायत में जा बसे हैं!"

आगे से लाजवन्ती खीं...खीं... करके हँस पड़ी।

बस बाहर क्या गये बेटे, गोरी मेमों के गुलाम हो गये। अब भला क्यों वापस

आएँगे? वापस आने को यहाँ है ही क्या? ऊपर से हालात तो देखो क्या है? पिछले सालों ही क्या-क्या नहीं घटित हुआ। यह जहाज-सी कोठी। हम मियाँ-बीवी...रौनकों में रहते हुए भी, अकेले-अकेले! यह सारा आडम्बर किस काम...किस अर्थ आएगा? सोचता-सोचता वह उदास हो गया।

मित्तल अभी तक नहीं आया था।

वह भूखे भेड़िये-सा पैग की ओर लपका। 'अतिवादियों के नाम!' कहकर उसने दूसरा पैग भी अन्दर उड़ेल लिया। 'पंजाब के हालात!' उसे अचानक ख्याल आया। सत प्रकाश की चिट्ठी। पहने हुए रा-सिल्क के कुर्ते की बगल वाली जेब में उसने हाथ डाला। नहीं थी। चिट्ठी नहीं थी। वह अँगड़ाई लेकर हिम्मत से उठा। वार्डरोब खोला। अन्दर पड़े कोट-पैंट की जेबें टटोलीं। वहाँ भी नहीं थी। किधर गयी चिट्ठी! उसने तनाव में आकर अपने सोच पर जोर डाला। फिर कुर्सी पर आ बैठा। सोचता रहा...सोचता ही रहा। उसके हाथ तनिक काँपे। वह बोतल की ओर बढ़ा। अब तीसरा पैग उसके हाथ की एक ही जुंबिश की प्रतीक्षा में था।

मित्तल अभी भी नहीं आया था।

अब उसके आने की आस दम तोड़ रही थी।

"बास्टर्ड...मित्तल के नाम!" कहते हुए उसने तीसरा पैग भी पी लिया। पीने के कुछ पल बाद ही उसे एहसास हुआ जैसे वह एकदम तरोताजा हो गया हो। ऐन घोड़े जैसा। अब तनाव भी नहीं रहा था। उसकी स्मरण-शक्ति जैसे लौट आई। साइड वाला दराज खोला तो सामने सतप्रकाश की चिट्ठी पड़ी थी। उसने उठाकर पढ़नी शुरू कर दी। पहले तो उसे सम्बोधन पढ़कर ही बुरा-सा लगा। पहली बार पढ़ने पर तो उसे इस बात का एहसास ही नहीं हुआ था। पंजाबी में लिखी इस चिट्ठी में सतप्रकाश ने न 'अज़ीज' शब्द का प्रयोग किया था, न ही 'जय जय सिया राम।' सीधा ही लिख दिया, 'प्यारे ब्रह्मप्रकाश! आगे चार-पाँच पंक्तियाँ कुछ यूँ ही उभरती, 'तुम्हें तो मालूम ही है, चंडीगढ़ रहते हो, कि पंजाब के हालात ठीक नहीं। वैसे इधर खतरे वाली कोई बात नहीं। पर क्या भरोसा? न जाने कब कुछ हो जाए। मेरा मन बुझा-सा रहने लगा है। तुम खत मिलते ही आ जाओ। साथ ही तारे लफैंड को भी चौकन्ना कर जा। आगे तुम खुद समझदार हो।' शुभ चिन्तक: सत प्रकाश।

चिट्ठी पढ़कर वह कुछ परेशान हुआ। ठिठका। अब उसने सत प्रकाश की चिट्ठी और उसका अन्तर्मन पढ़ लिया था। उसका अपना अन्तर्मन पिघलने लगा। उसे खत में से निराशा और उदासी स्पष्ट दिखाई दे रही थी। पहले कभी उसका मन इस तरह नहीं डोला था। अब क्यों बुझा-बुझा सा रहने लगा? ऊपर से तारे लफैंड की बात। किस बात के लिए उसे चौकन्ना करने की जरूरत पड़ गयी। कहीं उसके भतीजे अशोक के कारण कोई पंगा ही न उठ खड़ा हुआ हो। वह लड़का पढ़ने में सबसे पीछे और लड़ने

को सबसे आगे रहता था।

बिलकुल सत प्रकाश के उल्ट गया था। दसवीं में दो बार फेल होकर, गाँव में साइकिलों की मरम्मत और पंक्चर आदि लगाने लगा था। पंजाब के शोर-शराबे के कारण उसने मालेर-कोटले में साइकिलों की दुकान खोल ली थी। अब उसका काम अच्छा चल पड़ा था। और दूर की सोचते हुए सत प्रकाश ने उसे वहीं एक मकान ले दिया था। अब उसका परिवार भी वहीं रहने लगा था। सतप्रकाश गाँव में ही रहा।

बूढ़े पिता को जगह-जगह घसीटते फिरना उसे अच्छा नहीं लगा। फिर बूढ़ा कौन आगे कम था। उसकी टाँगें जुड़ा गयीं। आँखों से कम दिखने लगा। दाँत निकलकर नये सिरे से आ गये। लेकिन गाँव छोड़ने का नाम वह नहीं लेता था। कहता, ''क्यों जाएँ जद्दी पुश्ती घर छोड़कर? गाँव में दादा परदादा के समय से रहते आ रहे हैं। फिर किसी से बैर-विरोध भी नहीं हुआ। कमीबेशी नहीं हुई। सब ठीक से ही तो मिलते बतियाते हैं। धी-(बेटी) बहिन की साझ एक है। गिरते-ढहते की सौ खबर रखने वाले हैं यहाँ। क्या मजाल कोई आँख में रड़क भी जाय। ये! नया पैदा हुआ है छोकर-छल्ला! मैं इन्हें क्या समझता हूँ। इनमें से कई जनों के बाप-दादा अभी जीवित हैं। वे तो जानते हैं हमारी पकड़ को। लो भई, मुझे नहीं याद किसी ने कभी मेरे आगे आँख भी उठाई हो। नीची नजर से अपनी-अपनी मूँछों को ताव देते हुए निकल जाएँ तो हमारा क्या घिस जाता है। अपनी मौज में रहें। हमें क्या? जब कोई बात होगी, देखी जाएगी। मैं ही चलने घूमने से रह गया। नहीं मैं खाँसने देता था भला किसी को।''

पिछली बार वह गाँव गया तो बूढ़ा शराब की घूँट पीकर, ताव में आया बातें करता गया। ब्रह्मप्रकाश को जिन बूढ़ों के नाम भी नहीं याद थे, उनकी भी बातें सुनाता रहा। हर बात में एक ही तकिया-कलाम। 'हमारे समय' यह होता था, 'हमारे समय' वह नहीं होता था। वह बताया करता कि उसके दादा लोगों को गाँव वाले एक पगड़ी और उस पर पाँच रुपये चाँदी वाले रखकर लेकर आए थे। गाँव छोड़ना उसके लिए गाँव का सम्मान तोड़ने जैसा था।

भले ही उसकी आवाज़ में दमखम कायम था, लेकिन शरीर हड्डियों का पिंजर होकर रह गया था। वह अपने कमरे में खाट पर खाट जैसा पड़ा रहता। दौण ढीली करके उसमें गठड़ी की तरह इकट्ठा हुआ-सा, बोरी की गद्दी बनवाकर वह अपने चूतड़ों तले बाँधे रखता। शिकायत, हाजत होने पर बाँहों के सहारे घिसटता कमरे में बनी टायलेट में जाकर टट्टी पेशाब करता और गाँठ सा बना पुनः खाट पर आ चढ़ता। पता नहीं बूढ़े के प्राण किस चीज़ में फँसे पड़े हैं। पोते की शादी में अड़कर गया था। कार में ढासने वाली गद्दी लगवाकर। पड़पौत्र भी जन्म गया। अभी कहता है—''इसकी भी शादी देखकर मरूँगा। देख लेना भले ही। मैं अपनी किरिया सोधने योग्य हूँ अभी। तुम्हारे सहारे नहीं हूँ।'' ऐसी बातें वह शराब की घूँट छककर ही करता था। अन्यथा गुमुसम-

सा रहता।

उसे नहीं याद कि चौथा पैग पिया था कि नहीं। हाँ, एक तैयार-पैग उसके सामने पड़ा था।

अच्छा हुआ मित्तल नहीं आया। नहीं तो वही मगज मारता रहता। न किसी बात का सिरा, न अन्त। जब भी आता, बर्तन बिखेर कर जाता। यह लाओ, वह लाओ। मेरी सिगरेट सुलगाओ। कहाँ है मोतीराम...मोतीराम! कैसे हो? खुश तो हो?'...बस, घर में बखेड़ा उठ खड़ा होता। एक तरह से अच्छा ही हुआ, वह नहीं आया।

वह सोचता रहा।

उसने चिट्ठी फिर पढ़ी तथा और ज्यादा भावुक हो उठा। उसे रह-रहकर सत प्रकाश की याद आ रही थी। उसके सोच में सतप्रकाश का चेहरा उभर आया।

पिछली बार जब वह गाँव गया था तो सतप्रकाश दुकान की गद्दी पर बैठा था। झुर्रीदार गोल चेहरा, आँखों में ठहराव, दाढ़ी कटी-बढ़ी-सी, बिखरे बालों वाली। नीचे, ऊँची उठती-सी धोती। बदन पर सफेद बटनों वाली दोजेबी, मोटे लट्ठे की जाकेट। नीचे जनेऊ। कानों में मुरकियाँ।

दुकान के माथे पर, उसके सिर के ऐन ऊपर ही लटक रहा टीन का पुराना फट्टा। जिस पर घसमैले शब्दों में लिखा था—"पंडित लूमां वाले, सत्तप्रकाश बैक्टर दी, मशहूर परचून दी दुकान।"

दुकान में कपास, दाने, दालों की ढेरियाँ। छोटे-मोटे सामान में आधे भरे हुए डिब्बे। एक ओर दीवार में फिट की गयी तख़्ती पर काँच की बोतलों की पंक्ति। बीच में गोलियाँ-हरे, पीले, नीले रंग की।

"मशहूर दुकान!" वह बुदबुदाया।

'मशहूर!' उसके होंठों पर आई कड़वी कसैली, किन्तु ठहरी-सी मुस्कान ने स्वीकारोक्ति दी। यह कैसी मुस्कान थी जिसमें शुद्ध कड़वाहट नहीं थी। बल्कि अपनत्व युक्त व्यंग्य का पुट भी मिला हुआ था। उसके धुर अन्दर बेमालूम-सा कुछ छलछलाया। आँखों की गोलियों पर उसने रूमाल फेरा। उसे अजीब-सा एहसास हुआ कि रूमाल तो सूखा का सूखा रह गया था।

पहले पहले सालों में जब कभी वह चंडीगढ़ जाता-आता था तो ऐसा नहीं होता था। घर से बिछुड़ते समय भाई की गहरी छाया से निकलते हुए। बुआ के सिर पलोसने पर। फिर छाती से लगते समय। वृद्ध पिता के पैरों को हाथ लगाते और उनका आशीर्वाद सुनते। पहले उसका मन भर आता और फिर जैसे...खैर, आँखें स्वत: ही छलछला जातीं। आँसुओं की धारें उसके गालों पर से यूँ बहने लगतीं जैसे कच्चे घरों की, मकानों की दीवारों पर मूसलाधार पड़ती बरसात का पानी। और इन आँसुओं को वह रूमाल के साथ पोंछता ही थक जाता। लेकिन आँसू थे कि बार-बार उभर आते। न जाने कैसे-वह

भर जाता। वह उठता। भर उठता, बहने लगता। पता नहीं कितना पानी है भीतर जो समाप्त ही नहीं होने में आता! तब वह सोचता होता कितना मोह था उसके अन्दर। परिवार के सदस्यों के लिए। दोस्तों के लिए। गाँव के लोगों के लिए। ज्यों-ज्यों वह मोह करता, यह बढ़ता ही जाता।

तब उसे गाँव की यादें घेर लेतीं। हर दूसरे-तीसरे महीने वह गाँव चक्कर लगाता था। अपने यार-दोस्तों से मिलता, वे वट वाले कुएँ पर जाते व जी भरकर पानी पीते। इतना मीठा पानी उसे बाहर कहीं भी नसीब नहीं हुआ था। अन्य किसी जगह का पानी ऐसा है ही नहीं। वह पागल-सा कह उठता। कैसी साझ थी यह! निश्छल, निःसंकोच और निजी जरूरतों से मुक्त! उसने भावुक होकर सोचा।

फिर गाँव के लिए उसकी गृहगन्ध ही जैसे कम होती हुई खत्म-सी होने लगी।

उम्र भर एक ही जगह से जुड़कर तो इंसान रह भी नहीं सकता। वह कोई पशु ही है जो एक ही खूँटे में बँधा रहे। वह सारी दुनिया को, अन्तरिक्ष को, फाँदना, पार करना चाहता है। जहाँ गया, वहीं रचमिच गया। मनुष्य में बेहिसाब जिज्ञासा भरी पड़ी है। बेपनाह उत्सुकता। पता नहीं कब वह पक्षी की तरह उड़ान भरे और कहीं से कहीं चला जाए।

उसका तर्क बोला।

अब वह कभी-कभार घर जाता है। उसका बड़ा भाई भी कभी-कभी ही घर आता है। वे अब एक-दूसरे को चिट्ठियाँ भी कम ही लिख पाते हैं। लिखते भी हैं तो उनमें भावों की इतनी गहराई नहीं होती। सब कारोबारी-सी आम फहम बातें।

उसके बेटे भी तो यों ही कटने लगे हैं। पहले पहल अपने पत्रों में वे चंडीगढ़ के गुणगान करते थकते नहीं थे। वे रोज गार्डन, झील, रॉक गार्डन व अन्य कितने ही स्थानों का जिक्र मोह के साथ किया करते थे। अब उनके मन में से ये जगहें जैसे एक-एक करके फिसल चुकी हैं। विलायत में इससे कहीं ज्यादा सुन्दर और मन को मोह लेने वाली जगहें हैं। वे अब दलील देने लगे हैं।

परदा तनिक सरका। वह चौकन्ना-सा होकर बोला—"कौन-मित्तल?"

"साहिब! खाना लगाएँ?" मोतीराम दबे पैरों अन्दर आकर झेंपता-सा बोला।

"अच्छा! अच्छा!! मोती है। बैठ। हाँ! हाँ!! अरे वहाँ नहीं, इधर मेरे पास..." ब्रह्मप्रकाश भावुकता के आवेश में सराबोर, पूरे मोह में बोल उठा। मोतीराम संकोच से में बैठ गया। अपने 'साहब' को वह जानता था। जब गुस्से में हो तो डाँटकर जान ही निकाल लेता था। जब मोह में आ जाए तो नौकर-मालिक का रिश्ता पीछे हट जाता और उसके साथ वह बच्चों की तरह बातें करने लगता। अपने गुस्से में होता तो दो-चार रुपयों के लिए खफाखून हो जाता। मौज में हो तो भले घी के घड़े लुढ़क जाएँ। अब साहिब मौज में था।

"ले, ले। मोती तू भी एक पैग।" ब्रह्मप्रकाश उसे प्यार भरी नजरों से देखते हुए बोला।

"नहीं साहब!!" मोतीराम अधिक झेंप गया।

"क्यों, क्या बात? अच्छी नहीं लगती?" उसने पूछा।

"ऐसी तो बात नहीं साहब। आज मन नहीं।" वह बोला।

"उदास हो? घर की याद आती है?" उसका मोह उमड़ आया।

मोतीराम 'हाँ' में सिर हिलाकर खिड़की में से कोठी की मुँडेर की ओर निहारने लगा।

"अच्छा, जाओ। खाना ठहरकर खाएँगे। पहले अपनी बीवी जी को भेज।"

मोतीराम चला गया।

पैग चौथा था या पाँचवाँ, ब्रह्मप्रकाश के लिए इसका कोई महत्त्व नहीं था। इस बात का जरूर था कि अपनी पत्नी के कमरे में आने से पहले उसे खत्म किया जाय। वह मध्यम हिन्दू परिवार में जन्मी, पली थी और शराब को अच्छा नहीं समझती थी। एक ही शौक था पूजा पाठ का। उसका मन खुश रखने के लिए ब्रह्मप्रकाश ने कोठी में ही एक कमरे में उसे मन्दिर बनवा दिया था।

वह पैग भी उसने पी लिया। बोतल और गिलास जल्दी-जल्दी, लेकिन सम्भालकर अलमारी में रख दिए। आप आराम से, चेतकर बैठ गया। सोचने लगा कि बात कहाँ से शुरू करे। चिट्ठी की बात वह एकदम नहीं करना चाहता था। उसकी पत्नी आ गयी।

"कहो लाजवन्ती! सेहत अब कैसी है?" उसने सहज ही बात चलाई। और कुछ उस समय उसे सूझ ही नहीं रहा था।

लाजवन्ती बोली नहीं। उसकी हालत देखकर नाराज हो गयी लगती थी।

"मैंने कहा बोलती नहीं, सेहत तो ठीक है?" मैंने होम्योपैथी के डॉक्टर से बात की थी, वह कहता है—खुद आकर हालत बताएँ और दवाई ले जाएँ—मैं कहता हूँ कि कल सुबह ही तुम जा आओ, उसकी ओर। इतवार है—रविवार गाड़ी खाली रहेगी।

लाजवन्ती ठीक होकर बैठ गयी। फिर सिर हिलाया। जैसे कहती हो, ठीक है, चली जाऊँगी। लेकिन फ़र्क़ तो कुछ नहीं पड़ने वाला।

"मेरा गाँव...मेरा भाव है हमारा गाँव। हाँ, हमारे गाँव में एक पुराना वैद्य है। उसके हाथ में यश है। उसकी दवा ही खाकर देखो। शायद उसी से आराम आ जाय। क्या कहती हो?" वह जरा तेजी में बोल रहा था।

"होगा वैद्य कोई। मुझसे नहीं जगह-जगह धक्के खाए जाते, इस उमर में।" आखिर उसने अपनी बात कही।

ब्रह्मप्रकाश ने सुख का साँस लिया।

"वह तारा लफैंड है न, अपने गाँव वाला। दो महीने हो गये उसे आए को। पहले

कितनी आसामियाँ लेकर आया करता था। कहीं किसी के धक्के न चढ़ गया हो। यूँ लोगों को, जहाँ तक हो पाए हाथों में से नहीं निकलने देना चाहिए। अच्छे वकील की यही तो होशियारी मानी जाती है। साथ ही उसे मिल लेंगे। आखिर मेरा पुराना दोस्त है। ...हम जमाती। अब तो सरपंच भी बन गया। साथ ही, सत प्रकाश के परिवार का ध्यान रखने के लिए कह आएँगे। हालात तो देख...।'' बोलते हुए उसका मन भर आया। लेकिन लाजवन्ती टस से मस नहीं हुई।

''सत प्रकाश की चिट्ठी भी आई है। उदास है। उसने आकर मिल जाने के लिए लिखा है। मैं तो कहता हूँ कल हम दोनों ही जा आते हैं। साथ ही दवा ले आएँगे। मिल भी आएँगे। यूँ ही पगलों-सी ज़िद नहीं किया करते।'' वह मनाने के अन्दाज़ में बोला।

सत प्रकाश की चिट्ठी के बारे में सुनकर वह चौकन्नी हो गयी। फिर सोच में डूब गयी।

''फिर क्या करें? कुछ बोलोगी भी?'' अब ब्रह्मप्रकाश के शब्दों में शालीनता थी। विनम्रता थी।

''खाना खा लो अब। सुबह देखा जाएगा।'' कहकर वह घुटनों पर हाथ टिकाकर उठी और ब्रह्मप्रकाश के देखते-देखते बाहर निकल गयी।

उस रात उसने खाना नहीं खाया। वह उसी तरह, कपड़े बदले बगैर ही लेट गया। या तो उसकी आँख नहीं लग रही थी। यदि लगती, तो अजीब से सपने आने लगते।

कभी वह विलायत होता। अपने बेटों के पास गोरी पुत्रवधू के साथ सैर करता हुआ...कभी गाँव के वैद्य को लाजवन्ती की नब्ज दिखा रहा होता।

कभी अपने यौवन काल में वह लाजवन्ती के साथ तीर्थयात्रा पर जा रहा होता। रास्ते में पहले वह किसी पहाड़ी पर चढ़ रहा होता, और फिर नीचे की ओर फिसलता आ रहा...लाजवन्ती विवश और लाचार चीखती-सी कहीं लुप्त ही हो जाती।

अब कचहरी में खड़ा वह केस लड़ रहा है—अभी बूढ़े पिता के पास बैठा उसकी बातें सुन रहा है—अब सत प्रकाश लहूलुहान हुआ दुकान के आगे पड़ा है। बूढ़ी बूआ प्रेतों सी हँस रही है...पास ही मित्तल खड़ा है, रक्त सनी खंजर लिए हुए...

कभी तारा लफैंड उसे गाँव के दरवाज़े में घेरकर खड़ा होता। पास ही दो तीन गन्ने पड़े होते। वह लाल आँखें निकाले, मूँछों को ताव देता, ललकार रहा होता और जोर से, ग्राम पंचायत को सुनाते हुए कहता—''मैं नहीं जानता। इसे कहो, गन्नों को ईख के खेत में उसी तरह लगा दे, जैसे ये पहले खड़े थे।'' सतप्रकाश हाथ जोड़कर ग्राम पंचायत को विनती कर रहा होता। ''पंचायत वालो! यह बच्चा है। इसे माफ कर दो। भला उखड़े हुए गन्ने फिर से उसी तरह कैसे लग सकते है? प्रकृति से कोई होड़ ले सकता है?...कोई नहीं ले सकता। बस, हो गयी इससे गलती...''

दो एक बार वह पसीने से सराबोर और बेचैन-सा होकर एकाएक उठ खड़ा

हुआ। फिर लेट गया। काली-सी वह रात, बीतने में नहीं आ रही थी।

आखिर सुबह हुई। वह नहाया। उसने चाय पी। लाजवन्ती पूजा पाठ से मुक्त होकर बैठक में आ गयी। गाँव जाने की चर्चा फिर चली। अब लाजवन्ती बोल रही थी। वह सुन रहा था, ठंडा-यख हुआ-सा ''न तो मैं आपको भेजूँ, न किसी को गाड़ी लेकर जाने दूँगी। हम क्यों बेगाने दुखों में मारे-मारे फिरें! हमारी जान इतनी सस्ती नहीं है...एक बात और सुन लो। मैं अपने घर के सरीक (सम्बन्धों) नहीं आने दूँगी। अपनी होनी स्वयं भोगें...गाँव में रहें या कहीं अन्यत्र चले जाएँ...और फिर आप कहते हैं, भाई जी ने लिखा है कि खतरे वाली कोई बात नहीं।'' एक पल रुकने के बाद वह फिर बोली, ''टिक-टिकाव हो जाने पर चलेंगे, यदि बहुत ही कहते हो तो। सुन ली न मेरी बात!''

ब्रह्मप्रकाश ने सुन ली थी, और वह खामोश बैठा था।

''चलो, यूँ करो, यदि बहुत ही जी चाहता है घर वालों के लिए तो मोतीराम के हाथों दो चार सौ रुपये भेज दो, बाई जी को दे आएगा। साथ ही खबर-सार ले आएगा।''

लाजव्ती ने निर्णय सुना दिया।

थोड़ी देर वह सोचता रहा, फिर चूँ-चाँ किए बगैर ही अन्दर चला गया। सत प्रकाश और लफैंड के नाम दो दस्ती पत्र लिखे। दो हजार रुपये लाजवन्ती से छिपाकर मोतीराम के हाथों थमाए कि गाँव-घर दे आए।

मोतीराम चिट्ठियाँ और रुपये लेकर चला गया।

शाम के समय सूरज डूबते ही वह वापिस आया। घर में सब कुशल क्षेम था। बाई जी और बुआ जी ठीक ठाक थे। उसने सत प्रकाश की जवाबी चिट्ठी लेकर तुरन्त पढ़ी। लिखा था—तारासिंह सरपंच ने आज पंचायत बुलाई थी। वहाँ फैसला हुआ कि हमें वे आँच नहीं आने देंगे। चाहे कुछ भी हो जाय।

चिट्ठी पढ़कर वह सन्तुष्ट हो गया। उसे खुशी थी कि अपना फर्ज़ उसने खूब ठीक से निभा दिया है। महसूस हुआ मानो उसके सिर से एक बड़ा बोझ उतरा है।

वह उठा। रिटायरिंग रूम में गया। पैग बनाया और मित्तल का इन्तज़ार किए बगैर चुस्कियाँ भर-भर पीने लगा।

काली रातें

—गुरबचन सिंह भुल्लर

मण्डी दाने बेचने जा रहे पड़ोसियों की बैलगाड़ी में सामान लादकर गुरनाम जब शहर से बाहर निकला तो उसके पग आतुर थे। हालाँकि इन राहों, इन पेड़ों, इन खेतों से दूर गये कुछ मास ही बीते थे, परन्तु उसे यह सब बरबस खींच रहा था। सब से बढ़कर सताती थी घर की याद—माँ बाप, पत्नी बच्चा तथा दरोदिवार तक उस पर हावी थे।

टाहली के पेड़ों वाला मोड़ मुड़ के हसरत भरी निगाह से उस ने गाँव की ओर देखा। गुरद्वारे का स्वर्णिम शिखर धूप में चमक रहा था। आँखें अर्धनिमीलित कर, सर झुका, उसने अपनी चाल और तेज कर दी। जिस झोले में वह परिवार के लिए चीज़ें खरीदकर लाया था उसे दूसरे कन्धे पर रख उसने जेब में रखी नोटों की गड्डी को फिर से टटोला। यह सोचकर उसके मन में गुदगुदी हुई कि माँ उसे छाती से चिपका लेगी और उसकी कमाई के रुपये पा कितनी प्रसन्न होगी।

अपने परिवार के हर व्यक्ति की याद उसके मन महक की तरह सुवासित था, परन्तु अपनी माँ की स्मृति के समक्ष उसका माथा झुक-झुक जाता। जब वह छोटा-सा था और उसका बाप फौज में था। माँ ने कैसे-कैसे संकटों का सामना कर गृहस्थी चलाई और गुरनाम को पाला पोसा था।

गर्मी हो या सर्दी, उसकी माँ प्रेमकौर घर के धन्धों से निबट जल्दी ही खाली हो जाती। खेतों के काम के सिवाय किसान घरों में काम ही कितना होता है? और उसका 'खेतों-वाला' कोसों मील दूर बैठा था। ससुर उसका भला व्यक्ति था। छोटे-मोटे काम निबटा, वह भी लोगों में जा बैठता। "बहुएँ घूँघट निकालें या काम करें", अकसर यही कहकर वह घर से बाहर चला जाता।

सास उसकी थी मस्त! गर्मी हो या सर्दी, सिवाय चारपाई डालकर सुस्ताने के कुछ न करती। हालाँकि घर गृहस्थी का काम इतना न था, फिर भी प्रेमकौर यह सोचकर रह जाती कि जो घर में रहता है, उसे तनिक हाथ बँटाना ही चाहिए।

अकेली ग्रामीण नारी का एकमात्र साथी है चरखा! चरखे के घुने के साथ ही

अतीत चलचित्र की भाँति उसके आगे घूम जाता। पति की याद उसे विचलितकर देती और विह्वल हो वह कोई गीत छेड़ देती। चरखे की चूँ-चूँ के साथ ही निश्वास निकला करते। उसकी वेदना के गीत के साथ चरखा ताल दिया करता। उसके मुँह से बरबस निकल पड़ता—

काली रातें
प्रिय
अकेली
मुझे डर लगता है
पूरी हो चुकी तार को हाथ से सँवारकर वह फिर छेड़ देती—
प्रिय
छुट्टी ले
आ जाओ घर
व्याकुल-मन
व्याकुल-तन!

दस महीने यूँ ही बीत जाते तो दो महीने के लिए उसका पति दरबार सिंह घर आता। हर बार प्रेम कौर को लगता कि वह नई नवेली है और उसके रूप का तेज खिलखिल पड़ता। पति के होते हुए उसे घर भरा-भरा लगता। दिन पंख लगा उड़ जाते। प्रेमकौर बच्चों के समान कहती "मरा समय कैसे बीत जाता है!" छुट्टी खतम होने को आती तो वो सोचते "घर रहते ही यदि काम चल जाता तो कैसा आनन्द होता।" पर आनन्द हो कैसे! खेतों ने उसे कुछ न दिया और उकताकर वह फौज में भरती हो गया। रोटी की खातिर ही तो! रोटी जो उसे उसके खेतों ने न दी!

धरती किसान की माँ है। पर जब माँ के आँचल का दूध सूख जाए तो उस बेचारी का क्या दोष! पीढ़ियों से साझी-पिटी धरती ने बंजर क्यारियों का रूप धारण कर लिया था। इन क्यारियों में फसल पैदा होने का ख्वाब ही देखना व्यर्थ था। सब से बड़ी आफत थी पानी की नितान्त कमी। वैसे गाँव में नहर थी, पर सिंचाई के समय सूखी रहती और खेती सूखे तिनकों सी उजड़ जाती। या कभी पानी आता भी तो इतना, कि हर खेत तालाब सा दिखता। फल उगना वहाँ नामुमकिन था।

कई वर्ष दरबारा सिंह इन ऊसर खेतों से युद्ध करता रहा, पर कुछ न बना। उसका घर धान से शून्य ही रहा। लहलाती खेतीयाँ उसकी ख्वाब ही रही। शरीर तोड़ मेहनत व्यर्थ जाती। हारकर उसके पिता ने सलाह दी वह अपनी बहन के ससुराल वाले गाँव में जा टिके। बहना की ससुराल, बहन का घर, बहन का गाँव! लानत है। बहन-बेटी में क्या अन्तर है? बेटी के घर जा टिकना! असम्भव। उसके अमीर बहनोई ने कई बार कहा कि वह उसके गाँव चला आए। उसकी जमीन पर ट्रैक्टर चलाकर मौज करे। और

कोई चारा भी तो नहीं था।

हारकर एक दिन उसे अपने थके-हारे बैलों को बेचना पड़ा। वह बैल नहीं बेच रहा था, बल्कि अपने जिगर के टुकड़े कर रहा था। कितना दर्द था उसके मर्म में! हाय रे किसान का दिल! बैल मानो उसके प्राण थे। जितने पैसे मिले, ले के वह जल्दी-जल्दी चल पड़ा। उसे जाते देख अजनबी हाथों के स्पर्श से बैल जोर से रंभाये। उसकी आँखें तर हो गयीं—पर अब मोह कैसा।

उसे लगा, जैसे उसके गाँव में आग लगी हो। और टूटते तन-मन की पीड़ा भुलाने को वह निरर्थक घूमने लगा। एक जगह लोगों की भीड़ देख वह रुक गया। वहाँ फौजी अफसर लाभ के लिए रँगरूटों की भरती कर रहे थे। एकदम उसके दिल में टीस उठी और वह 'बहन के घर भाई कुत्ता' वाली कहावत को याद कर उठा! वह अपने दिल में उमड़ते तूफान को रोक अफसर के सामने हो गया। उसका भरा-पूरा गठा बदन देख अफसर खुश हो गया और फौरन उसे भरती कर लिया गया।

डाकखाने जाकर बैलों के रुपये उसने घर मनीआर्डर करवा दिये। माँ-बाप बहुत रोये-कलपे, बेचारी बहू को ढाढ़स देने लगे। "रो न बेटी, नम्बरदार से मिलकर मैं साहब के पास जा उसका नाम कटवा दूँगा।"

उसके बूढ़े बाप ने पंचायत के अँगूठे लगवा-लगवाकर कई अरजियाँ भेजीं, मिन्नत की। पर किसी के कान पर जूँ न रेंगी। हारकर सारा परिवार सब्रकर बैठ गया।

छुट्टी में घर आ दरबारा सिंह उनके राशन-पानी का बन्दोबस्त कर जाता। किसी तरह गुजारा चल रहा था। कई बार वह सोचता कि उसे बंधे चार पैसे तो मिल जाते, पर उस का तो स्वर्ग भी उजड़ गया था। छुट्टी खतम हो जाती तो उसे वही लैफ्ट-राईट करनी पड़ती और प्रेमकौर चरखे में जुट जाती।

एक दिन गुरनाम को लिखाई करने की कहा, प्रेमकौर ने चरखे में मन लगाया। एकदम गुरनाम जोर-जोर से गा उठा—

"काली रात
प्रिय
डर लगे
अकेली मुझे
बिना प्रिय!"

प्रेमकौर शर्म से लाल हो उठी। बच्चा जवान हो रहा था। उसके सामने उसे यह गीत नहीं गाना चाहिए। वह बेटे को डाँटने लगी—"गुरनाम हट, क्या बूढ़ियों का गाना गा रहा है! लड़के ऐसे गीत नहीं गाया करते।"

ज्यों-ज्यों गुरनाम युवा होता गया प्रेमकौर को लगता, वह निपट बूढ़ी हो गयी है। वह बेटे के सामने संकोच करने लगी।

शहर के स्कूल से गुरनाम ने दस तक पढ़ाई की। आगे पढ़ने की सामर्थ्य न थी। दरबारा सिंह ने प्रेमकौर से सलाह करके अपने एक फौजी मित्र की लड़की भगवन्त कौर से गुरनाम का ब्याह कर दिया। भगवन्त जितनी ही रूपवान थी, उतनी ही नेक भी। गुरनाम ने अपना भाग्य सराहा।

दरबारा सिंह अगली छुट्‌टी में घर आया तो उसे पता लग गया था कि चार मास में उसे पेंशन मिलनी शुरू हो जाएगी। एक दिन प्रेमकौर को बुलाकर उसने कहा, ''मेरे ख्याल मे मैं गुरनाम को अपने साथ ही लेता जाऊँ। सब अफसर इससे मिल ले और नौकरी...''

''नहीं! नहीं! फौज की नौकरी नहीं।'' प्रेमकौर ने सिहरकर कहा। फिर उसने पति की टाँग की ओर देखा जो गोली लगने से छलनी हो गयी थी।

दरबारा सिंह ने हँसकर पत्नी को समझाया, ''तू तो प्रेमकौर, नादान है। मैं तो था अनपढ़ गँवार। अपना गुरनाम है दस पास। वह मोर्चे पर थोड़े ही जाएगा। वह तो मिलटरी दफ्तर में क्लर्क बनेगा! बिजली के पंखे, बेंत की कुर्सियाँ...लाम में लड़ने को तो हम लोग हैं!''

प्रेमकौर को बात तो ठीक लगी—परन्तु भगवन्त! उसका क्या होगा! अभी अपने दुख के दिन ही वह भूली न थी। भगवन्त का मासूम चेहरा उसके आगे घूम जाता! फिर रोटी का भी तो सवाल था। गुरनाम बेकार था। उस पर दरबारा सिंह की मामूली पेंशन किस-किस का पेट भरेगी?

''फौज की नौकरी जैसी बढ़िया नौकरी रखी कहा थी? फिर लड़ाई खतम होगी तो क्लर्क अपनी पत्नियों को पास रखेंगे। उन्हें क्वार्टर मिलेंगे। सब दिन एक न होंगे। जंग कभी खतम होगा ही...'' दरबारा सिंह यही कह-कहकर पत्नी को दिलासा देता ।

उस दिन छुट्टियों से लौटते वक्त उसके साथ युवा गुरनाम भी था। गुरनाम एक उदास मौन में डूबा था। दरबारा सिंह ने अफसरों की मिन्नत-खुशामद कर गुरनाम को क्लर्की दिलवा दी। सयाना किसान पुराने वृक्ष की उखाड़ी गयी जगह पर नया बूटा लगा देता है। दरबारासिंह ने भी अपनी अभाव-पूर्ति कर दी।

उसके पेंशन मिलते तक गुरनाम फौजी ज़िन्दगी में जम चुका था। घर से दूर रहने की आदत उसने डाल ली थी। अफसर भी उसका लिहाज करते।

घर बेटा हुआ था। गुरनाम घर जाने की व्याकुल हो गया। अपने बेटे और पत्नी को देखने की आकांक्षा उसके मन को गुदगुदा देती। आखिर छुट्‌टी मिल गयी। तनख्वाह भी मिली थी। उसने छोटे-छोटे खिलौने बच्चे के लिए खरीदे और भगवन्त, अपनी प्यारी भगवन्त के लिए खरीदा लाल-लाल सूही (गहरी) बूटियों वाला छींट का सूट। ''मेरी भगवन्त के गीरे तन पर कैसा फबेगा यह सूट।'' सोचकर उसका मन उड़-उड़ पड़ता। अपनी उकसाहट में उसने घर पत्र भी नहीं लिखा।

गाड़ी से उतरकर सामान उसने पड़ोसियों की बैलगाड़ी में लाद दिया और आप पैदल घर की ओर चल पड़ा।

घर पहुँचते-पहुँचते दुपहर हो गयी। उसने चुपके-चुपके आँगन की ओर झाँका। दिल उसका खुशी से धड़क रहा था। माँ-बाप शायद घर नहीं थे। दरवाज़े की ओर पीठकर भगवन्त कौर चरखा कातने में व्यस्त थी। उसका बेटा उसका नन्हा चाँद का टुकड़ा पीढ़ी पर सो रहा था। टूटे तार को मुँह से जोड़ती भगवन्त, दर्द भरे स्वर में गा उठी—

काली रात
प्रिय
डर लगे मुझे
नौकरी छोड़
आ आ घर
ओ निष्ठुर!

इस वेदनामय स्वर ने गुरनाम को झकझोर डाला। उसकी आँखें डबडबा आयीं। एक कोहरा-सा उसके दिमाग पर छा गया। कई परछाइयाँ उभर आयीं। बड़ी कोशिश के बाद भी वह यह निर्णय नकर पाया कि यह परछाइयाँ उसके माँ-बाप की थीं या उसकी अपनी और भगवन्त की...

— अनुवाद: तृप्ता सरीन

वापसी

—जगजीत बराड़

दोपहर ढलते ही उसने चूल्हे में आग जलाई थी। फिर उसने पल भर के लिए इर्दगिर्द देखा। पानी से भरे लोटे के सिवाय सारे बर्तन खाली पड़े थे। यह आग भला उसने क्यों जलाई थी? फिर उसे किसी बड़े सयाने का कथन याद आ गया कि चूल्हे की आग तो बसते घरों की गवाही है, बसते घर। एक नि:श्वास के साथ उसने अपने घर के एकान्त को सम्बोधित करते हुए कहा था और पानी का लोटा आग पर औंधा कर दिया था। आग भी एक नि:श्वास छोड़कर बुझ गयी थी। 'हर तरह की आग इस तरह क्यों नहीं बुझ जाती? उसने पेट में मुक्की देते हुए खुद से पूछा था? उत्तर में उसे लगा, मानो खाली लोटा कह रहा हो, आग को सिर्फ भरे बर्तन ही बुझा सकते है।'

ठीक उसी समय उसका बेटा अन्दर से आँखें मलता हुआ निकला। एक पल को तो वह सो ही गया था। बापू मुझे एक बहुत प्यारा सपना आया है। इस बार खेतों में गेहूँ बहुत होगी।'

'अच्छा...। लेकिन बेटा असल बात तो खेतों से चूल्हे तक के फासले की है। उसने अपने बेटे के सिर पर हाथ फिराते हुए कहा था। इसी पल उसने बेटे को अपने निर्णय के बारे में बताना ठीक समझा। उसने सुन रखा था कि पश्चिम में एक शहर था जिसके किसी भी घर के बर्तन खाली नहीं थे। वह कल ही उस शहर के लिए चल पड़ेगा और वहाँ से अपने बेटे के लिए खूबसूरत रोटी लेकर लौटेगा। क्षणेक को तो उसका बेटा अपने बाप के जाने के बारे में सुनकर गम्भीर हो गया था। लेकिन दूसरे ही क्षण उसे बाप का बिछोड़ा रोटी की खूबसूरती के आगे कितना छोटा लगा था।

कई दिनों के सफर के बाद वह पश्चिम के उस शहर में पहुँच गया। शहर में दाखिल होते ही उसने देखा था कि सड़क की बायीं ओर एक बहुत प्यारा पार्क था, जिसमें कुछ बच्चे खेल रहे थे। उसे एक बच्चा दूर से ही उसकी ओर अंगुली करके दूसरे बच्चों से कुछ कह रहा प्रतीत हुआ। फिर वे सभी बच्चे उसकी ओर देखते हुए जोर-जोर से हँसने लगे। इस पर निश्चित ही उसे बहुत कोफ्त हुई थी। लेकिन वह उसी तरह चलता

रहा। जब वह बच्चों के और निकट आया तो वे ऊपर को देखते, एक पेड़ की ओर अंगुलियाँ करके जोर-जोर से कह रहे थे—काला पंछी, काला पंछी। और लगातार हँसते ही जा रहे थे। उसने भी सिर घुमाकर ऊपर की ओर देखा, लेकिन उसे तो ऊपर कहीं कोई काला पंछी नजर नहीं आया।

यदि उस पर कोई काला पंछी बैठा भी था तो इसमें भला हँसने वाली क्या बात थी। फिर दूसरे ही पल उसे ध्यान आया था...सम्भवत: उसके पेट की बनावट इस शहर में रहते लोगों के पेटों से अलग-सी हो और इन बच्चों को अजीब लगती हो। स्वभावत: उसने फिर अपने पेट की ओर देखा था। लेकिन पेट की बनावट तो नहीं, जरूरत अलग-अलग होती है और पश्चिम के उस शहर के इन बच्चों को जरूरतों की भला क्या पहचान हो सकती है। उसने स्वत: कहा और अपनी राह चलता रहा था।

थोड़ी दूर, आगे जाकर कचहरी के बायीं ओर एक बड़ा कारखाना था। झेंपता-सा वह भीतर घुसा ही था कि सामने कमरे की दीवार पर एक इश्तिहार पढ़कर मानो उसकी आँखें जल उठीं। कारखाने में नये कर्मचारियों की जरूरत थी। सख्त जरूरत। कमरे में जाकर उसने क्लर्क से नौकरी के बारे में पूछा। पहले तो वह बहुत हैरान-सी उसके चेहरे की ओर देखती रही, लेकिन फिर क्लर्क ने उसे कमरे से बाहर निकालकर इन्तज़ार करने के लिए कहा। वह बायीं ओर की दीवार के साथ खाली पड़ी कुर्सियों की ओर देखता बाहर जाकर खड़ा हो गया था।

इतने में एक और आदमी, जो इसी शहर का लगा, काम खोजने की गरज से कमरे में दाखिल हो चुका था। उसी क्लर्क लड़की ने फौरन उसे काम पर हाजिर हो जाने की मंजूरी दे दी थी। उसके पेट में जैसे एक मरोड़-सा उठा, लेकिन इसी पल बड़ा साहब भी वहाँ आ चुका था। उसका नाम, पता, शहर आदि पूछने के बाद बड़े साहब ने अन्य कितने ही प्रश्न उससे पूछे थे। उसने सभी प्रश्नों के उत्तर विस्तार से दिए। फिर जब उसने अपने शहर के खेतों और चूल्हों के फासले की बात की थी तो बड़े साहब ने धीमे स्वर से उसे नौकरी करने की आज्ञा दे दी थी।

उस दिन कारखाना बन्द होने के बाद वह वेतन पाने जब दफ्तर में हाजिर हुआ तो बड़ा साहब स्वयं पैसे बाँट रहा था। पंक्ति में उसके आगे वही आदमी था, जिसने उसके साथ ही नौकरी शुरू की थी। बड़े साहब ने उस आदमी के हाथ पर दो नोट टिका दिए थे और वह धन्यवाद करता चला गया था। लेकिन जब तलब लेने की उसकी अपनी बारी आई तो बड़े साहब ने उसकी ओर सिर्फ एक ही नोट बढ़ाया। उसने अपना हाथ पीछे खींचते हुए कहा कि उसे इतना वेतन मंजूर नहीं था। पहले तो साहब ने उसे उसके शहर के खेतों और चूल्हों के बीच वाले अन्तर के बारे में याद दिलाया था। जब वह फिर भी नहीं माना तो बड़े साहब ने तल्खी में आकर उससे पूछा था...'तुम मुझे यह बताओ कि सफेद गेहूँ और लाल गेहूँ का आटा एक ही भाव बिकता है क्या ? यह सुनते ही मानो

उसके एक एक रोम को आग लग उठी थी। खुद को सम्भालते उसने कहा था, 'उत्तर में केवल मैं यही कहूँगा कि हाथों का रंग अलग हो सकता है, लेकिन मेहनत का नहीं।' यह कहते ही वह दफ्तर से बाहर आ गया था। पंक्ति में उसके बाद खड़े कर्मचारी और बड़ा साहब, सब देखते रह गये थे।

निस्तब्ध-सा वह बाहर आया तो उसे लगा था जैसे सूरज आसमान से गिरकर कारखाने की चिमनियों में फँस गया हो। उस शाम कितनी ही देर वह बार-बार उन्हीं सड़कों पर घूमता रहा था। फिर अन्धेरा हो जाने पर, थककर वह कचहरी के बड़े दरवाज़े के कोने में ही सिकुड़कर सो गया था।

उधर बड़े साहब घर पहुँचकर भी उस हादसे के बारे में बहुत तल्ख थे। सबसे ज्यादा गुस्सा तो उन्हें इस बात का था कि एक ऐसे शहर का आदमी, जहाँ खेतों और चूल्हों के बीच इतना अन्तर है, तनख्वाह लेने से इनकार कर गया था। उन्होंने जब यह हादसा अपनी पत्नी को बताया था तो वह भी चिन्तातुर हो गयी। वह डरती थी कि यह बात रातों-रात पूरे शहर में फैल जाएगी। लोग लाखों बातें बनाएँगे और बड़े साहब की बदनामी होगी। सो उसने सलाह दी थी कि बड़े साहब कल ही उस आदमी पर मुकदमा करें कि उसने वेतन लेने से इनकार करके एक सुप्रसिद्ध कारखानेदार की हतक की थी।

बड़े साहब को अपनी पत्नी की सलाह पसन्द आई थी। सुबह होते ही उनके वकील ने मुकदमा दर्ज करवा दिया था। उसे जल्द ही कचहरी में हाजिर होने का हुक्म दिया गया था। कचहरी के बड़े हॉल में सामने ही न्यायाधीश की कुर्सी थी। कुर्सी की पिछली दीवार पर सुनहरे रंग की एक तस्वीर थी जिसमें तराजू के पलड़े पूर्णतः सन्तुलन में थे। कुर्सी के सामने वाली दीवार के साथ कचहरी में पेश होने वाले लोगों के बैठने के लिए बैंच पड़े थे। दीवार के पश्चिम हिस्से पर सफेद पेंट हुआ था और पूर्वी हिस्से पर काला। एक ही दीवार पर दो रंगों का पेंट देखकर उसे हैरानी हुई थी। एक सन्तरी ने उसे दीवार के पूर्व वाले हिस्से की ओर बैठने के लिए संकेत किया था।

उसके मुकदमे की बारी शाम को आई थी। कचहरी के क्लर्क ने उसे बताया कि उस पर दो दोष लगे थे, एक तो यह कि उसने वेतन पाने से इनकार करके कारखाने के बड़े साहब की हतक की, और दूसरा यह कि रात उसने कचहरी के दरवाज़े में लटके जंगले में रहते कबूतरों की नींद खराब की थी। सम्भव था कि कबूतर उसे जंगली बिल्ला समझकर रात भर मौत के डर की सूली पर चढ़े रहे हों।

अभी क्लर्क उस पर लगे दोष पढ़कर हटा ही था कि न्यायाधीश ने उसे दोषी कहकर सजा सुना दी थी। पहले गुनाह की सजा के तौर पर न्यायाधीश के हुक्मानुसार वह वेतन लेने से इनकार नहीं कर सकता। और बड़े साहब के हतक के हराजाने में उसे पूरे दिन का वेतन बड़े साहब को देना था। इस पर बड़े साहिब ने कुछ पैसे क्लर्क को दिए। एक हाथ से क्लर्क ने वे पैसे उसकी जेब में डाल दिए। फिर दूसरे ही पल वही पैसे

क्लर्क ने दूसरे हाथ से उसकी जेब में से निकालकर बड़े साहब की नजरकर दिए थे। इस तरह उसे वेतन भी मिल गया था और बड़े साहब की हुई हतक का हरजाना भी उतर गया था।

दूसरे गुनाह की सजा के लिए जज ने उसे आने वाले कल, छुट्टी के दिन कचहरी का बड़ा हॉल पेंट करने का हुक्म दिया था। हॉल का पेंट बहुत बुरी हालत में था। सो न्यायाधीश ने सोचा था कि उसे सजा भी मिल जाएगी और हॉल भी पेंट हो जाएगा। सफेद और काले पेंट का प्रबन्ध कर दिया गया था। उसकी निगरानी के लिए एक सन्तरी की जिम्मेदारी लगा दी गयी थी।

दूसरे दिन जब उसने पेंट करना शुरू किया, तो थोड़ी देर निगरानी करने के बाद सन्तरी बड़े हॉल के साथ वाले, न्यायाधीश के निजी कमरे में जाकर सो गया। जब सन्तरी जागा तो पेंट मुकम्मल करके वह बहर अपने हाथ साफ कर रहा था। हॉल में दाखिल होते ही सन्तरी पहले तो भयभीत हो गया। न्यायाधीश की कुर्सी के सामने वाली दीवार पर पूर्वी हिस्से पर भी उसने काले की जगह सफेद पेंटकर दी थी। तराजू की सुनहरी तस्वीर का भी एक पलड़ा काला और दूसरा सफेद पेंटकर दिया था। तराजू के पलड़े भी सन्तुलन में नहीं थे। लेकिन दूसरे ही क्षण सन्तरी मानो गुस्से में लाल हो गया। उसे गिरफ्तार करने के लिए पूरे जोर से वह उसकी ओर दौड़ा था। सन्तरी के भारी जूतों की आवाज़ सुनकर वह भी उठकर दौड़ पड़ा। कचहरी से बाहर निकलकर सड़क पर दौड़ते हुए जैसे उसने खुद से पूछा कि आखिर वह किस ओर दौड़ रहा था। दरअसल वह किसी खास दिशा में नहीं दौड़ रहा था बल्कि वह तो एक विशेष दशा से भाग रहा था...सन्तरी की ओर से।...क्षणेक के लिए उसे लगा था कि सन्तरी और खाली बर्तनों के बीच बहुत अन्तर नहीं था...वह दोनों से ही तो दौड़ रहा था। यह सोचते ही वह अधिक तेज दौड़ने लगा था। अब तक सन्तरी के जूतों की आवाज़ काफी धीमी हो चुकी थी। जैसे ही वह एक मोड़ मुड़ा कि उसे सामने गिरजा नजर आया। 'गिरजे में पुलिस नहीं घुस सकती' यह सोचते ही वह गिरजे में जा घुसा था। इस तरह एक नया ही आदमी एकाएक गिरजे में घुसा देखकर पहले तो पादरी मानो हैरान ही रह गया। लेकिन दूसरे ही क्षण पादरी ने उससे पूछा कि वह कहीं किसी विपत्ति में तो नहीं? उत्तर में उसने सारी कथा, जैसे घटित हुई थी, कह सुनाई। सहानुभूति के सरोवर पादरी उसकी कथा-व्यथा सुनकर निश्चय ही उसके लिए कुछ करना चाहते थे। कुछ देर सोचने के बाद पादरी महोदय साथ वाले कमरे में गये और एक काली जिल्द वाली बहुत पुरानी-सी अंजील लाकर उसे थमा दी। अंजील उसकी हरेक मुश्किल में रक्षा करेगी, कहते हुए पादरी महोदय ने उसे बाहर की ओर खुलते दरवाज़े की ओर संकेत किया।

अब तक बाहर अन्धेरा हो चुका था। उसने गिरजे से बाहर गली की बत्ती के नीचे आकर देखा कि अंजील की जिल्द के अन्दर सबसे पहले किसी ने हाथ से ही लिखा था

कि ईश्वर अपने हर तरह के बच्चों को एक-सा प्यार करता है। इस पर उसे अपने बेटे की याद आ गयी और साथ ही खाली बर्तनों की। अंजील के आगे उसने प्रार्थना की थी कि कल तक वह उसके बेटे को रोटी भेजने में सहायक हो। अंजील निश्चय ही उसकी सहायता करेगी, उसे भरोसा था। गली की रौशनियों से बचता वह बाजार की ओर चलता गया था।

बाजार में उसे कबाड़ी की एक दुकान दिखाई दी। पहले तो थोड़ी देर वह दुकान के गिर्द घूमता रहा था, लेकिन फिर घबराहट-सी में, डोलते कदमों से वह दुकान के अन्दर पहुँचा था। पर्दे के साथ खड़े कबाड़िए को एक ओर करके उसने काँपते स्वर में कहा कि वह अंजील बेचना चाहता था, अपने बेटे को रोटी भेजने के लिए। कबाड़िया कुछ देर अंजील को खोलता रहा था और फिर जैसे उसकी जेब मुस्करा उठी थी। अंजील की वह प्रति तो 1907 का संस्करण थी, एक विशेष प्रति, जिसके इकत्तीसवें पन्ने पर 'ईश्वर शब्द उलटा छपा हुआ था। उस संस्करण की बहुत ही कम प्रतियाँ बाकी थीं इसीलिए अंजील की यह प्रति बहुत मूल्यवान थी।

कबाड़िए ने अंजील की उस जिल्द की कीमत आधी रोटी आँकी थी। लेकिन वह तो एक पूरी रोटी माँगता था। आखिर जब वह दुकान में से वापस आने लगा तो कबाड़िए ने पौनी रोटी पर मोल तयकर लिया था।

दूसरे दिन, अलसुबह वह पौनी रोटी लेकर डाकघर पहुँच गया था। वह रोटी उसने अपने बेटे को पार्सल करवानी थी। जब उसने डाकघर के क्लर्क को रोटी पार्सल करवाने के लिए कहा तो क्लर्क ने उससे टिकटों के लिए पैसे माँगे थे। पैसे ? उसके पास तो पौनी रोटी के सिवा कुछ भी नहीं था। क्लर्क ने यह जानते हुए हमदर्दी प्रकट की और कहा था कि यदि उसे मंजूर हो तो वह पोस्टमास्टर से बात कर सकता था कि वह उससे टिकटों के पैसे की जगह आधी रोटी ले लें। उसे यह सलाह निस्सन्देह अच्छी लगी। लेकिन उसने निवेदन किया कि वह पौनी रोटी में से आधी नहीं, ज्यादा से ज्यादा तीसरा हिस्सा इस डाकघर को दे सकता था। उसने कहा था कि जब वह पार्सल उसके बेटे को मिलेगा तो रोटी का तीसरा हिस्सा उसे 'टिप' के तौर पर वहाँ के डाकिए को भी देना था। उसकी यह स्पष्टवादिता क्लर्क को अच्छी लगी और उसने तीसरे हिस्से के लिए पोस्टमास्टर से बात करनी मान ली थी।

उस दिन पोस्टमास्टर साहब को अन्य कई काम थे। कहीं तीसरे पहर जाकर उन्होंने तीसरा हिस्सा स्वीकार करने की मंजूरी दी थी। वह पार्सल करवाकर अभी डाकघर की सीढ़ियाँ ही उतर रहा था कि सामने पादरी आते दिखाई दिए। उनके चेहरे का गुस्सा दूर से ही प्रत्यक्ष झलकता था। पादरी ने उसे बाँह से पकड़कर, एक ओर ले जाकर बताया कि जो अंजील उन्होंने कल उसे दी थी, आज कुछ घंटे पहले वही अंजील कबाड़िए ने नीलामी में बहुत महँगी बेच दी थी। शहर भर में इस बात की भरपूर चर्चा

थी। उसने अंजील कबाड़िए को बेचकर गिरजे की बहुत हतक की थी।

फिर पादरी उसे साथ लेकर गिरजे की ओर चल पड़े थे। गिरजे की सभा के सम्मानित सदस्य पाँच दाना आदमी थे। ठीक उस समय वे उस गिरजे में इसी मामले पर मीटिँग कर रहे थे। सम्भव था कि उसे कोई कठोर दंड मिलता।

गिरजे में पहुँचकर पादरी उसे एक कमरे में बिठाकर खुद मीटिँग वाले कमरे में चले गये थे। जब पादरी अन्दर गये थे तो अध्यक्ष कह रहे थे कि अंजील की बेअदबी करने वाले इंसान के लिए सबसे बड़ी सजा तो उसे गिरजाघर की सदस्यता से निकाल देना थी। इस पर एक अन्य सयाने ने कहा था कि वह आदमी तो गिरजे का सदस्य ही नहीं था। फिर अध्यक्ष ने सलाह दी थी कि उसे उचित सजा देने के लिए सभा पहले उसे सदस्य बना सकती थी। यह सुनते ही सभा के एक अन्य सदस्य ने बहुत भावुक होकर एक बड़ा एतराज किया कि ऐसे शहर में जन्मा आदमी उस गिरजे का सदस्य बनने का अधिकारी नहीं था। लेकिन अध्यक्ष ने पूरी गम्भीरता से कहा था कि उनका उद्‌देश्य मात्र सदस्य बनाना नहीं था। बल्कि उचित सजा देना था तो उसने अपना एतराज वापस ले लिया। जब शाही सभा इस बात पर अध्यक्ष के साथ सहमत हो गयी तो अध्यक्ष कुछ क्षणों के लिए काग़ज़ी कार्यवाही करता रहा था।

सभा का फैसला सुनाने के लिए पादरी उसे बुलाकर मीटिंग वाले कमरे में ले आए। उसे एक कोने में खड़ा होने को कहा गया। अध्यक्ष ने उस हादसे पर बहुत दुख प्रकट करते हुए उसे सभा का निर्णय पढ़कर सुनाया था। फिर एक ही हाथ से दो काग़ज़ उसे दे दिए थे। एक काग़ज़ तो उसकी गिरजे में सदस्यता का था और दूसरा गिरजे की सदस्यता से हटाए जाने का नोटिस। यह सजा निश्चय ही बहुत कठोर थी। वह मानो पत्थर-सा एक ही जगह खड़ा रह गया था।

निर्णय सुनाकर सभा के सभी सदस्य अपने-अपने घर को चल दिए। कुछ ही पलों के बाद गिरजे के बाहर वाले दरवाज़े पर दस्तक उभरी। जब पादरी महोदय ने दरवाज़ा खोला तो कचहरी का एक प्रतिनिधि उस आदमी के नाम न्यायाधीश का एक हुक्मनामा लिए खड़ा था। प्रतिनिधि ने पादरी महोदय से प्रार्थना की थी कि वे उस आदमी को कुछ समय के लिए गिरजे से ले आएँ ताकि उसे कचहरी का हुक्म सुनाया जा सके।

फिर पादरी उसे साथ लेकर गिरजे से बाहर आ गये। प्रतिनिधि ने हुक्मनामा पढ़कर सुनाते हुए कहा कि वह कचहरी की नजर में एक बहुत बड़ा दोषी था। उसने उस दिन कचहरी के बड़े हॉल में काले रंग की जगह सफेद रंग, और तराजू की सुनहरी तस्वीर का एक पलड़ा सफेद और एक काला, पेंट करके उस शहर के इंसाफ की बहुत बेअदबी की थी। सजा के तौर पर कचहरी का हुक्म था कि यह तो जल्द ही बड़े हॉल में दोबारा जाकर, पहले नियमों के अनुसार पेंट ठीक ढंग से कर आए अन्यथा वह शहर

में से सदा के लिए निकल जाए।

कचहरी का वह हुक्म सुनकर वह न तो मायूस हुआ और न हैरान ही। उसने प्रतिनिधि से कहा था कि वह आज ही अपने शहर वापस जाने के लिए चल पड़ेगा। फिर उसने कचहरी के हुक्मनामे पर हस्ताक्षरकर दिए। प्रतिनिधि पादरी का धन्यवाद करते हुए चला गया था।

इस हादसे का पादरी महोदय पर बहुत गहरा प्रभाव पड़ा। वह इतना कठोर सफर तय करके इस शहर में, यहाँ आया। इतनी मेहनत के बाद वह अपने बेटे को सिर्फ आधी रोटी ही पार्सल करवा सका था। उसका इस कदर खाली हाथ लौटना ठीक नहीं था। यह सोचते ही पादरी महोदय ने उससे कहा था कि वह उसे भेंट के तौर पर अंजील की एक और प्रति प्रदान करेंगे।

फिर पादरी महोदय ने अंजील की प्रति एक खूबसूरत डिब्बे में बन्द करके उसे दी थी। उसने भी पादरी महोदय का बार-बार धन्यवाद किया और अंजील वाला डिब्बा बगल में लेकर अपने शहर को लौटते रास्ते की ओर चल पड़ा था।

वापसी का सफर आते समय के सफर से कितना मुश्किल लगता था। रास्ते में एक बार तो उसने बगल वाले डिब्बे की ओर देखकर सोचा कि आते समय तो उसके पास कोई बोझ नहीं था। लेकिन दूसरे ही क्षण इस सोच पर अपने मन को लानत डालकर वह चलता रहा था।

कई दिनों के बाद उसका अपना शहर आया। वह अपने बेटे को देखने के लिए उत्सुक भी था और चिन्तातुर भी। उसके मन में एक डर था कि कहीं घर के बर्तनों की तरह उसके बेटे की आँखें भी खाली-खाली ही न हों। लेकिन जब वह अपने बेटे को मिला तो उसकी आँखों में तो एक आश्चर्य था, खुशी थी। उसे मिलते ही उसके बेटे ने बताया था कि उसके बाद उसने एक रोटी की बहुत खूबसूरत तस्वीर बनाई थी। घर में न तो रंग थे, और न काग़ज़ ही। उसने ठंडे तवे के नीचे से कालिख उतारकर रंग बना लिया था और काग़ज़ की जगह उसने तस्वीर दीवार पर बनाई थी। ठीक चूल्हे के ऊपर ही। जब उसके बेटे ने रोटी की तस्वीर की बात की थी तो उसे अपने द्वारा भेजे गये पार्सल का विचार स्मरण हो आया। उसने पार्सल के बारे में अपने बेटे से पूछा था। उत्तर में उसके बेटे ने कहा था कि उस शहर के डाकघर में तो उसके जाने के एक-दो दिन बाद ही हड़ताल हो गयी जो अभी भी चल रही थी। सुनते ही जैसे वह एक बार फिर पत्थर बनकर रह गया। लेकिन दूसरे ही क्षण उसका बेटा उसे बाँह से पकड़कर चौके तक ले आया था। दीवार पर सचमुच ही रोटी की एक तस्वीर बनी हुई थी।

कुछ क्षण तो निर्वाक-सा वह तस्वीर की ओर देखता रहा। फिर बगल वाला डिब्बा अपने बेटे को पकड़ाते हुए उसने बताया कि वह उस शहर से अंजील लेकर आया था। उसके बेटे ने डिब्बा खोला था। फिर अपनी छोटी मासूम अंगुलियों के साथ पहले

उसने अंजील की लम्बाई नापा था और फिर तस्वीर वाली..रोटी की। फिर एक बहुत ही उत्सुक आवाज़ में उसने कहा था, 'बापू। बापू। अंजील की अपेक्षा रोटी कहीं लम्बी है।'

इस पर उसने अपने बेटे के सिर पर हाथ फिराते हुए कहा था...'बेटा। अंजील को अंगुलियों के साथ नहीं नापा करते।' फिर स्वाभावतः एक नजर उसने चूल्हे के गिर्द देखा था। उसकी वापसी पर भी बर्तन ज्यों के त्यों खाली पड़े थे।

—अनुवादः प्रो. योगेश्वर कौर

लाशों के नगर में

—जसबीर भुल्लर

वैसे तो उस देश के प्रत्येक नगर का नाम लाशगढ़ हो सकता था, लेकिन लाशों के उस नगर का नाम भी लाशगढ़ नहीं था।

उस नगर में वह एकाकी ही जीवित था, जो अजनबी था। कुछ और भी थे जो तोड़ रहे थे, लेकिन उनकी गिनती कहीं न थी। जनगणना के समय उन्हें मरे हुए लोगों में ही शुमार किया जाता था।

मर चुके लोगों को उस जीवित प्राणी के प्रति रोष था। वह उनमें घुल-मिलकर नहीं रहता था।

वह तो वर्तमान था, व्यतीत के पास अपनी खाट क्यों बिछाता? दीवार के ऊपर से ही वह कभी-कभी मरे हुए लोगों के साथ एकाध बात कर लेता था। यही बहुत था, लेकिन बीत चुके लोग इस बेरुखी को क्योंकर सराहते? उनके मन में रोष था।

वह मुस्करा दिया। जीवन्त लोगों के गाँव वाली मृगनयनी उसके सामने आ बैठी, जो जंगल के उस गाँव में एक छोटी-सी झोंपड़ी में रहती थी। जिसके नयनों की झीलों में उसका प्रतिबिम्ब सदैव तैरता था। वह दूर जंगलों में खोया-सा बोला—"हाँ, अब मुझे शादी करवा लेनी चाहिए।"

"जल्दी मर।" मर चुके लोंगों ने आशीष देते हुए कहा, "अपने सरदार आसा सिंह जी है न— ?"

"-भट्ठे वाले?"

"हाँ—उन्होंने एक दिन स्वयं ही बात की थी। उनकी बेटी—वह मोटी सी—पूरा पीपा?"

"नहीं ऐसा नहीं कहा करते। वह सम्बन्ध हर दृष्टि से तुम्हारे लिए अनुकूल है। लड़कियाँ शादी के बाद स्वयं ही पतली हो जाया करती हैं।

वर्तमान की "न" पर व्यतीत हो चुके लोगों ने मुँह बना लिया।

एक दिन फिर क्रोध थूककर उन्होंने बात चलाई—"एक बहुत अच्छा रिश्ता

हमारी नजरों में है।''

वह चुप रहा।

अपने सरदार तारासिंह जी है न? बहुत बड़ा काम है उनका। बहुत बड़े स्मगलर हैं, इस क्षेत्र के वे—मन्त्रियों तक पहुँच है।

''लड़की तो बहुत पतली है। पंखे सी डोलती है वह तो।'' अपनी हिफाजत के लिए वह पहले ही नकारात्मक गड्ढे में जा धँसा।

''न, ऐसे नहीं कहा करते। हम भी तो बेटियों वाले हैं। शादी के बाद लड़कियाँ स्वतः ही मोटी हो जाया करती हैं।''

जीवित के चेहरे से न पढ़कर उन्होंने फिर कहा—''वे छोटी के लिए भी मान जाएँगे। लेकिन उसका कद—कुछ ठिगनी है। खैर, लड़कियाँ शादी के बाद स्वयं ही कद खींच लेती हैं।''

''....लेकिन वे सुन्दर भी तो नहीं।''

''इज्जत वाले घरों की लड़कियाँ ऐसी ही तो होती हैं। ब्याह के बाद कपड़ा-लत्ता पहनना तो स्वयं ही—

शादी के जादूगरी चमत्कारों की बात सुनकर वह मुस्कराया और फिर उसने अपने दिल का ढक्कन खोल दिया—''एक लड़की है, हर लिहाज से अच्छी। घर जरा हल्का। ब्याह के बाद सब ठीक हो जाएगा।''

मरे हुए सभी चौंक पड़े। कयामत उसी दिन आ उतरी। अपने पैर स्वयं ही काट लो, यह कहाँ की अकलमंदी है। मरे हुए लोगों के अनुसार यही एक बात थी जो शादी के बाद ठीक नहीं हो सकती थी।

महल और झोंपड़ी की ऊँचाई बराबर नहीं थी, पुल कैसे बनता।

लाशों के नगर के विद्रोह के सामने वह हथियार उठाकर खड़ा था। लेकिन अकेला। आस-पास कहीं जीवन्त लोगों का गढ़ नहीं था जहाँ से सहायता पहुँच जाती।

व्यतीत लोगों ने मिलकर वर्तमान को बाँध लिया और नगर के एक अन्य इलाके में ले गये। वापसी पर वे वर्तमान के साथ एक लड़की भी बाँधकर ले आए, जिसने हर तरह से ठीक हो जाना था।

सभी कुछ ठीक-ठाक हो गया था। सुन्दर।

पहली रात उन्होंने धकेलकर जीवित वर्तमान को उस लड़की के कमरे में ठेल दिया, जिसको सभी उसकी पत्नी कह रहे थे। वह आदतन हर रात उस औरत के कमरे में जाता रहा।

मैं तुम्हें प्यार करती हूँ। हरेक पत्नी को चाहिए कि वह वाक्य वह अपने पति से कहे। उस औरत ने भी सीखी-सिखाई बात पहली ही रात उगलकर अपना फर्ज़ पूरा कर दिया।

मैं तुम्हें प्यार करता हूँ। हरेक पति अपनी पत्नी को कहता है। उसे भी तो कहना चाहिए था। लाशों के नगर के अरथी की रेजगारी में भी नहीं गिनते थे। अरथी की जरूरत नहीं थी, शब्द जरूरी थे। एक रात शब्दों का भार अपने सिर से उतारकर वह भी हल्का हो गया।

वह हरेक रात उस औरत का शरीर कपड़ों की तरह अपने शरीर पर पहन लेता था। आदतन वे दो से, एक एक करके, कितने ही हो गये।

सभी कुछ मृतकों की योजना के अनुसार हो रहा था।

मृतकों के आँगन में कोई बातकर रहा था। तुम्हें बताया तो था कि सब ठीक हो जाता है। अब उसके समान सुखी कौन है? दौलत के अम्बार हैं उसके पास। उसकी अपनी इच्छानुसार, भूखा नंगा रहने के सिवा उसे मिलता ही क्या। लड़की का चिट्टा (गोरा) चाम कितने दिन चलता?

उसने सुना और खुलकर हँसा।

मृगनयनी का साया-सा उसकी हँसी में ही कहीं खो गया।

रोने वाली जगह वह हँसता था और हँसने वाली जगह वह खामोश रहता। यह भी उसकी आदत ही बन गयी थी।

वह उठकर बीत चुके लोगों के आँगन में आया। वहाँ खड़े हुए उसे पहली बार लगा कि वह गैरों में नहीं था—वह निहोरे में बोला—तुम अब भी मुझे अपने से दूर रखते हो?

मृतकों ने उसे अपनी बाँहों में लेकर अपने अस्तित्व का विश्वास दिखलाया और फिर धीमे से एक अन्य जीवित के बारे में चिन्ता प्रकट की, जो अभी-अभी उस नगर में आया दिखाई दिया था।

''तुम चिन्ता न करो। उसके कत्ल का जिम्मा मैं लेता हूँ। यदि उसने इस नगर में रहना है तो हमारे जैसा होकर ही रहना पड़ेगा।'' उसके कथन में पहली बार अपनत्व था।

वह जाने के लिए खड़ा हुआ तो बीच की दीवार वहाँ नहीं थी। परेशान-सा होकर वह मरे हुए लोगों की ओर देखने लगा। मृतकों के चेहरे पर उस नगर की आबादी में एक अन्य लाश की वृद्धि वाली तसल्ली थी।

नकली दाँतों वाला

—त्रिलोक सिंह आनन्द

अचानक ही वह अपने बेटे की पुस्तक उठाकर खोलता है तो एक तस्वीर फर्श पर गिर जाती है। वह तस्वीर उठाकर देखता है—तस्वीर किसी लड़की की है। वह तस्वीर को ध्यान से देखकर पुनः पुस्तक में रख देता है और अपनी पत्नी की ओर देखता है। लगता है जैसे उसकी पत्नी के शरीर के गिर्द मजबूत बाँहें कसी हुई हैं। फिर उसे महसूस होता है कि ये बाँहें उसकी नहीं, किसी दूसरे की हैं।...

वह अपने बिस्तर पर लेट जाता है, और दूसरे आदमी के बारे में सोचने लगता है, जिसकी बाँहें उसे अपनी पत्नी के शरीर के गिर्द लगती हैं। उसकी पत्नी अभी भी वहीं खड़ी है और एकटक कहीं देख रही है। उसके चेहरे पर उभरती रेखाओं से इस तरह लगता है जैसे वह किसी निकटवर्ती से खुद गहरी बातें कर रही हो। बिस्तर पर लेटे-लेटे वह अपनी बाँहें टटोलता है। उसे लगता है कि उसके शरीर से सटी ये बाँहें नकली हैं। अपनी असली बाँहें तो वह अतीत में कहीं 'किसी और' के गिर्द सटी छोड़ आया है। यह 'कोई अन्य' उसकी पत्नी नहीं, वह किसी अन्य के बारे में सोचने लग जाता है—इस 'किसी अन्य' का नाम माया है...

उसकी पत्नी अभी भी वहीं खड़ी है मानो किसी और के साथ उसकी बातें खत्म ही नहीं हो रहीं। उसे लगता है कि पत्नी की आँखों में जैसे आँसू आ गये है। वह तनिक हिलती है और बढ़कर अपने बेटे का बिस्तर ठीक करने लग जाती है। खिड़की के पास ही बाहर उसे किसी का मुगालता होता है—दूर कहीं कोई बहुत पुराना रिकार्ड बज रहा है जिसकी अस्पष्ट आवाज़ खिड़की से भीतर आ रही है।

वह माया के बारे में सोच रहा है और उसकी पत्नी सुस्त-सी कमरे में चक्कर काट रही है। उसे लगता है कि अन्तरिक्ष में माया के नक्श उभर रहे हैं। किन्तु कमरे में यह धुन्ध कहाँ से आ गयी ? धुन्ध नहीं, वह सोचता है, यह तो कसैला धुआँ है। शायद उसकी पत्नी ने खिड़की खुली छोड़ दी है। वह पत्नी से खिड़की बन्द करने के लिए कहता है। जब वह यह देखने के लिए पत्नी की ओर झाँकता है कि दो अजनबी बाँहें

अभी उसकी पत्नी के शरीर के गिर्द सिमटी हुई हैं। वह अपने बनावटी दाँत उतारकर मेज पर रख देता है...

और फिर माया के बारे में सोचता है। एकाएक सारा कमरा पुराने कैलंडरों से भर जाता है और वह कुछ विशेष तिथियों पर निशान लगाने लगता है। किसी खास तारीख पर वह रुक जाता है। उसे लगता है कि उसकी असली बाँहें इतने सालों के फासले को तय करके पुनः उसके शरीर से आ लगी हैं—माया के नाम के साथ कोई अन्य नाम जुड़ गया है।

वह अपनी पत्नी की ओर देखता है—उसके गिर्द कसी हुई बाँहों की कल्पना करता है। उसकी पलकों में रुके आँसू देखता है और वह स्वयं को यह सभी सह पाने में असमर्थ पाता है। वह दवा खाने का बहाना करता है। पत्नी से पानी लाने को कहता है। पत्नी कमरे से बाहर चली जाती है। वह जानता है कि उसकी पत्नी आँसुओं को या तो बाहर छोड़ आएगी या पानी के गिलास में बहा देगी। और पानी...पानी वह पी जाएगा। पत्नी पानी ले आती है। वह पानी के साथ दवा लेता है—पत्नी की ओर देखता है। उसे लगता है कि अब उसकी पत्नी के शरीर के गिर्द किसी अन्य की बाँहें नहीं हैं। वह तनिक मुस्कराता है। मेज से दाँत उठाकर पुन मुँह में रख लेता है। उसे जैसे विश्वास हो जाता है कि उसकी पत्नी के शरीर के गिर्द उसकी बाँहों का घेरा है। उसकी पत्नी सोचती है—नकली बाँहों की पहचान भला किसे नहीं होती ? वह तनिक मुस्कराती है।

उसकी पत्नी के चेहरे पर बार-बार एक लट आकर गिरती है। वह बार-बार हाथों से सँवारती है, जैसे बार-बार अतीत से अपने सम्बन्धों को झटक रही हो। किन्तु लट पुनः चेहरे पर आ गिरती है। उसे कहीं पढ़ा हुआ वाक्य याद आता है—अतीत को छेड़ने में लोगों को बहुत मजा आता है।

वह फिर माया के बारे में सोचने का यत्न करता है। किन्तु तुरन्त उसे अपने बेटे की पुस्तक में पड़ी तस्वीर अपनी ओर आकर्षित करती है। और उसे लगता है कि उसकी पत्नी उस समय किसी न किसी बहाने कमरे में से बाहर जाना चाहती है। तभी उसे अपनी बेटी तृष्णा का ध्यान आता है, जो भविष्य से मिलने गयी हुई है। वह अभी तक लौटी नहीं। इस बात पर वह पत्नी को सचेत करता है। पत्नी बाहर चली जाती है—वह अपने बेटे का नाम लेकर पुकारता है—निष्कामा! निष्कामा।

खिड़की खुल जाती है। वह ताजी हवा का झोंका उसका शरीर कँपा देता है। बेटा घर में नहीं है। यह सधे कदमों से अपने बेटे के बिस्तर की ओर जाता है। बिस्तर पर एक सुन्दर फूल पड़ा है। वह चोर आँख से इधर-उधर झाँकता है। फूल उठा लेता है और खूँटी पर टँगे अपने कोट में उसे टाँग लेता है सजाता है। थोड़ी देर सोचता है। फिर बत्ती बुझा देता है। अपने बिस्तर में लेट जाता है। उसे लगता है जैसे बाहर सारा आँगन गहरीले धुएँ से भर गया है। न जाने उसकी पत्नी का क्या होगा। किन्तु इस समय उसे

अपने पलँग के गिर्द एक तीव्रतर सुगन्ध फैली लगती है। वह तनिक मुस्कराता है और अपने नकली दाँतों सहित सो जाता है।

कमरे में असली बाँहें, नकली बाँहों से गुत्थमगुत्था हो रही हैं...

धूप छाँव की दूरी

—त्रिलोक सिंह आनन्द

''मम्मी! मम्मी! मैं कहती नहीं थी, इस फिल्म की कहानी बिलकुल मेरी और रजनीश की कहानी-जैसी है। देखो, नायिका के माँ बाप दोनों की शादी के लिए सहमत हैं, किन्तु रजनीश की तरह नायक के पेरैंट्स नहीं मानते...।''

ठंडी साँस भरती हुई इन्दु दबी हुई आवाज़ में कह रही थी।

मैंने इन्दु की ओर चोर आँखों से देखा। उसकी आँखों में स्वप्न लटक रहे थे। वे स्वप्न जो हकीकत नहीं बन सकते।

''कितनी बड़ी ट्रैजेडी है मम्मी! कई बार हम फिल्मों में भी वही सब देखते हैं जो हमारे अपने जीवन में बीतता है— काश! रजनीश के माँ-बाप हमारे प्यार को समझ सकते!''

और इन्दु ने पुन: ठंडी साँस ली तथा मेरी ओर देखा। उसके स्वपन आँसू बनकर वह जाना चाहते थे। मेरी आँखों में भी आँसू उमड़ आते, किन्तु मैं इन्दु के दुख में और वृद्धि करना नहीं चाहती थी। सो मैंने पास बैठी राधा की ओर नजरें मोड़ लीं। वह घूँघट में से ही रजनीश की ओर नजरें लगाये फिल्म को देख रही थी।

दरअसल फिल्म देखने का हमारा प्रोग्राम नहीं था। इन्दु की एक सहेली ने फिल्म देखी थी और उसने ही इन्दु को यह बताया था कि फिल्म की कहानी बस तुम्हारी और रजनीश की कहानी है। लड़की की ज़िद पर मैं भी तैयार हो गयी।

''मम्मी! एक बात मानोगे?''

''क्या है बेटी!''

''आज राधा को भी साथ ले चलें। उस बेचारी ने कभी फिल्म नहीं देखी और हर बार पूछती है कि कैसी होती है फिल्म बीबीजी! कभी मुझे भी दिखाओ...।''

इन्दु की बात ठीक थी। चलो, आज राधा को भी फिल्म दिखा दें।

राधा हमारी नौकरानी है। हमारे आसपास की कोठियों में से कोई भी नौकरानी इतनी सुन्दर नहीं है। यदि सेठानियाँ और बाबूआइनें भी मेक अप न करें, तो राधा ही

सबसे सुन्दर लगे। किन्तु वह सुन्दर कहाँ है? गरीबों की सुन्दरता तो राख और मिट्टी के नीचे छुप जाती है...और उसकी अभी उम्र ही क्या है? यही अट्ठाईस साल! इतनी उम्र तक पहुँचकर वह सात बच्चों की माँ बन चुकी है। एक साल नहीं बीतता कि नया बच्चा आ जाता है। रुलिया, राधा का पति, सुना है, कहता है—"इस राधिका का क्या है, यह तो घर की ही औरत है। मैं किसी औरत से तो क्या, यदि मिट्टी की मूर्ति के निकट से भी खाँसता निकल जाऊँ तो वह या तो लड़का, नहीं लड़की तो जरूर ही जन्मेगी।" और यही कारण है कि राधा के सात बच्चों में से पाँच लड़के हैं।

इधर एक राधा है जो सात बच्चों की माँ बनकर भी अभी पहली बार ब्याई भैंस जैसी ही बनी है। किन्तु हैरानी तो इस बात की है कि वह सात जनों की माँ अभी तक भी अपने पति को पूरी तरह पहचानती नहीं। दूसरों के सामने वह रुलिया से घूँघट करती है और एकान्त में रुलिया से भी ज्यादा समय पर्दा करके रहती है। राधा को पति की पहचान सिर्फ उसकी आवाज़ से ही है।

राधा पर हमें बहुत दया आती है। वैसे तो उसके पति को चोखा वेतन मिलता है—एक सौ पन्द्रह रुपये, किन्तु उस चन्दरे को ठेके पर जाने की आदत है। उसने कभी काई छिलका भी राधा के हाथ पर लाकर नहीं टिकाया। हाँ, वह उसे दूसरे तीसरे दिन पीटता जरूर है। रुलिया ने शराब में से नशा खोजना चाहा है और उसके घर में शराब व्यर्थ बहती जा रही है।

इसीलिए बेचारी राधा को दूसरे घरों में काम करना पड़ता है। किन्तु राधा बड़ी पतिव्रता स्त्री है। पति को परमेश्वर समझती है। पराये आदमी से बात नहीं करती। मरदों के सामने पर्दा करती है। हमारे घर काम करते उसे पाँच साल होने को है। किन्तु क्या मजाल, कभी इन्दु के डैडी ने राधा की सूरत देखी हो।

किसी स्त्री को पराये आदमी के संग बात करते हुए देखकर राधा को हैरानी होती है। एक दिन इन्दु और सतीश को कहीं ड्राइंग रूम में एक साथ बैठकर बातें करतें देखा, कि उसे काटो तो खून नहीं। वह सरपट भागी आयी और पूरी बात सुनायी। मेरी हँसी फूट निकली और मैंने उसे मुस्कराते हुए कहा—

'पगली! वह अपना घर का लड़का ही तो है। कल दोनों की शादी हो जाएगी। जा, जाकर अपना काम कर...।'

और मैंने राधा को भी सिनेमा जाने के लिए तैयार होने के लिए कह दिया। वह तो जैसे पहले ही तैयार थी। उसने कौन हमारी तरह सुर्खी-बिन्दी लगानी थी।

राधा के बारे में एक और बड़ी मजेदार बात है, किन्तु है बात राज की। राधा को फिल्मी अभिनेत्रियों की बहुत पहचान है। मुझ से भी कहीं अधिक। अवकाश के समय वह इन्दु के फिल्मी मैगज़ीन देख लेती है। किन्तु हैरानी होती है। जिसने कभी कोई फिल्म नहीं देखी। वह एक्ट्रैसों को कैसे पहचानती है? पूछने पर राधा ने बताया कि

उनके घर (यदि उसे घर कहा जा सकता हैं) की दीवारें, चित्रों से भरी पड़ी हैं। रुलिया ठेके से पीकर आता है और आते ही राधा को पीटने लग जाता है। रुलिया कहता है—

"पीकर किसी को पीटने का मन हो आता है।"

और फिर जब उसको कुछ तसल्ली हो जाती है तो वह राधा को अपनी मजबूत मेहनती बाँहों में कस लेता है।

(यह बात बताते हुए राधा के राख पुते मुँह पर भी सुर्ख शर्मीली लाली दौड़ गयी थी) रुलिया कहता है—

"रधिया! रधिया मेरी जान। तुम तो नूतन हो—नूतन।"

"कौन है वह कलमुँही'?

और रुलिया उसे दीवारों पर लगी हुई, चिपकाई हुई तस्वीरें दिखाता है और सभी से सुन्दर राधा को ही कहता है। इस तरह राधा नरगिस, निम्मी, वहीदा रहमान, साधना, सायराबानो—सभी को पहचानती है।

इन्टरवल के समय मैंने राधा से पूछा, 'क्यों री, तुम सारे समय पर्दा किए ही बैठी रही हो। पगली! फिर तुमने फिल्म क्या खाक देखी होगी। कभी फिल्म देखते हुए भी कोई घूँघट करता है!"

"हाय राम! बीबी जी आप क्या कहती हैं? इतने सारे मर्दों के सामने मैं खुले मुँह बैठूँ?"

इन्दु और मैं—दोनों हँस पड़ीं। कुछ देर बाद इन्दु कह रही थीं—"मम्मी, मम्मी! प्लीज आप एक बार रजनीश की मदर से जरूर मिलें। मिलेंगे न, मम्मी!"

आत्माराम की आत्मा

—के.एल. गर्ग

''सर मेरी आत्मा बोलने लगी है।'' बाबू आत्माराम के इन शब्दों से दफ्तर में यूँ सन्नाटा छा गया जैसे अभी-अभी सी. बी. आई. का रेड पड़ा हो। सुनते ही छोटे से बड़े बाबू के हाथों के तोते उड़ गये। हरेक की अपनी-अपनी राय थी। बाबू चम्पतराय ने झट स्टेटमेंट दिया—

''भूखों मरेगा स्माला, भूखों।''

बाबू चालूशाह का कहना था—

''जब गीदड़ की मौत आती है तो शहर की तरफ दौड़ता है। जब दफ्तरी बाबू की मौत आती है तो वह आत्मा की आवाज़ सुनने लगता है।''

बाबू चबर-चबर कह रहा था—

''आत्मा की बात सुनने वाले बाबू की औरत न विधवा न सुहागन। उसके बच्चे बापशुदा यतीम। आत्मा तो खाते-पीते लोगों को भिखमंगा बना देती है।''

बीबी शृंगार देवी भी पीछे रहने वाली नहीं थी—

''आर-परिवार वालों को कोई हक नहीं आत्मा की आवाज़ सुनने का। ऐर-गैर आवाज़ें सुनते मरद हैं, और दुःख भोगती हैं हम, औरतें। औरत अब अपने हकों के प्रति जागृत हो रही है। अब हम ऐसी घिनौनी बातें नहीं होने देंगी। जरूरत पड़ी तो हम ऐसे लोगों के ख़िलाफ़ आन्दोलन भी करेंगी। हमरी आजादी, हमरा नारा हमरा हक यहाँ रख।'' बीबी शृंगारदेवी ने तो मुँह का घुरलू बना, हवा में अपना मुक्का लहराते हुए एक नारा भी बुलन्द कर दिया था।

बीबी शृंगारदेवी के नारे ने दफ्तरी माहौल में एक तरह की गर्मी पैदा कर दी थी। बड़े बाबू भी उस गर्मी में घबराहट महसूस करने लगे थे। उन्होंने भी टाई की नॉट ढीली करते हुए अपने पी. ए. बरसाती लाल को कह दिया था—

''मिस्टर बरसाती लाल, समझाइए इस मूर्ख आत्माराम को। कुछ नहीं मिलने वाला आत्मा-उत्मा से। यह अपने लिए ही नहीं, हमारे लिए भी काँटे बो रहा है। ऐसे में

तो दफ्तर में कोई डेकोरम ही नहीं बच पाएगा। एक स्टेटस है अपने ऑफिस का। सुबह का भूला शाम को घर लौट आए तो उसे भूला नहीं कहते। इम्मीजीएटीली कुछ कीजिए, कुछ कीजिए भाई... ।''

बाबू बरसाती लाल पुराना पी. ए. है। ऑफिस के डेकोरम को अच्छी तरह समझते हैं। आत्माराम के साथ उनकी घनिष्ठता भी है। पुराना साथी भटककर उल्टे रास्ते जा रहा हो तो उसे सही मार्ग दिखलाना दूसरे साथियों का फर्ज़ भी है और धर्म भी। पुरानी मौट्रिक पास है। उन्होंने रीछ और दो मित्रों की कहानी अँग्रेज़ी में पढ़ी हुई थी। उसका मोरल अभी तक उन्हें कंठस्थ था—

''ए फ्रेंड इन नीड इज ए फ्रेंड इनडीड।''

''बाबू आत्माराम, वास्तव में हुआ क्या था, कैसे हुआ यह सब ?'' बाबू बरसाती लाल ने बात चलाने के मन्तव्य से पूछा।

''होना क्या था भाई। कल रात चंगा भला मूँग की दाल के साथ दो चपातियाँ खाकर सोया था। सोते सोते ही आत्मा जग गयी। समझो कि वैराग्य सा होने लगा। बस महात्मा बुद्ध की तरह ज्ञान के वट-वृक्ष के नीचे जा बैठा। आत्मा की आवाज़ के पीछे पीछे चलने लगा... ।''

बरसाती लाल को दफ्तरी-जीवन में ज्ञान-अज्ञान के ऐसे सैकड़ों तजुर्बे हुए हैं। वह जानते हैं इनका इलाज, दवा-दारू कैसे करना है। दर्जनों नये नये तजुर्बाकार अफसरों से वास्ता पड़ा है। पहले पहल वे भी बहुत ताक-झाँक करते थे, कन्धों के ऊपर से थूकते थे। फिर अपने आप ही पटड़ी पर आ गये। ऑफिस का डेकोरम समझने लग गये थे।

''तेरे साथ नई बात हुई है, आत्माराम। यहाँ तो जागते हुए लोगों की आत्माएँ सोई हुई हैं। कहाँ तुम हो कि सोते हुए आत्मा जग गयी। कहीं कबीर की कोई पोथी तो नहीं बाँची तुमने ?'' बाबू बरसाती लाल ने पूछा।

''न बाबू न। पढ़ने-उढ़ने के तो हम पास नहीं फटकते। अपने घर तो क्या आस-पड़ोस में पुस्तक ढूँढ़े नहीं मिलती।''

बाबू बरसाती लाल तजुर्बेकार बाबू हैं। सारी आयु दफ्तरों में गुजरी है। ऐसी सिचुएशनें कई बार आई हैं। प्रयत्न करने से उनका हल भी निकल आया था। बरसाती लाल नया तर्क जुटाते हैं—

''देखिए, बाबू आत्माराम, हम लोग दफ्तरी जीव हैं। दफ्तर ही हमारी मातृ-भूमि और दफ्तर ही हमारी कर्म-भूमि है। दफ्तर हमारा अन्नदाता है। हमारे भी इसके प्रति कुछ फर्ज़ हैं। फाइलें हमारा ईमान हैं। आत्मा की आवाज़ सुनते इन्हें मेनटेन नहीं किया जा सकता। कुछ भी कीजिए, पर दफ्तर के प्रति अपने फर्ज़ को कभी न भूलिए।''

बाबू आत्माराम को अभी ऐसी बातें हजम नहीं हो रहीं। वह बार-बार सिर घुमाते

हुए कह रहे हैं—

''बहुत यत्न करता हूँ जी। पर कुछ ठीक से नहीं हो रहा। जो कुछ सोचता हूँ, आत्मा उससे उल्टा सोचती है।''

बस, बाबू बरसाती लाल समझ गये कि बीमारी अभी ला-इलाज नहीं हुई थी। अभी शुरुआत ही है। उन्होंने मौट्रिक में एक मुहावरा पढ़ा था जो उन्हें अभी तक याद था—

''निप द ईवल इन द वड।''

वह दूसरा पैंतड़ा मारते हुए कहते हैं—

''देखिए बाबू आत्माराम, हम आप एक सामाजिक जीव भी हैं। परिवार, समाज के प्रति भी हमारे कुछ फर्ज़ हैं। पारिवारिक आदमी अपने बच्चों के बारे में तो सोचता ही है, दूसरों के बच्चों का भी ख्याल रखता है। तुम्हारी वह बीमारी एक संक्रामक रोग है जो दूसरे बाबुओं और उनके परिवारों का भी नुकसान कर सकता है।''

बाबू आत्माराम सब समझते हैं। कैंसर के रोगी की तरह सब कुछ देखते हुए भी कुछ नहीं समझते। वह निहत्थे से होकर पूछते हैं—

''मैं करूँ क्या, बाबू बरसाती लाल? मेरे कुछ बस में नहीं रहता। आत्मा किसी बात को मानती ही नहीं।''

बाबू बरसाती लाल जानते हैं कि ऐसे मरीज धैर्य से ही धीरे-धीरे निरोग हुआ करते हैं। कहने लगे—

''देखिए, आत्माराम जी, आत्मा जो कहे, धीरे-धीरे नॉट करते जाइए। पहले पहल बहुत दबाव महसूस करोगे। फिर भी उसके सुने को अनसुना करते जाइए। एक बार, दो बार, तीन बार... । कमजोर लोगों को यह प्रैक्टिस ज्यादा बार करनी पड़ सकती है। आत्मा आखिरी जोरदार हमला भी किया करती है। बहुत सब्ज़ बाग दिखलाती है। पर यदि आदमी मजबूती से पैर टिका ले तो यह रोग सारी उम्र के लिए कट जाता है। तुम्हें अभी कमजोरी ज्यादा है। इसलिए आप ज्यादा अभ्यास कीजिए। आपने सुना ही होगा, 'करत-करत अभ्यास के जड़मति होत सुजान।'

''पर... !'' आत्माराम अनमने भाव से बोले।

''पर पुर कुछ नहीं, बाबू आत्माराम। चोरी की तरह इसका भी अभ्यास करना पड़ता है। चोर पहले गुड़ की डली चोरी करता है, फिर दो, तीन। और पक्का होकर गुड़ का ढेला चोरी करने लगता है। आत्मा पहली, दूसरी या तीसरी डली तक ही बोलती है, ढेले तक आते-आते चुप्पी साध जाती है, सदा-सदा के लिए। चोर बनने के लिए बहरा होना बहुत जरूरी है, आत्माराम। कबीलदार दफ्तरी जीव को ढेले की चोरी तक पहुँचना चाहिए।''

बात आत्माराम के बैठ गयी थी। उन्होंने उनसे बचन भी लिया कि वह प्रयत्न

करके देखेंगे। बरसाती लाल की सफलता से ऑफिस का माहौल एकदम रंगीन हो गया था। बाबू लोग एक दूसरे को कह रहे थे—

"थोड़ी कसर हो गयी थी बेचारे को। शुरू-शुरू में हरेक को, हो ही जाती है।"

"किसी बेवकूफ की बातों में आ गया होगा। एक ढूँढ़ो हजार मिलते हैं, फिर ऐसे तो बेशुमार मिलते हैं।"

"चलो यार, सुबह का भूला शाम को घर लौट आया...और क्या...।"

बाबू आत्माराम ने ऑफिस के लिए बड़ी कुर्बानी दी है। बड़े बाबू ऐसी कुर्बानी का भुगतान तुरन्त अदा करते हैं। बाबू आत्माराम की सीट बदल दी गयी है। अब वह ऐसी सीट पे विराजमान हैं, जहाँ मुफ्त में आने वाली माया की टुनकार में आत्मा की आवाज़ चाहने पर भी नहीं सुनती।

कोई कहीं भी है, बोलिए लक्ष्मी जी की जै...।

नाकाबन्दी

—बलदेव सिंह

बोलते-बोलते उसकी साँस फूल गयी, वह हाँफने लगा। चेहरे पर घृणा, क्रोध और खिंचाव की मिली-जुली रेखाएँ उभर आयीं। जबरदस्ती रोके गुस्से के कारण आँखों के कोयों में आकाश का पानी चमकने लगा। वह सामने बैठे दोस्तों की ओर एकटक देखने लगा, जैसे उनकी प्रतिक्रिया जानना चाहता हो। अपने भयानक अन्त के बारे में उनकी 'हाय' की प्रतीक्षा कर रहा था वह। लेकिन जब किसी भी दोस्त ने कुछ कहने की हिम्मत नहीं की, तो वह भर आए कंठ से फिर बोलने लगा।

"उन्होंने मुझे गद्दार का फतवा दिया, देशद्रोही कहा। कायर बताया। मुझे इस नौकरी के अयोग्य घोषित किया और मेरी तेरह साल की शानदार सेवा पर पानी फिरा कर, नौकरी से जवाब दे दिया।"

सब समझते थे, श्रीवास्तव के साथ अन्याय हुआ है—सरासर बेइंसाफी! सब जानते थे, उनके विभाग में किसी के साथ हमदर्दी करने की मनाही है। वे भी नौकरियाँ करते थे। उनके बाल-बच्चे हैं। भाईचारा है। आजकल तो दीवारें भी अन्धी-बहरी नहीं। किसी ने जरा भी इस फैसले का विरोध किया, समझिए नौकरी गयी। नौकरी गयी तो गयी, यदि एक बार कोई लेबल चिपक गया तो अखबारों की सुर्खियों में नाम आ गया। फिर कई महीने धू-धड़ास होती रहेगी। श्रीवास्तव के सारे दोस्त इस तरह गुमसुम बैठे रहे, मानो कोई 'सराहल' उनकी साँस पी गयी हो।

श्रीवास्तव कुछ पल दोस्तों में से किसी हमदर्दी की आशा में बैठा रहा। फिर अपने जीवन में घटित उस हादसे को याद करने लगा...

श्रीवास्तव थाने के इंचार्ज थे—तेरह साल की नौकरी, शानदार सेवा का प्रभाव! कस्बे और गाँवों के लोग उसे बड़ा थानेदार कहते। ऊँचे तुरें (शमले) वाली पगड़ी। घरोड़-सफाचट दाढ़ी। भारी सघन मूँछें। दूरबीन-सी आँखें। छह जुट लम्बा कद। नजरानों में मिली शराब पी-पी कर, मुर्गे खा-खाकर फली-फूली देह! वह चलता तो धरती काँपती। गुस्से में आता तो इलाके में दहशत के बादल छा जाते।

तीन-एक माह पूर्व वह इस थाने में तब्दील होकर आया था और उसके साथ-साथ ही चली आयी थीं उसकी वीरताएँ, उसकी शोहरतें, उसकी कठोरताएँ। उसने छँटे हुए बदमाश सीधे किए। कैसे उसने दस नम्बरियों की बैठकें निकलवायीं; किस तरह नक्सलिए उसका इलाका छोड़ गये; कैसेवीड़ा खाने वालों और अमलियों का उसे देखते ही पेशाब निकल जाता; कैसे एक बार रमदासियों की निकली लड़की वह उत्तर प्रदेश से वापस लाया...नशेड़ी, अमली चोर-यार बातें सुनते और पाले मारी बकरियों से सिकुड़ जाते।

तोड़-फोड़ की वारदातों के कारण यह इलाका बदनाम था—बहुत बदनाम! इलाके में से निकलती रेलवे लाइन की फिश प्लेटें कई बार उखाड़ी गयी थीं। कुछ कुख्यात नक्सली भी इसी क्षेत्र से थे। श्रीवास्तव को विभाग ने खास तौर पर सलक्ष्य यहाँ तब्दील किया था।

श्रीवास्तव को याद है अपना चार्ज सम्भालते ही उसने बदमाशों की फाइल देखी थी। एक नाम बार-बार पढ़कर वह हैरान हुआ था।

यह आसा सिंह वही है?—श्रीवास्तव कुछ कहता रुक गया था। आसा सिंह के बार में उड़ी अफवाहें, उसने वहाँ भी सुनी थीं, जहाँ से बदली होकर वह आया था।

वही है सा'ब! एक पुराने सिपाही ने उसका थोड़ा-सा अर्थ समझकर कहा।

''काम क्या करता था यह हरामजादा?'' श्रीवास्तव ने फोन उठाया—''स्कूल का अध्यापक है सा'ब!

पक्का?... हैं जी! आदमी को तो मूली-गाजर की तरह काट देता है और भी बहुत तोड़-फोड़ करता है। पहले साहब पर भी उसने आक्रमण किया था एक बार! अब तो आतंककारियों के साथ मिला हुआ है।'' सिपाही ने जितना सुना था, बता दिया।

''और पुलिस में औरतें भर्ती की हैं, सूरी के पुत्तर?'' श्रीवास्तव ने क्रोध और व्यंग्य में पूछा और फिर फाइल पलटता बोला—''तुम्हारा पहला साहब नौकरी से पहले बधाइयाँ तो नहीं दिया करता था?''

सिपाही ने शर्मिन्दा होते हुए गर्दन झुका ली और फिर विभाग की सफाई देते हुए बोला—''गाँव में तो कोई भी आदमी उसके बारे में बताता नहीं साहब!''

''आदमी!'' थानेदार गुस्से में गरज उठा, ''तुम देखोगे, गाँव की गलियाँ और ईंट-पत्थर भी बोलेंगे!'' उसने गुस्से में जहरीले नाग की तरह फुफकार लगायी।

श्रीवास्तव के लिए मानो यह एक चुनौती थी। उसके अस्तित्व का प्रश्न था। छिपकली की कटी पूँछ-सा वह तड़पा और यों गरज उठा कि आसा सिंह यदि कहीं उसके सामने आ जाए तो वह विभाग की तमाम कानूनी विवशताएँ दरकिनार कर, उसे गोली से उड़ा दे।

इलाके में वह खूद गश्त करते लगा, रात के समय गाँव को आते समय रास्तों की

नाकाबन्दी का आदेश जारी किया।

वह रूप-भेष बदलकर गाँव में जाने लगा।

अपनी कुशलता से उसने गाँव के दो लोग अपनी ओर मुखबिर बना लिए जो आसा सिंह के अपने आदमी बताये जाते थे। सरपंच ने तो पहले ही श्रीवास्तव को हाथों पर चढ़ा लिया था। अब उसे लगता, आसा सिंह उसकी पहुँच से बाहर नहीं है आज या कल उसकी गिरफ्तारी का तोहफा उसे मिलने वाला है।

फिर भी कातिल पकड़े नहीं जा रहे थे। विभाग की बदनामी हो रही थी। ऊपर से आदेश आया—सख्ती करो! आसा सिंह यदि इलाके में है, तो उसे गिरफ्तार करो। यदि बाहर है तो उसे अन्दर न आने दिया जाये।

श्रीवास्तव का अमला और चौकस हो गया। सादी वर्दी में पुलिसवाले हर समय आसा सिंह के घर के बाहर पहरा देने लगे। श्रीवास्तव की रातों की नींद उड़ गयी। हर समय आसा सिंह का भूत उसके दिमाग में खलबली मचाये रहता। उसे सिपाहियों पर विश्वास न रहा। सन्देह वाली हर जगह पर वह स्वयं जाता। यही समय था, श्रीवास्तव अपने विभाग को कुशलता और योग्यता का प्रमाण दे सकता था।

वह दनदनाता—"कहाँ है सूरी दा पुत्तर?"

एक गाँव के साधारण से अज्ञात घर के छोटे से कमरे में इकहरे शरीर के दरम्याने से कद का एक युवक बेचैन-सा इधर-उधर टहल रहा था। छोटी चमकती आँखें, ठोड़ी पर कतरी दाढ़ी! दोस्त 'लेनिन' कहकर छेड़ते हैं, यही है आसा सिंह!

एक बार गेहूँ की कटाई के समय, इसने दिहाड़ीदार का साथ देकर सरपंच से ऐसी दुश्मनी जगायी कि घर घुसना तो एक ओर रहा, अपनी जान बचाने के लिए जगह-जगह छिपना पड़ा।

आजीविका के लिए वह गाँव में स्कूल अध्यापक है। अध्यापकों के एक गुट का नेता है और अपने दायरे का पत्र-प्रतिनिधि भी! उसने अपने गाँव की उसी सरपंच की धक्के से बनाई पंचायत और अपने लाव-लश्कर के मुँह से सर्वसम्मति के नारे का एक अखबार में ऐसा मज़ाक उड़ाया कि आसा सिंह सरपंच की दाढ़ में फांक सा फँस गया।

इस सबके बावजूद वह किसी पार्टी के सिद्धान्त का कट्टर दुश्मन या हिमायती नहीं है—"गुण अवगुण प्रत्येक मनुष्य में होते हैं... प्रकृति भी और हमारा विज्ञान भी इससे बचे हुए नहीं..." वह कहता है।

उसने लोगों को समझाया कि किसी जोरावर से डरो मत, गरीबी से घबराओ मत। यदि माँगने पर कोई अधिकार नहीं देता तो छीन लेने में कोई पाप नहीं! गाँव में दो पार्टियाँ लड़ पड़तीं, दो टोले भिड़ जाते, तो आसा सिंह और उसके साथी पुलिस,

कचहरियों और अस्पतालों की निर्दयता के किस्से सुनाकर सुलह करवा देते। ऐसे समय सरपंच पगलाये कुत्ते-सा फेन थूकता। जब कई चालाकियों में सरपंच की दाल नहीं गली तो उसने अपने ही ढंग से आसा सिंह को बीच से हटाना चाहा—और वह सफल भी हो गया।

सरपंच की मेहरबानियों के कारण पुलिस थाने में आसा सिंह की फाइल ने जन्म लिया। कभी उसके घर से अफीम पकड़ी जाती, कभी वह रात में किसी को चोटें मार आता। कभी वह चोरियाँ करता, कभी राह चलती किसी महिला का अपमान करता। पुलिस मुर्गे उड़ाती रही। आसा सिंह हैरान हुआ, परेशानियों में उलझने लगा और सरपंच की मनमानी सिर चढ़कर बोलने लगी।

हर घटना में आसा सिंह की पूछ-पड़ताल होने लगी। कत्ल किसी गाँव में होता, थाने उसे बुला लिया जाता। उसके अपने विभाग ने भी जवाब-तलबी की। तरक्की (प्रमोशन) रोक दी गयी।

सरपंच की शह पर एक अन्य कत्ल के केस में उसे पकड़ लिया गया। झूठी गवाहियों से हादसे की तसदीक कर दी, घटना को प्रमाणित किया। नौकरी भी गयी।

गाँवों में से लोग टोलियाँ बनाकर थाना और कचहरी गये। उसके सन्त स्वभाव की गवाहियाँ दीं, पर किसी अफसर, किसी न्यायाधीश ने उनकी बात नहीं सुनी।

थाने की गतिविधियों से आसा सिंह को सन्देह हुआ, मानो उसे मारने की साजिश रची जा रही हो। यह तो तिनके से भी हल्की मृत्यु थी। लोगों के सामने मैं दोषी ही रहूँगा? उसने सोचा। इससे तो सचमुच के मुकाबले में मरना अच्छा है। अपने बचाव के लिए तो गाय भी सींग मारती है! अवसर मिलते ही वह थाने से भाग निकला। फिर तो बहुत कुछ उसके नाम के साथ जोड़ा गया। नक्सली, इश्तिहारी मुजरिम, दस नम्बरिया और अब आतंकवादी!

कुछ माह पहले तक आसा सिंह का अपना छोटा-सा सुखी-संसार था। एक बूढ़ी माँ, पत्नी और दो बच्चे! इस सामान्य से घर के द्वार, गाँव के हर आदमी के लिए खुले रहते। पुलिस की फाइलों वाले इश्तिहारी मुजरिम के घर हथियार तो क्या, समय-कुसमय कुत्ते-बिल्ले को मारने के लिए सोटी तक नहीं थी।

लेकिन जब से श्रीवास्तव यहाँ तब्दील होकर आया है, उसके घर में कभी हथियार खोजने जाता है और कभी आसा सिंह को खोजने।

मैं आसा सिंह का दोस्त हूँ, माँ!... एक दिन श्रीवास्तव ने बूढ़ी माँ को माथा टेकते हुए कहा। साथ ही तलाशी लेती आँखों से घर की ओटों में देखता गया।

आसा सिंह की माँ ने उसका कन्धा थपथपाया और आँख भर आयीं—अरी बहू,

देख तो आसे का लिहाजी (परिचित) आया है। फिर बोली-स्वागत है बेटे, मैं वारी जाऊँ, उस कमले की खबर-सार लाये हो कोई?

"माँ, जी, कहीं बाहर गया है आसा सिंह?"

"वह तो घर ही नहीं घुसता बेटा। मालूम नहीं, पैर में क्या चक्कर है! पाँच माह हो गये, पता नहीं किस-किस से दुश्मनी मोल लिए घूमता है। कहते है—वह खून भी करता है। मुझे तो विश्वास नहीं होता। अपने हाथों से तो उसने कभी मुर्गी का अंडा नहीं तोड़ा, तुम बताओ बेटा, वह ऐसा निर्मम हो सकता है? बहू को देखो, क्या हाल हुआ है! छोटा सा बेटा तीन माह का हो गया है, उसका मुँह देखने तक नहीं आया।"

आसा सिंह की पत्नी एक छोटा बच्चा उठाये खड़ी थी। आँखें भरी थीं, ज्यों कभी भी छलक पड़ेंगी। चेहरे की वीरानी भी अनुभवी थानेदार से छिपी न रही।

बूढ़ी माँ ने आँखें पोंछीं और फिर साँस छोड़कर बोली—"लो, मैं तो यों ही रोना लेकर बैठ गयी। चाय बना बहू।"

"नहीं माँ जी, मैं फिर आऊँगा कभी—उसके आने पर!" इससे पहले कि आसा सिंह की पत्नी रसोई की ओर जाती, श्रीवास्तव उठ खड़ा हुआ।

"यदि मिले तो बेटा कहना, मुझे जीवित तो देख जाये एक बार, "बूढ़ी माँ उसे द्वार तक छोड़ने आयी।

श्रीवास्तव उबलते गुस्से से आसा सिंह के घर आया था। वह यह करेगा, वह करेगा, बूढ़ी को धमकाएगा, नंगी करके गाँव की गलियों में नचाने का रौब डालेगा। उसकी पत्नी को थाने ले जाएगा और आसा सिंह को पाताल से भी निकाल लाएगा। लेकिन लौटता श्रीवास्तव दुविधा में पड़ गया। उसके कन्धों पर लगे स्टार सोचते-बूढ़ी जादूगरनी है! नखरे करती है। इतने बदमाश की माँ और पत्नी यों नहीं मानने वाली। आसा सिंह घर आता होगा जरूर। सब नाटक करती हैं! वर्दी के नीचे बैठा इनसान आसा सिंह की पत्नी की आँखों की तैरती विवशता पहचानता है। घर की गरीबी देखता है। बूढ़ी माँ को देखकर उसे अपनी अम्मा याद आती है और अन्दर से वह कुछ टूट-सा जाता है।

लेकिन यह अवस्था बहुत देर तक नहीं रहती। शीघ्र ही वह उमड़ आयी हमदर्दी थूक देता है। वह अपने सम्मान, अपनी चढ़त और अपनी नौकरी के बारे में सोचने लगता है...उसने वफदारी की कसम खायी है!

पूरे पुलिस विभाग की बदनामी हो रही थी। हत्या हुए बीस दिन हो गये थे और अभी तक कोई संदिग्ध गिरफ्तार भी नहीं...

श्रीवास्तव खीझ उठा।

सारे रास्तों की सख्त निगरानी की जाने लगी। आधी-आधी रात उठकर वह खुद मुख्य मार्गों और पुलों पर चक्कर लगाता।

कहीं से पता चला—आसा सिंह उत्तर वाले इलाके में है।

उत्तर में दो बड़ी नहरें हैं। पन्द्रह मील के लम्बे बाँध में एक ही पुल था। जिसके ऊपर से इन गाँवों की ओर आ सकते हैं। श्रीवास्तव ने सारी फोर्स नहर के पुल की ओर भेज दी और जहाँ नहर पार करने का संशय था, वहाँ खुद निगरानी करने लगा।

आसा सिंह के घर के इर्द-गिर्द पहरा सख्त कर दिया गया। यदि श्रीवास्तव के हाथ होता तो गाँव के रास्ते पर से निकलते पंछी-परिन्दे भी उसकी मार से न बच पाते।

एक रात ग्यारह बजे पुल की ओर आती एक मोटर साइकिल को सिपाहियों ने रोका।

''तुम्हें मालूम है दोहरी सवारी पर पाबन्दी है?''

सिपाही ने धमकाया और उसने टॉर्च की रोशनी सवारों के चेहरे पर डाली।

''मालूम है।'' सवारों ने लापरवाही से कहा।

''काग़ज़ दिखाओ।'' सिपाही वैसे ही गर्जा।

मोटर साइकिल पर जो पीछे बैठा था, उसने कमीज उठाकर, 'डब्ब' में टिकाया पिस्तौल दिखाया और बोला, ''यह परमिट चलेगा?''

सिपाही का हलक सूख गया। अपने साथियों सहित वह पीछे हो गया।

थोड़ी देर बाद एक और मोटर साइकिल वाले को, उन्होंने रोका। उससे भी इतनी रात गये गश्त के बारे में तफ्तीश की, और उसे काग़ज़ दिखाने को कहा।

मोटर साइकिल वाला पहले तो हँसा, फिर बोला—''पहले वाले ने परमिट नहीं दिखाया क्या?''

दूसरे दिन श्रीवास्तव ने पूछा—''रात पुल की ओर मोटर साइकिल की आवाज़ सुनी थी?''

''साहिब, वे बाल-बच्चेदार थे...शहर से लेट चले थे।'' सिपाही टाल गये।

सुबह आती, शाम जाती। रात गुजरती, श्रीवास्तव झुंझला पड़ता—एक और दिन समाप्त हो गया। इस सूरी के पत्तर को कौन-सी जमीन निगल गयी...अपने सिपाहियों की मर्दानगी परखता, चाँद को गालियाँ देता और क्रोध में मामूली हवालातियों को पीटने लगता।

आसा सिंह की माँ कुछ समय बीमार रही और मर गयी। श्रीवास्तव उसे देखने गया। एक क्षण लगा मानो उसकी अम्मा की पत्थर हुई आँखें उसे निहार रही हैं।

फिर अचानक ही कई दिनों बाद श्रीवास्तव की आँखों में एक चमक-सी उभर आयी। उसने सरपंच से मिलकर गाँव में मुनादी करवा दी—गाँव का जो भी आदमी आसा सिंह के घर जाएगा, वह दोषी होगा और उसे थाने बुलाया जाएगा।

भयभीत लोग अपने घरों में सहमे बैठे रहे—और बूढ़ी माँ की मृत आँखें किसी आस में द्वार की ओर देखती रहीं—प्रतीक्षातुर!

उसी दिन आसा सिंह के एक विशेष दोस्त तिलकराज ने जब यह खबर जाकर उसे दी, तब आसा सिंह अपने छोटे-से सूने कमरे में पड़ा था।

सुनकर वह और गुमसुम हो गया। कुछ पल द्विविधा में रहा...छोटी आँखें और सिकुड़ गयीं, फिर उठकर उसने कम्बल ओढ़ लिया।

"पुलिस कुत्तों की तरह घूमती है। नये थानेदार का नाम तुमने सुना होगा? घर के गिर्द हर समय पहरा रहता है।" तिलकराज ने किसी होने वाली घटना की कल्पना करके भयभीत होते हुए कहा।

आसा सिंह ने निहत्था होकर, तिलकराज की ओर देखा। मानो पूछ रहा हो, "फिर क्या करूँ मैं? किधर जाऊँ?" उसे मृत पड़ी माँ दिखाई दी। पत्नी, बिलखते बच्चे और पूरा गाँव मानो एक ओर खड़ा तमाशा देख रहा हो। वह तिलकराज की बाँहों में फूट पड़ा।

थोड़ी देर बाद उसे सम्भाल सका तिलकराज। बोला मैं लेवे की मिट्टी समेटकर ही तुम्हारे पास आता, लेकिन वे खामख्वाह पकड़ लेंगे, मुझे भी केस में घसीट लेंगे।"

"वही तो स्यापा है। वे दस-पन्द्रह दिन का रिमांड ले लेंगे..." आसा सिंह भरे कंठ से बोला—"और किसी के साथ पुलिस मुकाबिला बनाकर, मार देंगे। अपनी ईमानदारी कौन परखता है और कौन हमें सफाई पेश करने का मौका देगा..."

"तुम साहस करो, समय देखकर हम माँ को ठिकाने लगा देंगे, "तिलकराज ने हौसला दिया।

"लेकिन मैं यों कितनी देर छिपा रहूँगा?"

"असल दोषी तो यार इनकी छत्तर-छाया तले पलते हैं, बस तेरे-मेरे जैसों को..." तिलकराज की बात बीच ही में रह गयी। उन्होंने देखा, घरवाले आसा सिंह के पास हमदर्दी दिखाने आ गये। तिलकराज उन्हें बता आया था।

बहुत देर तक वे आसा सिंह को हौसला देते रहे। उन्होंने रिश्तेदार बनकर आसा सिंह के गाँव जाने की योजना बनायी। लेकिन आसा सिंह नहीं माना। अपनी मुसीबत में वह इस परिवार को नहीं घसीटना चाहता था।

घरवालों के चले जाने पर वह तिलकराज को साथ लेकर खेतों की ओर, बाहर निकल पड़ा।

पौष माह के अन्तिम दिनों की एक बेहद ठंडी शाम थी। सूर्य छिप चुका था, दोनों दोस्त गाँव से बाहर एक पटरी पर बैठ गये। मौसम बहुत उदास था। पल-पल अन्धेरा बढ़ रहा था। तिलकराज लौटना भी चाहता था, "अपनी भाभी से कहना भाई, मेरे बिना जीना सीख ले अब...", आसा सिंह ने बोझिल चुप्पी तोड़ी।

मुझे लगता है अब और कोई रास्ता ही नहीं रहा। या तो हम इस सिस्टम को निगल जाएँ, नहीं तो यह हमें निगल जाएगा...'' तिलकराज बहुत मायूस हो गया था। आसा सिंह का हाथ दबाकर वह चल पड़ा।

बहुत देर तक आसा सिंह जाते हुए तिलकराज को देखता रहा। समय का कितना भयानक सत्य तिलकराज जाते-जाते कह गया था!

''यदि सिस्टम को निगल ही लेना है तो ऐसे जीवन का कोई मकसद नहीं...'' वह भावुक होता गया और भावना के प्रवाह में बहते ही उसने निर्णय लिया—आज गाँव जाना है!'

रहस्यमय, भयानक और ठंडी अन्धेरी शाम चारों ओर फैल गयी थी। कहीं-कहीं फूट रही गेहूँ के खेतों से होकर वह अपने गाँव की सीमा तक आ पहुँचा।

सर्दी बहुत बढ़ रही थी। गाँव मानो झड़ ही गये थे... पुल के पास पहुँचकर उसे सन्देह हुआ जैसे काली परछाइयाँ इधर-उधर घूम रही हों। पुल के बाएँ हाथ, पास ही, बाबे की झोंपड़ी का उसे पता था। पुलिस और सर्दी से बचने के लिए वह चुपचाप झोंपड़ी की ओर खिसका और फाटक हटाकर भीतर निकल गया...और एक टूटी खाट से टकराया। टटोलकर देखा—खाट खाली थी। सर्दी में लगता है बाबा चला गया...उसने सोचा और जूती उतार कर, पैर कम्बल में लपेट लिए। ठिठुरते हाथ बगल में दबाकर, उसने मुँह सिर कम्बल में ही छिपा लिया।

कुछ देर बाद धीमे-धीमे फाटक चिरका, खुला। टार्च की रोशनी से आसा सिंह चौंक पड़ा। आँखें चुँधिया गयीं और फिर एक रौबदार आवाज़ से झोंपड़ी काँप उठी।

''कौन?''

आसा सिंह ने आँखों के आगे हाथ करके रोशनी को रोकना चाहा और सम्भली आवाज़ में बोला—''मैं, मैं खेत का मालिक हूँ।''

''आहा!'' आने वाले ने सुख की साँस ली। फिर बोला—''बहुत जोरदार सर्दी है बाहर तो...''

''आओ, कम्बल में आ जाओ...आने वाला खटिया के सिरे पर बैठ गया और आसा सिंह ने अपने कम्बल का सिरा उसके रानों तक फैला दिया।

आने वाला अभी तक काँप रहा था। उसके दाँत किटकिटा रहे थे।

''आग नहीं जल सकती जवान?'' उसने पूछा।

''जल सकती है, हिम्मत करनी पड़ेगी।'' आसा सिंह बोला, ''माचिस है?''

''हाँ, माचिस तो है!'' आने वाला बोला।

आसा सिंह उठा। जल्दी-जल्दी झोंपड़ी की छत पर से कुछ तिनके-फूस निकाले

व तोड़-मरोड़ कर भीतर ले आया।

आनेवाले ने अन्धेरे में ही, आसा सिंह का हाथ टटोलते हुए माचिस पकड़ा दी।

"बहुत तकलीफदी जवान तुम्हें... शुक्रिया!" आने वाला विनम्र भाव से बोला।

"आदमी ही आदमी के काम आता है! कष्ट कैसा, तकलीफकैसी?" कहकर आसा सिंह ने आग जलाई और रोशनी में जो कुछ उसने देखा, उसे देखकर पीला पड़ गया। कड़ाके की सर्दी में भी पसीना आ गया।

बड़ा थोनदार श्रीवास्तव सामने बैठा था।

"तुम्हारी लगन भी धन्य है। जब लोग रजाइयों में भी काँप रहे हैं, तुम खेतों में फसलों की रखवाली करते हों?"

थानेदार की बात सुनकर आसा सिंह तनिक मजबूत हुआ। वह जानता था—फसलों की रखवाली की यह ऋतु नहीं है। थथलाती भाषा में बोला—"आपकी लगन भी बहुत है सरकार! इतनी सर्दी में हुक्म बजा रहे हो।"

"हमें तो उस सूरी के पुत्तर ने खड़ा किया हुआ है! फिर नौकरी क्या और नखरा क्या? आदेश आता है नाकाबन्दी करो,कर देते हैं, आदेश आता है, सिर के बल चलो, चल पड़ते हैं।" थानेदार हाथों को आग के पास लाकर बोला।

आसा सिंह का गला सूख गया। थूक निगलकर बोला—"अकेले हो?"

"मेरे कुछ सिपाही पुल पर हैं।"

"फिर तो कोई जोरदार डाकू पकड़ना होगा... ?"

"वह तो डाकुओं से भी खतरनाक है!" साथ वाले गाँव के आसा सिंह को जानते हो?"

"हाँ-आं-हूँ।" थानेदार के अचानक प्रश्न पर आसा सिंह घबरा गया। सँभलकर बोला—"जो अध्यापक है?"

"अध्यापक नहीं, घोड़ा...मालूम है कितने खून किए हैं उसने? अभी तक वह बचता रहा है। लेकिन अब?" थानेदार ने गुस्से में ही कहा।

"आपको पक्का पता है कि खून उसी ने किए हैं?" आसा सिंह ने आग कुरेदते हुए पूछा।

इससे पहले कि थानेदार कुछ कहता, एक सिपाही आया और बोला, "सा'ब, इधर सब ठीक है।"

"उधर, दूसरी ओर नजर रखो। यदि आज बचकर निकला तो तुम्हें छोड़ूँगा नहीं सूअरो।" श्रीवास्तव का रौब सुनकर सिपाही बूट खड़खड़ाकर दूसरी ओर चल पड़ा।

आग के ताप से श्रीवास्तव कुछ गर्मा रहा था। बुक्कल में आसा सिंह का पूरा चेहरा नहीं दिखाई दे रहा था। दोनों अपनी-अपनी सोच में डूब गये। झोंपड़ी के अन्दर और बाहर पूरा सन्नाटा था। कहीं से झींगुर की आवाज़ आ रही थी।

''जनाब, तुम जानते हो उसे?'' श्रीवास्तव ने अचानक पूछा।

''गाँव का हूँ जान पहचान तो हो ही जाती है'' आसा सिंह सहज होता बोला।

''देखा है कहीं आजकल?'' श्रीवास्तव ने पहली चाल चली।

''न, देखा तो नहीं। सुना है। पाँच छह माह से आपने उसे गाँव में घुसने ही नहीं दिया?''

थानेदार हैरान हुआ—खेतों की रखवाली करने वाला यह सीधा-सा आदमी सब कैसे जानता है?

''जो भी कानून से खिलवाड़ करता है, सजा तो उसे मिलनी ही चाहिए।''

''बुरे को बुरा कहना भी कानून से खेलना हो जाता है?'' आसा सिंह ने भोला बनकर पूछा।

श्रीवास्तव चौंक पड़ा। बुक्कल में लिपटे सीधे-से उस आदमी को गौर से देखने लगा। फिर बोला, ''यदि आदमी कानून अपने हाथों में ले, तो हमारे विभाग का क्या लाभ?''

''माफ करना सरकार, आपके विभाग ने आज तक किसी सच्चे आदमी का साथ दिया है?''

''हमें ऊपर से आदेश आता है। उसी का पालन तो करना होता है।'' थानेदार निरुत्तर सा झुंझलाकर बोला।

''आदेश पालन?'' आसा सिंह व्यंग्य से हँसा... आँखें मींच कर, कानों में उंगलियाँ देकर बोला, ''भई न तो सच्चाई देखी जाये, न सुनी जाये!'' और उसने बुझती जा रही आग अंगुली से बिखेर दी।

श्रीवास्तव ने किसी सन्देह में, मानो टार्च जलायी और फिर इस तरह जल्दी में बैठ गया, जैसे बाहर जाना चाहता हो।

''एक बात बताओगे, थानेदार साहिब!'' आसा सिंह खुल रहा था। वह जान गया था कि इतने सख्त पहरे में वह घर नहीं पहुँच पाएगा।

थानेदार नहीं बोला। उसकी खामोशी को ही सहमति समझकर आसा सिंह बोला।

''आज इज्जत की नौकरी करते हैं। आपका छोटा-सा परिवार है। आप कोई गलत काम नहीं करते। डरकर किसी के आगे सिर नहीं झुकाते—भले कोई गाँव का चौधरी हो, चाहे पुलिसवाला!

लेकिन आपको यों ही झूठी चोरियों में घसीटा जाये। खून आपके सिर लगाये जाये। भले ही उम्र भर आपने कोई चिड़िया भी न मारी हो। आपका परिवार तबाह किया जायें। आप जान बचाते मारे-मारे फिरो, आपका कानून क्या कहता है उस बारे में?''

''यह तो धक्का है—जवान! जुलम है...'' थानेदार को कोई माकूल जवाब नहीं

सूझ रहा था।

"आपको आतंकवादी बना दिया गया है। पुलिस टोह में है, घर में छोटे-छोटे बच्चे हैं। एक का तो आपने अभी मुँह भी नहीं देखा। घर में बूढ़ी माँ की लाश पड़ी है। भय के कारण कोई उसकी मिट्टी नहीं समेट रहा। पत्नी को भी सम्भालने वाला कोई नहीं। मालूम नहीं वह बेहोश है कि पागल हो गयी है। आप घर जाना चाहते हैं। लेकिन चारों ओर पुलिस का पहरा है तो आप?"

चौंककर थानेदार उठ खड़ा हुआ।

"कौन हो तुम... ?" उसने टॉर्च की रोशनी आसा सिंह के चेहरे पर फेंकी और एक हाथ में पिस्तौल सम्भाल ली।

"मुझसे डरने की जरूरत नहीं।" आसा सहज भाव से बोला और कम्बल उतारना चाहा।

"खबरदार!" श्रीवास्तव दहाड़ पड़ा और पिस्तौल कनपटी पर सटा दी।

"मेरे पास कोई हथियार नहीं। मैं अपनी माँ को देखने आया हूँ। मैं भागूँगा भी नहीं...अकेला हूँ...।" आसा सिंह के चेहरे पर अभी भी घबराहट थी।

श्रीवास्तव के पैरों तले से जमीन निकल गयी। फाइलों में एक खूँखार मुजरिम, दस नम्बरिया, आतंकवादी आसा सिंह उसके सामने निहत्था खड़ा था, बिना किसी हथियार और साथी के। एक साधारण बेहद शरीफआदमी, जिसने अभी-अभी उसे आग जलाकर सर्दी से बचाया था।

श्रीवास्तव का पिस्तौल वाला तना हाथ ढीला पड़ गया। आज फिर वह द्विविधा में घिर गया।

एक ओर ऐसे डाकू को पकड़ने के कारण उसका सम्मान हो रहा था, उसे मैडल मिल रहे थे। दूसरी ओर उसे दिख रहा था, मानो उसकी अम्मा की लाश पलीत हो रही हो। उसकी अपनी पत्नी पागल हो गयी हो। बच्चे लावारिस विलख रहे हों।

श्रीवास्तव जैसे अपने में आ गया हो। सामने बैठे दोस्त उसी तरह गुमसुम साँस रोककर बैठे थे। वह फिर कहने लगा—मुझे काटो तो खून नहीं। मैंने बड़े-बड़े बदमाश सीधे किए, नाक से लकीरें निकलवायी हैं उनसे! छित्तरो (जूतियों) में पानी पिलवाया है। गन्दगी मुँह में भरी है...लेकिन एक छोटे से इनसान के आगे, जिसके पास कोई हथियार भी नहीं था, मैं संशय में खड़ा था। इतने में मेरे दो सिपाही रिपोर्ट देने आए। उन्होंने कहा—अभी तक वह उधर से निकला नहीं...चाहता तो मैं उसे गिरफ्तारकर सकता था। लेकिन सिपाहियों को मैंने चौकसी रखने के लिए कहकर लौटा दिया।

मद्धम सी रोशनी में मैंने देखा—उसकी आँखों में कपट नहीं था। मालूम नहीं मैं

भावुक हो गया या मेरी सूझ घास खाने चली गयी। शायद मेरे अन्दर का आदमी जाग उठा! मैंने उसे कहा—''यदि रातों रात परिवार से मिलकर अपनी माँ का संस्कार करके वापस लौट सकते हो तो मैं अपने सिपाही हटा लेता हूँ...''

उसने मेरे पैर स्पर्श किए और कहा—''मैंने बहुत महान लोगों की जीवनियाँ पढ़ी हैं, आप उनमें से एक हैं।''

और दोस्तो, कुछ दिन बाद, विभाग को पता चला कि आसा सिंह गाँव आया था और बचकर निकल गया है।

पुलिस की कोताही के कारण मुझे लाइन हाजिर होने का आदेश हुआ।

श्रीवास्तव के आँखों में चमकी नमी आँसू बनकर बह निकली और उसने भर आए मन से अपने दोस्तो से पूछा—

''आप बताओ, मैंने कोई गद्दारी की... ?''

चौथी दिशा

—वरियामसिंह संधु

जैसे ही दूर पश्चिम में सूरज पेड़ों में नीचे, फिर और नीचे होने लगा, मेरा दिल भी इसके साथ धक्क से बैठने लगा था। मैं कभी घड़ी की ओर, कभी बस की चाल और बस चालक की ओर तथा बाहर फैल रहे अन्धेरे की ओर देख रहा था। दाईं ओर की सीट पर बैठे जुगल किशोर की ओर देख उसके चेहरे पर भय और चिन्ता के चिह्न तलाशने लगा। वह मुस्करा दिया था।

"यह ड्राइवर बड़ा विचित्र जीव है...आगे से कुछ भी आए, एकदम धीमा कर लेता है बस को... जैसे कह रहा हो, महाराज पहले आप निकाल लो गाड़ी। कहो तो एक ओर करके रोक ही देता हूँ। हूँ...बकरी की औलाद।"

और उसने अनचाहे भाव से सिर हिलाया।

उसकी बात का उत्तर देने की बजाय मैं बस में सवार पगड़ीधारी और नंगे सिर वाली सवारियों की गिनती करने लगा। गिनती में पगड़ी वाली सवारियाँ दो अधिक थीं। मैं परेशान हो गया। लगा जैसे जल्दी और भूल में सवाल गलत हल हो गया हो। इबारत मिटाकर मैंने एक बार फिर गिनती की। अब दोनों वर्गों की सवारियाँ बराबर थीं। मैं जैसे हारते-हारते बचा! राहत की साँस लेकर पल भर के लिए सीट से पीठ टिका, जेब से छोटी कंघी निकाल, बालों को सँवारने लगा। फिर कंघी जेब में रखते हुए बाहर शाम के धुँधलके पर नजर गड़ा दी। अन्धेरा देखते ही क्षण भर के लिए मिले सुख पर, फिर से स्याही पुत गयी। सूरज ढलने के बाद बस में सफर करना तो मौत को साथ लेकर चलने जैसा था।

और फिर इस दिशा में... !

पिछले दिनों दिल्ली निवासी मेरे फुफेरे भाई राकेश ने अपने पत्र में लिखा था, 'दिल तो बहुत करता है कि शीला के ब्याह में हाजर होता, लेकिन भाई-सच मानो, पंजाब में आते डर लगता है। और फिर अमृतसर आना तो बचपन में नानी से सुनी 'चौथी दिशा' वाली कहानी की याद दिलाता है। याद है तुझे—हम दोनों ने जब रजाई में

बैठे, उससे कहानी सुनी थी। तब मैं चौथी में पढ़ता था। उस समय तीन महीने तुम्हारे पास अमृतसर रहा था। मुझे मियादी बुखार होने पर नानी दरबार साहिब में मत्था टिकाकर लाई थी। और सरोवर में स्नान किया। दुख भंजनी बेरी तले, शाम को सोते समय, दिन को उठते समय... रोटी खाते समय वो 'धन्न गुरु रामदास... धन्न गुरु रामदास...' करती रहती थी। जी तो चाहता है कि उस देवी के दर्शन करूँ। जाने साल छः महीने है या नहीं...। लेकिन भाई, डर के कारण नहीं आ पा रहा। बहाना कोई नहीं। पाँच सौ का ड्राफ्ट भेज रहा हूँ। बहन को मेरी ओर से कुछ ले देना। मामाजी और मामी जी से मेरी और से माफी माँग लेना। कोई कितना भी बड़ा क्यों न हो जाए...ननिहाल का आकर्षण तो रहता ही है...पर...मेरे मस्तिष्क में बचपन में दादी से सुनी राजकुमार वाली वह कहानी घूमने लगी, जिसमें कहा गया था कि तीन दिशाओं में तो वह जब और जैसे चाहे जा सकता है, पर चौथी दिशा में नहीं जा सकता। राजकुमार की जिज्ञासा और दिलेरी उसे चौथी दिशा की ओर ले ही गयी! वह सब खतरों से अकेला जूझकर न केवल वापिस आया, बल्कि साथ बेशकीमती खजाना भी लाया था।

कहने को तो मेरा नाम भी राजकुमार है, पर मैं परी-कथाओं वाला राजकुमार नहीं हूँ। मैं तो अमृतसर जिले के सीमावर्ती गाँव के हाई स्कूल का क्लर्क हूँ। जिसके मन में इतनी उत्सुकता है कि बस जल्दी से जल्दी जालंधर पहुँचे। कम से कम उस आखिरी गाड़ी से पहले, जो जालंधर से अमृतसर के लिए चलती है। और बहादुरी, दिलेरी...।

वैसे जिन गाँवों में मैं ड्यूटी देता हूँ, वहाँ ड्यूटी देना हम जैसे लोगों के लिए बहादुरी से कम नहीं। और फिर बहादुरी भी क्या...जबकि पता नहीं कब, कौन तुम्हारे दाएँ-बाएँ कहीं से गोली मार दे। तुम्हें शत्रु का, उसकी आक्रामक क्षमता का और समय का कोई अन्दाज़ा ही न हो।

मेरे सिर पर बस की लाइट जल पड़ी। बस पर लिखी पंक्तियाँ उभर आईं—'सवारी अपने सामान की खुद जिम्मेदार है।''

जुगल हँस दिया। उसने बस में लिखी एक और पंक्ति की ओर इशारा किया—'सिर और बाजू बाहर न निकालो...' हम अन्दर ही आ जाते हैं।

दूसरी पंक्ति का अन्तिम भाग अपनी ओर से जोड़कर हमने हँसने का यत्न किया। हमारी हँसी में आतंक झलक रहा था। चंड़ीगढ़ से डीपीआई के दफ्तर से जुगल का काम निपटाकर हम बस अड्डे पर पहुँचे। पाँच मिनट पहले अमृतसर जाने वाली बस चल चुकी थी। आखिरी बस निकल जाने पर अनजाने शहर में कोई ठिकाना न होने की स्थिति में, हम जैसे लोगों के लिए मुश्किल हो जाती है। खासकर वर्तमान समय में, जब रहने से अधिक जान बचाने की समस्या सिर पर आन पड़े।

रात को अमृतसर पहुँचना जरूरी था। आज घर वापिस आने का निश्चय करके चले थे। रात घर न पहुँच पाने का मतलब दोनों ओर घरवालों का सारी रात भय और

चिन्ता की सूली पर झूलते गुजरना था। दु:ख-सुख के खास मौकों के अलावा मैं तो अब कभी रात को बाहर नहीं ठहरता। सूरज डूबते ही सब घर की कुंडियाँ चढ़ाकर बैठ जाते हैं। एक और बात भी थी। मेरे सहकर्मी मास्टर हरचरण की लड़की की शादी थी। हरचण भला मानस था। मेरी बहन शीला की शादी पर उसने दस हजार रुपया उधार दिया था, जो मुझे वापस करना था। वैसे भी उससे तेल निकलवाने के लिए तोरिया, बासमती चावल, गुड़, गन्ने, जरूरत के अनुसार ले आते थे। हमने कभी उसके साथ बाबुओं वाला कोरापन नहीं दिखाया। ई-बार का कोई केस हो, या फिर डी.ई.ओ दफ्तर का कोई काम, आप करवाकर देते हैं बिना पैसे के। अब सवेरे न पहुँचता तो उसने कहना था... अरे वह क्या! मेरा अपना मन नहीं मानता कि बेटी के शगुन पर न पहुँचूँ! वैसे भी रात होटलों में ठहरने की, हम बाबू लोगों की हैसियत कहाँ थी!

"राजू—देख ले। वह भी दिन थे, जब काम से फारिग होकर हल्का-सा पैग लगा, चंडीगढ़ में फिल्म देखकर, अमृतसर पहुँच जाया करते थे। घड़ी पल की नींद के बाद फिर अगले दिन ड्यूटी के लिए तैयार रहते थे।"

मुझे लगा—वह पंजाब तो अब अतीत की कहानी होकर रह गया है। एक सपने-सा, बहुत दूर... बहुत पीछे...।

पता चला कि जालंधर को आखिरी बस अभी जानी थी। उसके द्वारा जालंधर स्टेशन पहुँचकर अमृतसर वाली आखिरी रेल मिल सकती थी। पूरे रास्ते मेरा मन बस की स्पीड से कहीं तेज दौड़ रहा था। मैं बार-बार घड़ी पर टाइम देखता। मन ही मन खरड़, रोपड़, नवांशहर, बंगा और फगवाड़ा की दूरी तय करने का हिसाब लगाता। हर बार मुझे अपनी और गाड़ी के बीच की दूरी बढ़ती प्रतीत होती थी। मन में घबराहट हुई। यदि जालंधर समय पर न पहुँच सके तो... ?

मन के दूसरे छोर से किसी ने कहा कि जालंधर कुशलतापूर्वक पहुँचने की सोच! बार-बार लग रहा था कि अभी कोई आकर ड्राइवर की कनपटी पर पिस्तौल की ठंडी नली रखेगा, और किसी गाँव की लिंक रोड की ओर गाड़ी मोड़ने का आदेश देगा। और दूसरे ही पल मेरे पीछे बैठा सरदार आज शाम का स्कोर शुरू करने के लिए मुझसे ही अपना खाता खोलेगा।

जुगल फिर दोनों का रोना ले बैठा। 'देख ले—वे भी दिन थे, जब आखरी बस के चले जाने पर लोग जहाँ जी चाहे, बाँह का सिरहाना बनाकर रात काट लेते थे। यह इन्होंने क्या कर दिया ?"

मैंने उसकी हाँ में हाँ मिलाई। अचानक मेरे जहन की गरारी उसके अन्तिम वाक्य पर अटक गयी...यह इन्होंने क्या कर दिया... ? मैंने स्वयं से पूछा—कौन है ये, जिन्होंने यह सब कर दिया ? मेरे मन से पहले ही स्कूल का अमृतधारी डीपीई बोल पड़ा—'ब्राह्मण...और कौन'। वह हिन्दू नहीं कहेगा, बल्कि बड़ा जोर दे देकर 'ब्राह्मण' ही

कहेगा। फिर कहेगा' लुटेरी कौम, चोर...झूठी और बेईमान ...ये विश्वास के योग्य नहीं है। पहले कहते थे हमारे साथ ही रहो। तुम्हें एक क्षेत्र देंगे रहने को। आजादी का आनन्द लेने को...पर आजाद होतो ही कहने लगे—'तुम आपराधिक वृत्ति के लोग हो। आजादी को ऊष्णता दी तो, जलते हुए टायरों के हार गलों में डालकर! एक ओर समझौते करते हैं। साथ ही मुकर जाते हैं। यदि सिंह खड़का-दड़का करते है तो चीखते हैं। सारा हिन्दोस्तान सिर पर उठा लेते हैं।''

सच्ची बात है कि हम आगे बोलें ही नहीं। कोई जो भी कहे—उसी की 'हाँ में हाँ' मिला देते हैं। अन्दर से गुस्सा आता है, जब कोई पूरी कौम को बेईमान कहता है। पर और कोई स्टाफमैंबर तो नहीं बोलता। सारे उसकी बात को टालते थे। कौन विरोध करके अपनी मौत को बुलावा दे। अब तो हमारे स्कूल में पढ़कर गया एक लड़का भी, उस ओर जा मिला था। अभी चार महीने भी नहीं बीते—कि हमारे स्कूल तक, साथ लगते गाँव के हाई स्कूलों में दनदनाते आए थे। और पल की पल तीन मास्टरों को गोलियों से भूनकर दिन दिहाड़े बच निकले थे।

झटके के साथ बस जालंधर कैंट रुकी। हमने सोचा यहाँ से गाड़ी लेने में समय की बचत और सुविधा रहेगी। स्टेशन की सीढ़ियों पर खड़े आदमी से पता चला कि गाड़ी जा चुकी थी। उसने कहा, 'थ्री-व्हीलर ले लो...हिम्मत करो, जालंधर से गाड़ी मिल जाएगी। अभी निकली है'...बस ड्राइवर को कोसते तेज कदमों से थ्री-व्हीलर लिया। जालंधर पहुँचकर पाया कि गाड़ी वहाँ से भी छूट गयी। मैंने निराशा में सिर पीट लिया।

जुगल का सहमा-सा प्रश्न पहले ही मेरे अन्तर में बरछे की तरह धँसा था। जिसका उत्तर ढूँढ़ते मैं अदर तक टूट गया। अब केवल यही हो सकता था कि कहानियों वाले जादुई खड़ांव हों, या कोई उड़न खटोला, जिससे उड़कर पहुँच जाएँ, अमृतसर।

प्लेटफार्म पर लकड़ी के बैंच पर बैठे अनुभव किया कि मेरे स्वर में हल्की सी खीझ थी। जुगल मुझे कुछ कहने की बजाय सरकार को कोस रहा था, जिसने एक नियत समय के बाद बसों के साथ गाड़ियों का चलना भी बन्द कर दिया।

कुछ देर बाद लुधियाना से एक गाड़ी प्लेटफार्म पर आकर रुकी। मैं आस लेकर बैंच से उठा। गाड़ी से सवारियाँ उतरने लगीं। मुझसे पहले ही जुगल ने एक सवारी से पूछा, यह गाड़ी अमृतसर जाएगी। सवारियों में से किसी एक से जुगल के पूछने पर पता चला कि जाएगी। सवारी का उत्तर था, नहीं जी मेरा ख्याल है यह गाड़ी बस यहीं तक के लिए थी। हमारे अन्तर में उम्मीद की फुलझड़ी एकदम ठुस्स करके बुझ गयी। सवारियाँ धीरे-धीरे जा चुकी थीं। हम निराश...उदास और घबराहट में वहाँ खड़े रह गये।

कुछ सुरक्षाकर्मी गाड़ी के डिब्बों का निरीक्षण कर रहे थे। ताकि कोई असामाजिक

तत्त्व गाड़ी में न छिपा हो। साथ ही वे गाड़ी की खिड़कियाँ-दरवाज़े बन्द करते जा रहे थे। एक अधेड़ सरदार हाथ में सूटकेस लिए पास आकर बोला—'अमृतसर जाना है बाऊ जी...' वह पहले भी हमें गाड़ी की पूछताछ करते देख चुका था।

मैंने सन्देह से उस सरदार को सिर से पैर तक देखा। अगले ही पल मेरा शक दूर हो गया, जब उसने कहा 'मुझे भी अमृतसर जाना है। गाड़ी छूट गयी।...बस गलती हो गयी। यह गाड़ी यूँ तो अमृतसर ही जाएगी। यहाँ से आगे खाली जाती है। सवारी नहीं ले जाती। आओ, जरा मिन्नत करके देख लें जो ले जाएँ तो...' वह किसी और दिशा से आ रही धारा के समान हमारे मन की धारा में सहज ही मिल गया। पल भर में हमारी साँझी जरूरत ने हमें एक दूसरे के करीब कर दिया।

"किससे पूछें?" मैंने सवाल किया।

"जो सुरक्षा गारद इस गाड़ी के साथ जाते हैं, उन्हीं में से किसी को पूछ लें। शायद किसी के दिल में दया आ जाये।"

सामने डिब्बे के बाहर पंजाब पुलिस का एक हवलदार गाड़ी में घुसे सिपाही को कह रहा था—"हिन्दे—गाड़ी की सीटों के नीचे ध्यान से देख लेना।"

हमने उस हवलदार से बात करने की सोची। मैं और जुगल पीछे खड़े रहे। सरदार हवलदार से बात करने को वही उचित व्यक्ति था। "साहब बहादुर, हम तीन सवारियाँ अमृतसर की हैं। जैसे भी हो, हमारी मदद करो। जो बन पड़ेगा, तुम्हारी सेवा कर देंगे।"

मुझे लगा सरदार की सेवा वाली बात उपयुक्त थी। हम हवलदार का मुँह ताक रहे थे। "ओ न भई न। हम पंजाब पुलिस वाले तो ऐसे ही बदनाम हैं, कि सवारियाँ ले जाते हैं। किसी और से पूछिए। और वह हम पर ध्यान दिए बिना दूसरे सिपाही की ओर हो लिया। पूछने लगा—'ठीक तो है सब कुछ?"

"बस एक दम।... 'एफआई टी' फिट है सब कुछ"। वे दोनों हँसते हुए एक और सिपाही की ओर चल दिए। हम तीनों एक दूसरे का मुँह ताकने लगे।

"मैं कोशिश करता हूँ।" कहते हुए जुगल रेलवे पुलिस के एक कर्मचारी की ओर गया। थोड़ी देर में वापिस आया तो हमारे पूछने पर आप ही हँसता हुआ बोला, "सब कंजरदीन हैं साले! कोई पल्ला नहीं थमाता। अब तो बुरे फँसे।"

वही हवलदार हमारे पास से गुजरा। इस बार मैंने मिन्नत के लहजे में कहा—'करो सरदार जी कृपा हम पर भी!'

कृपा की क्या कहते हो बाऊ जी। गाड़ी क्या मेरे बाप की है। वह झुंझला गया। पर थोड़ा आगे जाकर रुक गया और कहा—'गार्ड से बात करके देख लो।'

हम आस लगाकर गार्ड के डिब्बे की ओर लपके। वह डिब्बे के बाहर किसी से बातें कर रहा था। हम थोड़ा परे रुक गये। वह आदमी गार्ड से बात खत्म करने में नहीं आ रहा था। ऐसे कितनी देर तक खड़े देखते रहेंगे। ऐसा न हो कि गाड़ी जाने का समय

हो जाए और बात भी न बने।

''बाऊ जी, आप बात करो गार्ड से।'' सरदार ने गार्ड की बाहरी आकृति देखकर मुझसे आग्रह किया। मैंने आगे बढ़कर झिझकते हुए कहा—'सर, बड़ी प्रॉब्लम में फँस गये हैं। चंडीगढ़ से सोचकर चले थे कि जालंधर से गाड़ी मिल जाएगी। पर गाड़ी निकल गयी। अमृतसर ले चलो हमें... बड़ी कृपा होगी आपकी! विपत्ति में आदमी ही आदमी के काम आता है। आपके डिब्बे में खड़े होकर चले जाएँगे।'

गार्ड, देखने को भला मानस नजर आ रहा था। मैं उसके मेहरबान होंठ खुलने की प्रतीक्षाकर रहा था।

''श्रीमान, माहौल देखो कैसा है... फालतू आदमी ले जाना, अपनी नौकरी का जोखिम उठाना है। बल्कि अपनी जान खतरे में डालना है... कौन जाने कोई कैसा है! बन्दे का क्या भरोसा। माहौल ठीक होता तो गाड़ी खाली क्यों ले जाते! आखिर सरकार ने भी तो कुछ सोचकर ही गाड़ियाँ बन्द की हैं! मैं तुम्हारी तकलीफ समझता हूँ। आपसे हमदर्दी है मुझे...पर मैं जिम्मेदारी नहीं ले सकता...माहौल देखते हुए... आई एम सॉरी! उसने साथ खड़े आदमी से हाथ मिलाया और डिब्बे में घुस गया।''

''मामा माहौल का...'' जुगल हँसा। फिर हमारी गली के पंडित रामचन्द के हवाले से बात करने लगा, जो कहता रहता था—'माहौल बड़ा खराब है आजकल...इस माहौल में तो समझदार आदमी का जीना मुश्किल हो गया है। वह माहौल ही नहीं रह गया है...जब लोग भाइयों की तरह एक दूसरे के काम आकर गले मिलते, खुशी-खुशी जीते थे। लीडरों ने, कुर्सियों के भूखे नेताओं ने, माहौल बिगाड़कर रख दिया है। हर कोई एक-दूसरे के खून का प्यास हुआ फिरता है। आजकल वह माहौल ही नहीं रहा है।'

लोगों ने पंडित रामचन्द्र का नाम, पंडित माहौल रख दिया था। वे प्राय: उसे छेड़ा करते—पंडित माहौल जी, यह माहौल कब बदलेगा? जुगल कहने लगा—'यह गार्ड, माहौल, कब, कहाँ से आ टपका।'

उसी हवलदार ने गार्ड को सूचना दी—ओ.के. सर—'रेडी'।

बन्दे बैठ गये तुम्हारे?

''जी-जी...हवलदार ने सैल्यूट के अन्दाज़ में हाथ उठाया। गार्ड ने खिड़की पर खड़े होकर हरी बत्ती हिलाई। गाड़ी ने सीटी दी और झटके के साथ चलने लगी।

अब क्या चारा था...मैंने खिड़की को हाथ डाला। गार्ड आगे खड़ा था।

''क्या करते हो बाऊ जी—पीछे हटो।'' मैंने फिर मिन्नत से कहा, ''सर प्लीज! आपके हिन्दू भाई हैं। आप न मदद करोगे तो हमारा कौन सहाई होगा। तरस करो हम पर!''

लगा कि मेरे शब्दों से उसके व्यवहार में कुछ लचक आ गयी। मैंने पायदान पर पैर धरा और अन्दर आ गया। मेरे पीछे आए जुगल को गार्ड कह रहा था—'क्या करते

हो, समझा करो।'

अब गाड़ी धीरे-धीरे आगे सरकने लगी थी। सूटकेस वाला अधेड़ सरदार डिब्बे के साथ-साथ दौड़ रहा था। मिन्नतें कर रहा था। गार्ड ने खिड़की रोक रखी थी। नहीं नहीं सरदार जी।

"रब का वास्ता, मुझसे गाड़ी को अधिक भार नहीं लगेगा। तेरे बच्चे जीएँ, गार्ड साहिब, प्लीज।"

पहले तो मैं मारे डर के चुप रहा कि कहीं गार्ड हमें ही न उतार दे। पर फिर सरदार की आत्मीयता का ख्याल आया।

"कोई नहीं साहब, अपना ही आदमी है, आ लेने दो।" अन्दर आने से मुझे डिब्बे और गार्ड पर, अपने अधिकार का अहसास हुआ।

"ज्यादा हमदर्दी है तो नीचे उतर जाओ।" गार्ड ने मुझे झिड़का। इतने में सरदार उसकी बाजू के नीचे से डिब्बे के अन्दर सरक आया। गार्ड अब बेबसी में कह रहा था।

"हद हो गयी यार... कमाल हैं आप लोगों की। तरीका है यह कोई।" वह हम तीनों पर बुड़बुड़ा रहा था। अब तक गाड़ी प्लेटफार्म छोड़ चुकी थी।

तरीका तो यही है कि बुटारी जैसे किसी स्टेशन पर गाड़ी रोककर तुम जैसों को रास्ते में उतार दिया जाए। अपना तो छोड़ो, तुम्हें किसी दूसरे का भी ख्याल नहीं। एक को रास्ता दिया, तो तीन अन्दर आ घुसे। लिहाज का कोई जमाना है। चलो जरा आगे, देखता हूँ तुम्हें...

गार्ड के उक्त शब्दों में गम्भीर चेतावनी थी। मुझे लगा जैसे वह व्यास दरिया पर गाड़ी रोक देगा। हमें धक्का देकर गाड़ी से उतार नीचे करेगा। ऊँचे लम्बे झाड़ झंखाड़ों में जहाँ उग्रवादी छिपे होते हैं, वहाँ उतारेगा हमें।

ओ कोई नहीं भापे...कोई नहीं। जुगल ने उसके घुटनों को छूकर मिन्नत की।

हूँ...गुस्से और नफरत के साथ उसने सिर झटक दिया। हड़बड़ाहट और घबराहट में मैंने डिब्बे में नजर घुमाकर देखा। पाया कि हमारे अलावा वहाँ चार लोग और थे। दो लोग सामान रखने वाली सीट पर अड़े थे, और दो पास पड़ी लकड़ी की पेटी पर बैठे थे। उनमें से कोई भी हमारी बातचीत में नहीं बोला। कदाचित वे हम जैसे ही थे। उनकी चुप्पी मानो कह रही थी कि 'तुमको पराई क्या पड़ी अपनी नबेड़ तू'।

सुबह से ही तेजी, जल्दी, अफरा-तफरी। भय और आतंक के अंगसंग रहने के कारण, मेरा सिर सुन्न हुआ जा रहा था। मैंने डिब्बे में सवार सबके चेहरों को बारी-बारी जाँचना शुरू किया। समान वाली सीटों पर गर्दन नीची किए बैठे हिन्दू सज्जन शायद रेलवे के कर्मचारी थे। गार्ड के साथ उनके वार्तालाप से ऐसा प्रकट हो रहा था। लकड़ी की पेटी पर बैठे सिख थे। एक मूँछ फूटता और खशखशी दाढ़ी वाला पतला दुबला सा लड़का था। सिर पर घुटी उन्नाबी रंग की पगड़ी थी, कालिजिएटों जैसी, घुटी हुई। दूसरा

उससे पाँच सात साल बड़ा दिखता था। थोड़े भारी कद काठ वाला। सिर पर नीली पगड़ी और घनी खुली दाढ़ी। वे बातचीत नहीं कर रहे थे। एक-दूसरे से सटे बैठे थे।

मुझे उनकी चुप्पी षड्यन्त्रपूर्ण लगी। ऐसे चुप्प गुप्प लोग चीते की तरह घात लगाए बैठे रहते हैं। और मौका मिलते ही घातक झपट्टा मारते हैं। ध्यान से देखने पर मुझे बड़ा नौजवान अपने स्कूल के खाड़कू डी पी ई जैसा लगा। लग रहा था कि डी. पी. ई. के अन्दाज़ में, बात करने का मौका तलाश रहा हो। वह मुझे घूर-घूरकर देख रहा था। कम से कम मुझे तो ऐसा लग रहा था।

''आ गयी गंगू बाहमण की औलाद काबू। आज बचके दिखाओ बेटा, कहाँ जाओगे। हरमन्दिर की गाथा सीने में रड़के। कोई नहीं जीता आज तक सिंहों से लड़ कर।''

एक बार तो मैं सिर से पाँव तक काँप गया, जब उस नौजवान ने मुझे ऊँचे स्वर में पुकारा, ''बाऊ जी।'' मैंने बच्चों की तरह पूछने के अन्दाज़ में सिर हिलाया।

यहाँ आ जाओ मेरे पास। सटा सटाकर बैठ लेंगे। आप दोनों इस ट्रंक पर बैठ जाओ। एक डेढ़ घंटे का रास्ता अच्छा कट जाएगा। खड़े-खड़े थक जाओगे।

उसकी बात सुनकर मुझे लगा कि मैं डर के कारण खामखाह रस्सी को साँप समझ रहा था। उस नौजवान के स्वर की आत्मीयता से, मुझे अपनी धारणा पर शर्मिन्दगी का अहसास हुआ। फिर भी मेरा दिल न किया उसके पास जाने को। मैंने उस अधेड़ सरदार को उनकी ओर जाने का संकेत किया।

जीते रहो... जीते रहो। शाबाश...। सरदार ने उनके साथ बैठते उन्नाबी पगड़ी वाले नौजवान की पीठ थपथपाई।

मैंने जुगल को ट्रंक पर बैठने का संकेत किया। जुगल ने गार्ड की ओर इशारा किया जो खिड़की में से घने अन्धेरे को घूर रहा था। हमारे बैठते ही कर्मचारी दिख रहे नौजवानों ने कहा—'देखो, भार से ट्रंक न तोड़ देना।'

वैसे ट्रंक भारी और मजबूत थे। उसने हमारे प्रति गार्ड का रुख देखकर उसको खुश करना चाहा। गार्ड ने हमें फटकारने के अन्दाज़ में कहा, ''तोड़ दो... कुछ भला न कर देना कहीं।''

मास्टर की डाँट से सहमे बच्चे की तरह मैं एकदम खड़ा हो गया।

'बैठ जा...बैठ जा अब'। उसने फैसला-सा सुनाकर कहा। सधे हुए पालतू जानवर की तरह मैं बैठ गया। अपना वजूद मुझे चाबी वाले खिलौने-सा लगा। दिल दिमाग विहीन लहू माँस के बिना खड़कती मशीन जैसा...बस।

ऐसी आतंक भरी रातें मेरी ज़िन्दगी में कम आई हैं। ले दे के एक रात की याद मेरे दिमाग में कौंध गयी। दसेक साल पहले ससुराल में साली के ब्याह में बीती घटना। उस दिन मैं हैडमास्टर के साथ खजाने से तन्खाह निकलवाने गया था। मास्टरों को

तन्खाह बाँटते देर हो गयी। मुझे भी तो चाहिए थी तन्खाह। तन्खाह के बिना ब्याह कैसा। शहर पहुँचकर अपनी पत्नी और बच्चे नीटू सहित बस पर चढ़ा तो सर्दियों के दिनों के साढ़े पाँच बज चुके थे। लेकिन तब दिन ऐसे न थे।

बस अड्डे पर उतरे तो सूरज डूब चुका था। रामपुर जाने वाली सड़क एक दूसरे गाँव में से होती एक मील के रास्ते से निकलती थी। इस गाँव के खेतों में से 25-30 एकड़ आगे रामपुर की जमीन से होती कच्ची सड़क गाँव की फिरनी पर चढ़ती थी। इधर से शार्टकट रास्ता पाकर नीटू को मैंने गोद में लिया, और पत्नी को पीछे आने को कहकर खेतों की मेंड के साथ-साथ हो लिया। मेंड पर फिसलते गिरते हम नाक की सीध चले जा रहे थे। पत्नी मुझ पर झींक रही थी कि ढील ढाल में इतनी देर कर दी। उसके गले में स्वर्णाभूषण थे। और वैसे भी हमें कोई वैसा बन्दा मिल जाए, तो बंटाढार ही समझो। मेरा अन्दाज़ा था कि दूर सामने जल रहा बल्ब उस मोड़ का था, जहाँ से रामपुर को कच्ची सड़क निकलती है।

जब मैं बल्ब के पास पहुँचा तो पाया कि वहाँ वह मकान था ही नहीं, जिसके बाहर कीकर के दो पेड़ थे। जहाँ से रामपुर की कच्ची सड़क शुरू होती थी। यह तो बम्बी, ट्यूबवैल का पक्का कोठा था। इसमें से कुछ शराबियों की बातें सुनाई दे रही थी। मद्धम रोशनी में सलेटी धुआँ फैल रहा था और ताजा निकली शराब की बू वातावरण में फैल रही थी। शराबियों का घेरा। मैं निहत्था, और साथ पत्नी। बुरे-बुरे विचार आने लगे। काँप कर रह गया था मैं।

हम रास्ता भूल गये थे। मैंने पत्नी को चुप रहने का इशारा किया। कुछ दूरी पर एक और बल्ब जल रहा था। शायद वह असल रास्ता हो। मैंने दाएँ बाएँ अनुमान लगाकर सोचा कि यही बाएँ हाथ का बल्ब उस मोड़ का होगा।

खेतों की मेंड़ों पर गिरते फिसलते हम डरे-सहमे जहाँ पहुचे, वहाँ भी सही राह न मिली। हमारे स्वर के डर से अब नीटू सिसकने लगा था। यह हम किस राह आ चढ़े? खाई में फिसलने से मेरी पत्नी के पैर और सैंडल कीचड़ से लथपथ हो गये।

आज मुझे गँवाकर ही जाओगे। उसने रूआँसे स्वर में कहा। पागल न बनो। इस घर में किसी को पुकारकर देखूँ तो... डंगर पशु हैं। कोई परिवार रहता होगा।

नहीं-नहीं... देखना कहीं ... पत्नी ने चेतावनी दी। उसका डर स्पष्ट था। कोई नहीं... तू नीटू को सम्भाल। मैं अकेला देख के आता हूँ। मैंने बाहर से पुकारा तो अन्दर से कुत्ता भौंका।

साथ ही अन्दर से आवाज़ आई—'कौन है भाई... ?'

तीस पैंतीस साल का नौजवान दरवाज़े पर आया।

भाई, असल में हमें रामपुर जाना है, पंडित रामनाथ के घर। मैं उनका जमाई हूँ। सड़क की बजाय कच्चा रास्ता पकड़ लिया और राह भूल गये।

''अच्छा वह सड़क तो चढ़ते की ओर है। और आप छिपते की ओर आ निकले हैं।'

'कौन है सुरजीत?' अन्दर से स्त्री स्वर गूँजा।

नौजवान ने मेरे बारे में बताया तो पचास पचपन साल की औरत आँगन में आई, 'वे पुत...! इसे अन्दर ले आ...रामनाथ का जमाई, हमारा अपना जमाई है। हमारा भी रामपुर ही गाँव है। दूर जमीन होने के कारण यहाँ आन बसे हैं। तू बड़ी लड़की दुलारी का प्राहुना है क्या?'

''नहीं जी, छोटी पार्वती का, जो शहर में ब्याही है।''

'तो फिर अन्दर आ। वे सुरजीत तू राह रोके खड़ा है, अन्दर आने दे ना...'। सुरजीत हँसकर एक ओर हो गया।

कोई खतरा न जानकर मैंने पार्वती को आगे आने को कहा।

''लो...कुड़े...तेरे ताए का घर है, और तू बाहर खड़ी है पगली।'' उसने आगे बढ़ पार्वती का सिर सहलाया। हमें खाट पर बैठाकर, गरम पानी से ताई करतार कौर ने पार्वती के लथपथ पैर धुलाए।

असमय घर से नहीं चला करते। अच्छा, बहन का ब्याह देखने आई हो। कुड़ियाँ दो चार दिन पहले आती हैं, काम धन्धा करवाने...। पर तू शहरी हो गयी है। तुझे इतना समय कहाँ। फिर हमारे मना करते करते भी उसने अपनी बहू को हमारे लिए दूध गर्म करने को कहा। दूध पिलाकर अपने लड़के सुरजीत को हमारे साथ जाने को कहकर आग्रह के स्वर में बोली, 'पुत, मैं तो कहती हूँ आज यहीं रुक जाओ। पर आज शादी के मेल का दिन है। तुम्हारे न पहुँचने से मिश्र जी चिन्ता करेंगे। जा वे सुरजीत, गाँव तक पहुँचा के आ इन्हें।' एक हाथ में लाठी और बैटरी लेकर वह हमारे पास आकर रुका। ला बहन, भानजा मुझे पकड़ा...'आ वे शहरी बबुआ।' उसने नीटू की ओर बाँहें फैलाईं। अनजाने आदमी के हाथों में लाठी देख के नीटू डरकर माँ के कन्धे से चिपक गया।

''कोई नहीं भरा जी।'' पार्वती ने कहा।

''ओए गन्दू... यह लाठी तुझे डराने को थोड़े ही है। यह तो...'' सुरजीत ने बात बीच अधूरी छोड़ दी।

सुरजीत ने टार्च जलाई और हमारे आगे मेंड़, खाल पर रोशनी करके राह दिखाने लगा। और गाँव की फिरनी पर हमें चढ़ाकर लौट आया।

खड़क... धड़च... खड़क...।

गाड़ी ब्यास के पुल से लाँघ रही थी। इस शोर ने सोच फिर पलटाई।

''आपने गाड़ी में जबरदस्ती घुसपैठ वाली बात गलत की है।'' गार्ड फिर मेरी

ओर मुखातिब था।

''सर, माफी दे दो... हमारी मजबूरी थी।' उसके शुष्क व्यवहार से लगा, वह कुछ भी कर सकता था।

''ओ, तुम्हें अपनी मजबूरी दिख गयी। और किसी की मजबूरी नहीं दिखी। जो मैं पकड़ा जाऊँ, तुम्हें ले जाते...मेरी नौकरी तो गयी ना? फिर दिन कैसे हैं? माहौल कैसा है? कौन जाने तुम्हीं में से कौन क्या है? कैसा है? और जो कोई ठंडी तत्ती हो जाए, मैं किसके आगे जा के रोऊँगा।''

उसका तर्क अपनी जगह ठीक था। मैंने डी. पी. ई. के चेहरे जैसे नौजवान को देखा—हो न हो, यही आदमी ऐसा वैसा निकल आए। मुझे ऐसे उनकी ओर देखते गार्ड ने समझा कि जैसे मैं जानना चाह रहा होऊँ कि गार्ड उन सरदारों के लिए क्यों चुप था। उसने तर्क का पलड़ा बराबर करना चाहा। अब इन सरदारों की बात ही कुछ ऐसी आ निकली कि मैं इनकार नहीं कर सका। एकाध बन्दा तो चलो हुआ... गार्ड चुप रह गया।

तभी बड़ा नौजवान बोला, ''बड़ी मेहरबानी तुम्हारी। हम तुम्हारे ही हैं!''

कुछ देर डिब्बे में सन्नाटा छाया रहा। गाड़ी का स्वर मस्तिष्क में हथौड़े की तरह खड़क रहा था। मैं और भी उलझन में पड़ गया कि आखिर इन सरदारों ने ऐसी क्या बात कही होगी गार्ड को?

गार्ड बाहर देख रहा था। अधेड़ सरदार ने बुलाकर कहा कि हमें गार्ड साहिब की थोड़ी सेवा करनी चाहिए। कम से कम भाड़े की तो...

उसने जेब से दस का नोट निकाला। मैंने और जुगल ने भी दस-दस रुपये निकाल के सरदार को थमा दिए। खुली दाढ़ी वाले नौजवान ने बीस रुपये निकाल के सरदार की ओर बढ़ाए। गार्ड अब हमें ही देख रहा था। नौजवान को नोट देते देखकर उसने कहा—'दोनों रहने दो। मोड़ दो बीस का नोट इन्हें...'

सरदार तीस रुपये गार्ड को देने आगे बढ़ा ही था कि गार्ड ने दोनों कर्मचारियों में से एक को कहा, 'पकड़ लो पैसे।'

मुरारी ने तीस रुपये पकड़कर जेब में डाल लिए। उसकी जेब में पैसे जाते ही मैं एकदम तनावमुक्त हो गया। आँखें मूँदकर निश्चिन्त होने का यत्न करने लगा। पर आशंका की चिनगारी अभी तक अन्दर से बुझ नहीं पाई थी। कहीं गार्ड भी इनसे डरता तो नहीं। पैसे भी इन्हें वापिस कर दिए। इन्हें कहता भी कुछ नहीं...

और मुझे लगा कि उस नौजवान का चेहरा और डी. पी. ई. का चेहरा घुलता मिलता, बड़ा होता जा रहा था। उस चेहरे ने डिब्बे को घेर लिया। मेरे कानों में डी. पी. ई. के बोल गूँजे—'हमारे भी होंगे बोल-बाले कभी न कभी तो'।

हरचरन और दूसरे सिख मास्टर कम ही किसी को तीखी बात कहते थे। आपस में जो जी चाहें एक-दूसरे को कहते रहें। पर मेज पर साँझी बातें करते थे। पर डी. पी.

ई. की तरह खुलेआम, कोई कम ही बोलता था। उस दिन कह रहा था—'अब पुलिस झूठे मुकाबलों में नौजवानों को मार रही है। मीरमन्नू की तरह। पर भाई, ज्यों-ज्यों मन्नू काटता है, सिर। सवाए होते जाते हैं। कानून और अदालतें...किधर गयीं। पुलिस ही विधान...पुलिस ही गवाह...पुलिस ही जज और जल्लाद... यही है यहाँ का लोकराज।''

उस दिन डी. पी. ई. की बोलचाल वाली बात सुनकर गणित मास्टर नरेश ने मुझे अलग करके कहा, 'ये तो ऐसे ही पीटते रहेंगे पुलिस, गवाह और जज। सब को ही मारते जा रहे हैं। अदालतें इन्हें सजा देने से रहीं। रही बात इनके बोलबाले की...पंजाब में कोई पार्टी राज करे...मुख्यमन्त्री इन्हीं का बनेगा। राष्ट्रपति इनका और सैंटर में बड़ी-बड़ी मिनिस्ट्रयाँ इनकी। फौज में और पुलिस में बड़े अफसर सब इनके। इनकी गिनती देखो और पदों का प्रतिशत देखो।

उसकी बात लम्बी खिंचती देख मैंने हँसते हुए कहा, 'अब तो भाई दिन-रात इन्हीं का बोलबाला रहेगा। कहीं यह मार डाला, कही वह मार दिया। कहीं ये ठाह... ठू...'

सामने बैठे दोनों नौजवान चुपचाप थे। छोटा तो सारे सफर के दौरान शायद एक बार ही बोला था। उनसे कथित खतरा निर्मूल लगने लगा।

पर खतरा तो सिर पर और आन पड़ा, जब मसाना वाला स्टेशन गुजरते ही गार्ड ने कहा—'तुम्हें हम स्टेशन पर नहीं उतार सकेंगे। पहले उतरना होगा। स्टेशन पर मेरी तुम्हारी दोनों की मुश्किल बन सकती है। ऐसी ही कोई पकड़ लेगा।'

अमृतसर की सीमा में घुसते ही गाड़ी धीमी होनी शुरू हो गयी। जैसे ही गाड़ी जौड़े फाटक लाँघकर गोल्डन ऐवन्यू के पास पहुँची, उसकी रफ्तार कम हो गयी।

'चलो जी, चलो उठो बाऊजी। उतरने के लिए यह स्थान सबसे बढ़िया है, जगह भी कम है।' चाहे हल्की चाँदनी फैली थी, पर गार्ड ने सर्च लाइट मार के हमें साफ जगह दिखाई और कूद मारने को कहा।

जल्दी करो जल्दी...।

खिड़की के पास सबसे आगे मैं था। खिड़की का डंडा पकड़कर पायदान पर सँभलकर पैर धरते हुए आगे से उतर गया। दस-पन्द्रह गज पीछे जुगल भी उतर गया। थोड़े-थोड़े फासले पर बाकी लोग भी उतर गये। हमें उनको देखने की फुर्सत नहीं थी।

रात को रेलवे लाइन के साथ चलना कम खतरे की बात नहीं थी। यों ही कोई धर दबोचे कि रेलवे लाइन उधेड़ रहे हों। जैसे गाड़ी पलटाने लगे हो। मैंने पीछे आ रहे जुगल को कहा—''पटड़ी से उतरकर इस ओर इकड़-टुकड़ हो लें, आबादी की ओर।''

हम तेज गति से, आगे एक ओर हो लिए। सच्ची बात तो यह थी कि मेरे मन से अभी उन सरदारों का डर नहीं निकल पाया था। पता नहीं कौन हैं, रहस्यमयी... चुप्पी!

चलते-चलते मैंने पीछे मुड़ के देखा। वे दोनों गाड़ी से उतरकर हमारी ओर आ रहे थे। अधेड़ सरदार कहीं आगे उतरा होगा। उन्हें अपने पीछे आते देखकर मैंने जुगल

को तेज चलने के लिए कहा।

मुझे तो खतरनाक दिखते हैं।

अब तक पीछे उनके तेज कदमों की चाप के साथ-साथ, उनकी बातों की आवाज़ भी सुनाई दे रही थी। एक कह रहा था—

''भाग के मिल लेते हैं...मेरे तो सिर से पैर तक पसीने छूट गये। लगा अभी भाग के वे दोनों हमारे सिर पर आ धमकेंगे। अगले क्षण ठाह...ठाह करती गोलियाँ पीठ पार करती हमारे सीनों में से निकल जाएँगी। मैंने पीछे आती आवाज़ की ओर ध्यान दिया। नहीं नहीं, आवाज़ दे लेते हैं। बड़ा नौजवान कह रहा था।

हम डरे हुए कोई बात नहीं कर रहे थे। उनके और तेज चलने से हमारा फासला काफी कम रह गया था।

''चलो, आ जाओ।'' उसने कहा। मैं अब डर में दबा हुआ था। मुझे खड़ा देखकर बड़े नौजवान ने कहा, 'असल में हम दोनों को डर लग रहा है कि राह में कहीं सीआरपी या पुलिस वाले ने देख लिया तो शक्ल से सिख देखते ही गोली मार देंगे। आजकल बन्दा मारने से पहले पूछताछ कौन करता है। साथ चलने से कोई मिला भी तो तुम्हारे कारण हमारा बचाव हो जाएगा।'

वह बोल रहा था। मेरे मन से तनाव की और डर की धुन्ध छँटी जा रही थी। धमनियों में जमा खून फिर से बहने लगा था। अब मैं निश्चित उनके आगे चलने लगा। उन्हें बेफिक्र रहने को कहा।

मैं आगे-आगे चल रहा था। लग रहा था जैसे मैं सुरजीत होऊँ, और मेरे हाथ में डांग और टार्च हो। और मैं, जिसका नाम ही राजकुमार था, चौथी दिशा की ओर सीना ताने जा रहा था।

जड़ों वाले

—गुरपाल सिंह लिट्ट

माँ की बातों ने उसके अन्दर बेचैनी पैदा करके रख दी। अपना भीतरी गुबार उसके सामने कहकर माँ एकदम शान्त हो गयी थी। वह माँ के चेहरे की ओर देखता रह गया था। झुर्रियों के बोझ से लदी, ऊपर से शान्तचित्त दिखने वाली माँ, भीतर से इस कदर दुखी थी, इस कदर ना-खुश कि उसे कभी अन्दाज़ा भी नहीं हुआ था।

गाँव से अढ़ाई घंटे का बस का सफर तय करके आई माँ को देख उसे अनुमान-सा तो हो गया था कि इस बार माँ का आना सिर्फ मिलने के लिए आने से अधिक भी कुछ जरूर था। आदत के विपरीत आते ही माँ ने वापस जाने की बात नहीं की थी।

उसका दिल बड़े भाई के प्रति क्षोभ से भरता चला गया। इस बुढ़ापे में माँ-बाप की यह हालत! बापू की दवाई पर ध्यान भी नहीं दिया जा रहा था। इस उम्र में माँ से बर्तन मँजवाना कहाँ की इंसानियत थी? वह कितनी ही देर माँ की दायीं एड़ी पर फटी उंगल भर बिवाई को दाएँ हाथ के पौरों के साथ धीमे-धीमे सहला रहा था। उसने माँ के हाथों को अपने हाथों पर फैला लिया। देखता रह गया बिना पलक झपके! बर्तन मल-मलकर घिस चुकी लकीरों सहित हथेलियाँ, मानो सभी रेखाओं को राख खा गयी हो। उसके भीतर कुछ उमड़ आया और माँ की हथेलियाँ धुँधली होती चली गयीं। उसने माँ के हाथ अपने हाथों में दबा लिए और बेतहाशा चूमने लगा। पास ही बैठी पत्नी उसकी पीठ पर लगातार हाथ फेरती उसे शान्त करने की कोशिश करती रही थी।

रात को बच्चों के कमरे में पानी रखने जा रही पत्नी दरवाज़े में ही ठिठकी थी और उसे संकेत से पास बुलाया था। पलंग में बीच में माँ लेटी थी। एक कन्धे पर सातवीं में पढ़ती हिना और दूसरे पर रंचू लेटा था। तीनों गहरी नींच में डूबे थे। माँ का एक हाथ रंचू के बालों में उलझा अडोल पड़ा था और होंठ अब भी उसके माथे के साथ सटे हुए थे। सो रही माँ के चेहरे पर एक तृप्ति का अहसास था।

गयी रात तक दोनों विचार विमर्श में गुम रहे थे। वह रह रहकर वीर के बारे में विष घोलने लगता। ऐसी देवी स्वरूप माँ...

प्रस्ताव पत्नी ने ही रखा था। क्यों न बेजी और बापूजी को यहाँ ले आएँ? अन्तिम उम्र में कुछ तो सुख दे सकेंगे। कई पहलुओं पर विचार भी हुआ था। मकान उन्होंने अपना बना लिया था। कमरों की तंगी का सवाल खड़ा हुआ, विचार किया गया। अभी कुछ समय रात के वक्त, ड्राइंग रूम को उपयोग में लाया जा सकता है। बाद में किनारे वाले बेडरूम को तैयार करवा लिया जाएगा। बच्चों के बारे में भी निश्चिन्त हो जाएँगे। वे दोनों नौकरी में हैं, साढ़े पाँच बजे से पहले नहीं लौटते। बच्चे डेढ़-दो बजे ही स्कूल से आ जाते हैं। पड़ौसियों को नजर रखने के लिए कहना पड़ता है। हिना बड़ी हो रही है अब। माँ-बाप के गाँव से आ जाने पर इस ओर से तो थोड़ा निश्चिन्त हो सकेंगे।

अपने ऊपर पड़ने वाले फालतू खर्चे का सवाल उठा। घर की नौ किल्ले जमीन है। बड़ा भाई तीसरे हिस्से की जमीन का ठेका उन्हें भेज देता है। बाकी दो हिस्से—एक बेजी, बापू का, और एक उनका अपना, वह खुद रखते हैं, वैसे खेती पन्द्रह किल्लों की करता है। फड़ाकों वालों के छह किल्ले कई सालों से बीजता बोता आ रहा है, ठेके पर माँ-बाप के यहाँ आ जाने की सूरत में दो ठेकों का हिस्सा तो बड़ा भाई उन्हें भेजा ही करेगा। यह तो असूल की बात है। ठेके से याद आया, इस बार ठेके के पैसे भाई ने उन्हें भेजे ही नहीं। पहले तो जून में ही भिजवा देता था। अब तो तीन महीने ऊपर हो चले हैं, बच्चे कई दिनों से रंगीन टी. वी. लेने की ज़िद करते आ रहे हैं।

अगली सवेर उन्होंने बीजी को अपनी इच्छा से परिचित कराया, तो माँ की झुर्रियों में रोशनी की कई लकीरें खिल उठीं। कुछ पल तो भीतरी भावों के वेग में उससे बोला ही नहीं गया। जब बोली तो शब्द मानो पारे की तरह डोल रहे थे—सौ गायों जितना पुण्य कमाओगे बच्चो!

...माँ, बेटे और बहू का सिर बाँहों में भर प्यार करने लगी थी। मैं तुम्हारे बापूजी के साथ बात करूँगी।

हफ्ता दसेक दिनों में ही अपरिचित लिखाई में लिखवाया माँ का 'स्वीकार' खत में दर्ज था।

गाँव पहुँचने से पहले उन्होंने एक बार फिर विस्तार से हर बात के बारे में विचार कर लिया था—तीन छुट्टियाँ हाथ में लेकर चले थे ताकि यदि माँ-बाप को भेजने के बारे में कोई रुकावट भी लगाए तो... तीन किल्ले की कमाई छिनती उसे चुभ सकती थी। उन्होंने बच्चों को गाँव जाकर ताया, तायी के साथ रिजर्व रहने की नसीहत दी थी। गाँव पहुँचने तक उसने महसूस किया था मानो उन्होंने एक मोर्चा तैयारकर लिया था और उस मोर्चे पर सुरक्षित होकर बैठ गये थे। गाँव के मार्ग पर चलते हुए जैसे वह मोर्चा भी उनके साथ-साथ चल रहा था।

आँगन में प्रवेश करते ही सबसे पहली नजर कालेज की पढ़ाई पूरी कर चुकी भतीजी, कमल पर पड़ी थी। वह एकाएक हवा में उछली थी और दौड़कर चाचा-चाची

से चिपक गयी थी। उन दोनों की नजर परस्पर मिली थी। जैसे एक दूसरे को सावधान कर रहे हों—देख! बच्चों को पहले ही कैसे सिखा रखा है। हम मोह का शिकार नहीं होंगे। उसने कमल के सिर पर आशीर्वाद का हाथ टिकाया था। और, कैसे है? ठीक है न? उसे अपने ही मोह रहित बोल सुने थे। कमल ने शायद इस ओर ध्यान नहीं दिया था। वह रंचू और हिना के गलों में बाँहें डाले उन्हें अपने इर्दगिर्द घुमा रही थी।

वीरे को देख उसने हाथ जोड़ फतेह बुलाई थी। वीर ने दोनों हाथ उसके कन्धों पर टिका दिये थे—अरे आ भई पाले! इस बार बड़ी देर बाद चक्कर लगाया है, फिर उसे साथ सटा लिया। चन्दरे! इतना निर्मोहा होना भी क्या कहलाए? वह साथ सटा खड़ा रहा।

"क्या बात, शरीर ठीक है?"

"नहीं तो, ठीकठाक हूँ, अच्छा भला।"

"फिर इस तरह बेगानों की तरह क्यों... ? पहले तो दौड़कर बच्चों की तरह साथ आ चिपकता था।"

उसने देखा रंचू भागकर ताई की गोदी में जा चढ़ा था और हिना कमर से सटी खड़ी थी। उसे लगा उनके बच्चे, आँगन में आते ही मानो उसके मोर्चे से बाहर निकल गये हों। उसे यह भी लगा, सामने वाला अदृश्य मोर्चा उनके मोर्चे से कुछ ज्यादा मजबूत था।

हाथ-मुँह धोकर वह बरामदे में बापू की चारपाई के पास पीढ़ी पर बैठ गया। रंचू उसकी गोद में टेढ़ा हुआ उनकी लम्बी दाढ़ी की गुत्थी बनाकर खेल रहा था। दादाजी को अखबार पढ़ने में रुकावट आ रही थी।

"रंचू बाबाजी को क्यों तंगकर रहा है? जा, भीतर जाकर खेल।"

बापूजी अखबार एक ओर टिकाते हुए हँस दिए थे। इन काटों-मीटों से मैं भला क्या तंग होऊँगा।

चाव पूरा कर लेने दो।

लेकिन रंचू पापा की आँखों का संकेत समझ भीतर चला गया था।

"अब शरीर कैसे है बापूजी? बेजी बताते थे कि अब तो उठते भी सहारे के साथ।"

"नहीं, अब तो फिर लातें कुछ जोर पकड़ने लगी हैं। पिछले चार माह ज्यादा ही तंग किया। साली पुरानी साँस की बीमारी ही चैन नहीं लेने देती थी। ऊपर से यह कमरोड़ की चोट। बापूजी ने हाथ के सहारे अपनी लात सीधी करते हुए कहा—"तुम अपनी बताओ? मकान का काम कहाँ तक पहुँचा?

उसे लगा यहाँ से बात चलाई जा सकती है।

तीन कमरे भीतर से तैयार करवा सका हूँ, महँगाई ही पैर नहीं लगने देती। सीमेंट

का थैला ही अस्सी रुपए तक जा पहुँचा है। इस बार वीर ने पैसे भी नहीं भेजे।

उसे लगा मानो बापूजी इस चर्चा से बचना चाह रहे थे। एक बार रसोई की ओर नजर मार उन्होंने अखबार अपने सामने फैला ली थी। उसका ध्यान बापू के चश्मे की ओर गया। एक आँख शीशे के आकार की ही लगती थी। पूरे रूप में फैली हुई। दूसरी आँख मानो टुकड़े-टुकड़े हुई पड़ी हो। नहीं बाईं ओर का शीशा बुरी तरह चटखा हुआ था। वे मानो दायीं आँख के सहारे अखबार पढ़ने की कोशिशकर रहे हों।

"इस तरह तो बहुत मुश्किल होती होगी। शीशा नया लगवा लेते।"

"हूँ—ऊं... ?" बापू ने अखबार से नजर हटाई।

"कोई नहीं भाई। अब तो आदत सी बन गयी है।" वे फिर अखबार में व्यस्त हो गये।

"आपका नम्बर कितना है?"

"क्यों?" उन्होंने बगैर नजर उठाए कहा।

"मैं शहर से नई बनवा दूँगा..."

बापूजी ने अखबार एक ओर रख दिया। उसे लगा उनके होंठों पर एक जहरीली-सी मुस्कान पलभर के लिए खेलकर लुप्त हो गयी थी—"इस शीशे को टूटे तो सालभर से ऊपर हो आया। तब से तो तुम कई चक्कर लगा गये भाई?"

उससे बापू की आँखों की ताव नहीं सहन हो रही थी जैसे कोई तीखी चीज़ उसकी आँखों में किर्चें बन फैल रही हो।

बापूजी ने अचानक हाथ से पेट दबाया। रसोई की ओर मुँह करके आवाज़ लगाई—'कमल! आना बेटी!'

कमल जल्दी-जल्दी पास आयी। दीवार से सटी सोटी पकड़ बापू को उठने के लिए सहारा देने लगी।

"तुम्हारा वीर कहाँ है?"

"वह तो मोटर का बटन दबाने गया है, बिजली ट्रिप कर गयी थी। चाचाजी आप ही सहारा दें।' गुसलखाने की ओर ले जाते हुए लगा उनका भार बहुत बढ़ गया था। कन्धा मानो टूटता जा रहा था। इस तरह का बोझ उठा पाने का अभ्यस्त नहीं था। उसने देखा, कमल भी यूँ दोहरी हो रही थी, जैसे कमान हो। गुसलखाने तक पहुँचते उसके माथे पर पसीना छलक आया था। कमल बाहर ही खड़ी हो गयी। उसने देखा, बापू जी बाँहों के सहारे ही बैठे थे। उसने भी किनारों से पकड़ सहारा दिया हुआ था। तब तक भतीजा जंट बाहर से आ गया था। बापू के हाथ धुलवाकर जंट और कमल ने बापू को खाट तक पहुँचाया था। खाट पर लेट देर तक बापूजी की साँस सहज नहीं हुई थी।

"बापूजी को कितनी बार इस तरह ले जाना पड़ता है?" नल पर हाथ धोते हुए उसने कमल से पूछा था।

–बस, एकाध बार यह तो कल से बाबाजी का पेट खराब है।

शाम तक वह अवसर खोजता रहा था कि कोई लड़ी, शृंखला, सूत्र हाथ आए, और वह बात आगे चलाये। यदि आज बात शुरू हो तो मुश्किल से कहीं कल–परसों तक जाकर सिरे लग पाएगी। दोपहर तक उसका दांव नहीं लगा था। कहीं हाथ नहीं पड़ा।

इस बार बापूजी को दो बार मरोड़ उठा था। ज्यों ही बापूजी हाथ से पेट पकड़ते तो उसे अपने माथे का पसीना याद आ जाता। वह किसी न किसी बहाने अन्दर की ओर खिसकता रहा था।

दोपहर की रोटी के बाद वह सुचेत हुआ। माँ रसोई में से जूठे बर्तन लिए बाहर निकली थी। उसने अपनी पत्नी से आँख मिलाई। लेकिन तभी कमल ने उनसे बर्तन पकड़ लिए थे—'बेबे जी, आप चाची जी के पास बैठो जाकर' बेजी ने बर्तन नहीं छोड़े तो अन्दर से जल्दी–जल्दी भाभी जी बाहर निकले थे। बर्तन इस तरह उनके हाथों से झपटकर कमल को पकड़ा दिये—"क्या करती हैं आप बीजी, पहले तो जैसे बर्तन आप ही माँजती हैं?"

बेजी बुदबुदाते रसोई में चले गये थे। उसे लगा मानो भाभी ने जानबूझकर, जरूरत से ऊँचे स्वर में बोलकर उन्हें सुनाने के लिए ही यह नाटक किया था। बेजी बेचारे क्लेश से डरते खामोश हो गये होंगे। उसे रंज भी हुआ था कि उसके हाथ से अवसर यूँ ही निकल गया था। बर्तनों से मुक्त होकर, कमल ने बरामदे में कपड़ों का ढेर लगा लिया। चादर बिछाकर ढेर को उसमें समेटने लगी। उसने ध्यान दिया ज्यादातर कपड़े घिसे हुए थे। कुछेक पर तो पैबन्द लगे थे। वैसे भी पूरे परिवार के सदस्यों के पहने हुए कपड़े भी ज्यादा अच्छी हालत में नहीं थे। इनसे कहीं अच्छी हालत के कपड़े उसकी पत्नी बर्तनों वालों को उठाकर स्टील के बर्तन खरीद लिया करती थी। कपड़ों की ओर देखकर उसकी पत्नी मुस्का दी थी। फिर उसने कान के पास मुँह ले जाकर धीमे से कहा था—'आपके भाभी–भाई, पक्के घाग लगते हैं। लगता है पैसे जोड़कर रखते हैं। हमें दिखाने को इन मैले कपड़ों को धोने लगे हैं।'

कपड़े की दोनों गाँठें लेकर चलने से पहले भाभी उसकी पत्नी को सम्बोधन कर रही थी—टिंडे और भिंडियाँ डोली में पड़े हैं, जो सब्जी मनपसन्द हो—छील, काट लेना। लौटकर मैं छौंक लगा दूँगी। फिर उसे कहा था—बापूजी के पास ही रहना, शरीर ठीक नहीं इनका।

उसने यूँ ही बाएँ हाथ से दायाँ कन्धा दबाया था।

वह आँगन में माँ–बेटी की पीठों की ओर देखने लगा। इस घसी–सी कमल की ओर देख कौन कहेगा कि यह चौबीस–पच्चीस साल की युवती है? अब के बाद और जवानी कब आएगी चन्दरी पर! उसे अपने भीतर खेद–सा अनुभव हुआ।

जुगाली करती भूरी भैंस ने जुगाली रोककर उनकी ओर मुँह उठा लिया था। गुजर रही भाभी ने पलभर के लिए रुककर भैंस के चेहरे पर प्यार से हाथ फिरा दिया। भैंस इतने में ही सन्तुष्ट हो गयी और फिर जुगाली करने में व्यस्त हो गयी।

वह बापू की खाट के पास बैठ गया। बापूजी अधलेटे पड़े आँखें मूँदकर ऊँघ रहे थे। उनकी छाती में बोलते साँस की घबराहट की आवाज़ लगातार आ रही थी। वह बात चलाना चाहता था, लेकिन बापूजी को जगाने का साहस न हुआ। उसने अखबार उठाया और अनमने में पन्ने पलटने लगा।

एकाएक बापूजी को खाँसी छिड़ गयी, साँस तेज हो गया था। छाती धोंकनी-सी उठा बैठ रही थी। उसने बापू को बिठाया। हाथ से उनकी छाती मलने लगा। बापू को बुरी तरह उत्थू चढ़ा हुआ था। उन्होंने गला खँखारा व 'थू' करके भीतरी बलगम, ईंटों के फर्श पर फैला दी पत्नी शीघ्र ही पानी ले आयी। पानी पी, बापू शान्त हो कर फिर अधलेटा हो आँखें मूँदकर लेट गया। उसने देखा फर्श पर जगह-जगह ताजा और पुराने थूक के धब्बे पड़ चुके थे। उसकी नज़र बापू के चेहरे पर पड़ी। बलगम भरा काफी थूक उनकी दाढ़ी से चिपका पड़ा था। खाट की वांही पर टिके बाएँ हाथ की पिछली ओर भी बलगम चमक रही थी। उसने खीसे में से रूमाल निकालने के लिए हाथ बढ़ाया, फिर कुछ सोचकर रुक गया और बापू से थोड़ी-सी टेढ़ करके अखबार पलटने लगा। अखबार पलटने से पहले उसकी नजर बापू के मुँह की ओर झाँक रही पत्नी पर पड़ी थी। पत्नी के चेहरे पर भी मन कच्चा होने वाले भाव पढ़ उसने पत्नी को अन्दर भेज दिया। घर से साबुन की टिक्की लेने आई कमल बापू के पास से निकलती रुक गयी। तार से परना (अंगोछा) उतार बापूजी की दाढ़ी से बलगम साफ करने लगी। परने का पल्लू गीला करके हाथ भी ठीक से साफ कर दिया। एक पल के लिए बेगानी-सी नजर से चाचा जी की ओर देख पायी थी। फिर परना तार पर लटकाकर बाहर की ओर हो चली थी। उसे लगा मानो कमल की बेगानी सी नजर कह रही हो—बस, घंटा भर भी बापूजी का ध्यान नहीं रख पाये ?

कमली बोझल हुई तो उसने महसूस किया कि बापू अधखुली आँखों से एकटक उसी की ओर देख रहा था। उसका ध्यान अपनी ओर आता देख बापू ने आँखें मूँद ली थीं। लेकिन नजरें तो मानो अपनी भाषा कह रही थीं।

एक छोटा सा प्रश्न पूछा था, तुमसे तो वह भी ठीक हल नहीं हो पाया। उसने नजरों की भाषा से अन्दर पैदा हुई बेरुखी को रोकने के लिए जल्दी से अखबार हाथों में ले लिया था।

शाम होते-होते वह एक बीमार, नीरस-से माहौल से तंग आ चुका था। काम की एक भी बात अभी नहीं चली थी। पूरा दिन मानो व्यर्थ हो गया हो। शाम के समय वह खेती की ओर चला गया। ताजा हवा ने भीतर आराम सा भर दिया था। वीर के खेत

पड़ौसियों से सिर उठाए खड़े थे।

'फिर वीर ने ठेके के पैसे क्यों नहीं भेजे?'

रात की रोटी से मुक्त होकर उसने वीर के साथ दो टूक बात सिरे लगानी चाही।

''तुम्हारे साथ एक जरूरी बात करनी थी वीर...।''

''आ जा, बैठते हैं।'' आँगन के बीचों बीच खाट लगाते हुए वीर ने कहा—'हाँ, बता। कोई खास बात है?'

'यहाँ नहीं, अन्दर वाले कमरे में बैठते हैं...!'

वीर पलभर उसके चेहरे की ओर देखता रहा।

'कोई ज्यादा खास बात है?'

'यही समझ लो।'

'अच्छा भाई।'

वे अन्दर वाले कमरे में आ बैठे वीर उस पर प्रश्नवाचक नजरें टिकाए बैठा था।

'आपने इस बार ठेके के पैस्रे नहीं भेजे। पहले तो इतनी देर कभी नहीं...उसने जानबूझकर बात अधूरी छोड़ दी।'

वीरा बहुत देर बोला ही नहीं। खाट में दौण की रस्सी मरोड़ता रहा। फिर सिर उठाया था। मैंने तुम्हारे पास आना ही था। इसी हफ्ते में।

पैसे देने?

नहीं! सलाह करने यदि तुम हर साल ठेका न लो... हाथ बहुत तंग है। कमल के लिए लड़का बताया है फूफी ने जमीन तो ठीक-ठीक ही आती है हिस्से, लेकिन लड़का सरकारी नौकरी में है। यदि बात बन जाए तो लड़की उठाने लायक मुँह लगता 'वह सब' तो करना ही पड़ेगा।

उसे लगा वीरा जैसे बहाने बाजी कर रहा हो। उसे भावुक स्तर पर पिघला रहा है।

'हो नहीं पाएगा। वह बहुत जरूरी है वीरे मुझे भी। मकान अधूरा पड़ा है।' पल भर के लिए वह रुका।

'फसल तो ठीक लगती है आपकी!'

'बस, देखने में ही अच्छी है। खर्चे ही बहुत हैं, बीस-पच्चीस हजार तो ठेकों के ही निकल जाते हैं। अभी बहनों की शादी का भी दस-पन्द्रह हजार खड़ा है सिर पर। दस हजार तो इस बार छोटी पर ही लग गया। लड़के (दामाद) की आर्थिक हालत तो तुम्हें मालूम ही है। फिर भी तीस-पैंतीस हजार तो लग ही गया होगा। यह तो शुक्र करो बच्चेदानी निकलवाकर उसकी जान बच गयी। कैंसर की जड़ें अभी बाहर की ओर नहीं फैली थीं... अन्यथा कोई चारा था बेचारी का?' वीरा चुपकर गया। मानो छोटी बहिन के ध्यान में खो गया हो—'और फिर पाल! अब तो बापू की बीमारी पर भी पैसा पानी की तरह बह रहा है...'

'मैंने तो सुना था बापू की दवाएँ भी ठीक से नहीं...'

वीरा कुछ पल चुप रहा। 'बेबे ने बताया होगा तुम्हें। उसे तो 'वहम' की बीमारी है। कहेगी पीली गोली क्यों बन्दकर दी। उससे बापू ठीक रहता। अब बेबे के वहम का कोई क्या करे। डॉक्टर ने वह दवा बन्दकर दी तो मैं कैसे देता रहूँ। चार-पाँच सौ की तो दवाएँ आ जाती हैं महीने में, मेरे पास सारी पर्चियाँ सम्भाली हुई हैं। कहो तो लाकर दिखाऊँ?'

वीर उठने लगा। लेकिन उसके संकेत पर बैठ गया। बाकी भाई दो बार शहर में अरोड़ा के यहाँ ले जाना पड़ता है। बस में जाने का बिल तो है नहीं। डेढ़-दो सौ से नीचे कार वाला नहीं चलता। ऊपर से डॉक्टर की फीस, एक्स-रे, हजार से कम नहीं रहता बापू पर महीने का खर्च। ऊपर से कबीलदारी का बोझ, कमर टूटी रहती है। ठीक से खा-पहनकर भी नहीं देखा मेरे बच्चों ने तो...

वीर चुप कर गया। कमरे में खामोशी छा गयी। बस रह रहकर सन्दूक तले छिपे बैठे डब्बू (कुत्ते) की टर्र-टर्र की आवाज़ उभर आती। बल्ब की मैली-सी रोशनी उसे अन्धेरी लगने लगी। वीर का चेहरा भी साये-सा दिख रहा था।

'फिर क्या सलाह है? तुम्हारी तो दोनों की मिलाकर चार-पाँच हजार रुपये तनख्वाह है। निकाल दो साल और। मिल-जुलकर कठिनाई में ही सही बेटी का तनिक हाथ पीला कर लूँ। वह चुप रहा। एक दुविधा उसके भीतर डोल रही थी। एक मन चाहता था वह वीर की बात मान ले। दूसरी ओर एक डर उसके अन्दर उठ रहा था। ऐसे तो जब तक बापू जीवित है, वीर उसे इसी बहाने ठेके के पैसों से जवाब देता रह सकता है।

'तूने बताया नहीं कुछ?'

उसने स्वयं को दुविधा में से जब्री उभार लिया।

'देख वीर, तुम्हें कैसे समझाऊँ, शहरी जीवन की अपनी विविशताएँ हैं... तुम कोई और प्रबन्ध कर लेना, मेरा नहीं गुजारा होगा।'

वीर ने निश्वास ली। वीरे के चेहरे पर विवशता के भाव लहरा रहे थे।

तभी एक धमाका हुआ। भाभी कमरे में आँधी की तरह आ धमकी थी। लगा कि दरवाज़े के पीछे खड़ी सारी बात सुनती आ रही थी।

'हाँ, तुम्हारा कहाँ गुजारा होगा अब? तुम्हीं बन्दे हो! तुम्हें पढ़ा लिखा दिया इन्होंने। अफसरों के पेट भरकर तुम्हें साहिब बना दिया। अब जब इनकी बिटिया की बारी आई है। अब तुम्हारा कहाँ चलेगा।'

भाभी के ऊँचे स्वर में बात करने के लहजे पर उसे गुस्सा आ गया।

'अपनी अपनी कबीलदारी खुद ही सम्भालनी है भाभी!'

भाभी और भी बिफर पड़ी—'यह अकल अपने बाप को देता जिसकी तीन-तीन

बेटियों को ब्याहते हम तो खोखले हो चले हैं। तुम तो शहर बैठे मौजें कर रहे थे तब। बात करने को मरता... किसी ब्याह पर चार छिल्लड़ भी नहीं रखे भाई के हाथ पर। उधर छोटी की शादी के साल बाद ही जमीन का बँटवारा करने आ बैठा सिर पर।'

उससे कोई उत्तर नहीं बन पड़ रहा था। वीर भाभी को डाँट रहा था—'क्यों बोल रही हो अबा-तबा!'

'बोलू न! हमें यह इनसान ही नहीं समझते। मर गये इनका गू-मूत करते, ऊपर से ईनाम यह!'

'मैं भूला तो नहीं भाभी तुम्हें', उसने मोर्चा सम्भालने की कोशिश की, 'माँ से बर्तन तो अब तक मँजवा रही हो।'

जैसे गाड़ी को एकाएक ब्रेक लग जाएँ, भाभी हैरान-सी उसके मुँह की ओर देखती रह गयी।

'बर्तन? मैं मँजवाती हूँ? बीजी से? मैं?'

भाभी ने उसकी ओर क्रोध से देखा था। फिर जल्दी-जल्दी वह कमरे से बाहर चली गयी। दूसरे ही पल बेजी को घसीटती-सी लौट आई। 'बेजी! यह तेरा लाडला कितने-कितने दूषण मढ़ रहा है मुझ पर? मैंने तुमसे कभी बर्तन मँजवाए हैं? बता?'

बेजी मिनट भर चुप रहे भाभी से नजर हटा उसकी ओर देखा। उसने बेजी की आँखों में आँखें गाड़ दीं। मानो मिन्नतकर रहा हो। सच बताने की मिन्नत!

'क्यों, महीना भर माँजती नहीं रही जूठ। बैसखी के दिनों में...

भाभी का चेहरा और दयनीय हो गया। सकते की अवस्था हो जैसे। पलों में कितने ही रंग उसके चेहरे पर उभर आए और गहराते चले गये। चेहरा गुस्से से लाल। आँखें मानो रोने के कारण छलकने को तैयार। 'बेजी, कुछ तो शर्म करो। कुछ तो परमात्मा से डरो। तुम्हारी ही बेटी के पास गयी थी मैं। वह बेचारी चंडीगढ़ अस्पताल में कैंसर से तड़प रही थी। मौत से लड़ रही थी। क्या हुआ जो मैंने उसे पेट से पैदा नहीं किया? कन्धे चढ़ाकर पालन-पोषण किया उसका बेटी की तरह उसे मरती को कैसे छोड़ आती? पीछे कमली अकेली थी। ऊपर से फसल काटने के दिन... यदि तुम्हें महीना बर्तन मलने भी पड़ गये तो क्या आफत आ गयी? तुम उसके भी ताने सुनवाने लगी हो... इनके भी कानों में चो आयी। परमात्मा से डरो... बेजी।' भाभी के शब्द आँसुओं में डूब गये। और वह चुन्नी को आँखों पर दबाकर, फूट-फूटकर रो पड़ी थी।

लेकिन सिर्फ कुछ पल के लिए ही। फिर जैसे कोई गिर पड़ा आदमी उठ खड़ा हो जाये। तनकर भाभी ने झटके से आँखें पोंछ ली थीं। अब उसकी आँखें पीलू-सी लाल थीं—क्रोध की आग में धधकती—मुझे तेरी तरह चलित्तर नहीं करने आते भाई।

माँ सिर्फ बुदबुदाकर रह गयी। वीर को गुस्सा आया था—'तू बेजी से बोलती कैसे है?'

लेकिन वीर का क्रोध मानो भाभी की आग तक पहुँच नहीं सका। वह बोलती जा रही है। मुझे सब बता गयी है झीरों की लड़की। जिसके हाथों हमसे चोरी चिट्ठियाँ लिखवाकर भेजती है। बहुत सयानी बनती होगी अपनी ओर से कि छोटा राजा बन गया, अब तो सुख भोगेगी वहाँ बैठकर। लेकिन ले लेना परोसे। निमन्त्रण! यदि है इसमें स्वाभिमान तो आपको साथ ले जाए। छह महीने तो सेवा करे। महीना भी सँभाल ले दो हिस्से। साथ ही बेटियों की शादी का ऋण भी ले जाना होगा। साथ लड़कियों की कबीलदारी का बोझ भी। इसकी मेम साहब तो दस दिन नहीं झेल पाएगी। संगमरमर पर बापू के गिरे लहू के गुल्फे देखकर चक्कर आने लगेंगे उसे। और यह तेरा लाडला ? बापू की दाढ़ी का थूक तक न पोंछ सका। पीठ करके बैठा रहा था बड़ा सुपुत्र! जब भी बापू को सहारा देने का अवसर आता तो अन्दर की ओर निकल जाता रहा था। मैं भूली तो नहीं सेवा करने वालों को! दो दिन की हमदर्दी और बात है माता! इसे कहो। लेकर जाए, पता तो चले कि लगातार बीमार बन्दे को झेलना क्या चीज़ होती है।

भाभी बोलती जा रही थी। लेकिन उसमें और सहन करने की शक्ति खत्म हो गयी थी। वह मानो रेत का टीला हो। भाभी की एक ठोकर से भुरभुराकर ढेरी हो गया था। भाभी ने मानो उसके सभी वस्त्र लीर लीर करके रख दिये थे। उसे उधेड़कर भीतर तक नंगाकर दिया था। वह तो भाभी को चुपचाप रहने और सहन करने वाली औरत समझता आ रहा था। लेकिन आज भाभी का यह कौन-सा रूप उघड़ आया था। भाभी के बोलों की सच्चाई उसे सुइयों-सी चुभ रही थी। सच में उसके भीतर माँ-बाप को शहर ले जाने का जोश शाम होने तक झाग-सा बैठ चुका था। और बाकी कमी वीर की ओर से बापू पर होते खर्च के विवरण ने पूरी कर दी थी।

वह पूरी शिद्दत से महसूसकर रहा था कि कोई आए और उसे इस अवस्था से उभार ले। सच ही वीरा उसके लिए रब्ब बनकर आया था। वीरा क्रोध में उठ खड़ा हुआ...

'अब चुप भी करोगी या दूँ धनेसड़ी ? कैसे कुत्ते की तरह भौंक रही है...' वीरे का हाथ उठ गया था।

वीर के रास्ते में रुके हाथ को देखकर वह अवाक् हो गयी थी। कुछ पल अविश्वास में कभी वीरे के चेहरे की ओर, कभी अन्यत्र देखती रह गयी थी। फिर मानो पागलपन सवार हो गया हो भाभी के सिर पर। वीर का हाथ पकड़कर अपने मुँह पर जब्री जड़ने लगी थी। 'मार-मार रब्ब के बन्दे, और मार। यह कसर भी कर ले पूरी। तेरे बाप की कबीलदारी सहेजती-निभाती बोदी हो गयी हूँ, बोदी... आज यह ईनाम देने लगे हो तुम। नंग तक ढकती रही है मेरी बच्ची। उस तेरे जन्मदाता का गन्द तक धोती रही हूँ। उसने भी क्या कद्र की हमारी ? उसका कहने का फर्ज़ नहीं था कि लड़की के हाथ पीले करके बाँटेगा जमीन ? यह ढेका लगता है जमीन का बापू के जीते हुए...' भाभी बोलती-

बोलती एकदम रुक गयी। धड़ाम से नीचे बैठ गयी थी। जैसे बेजान-सी कोई चीज़ हो। उसने देखा, वीर ने धीमे से भाभी का सिर अपने हाथों में ले लिया था—'क्यों दुखी होती हो - ना होनीए-मैं जीवित हूँ...''

बेजान चीज़ में अचानक जान आई थी और भाभी वीर की झोली (गोद) मैं फफकते हुए रो दी थी।

नहीं, वह और सहन नहीं कर पाएगा। कुछ भी नहीं सहनकर पाएगा। उसने देखा एक दरवाज़े से लगे—उसकी पत्नी और बच्चे खड़े थे। दूसरे के साथ कमली और उसका भाई जंट। वह बिना कुछ कहे उठा था और बैठक में आकर अपनी खाट पर ढेरी हो गया। अशक्त-सा! पीछे ही पत्नी और बच्चे आ गये थे। खाट पर करवट बदलते हुए उसने पत्नी से बस इतना ही कहा था—सुबह बच्चों को जल्दी तैयारकर लेना।

सुबह पत्नी ने ही उसे जगाया था। तैयारी देख वीर ने एक दिन और रुकने का आग्रह किया था। लेकिन उसने कोई उत्तर नहीं दिया। जंट ने उनके दोनों अटैची साइकिल पर टिका लिए थे। बापू को मिलने चल पड़े थे। घर के अन्य सदस्य उनके साथ-साथ चल रहे थे। अचानक उसे रुकना पड़ा। बापू ने पीछे से आवाज़ दी थी। वह पास गया तो बापू ने संकेत से बैठने को कहा।

'तुम्हें एक बात कहना चाहता हूँ बेटा!'

'कहो बापूजी!' उसके भीतर किसी नये भय ने घर बनाया।

'तेरी माँ को मुगालता-सा था, तुम्हारे बारे में। मैंने बहुत समझाया पर मानी नहीं। वैसे ही एक सुख सा मुट्ठी में लेने की आस लगाए बैठी थी।'

बापू बोलते हुए रुका था। फीकी-सी हँसी हँसा था।' तेरी माँ कम-अकल औरत है भाई। यह उनमें से है जिन्हें दूर बैठे अच्छे लगते रहते हैं। पास रहे लोगों का दुख दर्द देखने परखने की समझ नहीं होती।'

इस बार बापू की चुप्पी कुछ लम्बी हो गयी। उसने बापू की मुस्कान की चुभन भी महसूस की थी। और उनके शब्दों का सेंक भी। ताप भी। पर जब बापू की खामोशी टूटी तो उसकी आस के उलट उनके शब्द पिघले हुए थे। वैसे तो मैं वाहिगुरु के आगे हर रोज अरदास करता हूँ कि इसे मुझसे पहले बुला ले। लेकिन लगता है देह साथ नहीं दे रही है। मैं पहले चला गया तो,...' बापू जी खुद को सम्भालने की कोशिश कर रहे थे... 'बस एक वायदा कर लो। फिर अपनी माँ को अपने पास ले जाना। चाहे किसी कोठरी में बिठा देना। लेकिन इसने अपनी छोटी बुद्धि की वजह से बहुत तकलीफ दी है। मेरे बाद वहाँ पर सुखी नहीं रह पाएगी... बस, पुत्तर इतना ख्याल रखना।''

बापू चुप हो गया। अपने ठिगने हो रहे अस्तित्व को महसूस करते हुए वह बापू की तरफ देखता रहा था।

'जाओ पुत्तर! बच्चे इन्तज़ार करते हैं...'

वह जल्दी जल्दी वहाँ से खिसक लिया था।

बाहर वाले सभी उसके जाते ही लौट गये थे।

जंट साइकिल पर आगे निकल गया था। पीछे दीवारें हैं। पक्की ईंटों की दीवारें, लेकिन उसे अभी अपनी पीठ में बापू और बीजी की आँखें चुभ रही महसूस होने लगी वह तेज हो जाता है। काफी तेज, चाहता है उन नजरों की चुभन के घेरे में से बाहर निकल पाए। जल्दी से जल्दी।

—अनुवाद:योगेश्वर कौर

बस, तू अब सो जा

—ज़िन्दर

नीलम, कहाँ से शुरू करूँ? मम्मी से जिसको लोग भूलवश मेरी बड़ी बहन समझ बैठते हैं। या फिर जब हम एक साथ में कहीं होती हैं तो लोग कयास लगाने लगते हैं कि बूझो तो इनमें से माँ कौन है और बेटी कौन... ? इस घर से शुरू करूँ या अपने बारे में लिखूँ? मम्मी के बारे में सोचते हुए मेरी रूह काँप जाती है। इस घर की ओर जब भी देखती हूँ, चारों ओर एक धुन्ध के अतिरिक्त कुछ दिखाई नहीं देता। और अपने बारे में ?... अपने विषय में क्या कह सकती हूँ? बहुत बार यूँ होता है कि हम अपने बारे में कम, दूसरों के बारे में ज्यादा चैतन्य होते हैं। शायद अपने अन्दर झाँकने-देखने का हमारे पास समय ही नहीं होता। अथवा हम इस ओर गम्भीर नहीं होते। अगर कभी हों तो एक डर के पैदा होने का खतरा होता है न!

ले, मैं भी क्या फिलासफरों जैसी बातें करने लगी। पता नहीं क्यूँ, मेरा निज मेरे वश में नहीं आ रहा। नार्मल होने की कोशिश में हूँ, पर हो नहीं पा रही। सिर फिरकी की भाँति घूमता सा लग रहा है और शरीर भारी-भारी! आँखों में हल्का-हल्का दर्द उठता है।

बरामदे में चारपाई पर बैठी हूँ। साथ में लेटी मीनू दूध पी रही है। हिचकोले ले-लेकर। वह अकेली दूध नहीं पी सकती। पास बैठना पड़ता है। नहीं तो वह बोतल नीचे गिरा देगी या खुद को कोई-न-कोई खरोंच लगा बैठेगी। और फिर जब तक मैं उसको अपना दूध न पिलाऊँ, वह सोती नहीं, ज़िद करती रहती है। रो-रोकर आँखें सुजा लेती है।

हवेली में से अभी गाय के खुरों की आवाज़ आ रही है। छोटू (भैया) दरवाज़े के पास आकर आँगन की ओर देखता है और दूसरे ही पल लौट जाता है। आगे बढ़ने का वह साहस नहीं जुटा पाता। शायद गाय के थनों में बोझ पड़ रहा है, क्योंकि नौ बजने वाले हैं और अभी तक मम्मी नहीं उठी। फिर धार कौन निकाल सकता है। बड़ी अड़ियल है यह गाय भी। अगर मैं बाल्टी उठाकर चली भी जाऊँ तो वह चारों खुर उठाकर मुझ पर टूट पड़ेगी। और उसके फुंकारे मुझसे सहे नहीं जाते। वह भी इस हालत

में दूध निकालना कहीं जरूरी होता है।

घर में मैं थी। फटी-फटी आँखों से देखती। यह मम्मी थी—अभी तक गहरी नींद में सोई हुई। किसी भी चिन्ता से मुक्त! लगता था जैसे उसे बहुत दिनों के बाद नार्मल नींद आई हो और भरपूर नींद का लुत्फ ले रही हो। मैं चाहते हुए भी न जा सकी थी। रात को अवश्य उबाल उठा कि सवेरे पहली बस पकड़ लूँगी। किसी को बताने-पूछने की जरूरत नहीं। लेकिन मैं जा नहीं पाई थी। मेरा निज मेरे वश में होता तभी जाती।

मैं मम्मी के कमरे तक जाती और लौट आती। न आगे बढ़ने को मन राजी होता और न ही आँखों में देखने की ताकत बचती। आवाज़ गले में से न निकलती। मैं पागलों की तरह पहले वाली जगह पर आ बैठती। दो बार चाय पी चुकी हूँ। जानती हूँ कि मम्मी को सेवेर-सवेरे मुझसे ज्यादा चाय की तलब होती है। मैं सो रही होती तो मुझे उठाने आ जाती उठ। बेटी। चाय पी ले। मैं उठकर बाहर देखती तो अन्धेरा पसरा होता। मुझे यूँ लगता जैसे मम्मी को रात में नींद नहीं आती होगी या फिर जब एक बार नींद उचट जाए तो फिर नींद कहाँ आती है। शायद अब भी वह जाग रही हो और उसमें उठने की हिम्मत न हो। मुझे कई बार लगता जैसे वह बैड पर लेटी करवटें बदल रही हो। ऐसा भी हो सकता है कि वह मेरे जाने की प्रतीक्षा कर रही हो क्योंकि वह मेरे माथे नहीं लग सकती। लेकिन, यह तो मेरा भ्रम था। उसे इस बात का इल्म थोड़े ही था कि मैंने आधी रात को उसके कमरे में झाँका था। दरअसल, जिस कमरे में मैं लेटी थी, उसके साथ वाला कमरा मम्मी ने स्टोर बना रखा है। उससे अगला कमरा उसी का है और साथ वाली दीवार हवेली की पड़ती है। वह मेरे पास नहीं सोती। देर रात तक मेरी रजाई में बैठी बातें कर सकती है, पर सोना उसे अपने कमरे में ही होता है। यह मैं अपने होश सम्भालने से ही देखती आ रही हूँ। उसे नींद न आए तो पढ़ने बैठ जाएगी। और यदि मैंने कभी जोर देकर कहा भी होगा कि मम्मी आज तुम मेरे पास सो जाओ, तो उसने समझाने के लहजे में कहा होगा—"जस्स बेटी, मुझे दूसरे के कमरे में नींद नहीं आती। मैं तेरी नींद खराब नहीं करना चाहती। तू यह बात भुला दे कि मुझे दूरी बनाए रखने में मजा आता है। जब तक तुझे मेरी जरूरत थी, मैं तेरे पास सोई... समझा कर।"

अब छोटू थोड़ा साहस करता है। वह बरामदे में आ गया है। मेरी ओर देख रहा है जैसे कह रहा हो कि अगर गाय ने खूँटा उखाड़ फेंका तो वह सँभाली नहीं जा पाएगी। चक्कर काटती बेचैन गाय उससे भी नहीं देखी जाती, क्योंकि वह अपने रूटीन में कोई विघ्न नहीं सह सकती। मैं चाहती हूँ छोटू से कहूँ कि वह गाय को खुला छोड़ दे। कोई नहीं, कहीं नहीं जाएगी यह। खुद ही ठंडी होकर लौट आएगी। अगर न भी आई तो कोई फ़र्क़ नहीं पड़ता। अगर मम्मी चाहे तो एक गाय के चली जाने पर कल दूसरी खूँटे पर बँधी होगी। जिस माँ के तीन बेटे बाहर गये हों और जिसके खाविन्द ने पच्चीस वर्ष सऊदी अरब में एक ही कम्पनी में फोरमैनी की हो, उसके लिए एक गाय की क्या

अहमियत हो सकती है। वैसे भी मम्मी बेपरवाह है। खाने-पीने और खर्चे में कभी कंजूसी नहीं की। और न ही कभी उसने हमें कंजूसी करने दी है। अच्छे स्कूल-कॉलेज में पढ़ाया-लिखाया। अच्छे घर में शादी की। हर बात में सलाह ली। मेरी ससुराल वाले शादी के कुछ दिन पहले मुझे संग ले जाकर वरी के कपड़े खरीदना चाहते थे। मेरी मम्मी ने डैडी के सख्त विरोध के बावजूद मुझे उनके साथ जाने की इजाजत दे दी थी। डैडी से बोली थी—तुम क्यों बीच में टाँग फँसाते हो?... उनके मन में जो आता है करने दो। आखिर, जस्स ने जाना तो उसी घर में है न। इतनी आजादी तो दे ही सकते हैं। घर में तूफान उठ खड़ा हुआ था। गाँव में चर्चा भी हुई, पर मम्मी ने सबको यह कहकर शान्त करा दिया कि जरूरी नहीं कि हम सब की बात को एक फैसले की तरह मान लें। यह हमारा फैसला है, देखना वक्त मिलने पर तुम इसे सच का जामा पहनाओगे।

और, इस घर को बाँधने में उसकी अहम भूमिका रही है।

लेकिन, मुझे तो मम्मी के विषय में बात करनी है। घर के बारे में नहीं। मालूम नहीं क्यों बार-बार घर और मैं बीच में आ जाते हैं। कहीं ऐसा तो नहीं हो रहा कि मैं मम्मी को छोड़कर घर और अपने आप पर केन्द्रित होती जा रही हूँ। उसकी ओर से जान-बूझकर आँखें मूँद रही हूँ।

मैं जितना उसके बारे में भूलना चाहती हूँ, मन से बिसराना चाहती हूँ, उसकी पकड़ उतनी मुझ पर मजबूत होती जा रही है।

मुझे बीच की बात पर आना चाहिए। लेकिन, पास खड़े छोटू को भी आँखों से ओझल नहीं कर सकती। पूछती हूँ, ''चाय पीनी है?''

''बीबी जी... हूँ?''

''गैस जलाना आता है?'' इस बात को भूल जाती हूँ कि जब मैं आई थी तो वही चाय बनाकर लाया था?

''जी...''

'' जा फिर भाई, खुद गरमकर ला। नहीं, गरम न कर, दूसरी बना ले। मैं भी आधा कप ले लूँगी।''

छोटू रसोई की ओर चल देता है। मेरा मन करता है कि उसके पास बैठूँ और घर के बारे में पूछूँ। वह बोलता रहे, मैं सुनती रहूँ। फिर मैं बोलूँ, वह सुने। वैसे भी मैं कल रात से चुप्पी साधे बैठी थी। घर में किसके साथ बातें करती। मीनू मेरी ओर देखती और बाँहें फैलाने लग जाती। यूँ, जैसे कह रही हो, पहले मुझे छाती से लगाओ और अपना दूध दो। फिर मैं सोऊँगी। पर उसकी इस हरकत का मुझ पर कोई असर न होता। लेकिन, मैं न जाने क्या से क्या बोलने लग जाती। कभी मीनू के डैडी को अबा-तबा बोल जाती—आप तो जाकर बैठा है विदेश में, मेरी जान को स्यापा डाल गया। अब खुद ही आकर सम्भाल अपनी लाडली को। तभी पता चलेगा। पर तुझे क्या? तुझे किसी की

क्या परवाह है? पर आवाज़ होंठों से बाहर नहीं निकलती। एक गुबार-सा उठता, फिर शान्त हो जाता। बस, थोड़ी देर के लिए। फिर मुझे नींद नहीं आई। टेलीविजन से उकता गयी। स्टीरियों पर कैसिटें बदलती रही। लेकिन उखड़ा हुआ मन स्थिर न हो सका।

ले, अब फिर मन उखड़ना शुरू हो गया है, और गाय का रंभाना तथा छोटू का बार-बार आना, दोनों एकाग्रता भंग किए जा रहे हैं। छोटू चाय का कप रखकर मीनू को बुलाता है और उसे उठाकर पैताने बैठ जाता है। मैं उसके चाय के कप के खाली होने की प्रतीक्षा करती हूँ। मुझसे उसका समीप बैठना झेला नहीं जाता। बस, इतना भर कहती हूँ, ''भइया, पट्ठे ले आता।''

''अच्छा जी।'' कहकर वह मेरी ओर हैरानी से देखता है क्योंकि इस घर में उसको छोटू कहकर बुलाया जाता है। 'भइया' सुनते ही उसे बुरा लगता है। वह पुनः कहता है, ''लो, तुम शहर क्या चले गये यह भी भूल गये कि चारा शाम को लाया करते हैं।'' वह कितनी ही देर हँसता रहा। फिर रोती हुई मीनू को उठाकर हवेली की ओर निकल गया।

अब मैं अकेली हूँ। अब कोई विघ्न नहीं पड़ने वाला। छोटू जल्दी लौटकर नहीं आएगा। मुझे उसकी इस आदत का पता है।

कल शाम। शाम नहीं, समझ ले, शाम तो खत्म हो चुकी थी। शाम को तो मम्मी मलसीयाँ चली गयी थी। मौसी की ओर। अगले महीने जसवन्त ने कुवैत से आ जाना था। इसलिए मौसी ने मम्मी को जसवन्त के विवाह के बारे में विस्तार से बात करने के लिए बुलाया था। लड़की उसके पड़ोस में रहती थी। मैं भी इसी कारण यहाँ आई थी। बीच में दिन बहुत कम रह गये थे। फिर जसवन्त की छुट्टी भी सिर्फ दो महीने की थी। मम्मी चाहती थी कि आते ही, पहले हफ्ते में ही उसका विवाह हो जाए।

मम्मी ने जाते समय समझाया था कि अगर बाहर से कोई घंटी बजाए तो दरवाज़ा खोलने से पहले उसके बारे में पूछ लेना। वक्त ठीक नहीं चल रहा। कोई दुर्घटना हो जाने पर फिर कौन पूछता है। लेकिन, मुझे यूँ लगा था जैसे इतना भर कहने पर मम्मी की जुबान काँपी थी। ऐसे, जैसे अन्दर का डर होठों पर आते-जाते रुक गया हो। मैं इस डर को जानती हूँ। पर अब मैं लड़की नहीं हूँ, दो बेटों और एक बेटी की माँ हूँ। हो सकता है कि इस डर की शक्त, दूसरी हो, क्योंकि उस वक्त, 'यह भी हो सकता है।' की मैंने कल्पना भी न की थी।

खैर, वह चली गयी थी।

मैं टेलीविजन देख रही थी। इतना बड़ा घर काटने को दौड़ता था। छोटू को मैंने हवेली में सोने के लिए मना कर दिया था और उसकी चारपाई बरामदे में डाल दी थी।

फिल्म चल रही थी। कहानी बहुत गम्भीर थी। ऐसे में प्रश्न ही नहीं उठता कि आदमी इधर-उधर की बातें सोचे या फिर बाहर की खोज-खबर ले। और तू तो कॉलेज

के समय से मेरी कमजोरी से परिचित है।

घंटी बजी, छोटू दौड़ता हुआ गया और लौट आया। साथ में उसके मक्खन मान था। मैं उसे अधिक तो नहीं जानती थी, लेकिन मुझे इतना पता था कि उसने काकू विलायती की जमीन सँभाल रखी है और अब कई टूटे-गिरे घर भी अपनी जमीन इसे जबरदस्ती दे रहे हैं। मैंने कई बार उसकी सफेद मारुति कार को कुएँ की ओर धूल उड़ाते हुए देखा था।

वह बिना किसी झिझक के मम्मी के कमरे की ओर बढ़ गया। बत्ती बन्द देखकर उसने छोटू को हाँक लगाई और पूछने लगा, "दिखाई नहीं देते?"

"वो तो कहीं गये हैं।"

"कहाँ?"

"पता नहीं जी।"

"अन्दर कौन बैठा है?"

"जसविन्दर बीबीजी आई हुई हैं।"

"कौन जसविन्दर?"

"लो, तुम्हें यह भी नहीं मालूम। जसविन्दर बीबीजी, मम्मी की लाडली बेटी।"

मक्खन मान अन्दर आ गया था। सतश्रीकाल कहकर सोफे पर बैठ गया था। कुछ देर फिल्म की कहानी समझने में लगा रहा। बीच-बीच में वह बार-बार अंगुलियों के पटाखे निकालता रहा जैसे कोई बेचैनी हो रही हो। यूँ जैसे किसी की प्रतीक्षा कर रहा हो। यूँ जैसे समय बीतने का इन्तज़ार कर रहा हो। छोटे ने चाय पूछी तो वह होंठों में मुस्कराया। छोटू उसकी मूक वाणी समझ गया था। लेकिन, मैं खीझ उठी थी। मुझे उस पर गुस्सा आ रहा था कि यह क्या बात हुई भला! अगर तुम किसी काम से आए हो तो बताओ और अपनी राह पकड़ो।' पर वह तो ढीठ बनकर बैठा था। मुझे यूँ लगा कि जैसे वह यहाँ रात बिताने आया हो। मेरा ध्यान स्क्रीन पर कम, उसकी ओर ज्यादा था।

विज्ञापन शुरू हो गये थे, तब उसने जूती पहननी शुरू की। मैंने पहली बार उसकी ओर गौर से देखा। उसकी उम्र मीनू के डैडी जितनी लगती थी।

"आर्ट मूवी देखने का अपना ही मजा होता है," वह मेरी ओर घूमा और मेरे उत्तर देने से पहले ही बोला, "मैं आम लड़कों की तरह कई साल ढीसुंग-ढीसुंग करती फिल्में देखता रहा। मेरा एम. ए. में पहला साल था। मेरा एक क्लासफैलो था—अमरजीत पाल। आजकल वह पी. सी. एस. अफसर है। उसने मुझे दिलीप कुमार की 'देवदास' दिखाई। फिर 'यहूदी'। उस दिन के बाद मैंने कोई खराब फिल्म नहीं देखी। मुझसे देखी ही नहीं जाती। देखो, इस फिल्म में नसीरूद्दीन का रोल! लगता ही नहीं, यह महज इमेजनरी कहानी है। बल्कि ऐसा लगता है, जैसे तुम एक ज़िन्दगी के कई पहलू देख रहे हो... है कि नहीं?"

"मुझे भी आर्ट फिल्में अच्छी लगती हैं।"

"दरअसल, बात सारी अपने-अपने टेस्ट की होती है। जैसा बना लो, बन जाता है।"

प्रत्युत्तर में मैं होंठों में मुस्कराती रही थी। बातें करते हुए बेहद गम्भीर होता चला गया था वह। हमने घंटा-भर कई विषयों पर बात की।

जाते समय उसने मीनू को जबरन सौ का नोट पकड़ाते हुए कहा, "ले, गुड़िया रानी, पर तेरी नानी दिखाई नहीं दे रही।"

"वो मलसीयाँ गयी हैं।"

"कब?"

"आज शाम को।"

"ओके... गुड नाइट।" और वह हाथ हिलाते हुए चला गया था। मैं उसे जाते हुए देखती रही। उसकी पीठ के पीछे मेरी दृष्टि जमी रही। मुझे उसका साथ प्यारा लगा था। लेकिन वह ठहरता कैसे? मैंने तो एक बार भी उसे ठहरने के लिए नहीं कहा था। यहाँ तक कि उसे चाय तक के लिए नहीं पूछा था।

वह चला गया था और मैं बेचैन हो उठी थी। तभी गाय रंभाने लगी। यूँ जैसे कोई शराबी चीख उठता है। फिर यूँ लगा था जैसे वह सीमित दायरे में उछल-कूद मचा रही हो। मैं कह उठी थी—'मर जानिये... सवेरे तक इन्तज़ार कर ले। इस वक्त कोई तुझे कहाँ ले जाए। फिर मेरे लिए रात और अधिक गाढ़ी होती चली गयी थी। मीनू गहरी नींद में सोई पड़ी थी। पर मैं तो उस जगह की ओर एकटक देख रही थी जहाँ पर वह बैठा था। एक पल मुझे स्वयं पर कोफ्त हो आई थी कि मैं उसके विषय में क्यों सोच रही हूँ। मुझे ऐसा करना चाहिए, पर दूसरे पल उसका गम्भीर चेहरा मेरे और करीब होता चला जाता। यह चेहरा जब बिलकुल मेरे करीब आता हुआ मुझे प्रतीत होता तो बेचैनी-सी होने लगती। मुझे कुछ और ही दीखने लगता। दीखने क्या लगता, मैं जान-बूझकर देखने लग जाती। उसके विषय में कई एक बातें सुन रखी थीं—वह किसी की परवाह नहीं करता। शहर जाने को अड्डे पर खड़ा कोई व्यक्ति अगर उसकी मारुति कार को हाथ दे, तो वह मुँह फेरकर गुजर जाता है। अपने नौकरों को फटकारते हुए दो एक हाथ जड़ देने में ढील नहीं बरतता। किसी को अपने बराबर नहीं समझता। लेकिन इस जैसा गम्भीर व्यक्ति ऐसा नहीं हो सकता। मैंने पहले उसे बुरा व्यक्ति समझा, पर बाद में...। वह कहीं से भी असभ्य नहीं दीखता था। अब गाय रंभाती तो मेरा मन मेरे वश में नहीं रहता। मुझे उसकी जरूरत थी। बस उसकी जरूरत। कमरे में ट्यूब लाइट जल रही थी। और मैं दीवार से पीठ टिकाए बैठी थी। एकाएक मैं मीनू के डैडी को गालियाँ देने लगी। बेतहाशा गालियाँ। मालूम नहीं कितना गन्द बोल गयी। न मुझे कोई सुनने वाला था, न रोकने वाला। हाँ, छोटू के खर्राटे थे। मीनू का डैडी साल भर बाद आया करता था।

अटैची कपड़ों का भर लाता। कई नई आइटमें होतीं। ऐसी आइटमें जो अब तक घर में न होतीं। पूछता—कोई चीज़ रह गयी है तो बता। किसी के हाथ भिजवा दूँगा। तेरी चीज़ें...। अब मुझे उसकी भेजी हुई वस्तुओं से नफरत होती जा रही है। कई बार मन में आता है कि घर को आग लगा उससे कहूँ—चीज़ों से ज्यादा मुझे तेरी जरूरत है। लेकिन, मैं ऐसा एक बार भी नहीं कह सकी थी। भेजी गयी वस्तुओं को देख-देखकर मेरा मन ही नहीं भरता और जब वह चला जाता तो सब कुछ मुझे बकवास लगने लग पड़ता है। कैसी है यह ज़िन्दगी! पता नहीं क्या से क्या मेरी आँखों के आगे फैलता चला गया था। मेरा सिर भारी हो गया था। चाय की तलब उठी, पर उठे कौन? पहले जब कभी मेरी ऐसी हालत होती तो मैं पाठ करने बैठ जाया करती थी, पर रात को मैंने कई बार पाठ करने की कोशिश की लेकिन सब व्यर्थ। फिर मुझे ख्याल आया कि जब तक बत्ती जलती रहेगी, मुझे नींद नहीं आ सकती। लेकिन अब मुझे अन्धेरे से डर लगता था। मैं अर्द्ध-बेहोशी की सी स्थिति में हो गयी। मीनू जागकर उठ बैठी। उसे पेशाब करवाना जरूरी था। मीनू के उठ जाने से मेरा चित्त कुछ स्थिर हो गया। मुझे यूँ लगा जैसे एक तूफान आया हो और मैं बच गयी होऊँ।

मीनू को कन्धे से लगाकर मैं बाथरूम की ओर गयी तो मम्मी के कमरे की लाइट जल रही थी। दरवाज़ा भी खुला हुआ था। अन्दर कौन होगा? मैं एकदम डर गयी। पिछले दिनों इधर चोरियाँ भी बहुत हुई थीं। कहीं...।

मुझे खटका-सा सुनाई दिया तो मेरी दृष्टि छोटू की चारपाई पर पड़ी। वहाँ न छोटू था, और न ही उसकी चारपाई। भीगी बकरी-सी मेरी टाँगें काँप रही थीं। कन्धे लगी मीनू बार-बार हुचक रही थी। जानती थी कि मिनट दो मिनट और खड़ी रही तो वह मेरे कपड़े गीले कर देगी।

मैं नजरें झुकाए बाथरूम में जा घुसी। मुझसे बल्ब तक भी न जलाया गया। मीनू को सँभाले हुए मैं मुड़ी तो लगा जैसे अन्दर की परछाइयों का आकार, कभी एक हो रहा है और कभी दो अलग-अलग हिस्सों में बँट रही हैं। एक औरत की, दूसरी मर्द की।

हमारे घर में यह कौन हो सकता है? चोर वाला डर मेरे मन से निकल चुका था और एक दूसरे डर ने जन्म ले लिया था।

मीनू को रजाई में लिटाकर मैंने उसे थपथपाना आरम्भ कर दिया। लेकिन मेरे कान उसी ओर लगे रहे थे।

दिसम्बर माह की ठंड और मैं पसीने से भीगी नंगे पाँव आहिस्ता-आहिस्ता कदम रखती दीवार से बिलकुल सटकर जा रही थी। मम्मी के कमरे की खिड़की शीशों वाली है। मैंने दोनों हाथ शीशे पर टिकाकर अन्दर झाँका मेरी रूह काँप उठी—दो पीठें... दो साए... और इसके बाद मेरी आँखों के आगे अँधेरा पसर गया। अब मेरी हालत ऐसी थी कि न तो मैं खड़ी रह सकती थी, न मैं बैठ सकती थी। भयभीत थी कि अगर दोनों में

से कोई बाहर आ गया तो उसे यहाँ देखकर क्या कहेगा। मुझे नहीं मालूम, मैं कितनी देर दीवार से पीठ टिकाए वहाँ खड़ी रही। जब होश आया तो गिरती-पड़ती चारपाई पर आ गिरी।

फिर मैं उठी और लाइट बुझा दी। मीनू रीं-रीं करती रही, पर मैं पीठ किए, उखड़ी बैठी रही, रंभाती गाय का मुझ पर कोई असर न हुआ और फिर मुझे नींद आ गयी थी।

छोटू ने मीनू को कन्धों पर उठा रखा है। शायद उससे मीनू और रंभाती हुई गाय देखी नहीं जा रही। इसलिए उसने आँगन की ओर देखा और मीनू को हैं ... हैं...' कर रहा है। वह भी इतने ऊँचे स्वर में कि शायद उसकी आवाज़ सुनकर मम्मी उठ बैठे।

मैं चुपचाप देख रही हूँ।

अब गाय पहले से ऊँची आवाज़ में रंभाई है। ऐसे जैसे कोई आसमान सिर पर उठाए फिरता है।

मीनू का रोना अभी थमा नहीं है। वह छोटू के हाथों में से फिसल-फिसल जा रही है। मैं जानती हूँ कि जब तक मैं उसे अपना दूध नहीं दूँगी, वह यूँ ही रोती रहेगी। मुझे उस पर गुस्सा आ रहा है। मुझे उसके डैडी पर गुस्सा आ रहा है।

तभी, मम्मी बाहर आई। शान्त। मेरी ओर देखती हुई। वह छोटू से मीनू को ले लेती है। बहलाने लगती है, लेकिन मीनू की ज़िद के आगे उसकी पेश आने से रही। दो एक मिनट यही खेल चलता रहता है। नानी-दोहती का खेल। मैं चोर आँखों से देख रही हूँ। उसके लाड़ का मुझ पर कोई असर नहीं पड़ता।

मम्मी मीनू को मेरी झोली में डालते हुए कहती है, "तू क्यूँ मुँह फुलाए बैठी है? ले पकड़, इसे अपना दूध दे।" एक पल मेरी आँखों में देखती है और अगले पल कहती है, "बेटी जस्स, तेरी आँखें मेरे से देखी नहीं जातीं... अच्छा-अच्छा... मैं तुझे गोली देती हूँ... मेरे बैड के नीचे शीशी भरी पड़ी है। तेरे लिए एक ही बहुत है... तुझे नींद की जरूरत है... बस-बस, तू अब सो जाना।"

मम्मी तेज कदमों से अपने कमरे की ओर जा रही है।

तराजू

—बलदेव सिंह धालीवाल

लाल बत्ती हो गयी। अमर ने एकदम ब्रेक लगाई। स्कूटर के टायर सड़क पर घिसरने से एक चीख की आवाज़ निकली और स्कूटर एक तरफ टेढ़ा होकर ऐसे रुक गया जैसे औरत रूठकर खड़ी हो। स्कूटर के पीछे बैठी अमर की पत्नी सुशील उससे टकराकर एक तरफ गिरने लगी परन्तु शीघ्र ही अपने आपको सम्भालते हुए कहने लगी, ''गिरा ही देना था'' उसे साथ ही खड़े और स्कूटर वालों की तिरछी नजर में शर्मिन्दगी का एहसास हुआ।

''तुम भी तो ऐसे स्टीपनी से चिपककर बैठती हो कि खुद ही गिरने वाली बात करती हो। अमर ने पीछे की तरफ देखते हुए कुछ धीमी आवाज़ में उसको डाँटते हुए कहा। उसको सुशील की यह आदत बहुत बुरी लगती थी कि वो हमेशा स्कूटर की स्टीपनी के साथ लगकर बैठती थी। इस बात पर कई बार दोनों में नोक-झोंक भी हो चुकी थी। वह अकसर कहता, 'मेरा दिल करता है कि तुझे कभी स्कूटर पर ही न बैठाऊँ। ऐसे एक मील की दूरी पर बैठती हो जैसे कोई बेगानी औरत हों। लोगों की बीवियाँ देखना जरा ऐसे पति के साथ जुड़कर बैठती हैं जैसे गूँद से चिपकाई हों। एक हाथ कन्धे पर और दूसरा उसके जांघो पर कि देखने वाले की ऊपर की साँस ऊपर और नीचे की नीचे रह जाएँ।

सुशील के ऊपर अमर की झिड़की का कोई असर न हुआ और वह पहले की तरह ही स्टीपनी से लगकर बैठी रही। अमर ने धीरे से स्कूटर को आगे सरकाया। फिर भी सुशील को झटका लगा। परन्तु ये झटका स्कूटर के चलने से नहीं बल्कि सुशील के अन्दर के किसी डर से लगा था। उसने देखा कि पीछे-पीछे प्रेमपाल भी अपना स्कूटर दौड़ाए आ रहा था। उनसे मामूली सी दूरी पर था। वह सुशील की तरफ देखकर मुस्करा रहा था। उसकी ऐसी मुस्कराहट से सुशील के पैरों से सर तक रोंगटे खड़े हो गये थे। उसे एक अजीब सी कम्पन महसूस हुई। प्रेमपाल की मुस्कराहट वैसी ही थी जैसे नौ-दस वर्ष पहले हुआ करती थी। इसी मुस्कराहट को सुशील रोमांटिक मुस्कराहट कहा करती

थी।

सुशील इस पल कोई फैसला न कर सकी कि वह प्रेमपाल की मुस्कराहट का उत्तर कैसे दे या न ही दे या फिर सिर झुकाकर बैठी रहे। एक पल तो उसने यह भी सोचा कि अपने तेवर चढ़ाकर प्रेमपाल की ओर गुस्से से देखे। लेकिन वो ऐसा न कर सकी। यह कैसा महाभारत उसके भीतर चल रहा था।

प्रेमपाल सुशील के साथ कालेज में पढ़ता था। और उसके पड़ोस के गाँव से ही था। अपने पास वाले शहर में बने कालेज को जाते हुए वो एक ही बस में सफर करते थे, ऐसे ही धीरे-धीरे वो एक दूसरे के नजदीक होते चले गये थे। फिर इस तरह एक जान हो गये कि जुदा होने की बात भी नहीं सोच सकते थे। प्रेमपाल अपने कालेज में बहुत ही साहित्यिक रुचियों वाला समझा जाता था। वह कविता लिखता था और पेंटिंग भी करता था। उसने सुशील के तरह-तरह के चित्र बनाए थे। जब वह धीमी-धीमी आवाज़ में बोलता तो सुशील को ऐसे लगता था जैसे शब्दों से भी चित्र ही बना रहा हो। वो प्यार से कहता, ''सुशील, तुझे समझ सकना बहुत मुश्किल है। तेरी हर बात, निगाह और मुस्कराहट में, हाँ और ना ऐसे घुलेमिले होते हैं जैसे किसी मस्तानी शाम के शरबती रंग में रात और दिन घुले मिले होते हैं।''

बी. ए. के आखिरी वर्ष में पेपरों के बाद दोनों को एक दो महीनों के लिए अलग-अलग रहना पड़ा। दोनों को धैर्य देने के लिए ये काफी था कि नतीजा आने के बाद वह दोनों एम. ए. में इकट्ठे दाखिला लेंगे। ऐसा सोचकर वह भरे मन से बिछड़ गये थे लेकिन वो ऐसा बिछड़े के फिर कभी मेल न हो सका। क्योंकि सुशील के घर वालों को उनके छुप-छुपकर किए जाने वाले प्रेम की खबर मिल गयी थी। नतीजा आने से पहले ही उन्होंने सुशील का विवाह कर दिया। उसके लिए ढूँढा गया अमर चाहे मैट्रिक पास ही था, पर उसका लोहे का अच्छा खासा बिजनेस था। विवाह के बाद सुशील अपने पहले प्यार के लिए चोरी-चोरी आहें भरती रही, फिर धीरे-धीरे घर गृहस्थी में जैसे सिर तक डूब गयी। परन्तु एक डर फिर भी चूहे की तरह भीतर से कुतरता रहता। वह सोचती किसी दिन उसके ससुराल कोई बड़ा सा पार्सल आएगा और उसमें से चिट्ठियों और तस्वीरों के पुलन्दे निकलेंगे। ऐसे वक्त वह पश्चाताप करने लगती। क्यों उसने प्रेमपाल के गले में बाँहें डालकर तस्वीरें खिंचवाई थीं। उसने यह प्रण क्यों किया था कि वह प्रतिदिन एक खत लिखा करेगी। वह पूरे तीन साल पोस्टमैन के आने से भयभीत हो जाती वह चिट्ठियों के पार्सल भेज देगा, फिर भी न जाने उसे क्यों डर लगता था। उसे निरन्तर यह एहसास रहता कि प्रेमपाल उसकी बेवफाई से जरूर खफा रहा होगा। कभी-कभी उसका मन करता कि वह अमर को सब कुछ बता दे, लेकिन ऐसा साहस न होता। वैसे भी वह सोचती कि अमर की दरिया की तरह चल रही ज़िन्दगी में कोई रुकावट डालने का उसका क्या हक है? उसे भोले से अमर पर जैसे तरस आ

जाता। वह सोचने लगती कि कैसे अमर अपनी पत्नी और बच्चों के लिए दिन रात दौड़ा फिरता था। कैसे वह सुशील की छोटी-छोटी तमन्ना का ध्यान रखता था। चाहे उसे शब्दों के माध्यम से प्यार का प्रगटाव करना नहीं आता था फिर भी वो घर के लिए तरह-तरह की वस्तुएँ खरीदकर अपने प्यार को तो दरसाता था।

एक बार अपने मायके गयी सुशील को जब यह पता चला कि प्रेमपाल चंडीगढ़ में एम. ए. की पढ़ाई करने चला गया था तो ये सुनकर उसे बहुत खुशी हुई थी। उसने सोचा था कि अब वह अवश्य ही किसी और का हो जाएगा और सुशील को भूल जाएगा। यह सोचकर वह कुछ दिनों के लिए ससुराल में आने वाले पार्सल की प्रतीक्षा से बेखबर हो गयी थी। पर ये बेफिक्री बहुत कम समय रह पाई। उसे अचानक एक दिन खबर मिली थी कि प्रेमपाल भी इसी शहर के आर्ट्स कालेज में आकर लेक्चरार लग गया था। यह सुनकर सुशील काँप गयी थी। उसने सोचा, 'अगर किसी रोज प्रेमपाल आगे अचानक मिल गया तो...।' इस बात ने उसे एक तसल्ली भी दी थी कि कितने वर्षों के बाद वह अपने प्रेम को देख सकेगी। परन्तु साथ ही एक डर की लहर भी उसके बदन को चीरती हुई पार हो गयी।

आज उसका डर सचमुच प्रेम के रूप में जैसे सामने आकर खड़ा हो गया था। केवल तीन चार गज की दूरी पे उसका स्कूटर पीछे-पीछे आ रहा था। शायद उसने जानबूझकर ही अपने स्कूटर को आगे नहीं निकाला था।

"यदि अगले चौक पर फिर लाल बत्ती हुई तो प्रेम बिलकुल ही उसके पल्लू को छूता हुआ पास आकर खड़ा हो जाएगा। फिर खड़े-खड़े अगर उसने बुला लिया तो...।" यह सोचकर सुशील के अन्दर खुशी और डर का मिला जुला भाव गुजर गया।

"मेरा पाली ऐसा नहीं हो सकता...। अगर उसके मन में कोई ऐसी वैसी बात होती तो कबका वो पार्सल आ गया होता।" ऐसा सोचते हुए गर्व से सुशील की छाती तन गयी। उसे मासूम सी नजर से देखते आ रहे प्रेमपाल के प्रति मोह उमड़ आया।

अगला चौक अब बिलकुल नजदीक आ गया था। सुशील ने तिरछी नजर से प्रेमपाल की ओर देखा और मुस्कराहट का उत्तर मुस्कराहट से दिया। उसी पल वह स्टीपनी से आगे की तरफ सरकी और अमर के साथ जुड़कर बैठ गयी। उसने अपना एक हाथ सलीके से अमर के कन्धे पर रख लिया और दूसरा उसकी जांघ पर।

चौक पे हरी बत्ती थी। इसलिए अमर स्कूटर को सीधा मेन बाजार की ओर ले गया। प्रेमपाल ने आँखों ही आँखों में सुशील को अलविदा कहा और चौक से बाएँ ओर मुड़ गया। सुशील ने देखा प्रेमपाल के स्कूटर की पिछली सीट पर एक नव-विवाहित लड़की बैठी थी। ढेर सारे गहने पहने हुए। कौन जाने ये नकली थे या असली। कुछ भी हो, वो गहनों से सज रही थी।

"आज तूने नये जमाने की पत्नी बनके दिखाया है।" अमर ने एक कपड़े की

दुकान के आगे स्कूटर रोकते हुए खुशी से उछलते हुए कहा। सुशील जो अभी तक अमर के कन्धे पर हाथ रखे हुए बैठी थी एक दम झटके से अलग हो गयी, "अरे भई, आज तो मन करता है तुम्हें सूट के साथ-साथ गहनों का एक सैट भी बनवाकर दे दूँ।" अमर ने कुछ-कुछ शरारती लहजे में कहा। अमर की इस बात से सुशील अपने में नहीं, वो किसी और दुनिया में पहुँची हुई थी। अब उसे ये सोचकर कुछ लज्जा सी महसूस हुई कि वो कैसे सभी के सामने अमर से चिपकी बैठी रही थी।

"आप लोग भी कमाल करते हो। बच्चों की भाँति छोटी सी बात पे खुशी से कूदने लगते हो और मामूली बात से ही बिगड़कर बैठ जाते हो।" सुशील ने अमर के साथ कपड़ों की दुकान की तरफ चलते हुए कहा। उसका ध्यान अभी भी प्रेमपाल में ही अटका हुआ था। परन्तु उसने जरा सी अदाकारी से अपनी ऐसी भावनाओं को छुपा लिया।

दुकानदार ने सुशील के आगे कपड़े के बहुत सारे थान बिछाकर रख दिये। कभी वो एक को उठाकर देखती थी तो कभी दूसरे को। कोई भी जैसे मन को जच नहीं रहा था। कभी-कभी अमर के कहने पर वह किसी थान को अपने कन्धे से लगाकर देखती। फिर आधे मन से उसे अपने मन से हटाने लगती तो बीच में ही अमर बोल पड़ता, "अरे भई, बहुत जच रहा है ये, है ना... ! इस प्रिंट में कोई सफेद पृष्ठ वाला है ?" सुशील अमर की बात से बेध्यान दुकानदार से पूछती तो वह इस माँग के आगे बेबस सा महसूस करता हुआ कहता, "बहन जी, इस प्रिंट के साथ सफेद ग्राउंड तो बिलकुल अच्छी लगने वाली नहीं। भाई साहब ये तो पहनने वाले को ही सोचना चाहिए, न कि तुम्हें।" वह अपनी बात पे अड़ी रही।

"चलो छोड़ो जी, फिर किसी दिन देख लेंगे, मुझे नहीं जँचता कोई।" सुशील ने उठते हुए अपना फैसला सुना दिया।

"अरे बाबा इन दोनों में से देखकर बताइए न ?" अमर अभी तक भी दो थान उसके आगे कर रहा था। परन्तु सुशील ने उन पर कोई ध्यान नहीं दिया और दुकान से बाहर निकल आई।

"अरे ये एकदम क्या हो गया था आपको। ऐसे उखड़ी-उखड़ी क्यों करने लग रही हो ?" दुकान से बाहर आकर अमर ने पूछा।

"कुछ नहीं, बस घर चलें।"

घर वापिस आते समय भी सुशील पहले की तरह ही स्कूटर की स्टीपनी के साथ जुड़कर बैठी रही। उसे प्रेमपाल का हँसता हुआ चेहरा एक बार फिर याद आया। उसे सोचकर हैरानी हुई कि प्रेम के चेहरे पर कोई घृणा, कोई तड़प, कोई शिकवा, कोई नाराजगी कहीं नहीं थी। 'उसने जरूर मुझे माफकर दिया होगा, मेरी मजबूरी को समझ लिया होगा।' यह सोचकर उसके चेहरे पर खुशी की लहर सी आई।

''हो सकता है वो मेरे लिए कभी तड़पा न हो। उसका प्यार ऐसे ही एक शब्द जाल ही हो, ये भी तो हो सकता हो, कि उसकी पत्नी ने उसको इतना प्यार दिया हो कि और सब कुछ उसने खुद ही भुला दिया हो।'' प्रेमपाल के स्कूटर के पीछे बैठी प्यारी सी लड़की के बारे में सोचकर सुशील का मन पश्चाताप से भर गया।

अब उसे प्रेमपाल के मुस्कराहट भरे चेहरे के ध्यान से ही घृणा का एहसास होने लगा।

'मैं कैसे उसके लिए दिन रात तड़ती रही हूँ और वो...!' सुशील ने घृणा से सोचा।

''पर अब मैंने भी उसे भुला दिया था ना, मैं भी अपने घर में ही व्यस्त हो गयी। नहीं, ऐसा नहीं हो सकता। प्रेमपाल कैसे भूल सकता है मुझको। ऐसे रिश्ते कोई भुलाये जा सकते हैं।'' सुशील ने अपने आप ही प्रेमपाल के हक में दलील दे के उसे घृणा की जगह प्यार के योग्य बना लिया।

''मम्मी तुम भी बड़ी भुलक्कड़ हो, लगता है आज फिर मेरी ड्राइंग फाईल नहीं लेकर आईं'' सोच की तानी में उल्झी सुशील को स्कूटर से उतरते ही उसकी छः साल की बेटी ने घेर लिया।

''मुझे कहते थे कि सूट लेने बाजार जा रहे हैं, और गये कहीं और ही थे, झूठ बोलकर।'' लड़की ने सुशील के खाली हाथ देखकर रूठकर कहा।

''अरे बेटा, गये तो सूट लेने ही थे, बस जँचा ही नहीं कोई, फिर आगे ड्राइंग लेने गये ही नहीं बाजार में। कल को अवश्य ले आएँगे।'' सुशील ने सच्ची बात बताकर, लड़की को विश्वास दिलाने का यत्न किया।

''झूठी कहीं की!'' लड़की ने मुँह लटकाकर रोने जैसी लिलक लेते हुए चीखकर कहा। लड़की के इस हठ से सुशील के भी तेवर चढ़ गये।

''अच्छा बाबा, झूठी तो झूठी सही, मुझे नहीं पता चलता क्या सच्च है और क्या झूठ। माफकरो मुझे।'' ऐसा कहते हुए सुशील बेडरूम की ओर चली गयी। रूठी हुई लड़की हटकोरे लेते हुए रोने लगी और रोते-रोते ड्राइंग रूम में बैठे अपने पापा के पास चली आई।

बेड पर लेटी हुई सुशील को बार-बार अब भी यह ख्याल सता रहा था कि प्रेमपाल की तरफ देखकर मुस्कराहट सच्च था कि अमर के कन्धे पर हाथ रखना। इन दोनों बातों को वो जैसे बार-बार किसी तराजू में रखकर तोलने लगती, कभी एक पलड़ा भारी हो जाता, तो कभी दूसरा कैसे। तोलती वो!

किसी के कदमों की आहट सुनकर सुशील घबराकर उठ बैठी। जैसे वह चोरी करती पकड़ी गयी हो। अमर पानी का गिलास लिए उसके पास आकर खड़ा था।

''अगर तबीयत ठीक नहीं तो कोई गोली वगैरह लाकर दूँ?'' अमर ने उसके

माथे को पलोसते हुए पूछा!

"नहीं, अब ठीक हूँ। यूँ ही शहर का धुआँ मिट्टी सा चढ़ गया था दिमाग को।" सुशील ने पानी के दो घूँट लिए और शरीर को ढीला छोड़कर आँखें बन्द करके लेट गया।

काम-बली

—सुखजीत

औमी जी ने आचमन में से चुल्ली भरी और सामने बैठी भैरवी से कहा, ''मेरा साथ दो भैरवी... ।''

भैरवी ने मुविर की ओर देखा।

बायाँ हाथ वैराग्य पे टिकाए, मृगछाल पर विराजमान, मुँदी आँखें, वह कोई पुरातन ऋषि प्रतीत हो रहे थे, जो हथेली से टप-टप गिरते जल को सम्भालने का यत्न करते हुए प्रण भी कर रहे हैं और याचना भी, ''मैं कामबली को वश में करूँगा भैरवी, तुम मेरी सहायता करो। मैं औमी साधु तुम्हारे और जल के सामने प्रण करता हूँ कि इस महाबली को वश में कर ब्रह्मचर्य धारण करूँगा। तुम मेरे अंग-संग रहना।''

भैरवी एकटक मुनिवर को देख रही है।

''विनती स्वीकारा करो भैवरी... ।'' मुनिवर ने जैसे मिन्नत की।

भैरवी ने सलीके से आचमन टेढ़ाकर चुल्ली में जल लिया और अपनी आकर औमी जी की चुल्ली के नीचे कर दी ताकि महात्मा के जल की एक भी बूँद व्यर्थ ना जाए। आँखें बन्द कीं और नम्रता से कहा, ''मैं वचन देती हूँ, कामबली को वश करने के लिए मुनिवर का तन-मन से साथ दूँगी... ।''

दोनों ने अंजुरी में लिया जल धरती माता को अर्पित कर दिया। औमी जी उठे, दोनों हाथ जोड़ एक टाँग पर खड़े हो प्रार्थना करने लगे, ''हे कामदेव, हे महाबली, बल बख्श, ताकि मैं तेरे संग युद्ध लड़ सकूँ... ।''

भैरवी ने भी कहा, 'हे कामदेवी रति, शक्ति दे ताकि मैं अपना वचन निभा सकूँ।''

उन्होंने एक साथ धरती को नमस्कार किया। औमी जी ने आचमन और मृगछाला सँभालकर चलते हुए कहा, ''चलो भैरवी।'' और भैरवी साथ चल दी।

वह दोनों एकान्त में जाने के लिए दरिया किनारे वाली कुटिया के लिए चल दिए। वृक्षों के झुंड में छोटी-छोटी कुटियों वाला आश्रम पीछे रहता लगा। वृक्षों पर

चहचहाते पक्षी और वृक्षों के नीचे ध्यान और साधना करते साधु भी। आश्रम के मुख्य साईंबाबा ने उन्हें जाते देख गहरी साँस ली। दूर से उनकी परछाइयाँ एकाकार होती नजर आयीं तो साईंबाबा ने सोचा, 'यह वह औमी तो नहीं वह अक्खड़ साधु, हठी, जपी, तपी। और भैरवी? भैरवी भी कौन-सी पहले जैसी रह गयी है...।''

चारों ओर उतर रही रात की कालिमा, सन्ध्या की लालिमा को निगलने लगी साईंबाबा अपने बीते समय में खो गये...।

औमी जी की कुटिया में बजते अलार्म से साईंबाबा की नींद खुल गयी थी, मगर नींद अभी पूरी नहीं हुई थी। श्रद्धालु देर रात तक बैठे रहे थे। अलार्म बन्द हुआ तो वह फिर सो गये।

औमी जी ने अलार्म बन्द किया और बहुत रूखे ढंग से हरिऔम' कहते हुए सेवक को आवाज़ दी। आँख तो सेवक की भी अलार्म से खुल गयी थी। उठा नहीं जा रहा था, मगर औमी जी दूसरी आवाज़ नहीं देते थे। पहली आवाज़ के बाद ठंडे पानी की बाल्टी उलट देते या जो भी चीज़ हाथ में आए...।

मर्यादा को लेकर बहुत सख्त थे औमी जी। रात आठ बजे के बाद कोई श्रद्धालु उनकी कुटिया में नहीं रह सकता। औरत सूरज छिपने के बाद उनके माथे नहीं लगती, बड़ा तप-तेज था उनका। वह सभी को कसकर रखते। अपने शरीर को भी। कई बार साईंबाबा धीमे से कह भी देते, ''सख्ती कम किया करो मुनिवर, ये आश्रम ऐसे ही चलते रहते हैं और दुनिया भी। ये लोग राम और कृष्ण जैसों से नहीं सुधरे, फिर हम कौन हैं।''

साई बाबा मुखिया थे, इसलिए औमी जी उनकी बात नहीं काटते थे। मगर ऐसा मर्यादा-भंजक वचन सुनकर वह कान खींच-खींचकर लाल कर लेते... धर्म की हानि के समय जब वह दूसरे से कुछ कह ना सकते तो खुद को सजा देते। कोई औरत बेवक्त माथे लग जाये या छू जाये तो वह वस्त्रों सहित पानी में घुस जाते, फिर पवित्र तथा शान्त होकर ही बाहर निकलते। कड़ाके की सर्दी में रात को बाहर कुंड में जल भर दिया जाता, औमी जी नियम से तड़के चार बजे उसमें स्नान करते। फिर गेरुए वस्त्र लपेटकर समाधि में लीन हो जाते। सवा घंटे की समाधि के बाद पूजाघर में आ बैठते। श्रद्धालु और अन्य साधु उनके बाद आने शुरू होते। साईंबाबा का कोई निश्चित समय नहीं था। वह कभी भी आ जाते। आते जरूर। उनके चेहरे पर मुस्कान जरूर रहती, शान्ति और सहजता भी।

श्रद्धालु साईंबाबा को आश्रम के मुखी और औमी जी को जाति-साति वाले हठयोगी करके पूजते। औरतें साईंबाबा के चरणों को दबाती-घुटती, मगर औमी जी को जाने अनजाने कोई छू लेती, वह मरने-मारने पर उतर आते। जाने अनजाने छूने वालियों में भैरवी का नाम ज्यादा आता था।

भैरवी बंगालन।

इस बंगालन औरत की चाल में कोई रिदम था और बोलों में सुर कि साईं बाबा ने इसका नाम भैरवी रखा था। भैरवी, साँवले रंग की मजबूत कद-काठी वाली औरत। सरोवर से स्नानकर बाहर निकलती तो गीली साड़ी में लिपटी कोणार्क मन्दिर की मूर्ति प्रतीत होती।

आश्रम में अन्य औरतें थीं, जिन्हें देवी कहा जाता। वह आश्रम के ओर बने देवी-वास में रहती थी। उनमें से कई 'देवियों' के नाम किसी न किसी साधु से जुड़े हुए थे। मगर भैरवी की ऐसी बात कोई नहीं करता था। वह घंटों साईंबाबा के साथ वचन-विलास करती रहती, जिसे विचार-चर्चा कहते हैं। वह चर्चा मुख्यत: काम-क्रोध के बारे में भी होती और औमी जी के बारे में भी।

वैसे कई बार कईयों को लगता था कि भैरवी जान-बूझकर औमी जी की मर्यादा भंग करने पर तुली हुई है। औमी जी ने कई बार साईंबाबा से कहा कि, वह भैरवी को वर्जित करे। मगर साईंबाबा हँसकर टाल देते या कभी-कभी गम्भीर होकर कहते, ''इतने सचेत न हुआ कीजिए मुनिवर। टूटने का भय रहता है।''

आगे से औमी जी कठोरता से जवाब देते, ''नहीं भगवन्, मर्यादा हमारा धर्म है, साधु होते समय हमने प्रण लिया था कि औरत, दौलत और शोहरत से दूर रहेंगे...। तीनों चीज़ें पाप की जड़ हैं ऋषिवर।''

''मैं जान देकर भी प्रण निभाऊँगा...।''

औमी जी दुहराते, ''भैरवी तो क्या, कोई अप्सरा भी मेरा सति भंग नहीं कर सकती।'' साईंबाबा की मुस्कान, जो समय-समय पर गाढ़ी फीकी, गहरी और हल्की होती रहती, मगर खत्म होने पर नहीं आती थी, वह सहजता से कहते, ''ईश्वर कृपा करें, ऐसा ही हो ऋषिवर।''

साईंबाबा राधा-कृष्ण की कथा करते-करते जब कभी मौज में आ जाते तो राधा की सुन्दरता का बयान बहुत रस से करते, कहते, ''राधा, जब अपने काले केश लहराकर एक कन्धे से दूसरे कन्धे पर फेंकती तो हवा का रुख बदल जाता...।''

''यह दिन और रात राधा की पलक-झपकने का खेल था सारा...।''

''वह हँसती तो मन्दिरों में घंटियाँ बज उठतीं और पुजारी आरती करने लगते।

''साई बाबा जब राधा की उपमा करते तो श्रोताओं को लगता जैसे बंगालन भैरवी की उपमा कर रहे हों। वैसे कई बार हँसी से साईंबाबा भैरवी से कह भी देते, ''भैरवी...तुम्हारे केशों और आँखों की चमक सब मछली की कृपा है।''

अब चाहे भैरवी माँस-मछली नहीं खाती थी, मगर ज्यादातर साधु उसके पहले से खाये से भी चिढ़े रहते। औमी जी तो उसके साये से दूर भागते। औमी जी क्रोध से और साईंबाबा मौज से भैरवी को 'रति' कहते। काम की देवी रति।

भैरवी उन दोनों की बातें सुन हँस देती। वही 'मन्दिरों' में घंटियों वाली हँसी'

और औमी जी ठंडे जल में घुसकर शान्त होते। सेवक उस भ्रष्ट हुए पानी को छींटों से बचकर निकालता और निर्मल जल भर देता।

सर्दी में एक दिन सन्ध्या की आरती हो रही थी। पक्षी घोंसलों की ओर लौट रहे थे और श्रद्धालु पूजा घर में इकट्ठे हो रहे थे। साईंबाबा ने राधा-कृष्ण की प्रेम कथा छेड़ दी। साथ ही भैरवी उनके साथ मिलकर भजन गाने लगी। केसरी साड़ी में लिपटी भैरवी 'राधा' ही लग रही थीं। श्रद्धालु झूमने लगे। साईंबाबा पुकार उठे, "वाह...राधा...वाह।" भैरवी झूम-झूमकर गाने लगी। साईंबाबा नाचने लगे, "राधे...राधे।"

उनके श्रद्धालु भी नाचने लगे, "राधे...राधे।"

भैरवी के साथ दूसरी देवियाँ भी नाचने लगीं और गाने भी, "राधे, राधे...।"

सारा आलम नाच रहा था, गा रहा था।

मगर औमी जी वैसे के वैसे बैठे थे, कठोर, गुस्सैल और शान्त। जैसे जैसे साईंबाबा मगन हो रहे थे, वैसे ही औमी जी के मस्तक पर त्यौरियाँ बढ़ती जा रही थीं। सूरज अस्त हो गया था। किसी ने रात की आरती नहीं की थी। वृक्षों पर पक्षियों का सन्ध्या-मिलन संगीत 'राधे-राधे' कहता सुनायी दे रहा था।

समूचा आश्रम वृन्दावन हो गया था।

हरेक मर्द कृष्ण था और हर औरत राधा।

चारों ओर एक आनन्द था, परमानन्द। औमी जी की कहर भरी आवाज़ गूँज उठी, "बस करो... ओ...ठहरो...।"

सभी झटके से रूक गये, सिर्फ साईंबाबा और भैरवी झूम रहे थे।

"राधे राधे... राधे राधे।"

"कलयुग...घोर कलयुग...।" औमी जी चीख उठे थे।

भैरवी काँपकर रुक गयी। साईंबाबा ना झूमने से रुके न गाने से। उन्होंने लय भी न बदली। सिर्फ शब्द बदल गये, "राधे राधे के स्थान पर कलयुग-कलयुग।"

भैरवी ने डरी नजर से औमी जी की ओर देखा। एक पल फिर साईंबाबा की ओर देखते हुए जैसे उसका डर उतर गया हो। वह धीरे धीरे झूमने लगी और साईंबाबा के सुर से सुर मिला ली,

"कलयुग...कलयुग।"

एक-एक करके सभी गोपियाँ और कृष्ण 'कलयुग' कह झूमने लगे। भैरवी के केश खुल गये और अन्य देवियों के भी।

मालूम नहीं कब भैरवी औमी जी के चरणों में खेलने लगी। उसके काले कोमल केश औमी जी की नंगी टाँगों को छूने लगे। उनका क्रोध सातवें आसमान तक जा पहुँचा। लगा जैसे वह कोई 'चेला' हो और 'डोलियाँ' खिला रहे हों। उनके होंठ काँपने लगे और नथुने भी। वह पलटे और फुँफराते हुए बाहर निकल गये। पवित्र मूर्तियों के

पास से निकलते हुए सिर भी न झुकाया। हाँफते हुए, गुस्साये, वह ठंडे पानी में घुसते ही जैसे जल-समाधि में चले गये। पानी खौलने लगा, मानो पानी में दो मगरमच्छ लड़ रहे हों। यह 'जलसमाधि' नहीं थी।

पूजाघर से अभी भी 'कलयुग कलयुग' की आवाज़ सुनाई दे रही थी।

मृगछाल और आचमन सँभाले औमी जी के पीछे आया सेवक डर रहा था कहीं यह 'कलयुग' मुनिवर की जान न ले ले। इतनी देर तक वह पानी में कभी नहीं रहे थे। आखिर वह बाहर निकले और खौलते-खीझते कुटिया में जा घुसे। वस्त्र बदले। सेवक से मृगछाल और आचमन पकड़ी, अन्दर से वैराग्य। पूरी तैयारी से वह फिर एक बार पूजा घर में दाखिल हुए। 'कलयुग' की 'सुर' शान्त थी और सारे 'कलयुगी' मूर्तियों के आगे दंडवत कर रहे थे। अलसाये से। बड़े आनन्द में।

साईंबाबा ने औमी जी का स्वागत किया, ''आइए मुनिवर आइए... आइए विराजिये... ।'' परन्तु औमी जी खड़े रहे। साईंबाबा मुस्कराते हुए बोले, ''क्रोध को जाने दो मुनिवर कलयुगी जीवन को माफकरें... ।''

औमी जी ने बिना कुछ कहे मृगछाल बिछाई वैराग्ण पर बाजू टिकाते हुए एकदम सीधे बैठे और एक-एक शब्द चबाते हुए बोले, ''देखिए साईंबाबा, आज मैं जति-सति की परीक्षा दूँगा। मैं दरिया किनारे वाली कुटिया में जा रहा हूँ। आप भैरवी, नहीं कामदेवी रति को भेजिए... ।'' उन्होंने नफरत से भैरवी की ओर देखा, ''यदि यह मेरा सति भंग कर देगी तो मैं जलसमाधि ले लूँगा। परन्तु... ।'' वह एक क्षण रुके, ''अगर यह ऐसा न कर सकी तो, आप सभी देवियों सहित यहाँ से कहीं और... ।''

आज पहली बार साईंबाबा के शान्त चेहरे पर गुस्से का साया आया। उन्होंने कठोरता से औमी जी की ओर देखा। वाणी पर काबू करके, कहने लगे, ''महापुरुषों ने कहा है मुनिवर, दावे कभी नहीं करने चाहिए। न अपने लिए न किसी अन्य के लिए। ठीक नहीं होता...कहते हैं दूध और मति को फटते... ।''

''नहीं महाराज, और बर्दाश्त नहीं होता। आपको भी मालूम हो कि बंगालिनों का जादू साधुओं पर नहीं चलता... ।''

''फिर मुझे क्यों घसीटते हो बीच में। यह आपका और भैरवी का झगड़ा है। आप दोनों स्वयं ही निबट लो... ।'' लगा, साईंबाबा की शान्ति भंग हो गयी थी।

''नहीं भगवन्, झगड़ा यह नहीं। झगड़ा साधुओं की मर्यादा का है। इज्जत और सम्मान का है। आश्रम की आन का है...कि यहाँ कलयुग में भी एक ऐसा साधु है, जिसने काम को वश में किया है।'' उन्होंने 'एक' पर जोर दिया।

''इतना अहंकार अच्छा नहीं होता मुनिवर... ।'' साईंबाबा के स्वर में दुख भी था और पितश भी। ''मनुष्य, मनुष्य है, वह कब बच सका है इस महाबली से बस जितना भी बचा सकता है, वह प्रभु ही है जो हमारा पर्दा बनाये रखता है। प्रार्थना किया करो, वह

हमारी इज्जत बनाये रखे।''

''हूँ, यह कमजोर मन की बातें हैं। बहाने हैं सब साईंबाबा...।''

ओमी जी ने आचमन से चुल्ली भरी, ''कसम है मुझे इस जल की, आचमन की। वैराग्य, मृगछाल और साधु भूष की। दिखा दूँगा इस नीच बंगालन को कि साधु का हठ क्या होता है...।'' उन्होंने चुल्ली छोड़ी और एकदम चले गये, बिना प्रणाम किए।

भैरवी का साँवला रंग ऐसा हो गया जैसे किसी ने ताँबे को तपा दिया हो, अपमान हुआ समझ उसका मन और आँखें भर आयीं। साईंबाबा दुखी हो गये, मगर टालने के अन्दाज़ में बोले, ''वह मूर्ख है भैरवी। छोड़ो, स्वयं लौट आएगा...।''

परन्तु भैरवी ने उनके चरण पकड़ लिए, ''नहीं गुरुदेव, आज वह सारी सीमाएँ पारकर गये हैं। यदि अहंकारी का अहंकार ना तोड़ा गया तो आश्रम के लिए अच्छा नहीं होगा।

''नहीं भैरवी, पागलपन नहीं करते...तुम भी उसकी तरह...छोड़ दो इस बात को...।'' साईंबाबा स्पष्ट नहीं थे।

''मैंने आपसे कभी कुछ नहीं माँगा साईंबाबा। मुझे आज्ञा दीजिए, बल दीजिए...। भैरवी ने हाथ जोड़ दिए थे। भैरवी की आँखें अभी भरी हुई थीं। साईंबाबा सोच में पड़ गये साथ ही उन्होंने श्रद्धालुओं की ओर देखा। सभी औमी जी के व्यवहार से दुखी थे। औमी जी का 'कहीं और जाने के बारे में' कहना भी याद आया। यह भी याद आया कि औमी जी हमेशा स्वयं को साईंबाबा से श्रेष्ठ सिद्ध करते रहते हैं। वह किसी प्रकार सहते रहते। मगर आश्रम से ही चले जाने को कह देना...। साईंबाबा उठ खड़े हुए और भैरवी भी।

साईंबाबा ने राधा-कृष्ण की मूर्ति के आगे सिर झुकाया, भैरवी ने भी। साईंबाबा ने राधा के गले से 'दोमुखी रुद्राक्ष' की माला उतारी और भैरवी के गले में डाल आशीर्वाद देते हुए कहा, ''जाओ भैरवी, राधा-कृष्णा तुम्हारे संग रहें...।''

भैरवी ने साईंबाबा के चरण छुए और तेजी से पूजाघर से बाहर चली गयी। जाते समय उसने किसी से भी नजर न मिलायी। साईंबाबा से भी नहीं। मगर बाबा की आह जरूर सुनाई दी और यह कहना भी, ''अच्छा। जैसी तेरी मर्जी...।''

साईंबाबा ने आह भरी। अतीत से बाहर आए। देखा, औमी और भैरवी आँखों से ओझल हो गये हैं। सेवक सामने भोजन लिए खड़ा है।

आज औमी जी के पीछे-पीछे जाते हुए, उस दिन के बारे में सोचकर मुस्करा दी भैरवी...।

उस दिन मालूम नहीं किस वेग के तहत पहुँच गयी थी वह दरिया किनारे वाली कुटिया में...।

जाकर औमी जी को प्रणाम किया था। उन्होंने इतनी हैरानी से देखा मानो उसके

आने का यकीन ना रहा हो। फिर वह नेत्र मूँदकर, समाधि लगाने की भाँति बैठ गये थे। रास्ते में काफी कुछ सोचती आयी थी भैरवी। मगर औमी जी के सामने आकर पता नहीं क्यों सहज हो गयी थी।

"हम कुछ बातें तयकर लें मुनिवर... ?"

"कौन-सी बातें ?" औमी जी ने रूखे ढंग से पूछा।

"ऐसा न करें मुनिवर", भैरवी ने बेहद नम्रता से कहा, "इतना रूखा न बोलिए, यह तो खेल है, कोई जंग नहीं।"

"मेरे लिए जंग ही है। तू तयकर जो करना है...।"

"देखिए मुनिवर...।" भैरवी औमी जी का हाथ पकड़ने लगी। वह हाथ झटककर क्रोधित होकर चीख उठे, खबरदार, जो मुझे छुआ तो...।"

भैरवी पल भर चुप रही। फिर बोली, "यही तो तय करना है मुनिवर कि मैं आपको कैसे रिझाऊँ ?"

"क्या मतलब ?"

"मतलब आपको मोहित कैसे करना है? वचनों से छूकर या अपना तन दिखाकर...।" उसने औमी जी को गौर से देखा और बोली, "नेत्र आप खोलते नहीं। छूने आप मुझे नहीं देते। मेरी बात आप सुनते नहीं...ऐसे तो मैं जीत गयी।" वह विश्वास से मुस्कराई।

"ऐसे कैसे जीत गयी तू!" औमी जी ने घूरकर देखा।

"आप डरते हैं, आँखें खोलेंगे तो डोल जाएँगे। छू लूँगी तो पिघल जाएँगे। सुनोगे तो अन्दर उतर जाऊँगी।"

"बस कुलटा बस... लज्जा नहीं आती ऐसे वचन करते हुए, यही सिखाया है साईंबाबा ने ?"

"बस मुनिवर, साईंबाबा के बारे में कुछ न कहना... और गालियाँ मैं भी बर्दाश्त नहीं करूँगी। मैं ऐसी वैसी औरत नहीं। मुझे भी ज्ञान है। मैंने भी तपस्या की है...।"

"हूँ...तपस्या और तू...। यही सब सिखाकर भेजा है साईंबाबा ने कि बातों से ही जीतकर आ जाना। ऐसे नहीं जाने दूँगा मैं...। लो खोल दिए हैं नेत्र दिखा, क्या दिखाना है। आ छू ले जहाँ छूना है...।" उन्होंने चादर उतार दी, "कर ले कुलच्छन, जो करना चाहती है। छुट्टड़ कहीं की।"

"गाली न दें मुनिवर, मैं फिर कहती हूँ, मैं ऐसी वैसी नहीं। जाति सति वाली हूँ मैं भी। रही छुट्टड़। जिस मर्द ने मुझे छोड़ा, उसे मुझे ही छोड़ना था नामर्द को, मगर मर्दों का समाज, वाह...।" भैरवी ने गहरा साँस लिया, "मैंने तो फिर भी अपना आप दरिया को सुपुर्द कर दिया था। बचा लिया साईंबाबा ने, बहते जाते हुए, और बचाकर ले आए यहाँ...।" सिर हिलाकर विश्वास से कहा भैरवी ने, "उसी दिन से मैं जानती हूँ मुनिवर,

आप परेशान हैं। आपको लगता है कि मेरे और साईंबाबा के दरम्यान कुछ है... परन्तु यह आपका भ्रम है। ऐसा कोई सम्बन्ध नहीं है हमारा... ।'

''झूठ, एकदम झूठ... कौन-सी स्त्री सच बोलती है, इस मामले में। यह जात तो नीचे से उठकर... ।'' औमी जी ने मुँह घुमा लिया।

भैरवी हँस दी फीकी-सी हँसी, ''अच्छा लगा, मुनिवर आपका आम आदमियों की तरह बातें करना... अच्छा लगा।'' उसने तसल्ली से साँस छोड़ते हुए कहा, ''यह तो मैं जानती थी कि आप मुझे चाहते हैं, मगर इतना चाहते हैं, यह नहीं मालूम था... ।''

''क्या बकवास है? मैं और तुम्हें चाहता हूँ... ? हूँ... ?'' औमी जी ने मज़ाक उड़ाने के अन्दाज़ में कहा।

''हाँ मुनिवर... ।'' गम्भीर हो गयी भैरवी, ''आप उसी दिन से चाहते हो मुझे आपकी वह पहली नजर मुझे अभी तक नहीं भूली... ।''

''यह सच है, आप मेरा खयाल मन से निकालने का यत्न बहुत करते हो। मुझे कोसते हो, झिड़कते हो। अपने शरीर को कष्ट देते हो... ।''

''झूठ, कपट, बस कर कुलच्छनी। यह त्रिया-चरित्र यहाँ नहीं चलेगा।'' कहकर औमी जी उठ खड़े हुए। भैरवी भी खड़ी हो गयी। उसने हाथ जोड़ दिए, ''शान्त मुनिवर शान्त। यह त्रिया-चरित्र नहीं। मैं कैसे आपको यकीन दिलाऊँ? मैं दासी हूँ आपकी महाराज। नहीं तो इतने तिरस्कार के बाद... ।'' उसका गला रुँध गया। वह हाथ जोड़े, घुटनों के बल बैठ गयी। उसके कन्धे हिल रहे थे, हौले-हौले, रोते हुए।

औमी जी की आवाज़ नम्र हो गयी। मगर लहजा सख्त रहा, ''मैं जानता हूँ, ये आँसू, ये रोना हथियार हैं स्त्री के... ।'' भैरवी कुछ न बोली। मगर उसकी हिचकियाँ तेज हो गयीं। औमी जी ने नीचे देखा। भैरवी की साड़ी का पल्लू कन्धे से सरका हुआ था। उसकी साँवली देह मुनि के चरणों में समर्पित थी। सच्चा और पूर्ण समर्पित। वह पसीज गये और डरे भी। उन्हें लगा, यदि वह एक और पल यहाँ रुके तो झुक जाएँगे। झुककर भैरवी को उठाएँगे और गले से लगा लेंगे। उन्होंने पीछे हट जाने का फैसला किया। मगर ऐन उसी समय भैरवी ने उनके चरण पकड़ लिए और मस्तक उस पर टिका दिया। चरणों पर गिरते नमकीन आँसुओं से मुनि के अन्दर जैसे कुछ भुरने लगा। वह नहीं में सिर मारने लगे और उच्चारण करने लगे, ''ना भैरवी ना... छोड़ दे मुझे... जा चली जा...। मेरी बरसों की कमाई दरिया में न गँवा। मैं तेरे हाथ जोड़ता हूँ... देख।'' और उन्होंने सचमुच हाथ जोड़ दिये। लगा वह खुद भी रो देंगे। भैरवी की जैसे जान ही निकल गयी। वह उनकी टाँगों से लिपट गयी। औमी जी का वजूद काँपने लगा। वह झुककर भैरवी को उठाने लगे तो उनके गर्म आँसू भैरवी की नंगी पीठ पर जा गिरे। भैरवी तड़प उठी।

कुछ देर के लिए सृष्टि चलने से रुक गयी।

बहता पानी, हवा, तेज साँसें, सभी कुछ... ।

कुछ देर बाद मृगछाल से परे औमी जी की बाजू पर सिर रखे, आँखें मूँदे भैरवी पड़ी थी। मुँदी पड़े आचमन और वैराग्य से बेखबर औमी जी अधखुली आँखों से तारों भरे आकाश को निहार रहे थे। टिमटिमाते और एक-दूसरे में खोते तारों का यह खेल, उन्होंने पहली बार देखा था। ''यह आरम्भ है जीवन का... ।'' उन्होंने आनन्द मग्न हो सोचा।

और शायद अन्त भी.. ।'' अन्तर्मन से जैसे आवाज़ आयी।

अचानक एक आह भरी गयी। वह उठ बैठे। मगर भैरवी नहीं। मुनिवर ने नजर घुमायी। नजर घूमते-घूमते अटक गयी। मुँदे पड़े आचमन पर और सीधी पड़ी भैरवी पर। सिर घुटनों में दे लिया... ।

''क्या हुआ मुनिवर ?'' भैरवी जैसे बन्द आँखों से सब कुछ देख रही थी।

''मेरे जीवन का अन्त हो गया।'' औमी जी की आवाज़। जैसे गहरे कुएँ में से बोले थे। भैरवी चुप थी।

''मेरा हठ ही मेरा वजूद था।''

''...''।

''सब खत्म हो गया। हठ भी और वजूद भी।''

भैरवी उठकर बैठ गयी थी।

''तू जीत गयी भैरवी, जा-जाकर सारे आलम को बता दे कि औमी खत्म हो गया।'' वह माथे पर हाथ मार रहे थे।

''सुनिये मुनिवर... ।'' भैरवी ने उनका हाथ पकड़ लिया था, ''मैं आपकी दासी हूँ। आपका अपमान नहीं सह सकती। मैं किसी से कुछ नहीं कहूँगी।''

औमी जी ने गहरी साँस ली।

''आपकी जीत मेरी जीत है प्रभु। आश्रम का यश है... साधुओं का गौरव है, मैं तो कहूँगी... ।'' भैरवी ने नजर झुका धीमे सुर में कहा, ''मैं हार गयी। मुनिवर नहीं डोले।''

''ओ भैरवी... ।'' औमी जी को बहुत प्यार आया। उन्होंने भैरवी को कसकर जकड़ लिया।

सृष्टि फिर रुकने लगी।

दूसरी प्रभात। आश्रम में औमी जी का सत्कार और भी बढ़ गया। पूजा के समय भैरवी ने प्रार्थना की, 'मेरा गुनाह बख्शने लायक नहीं। मैंने पहुँचे हुए साधु की परीक्षा ली। मुनिवर चाहते तो मुझे जलाकर भस्मकर देते। मगर यह बहुत कृपालु हैं। मैं मुनिवर और भक्तों से माफी माँगती हूँ।'' श्रद्धालु औमी जी की प्रशंसा करने लगे।

औमी जी आँखें मूँदे, शान्तचित्त बैठे माला फेरते रहे।

साईंबाबा के चेहरे पर निरन्तर खेलती मुस्कान वैसे की वैसे नाचती रही। वह उठे और सहजता से कहा ''औमी जी बड़े दिलवाले महात्मा हैं, जिन्होंने मुझे भी आश्रम में रहने की आज्ञा दे दी है। नहीं तो शर्त मुताबिक... ।''

औमी जी काँप उठे। भागकर साईंबाबा के चरणों में पड़े। साईंबाबा ने उठाकर उन्हें सीने से लगा लिया। भक्तगण दोनों की जय-जयकार करने लगे।

उन दिनों साईंबाबा बहुत कम आराम करते थे। उन्होंने रातों को आश्रम की परिक्रमा शुरू कर दी। वह कभी दरिया किनारे की कुटिया के आस-पास घूमते कभी औमी जी की कुटिया के और कभी देवीवास के। जहाँ परिक्रमा कर रहे होते। वहाँ किसी को भी जाने न देते, औमी जी के सेवक को भी नहीं।

फिर एक दिन... उन्होंने भैरवी से कहा, ''भैरवी, मैं कितनी देर तक ध्यान रखूँगा। यह आश्रम की इज्जत का सवाल है, तुम्हारी और मुनिवर की भी इज्जत का।'' भैरवी नजरें झुकाए बैठी रही तो उन्होंने हँसकर कहा, ''वैसे भी मैं बूढ़ा हो गया हूँ। इतना चलना-फिरना मुझसे नहीं होता। हुआ पल घड़ी। मगर तुम लोग तो...सारी-सारी रात मुझसे खड़ा नहीं हुआ जाता पहरे पर... ।''

भैरवी सहम गयी और शरमा भी गयी। उसने साईंबाबा की ओर देखा। आज मुस्कान के साथ शंका भी शामिल थी उनके चेहरे पर। वह गहरी साँस ले बोले ''तुझे बाप की तरह प्यार करता हूँ भैरवी। औमी भी इस आश्रम की शोभा है। बहुत नाम है उसका। मैं तो नाम का मुखी हूँ। आश्रम को एक मर्यादा और सम्मान उसी ने दिया है।'' वह रुके, फिर कहा, ''तुम दोनों के बारे में उठी कोई भी बात मुझसे सहन नहीं होगी।'' फिर मानो कठिनता से कहा, ''मैं सारा प्रबन्ध कर देता हूँ मेरी बच्ची, तुम कहीं और चले जाओ... ।''

चौंक गयी भैरवी। अचम्भे से देखा साईंबाबा की ओर। बात कहने के बाद उन्होंने सहजता से कहा, ''पवित्र गृहस्थ जीवन जीना ही ईश्वर को पाने का मार्ग है। देख, तेरा वियोग मैं सह लूँगा। मगर अपनी बच्ची और एक मुनिवर की बेइज्जती नहीं... ।'' स्वयं पर काबू न रहा भैरवी का। वह अपना सिर साईंबाबा की गोद में रख 'बापू-बापू' कहती फूट-फूटकर रोने लगी। तभी कुटिया के दरवाज़े में खड़े औमी जी आँखें पोंछते हुए, ठंडे पानी में जा घुसे। कितनी ही देर शान्त बैठे फैसला करते रहे और फिर... ।

उस दिन सन्ध्या समय मृगछाल पर बैठे औमी जी ने आचमन में जल की चुल्ली भर सामने बैठी भैरवी से कहा, ''मेरा साथ दो भैरवी... ।'' ''भैरवी।''

मुनिवर की आवाज़ सुनकर सोचों से बाहर आयी भैरवी।

यह पहली रात है... ।

दोनों ने अपने-अपने वस्त्र उतार दिए। एक दूसरे के निकट आए। चाँदनी रात में औमी जी का काला जिस्म नाग की भाँति चमक रहा है। साक्षात् काम रूप। भैरवी के

तांबई जिस्म से लिपटे काले केश ऐसे लग रहे हैं जैसे चन्दन को अनेक नाग लिपटे हों। भैरवी की चमकती आँखों के आमन्त्रण से बचने के लिए, औमी जी ने नजर झुकाई। मगर झुकी नजर सीने की गोलाइयों पर अटककर रह गयी। अन्दर झन्नाहट छिड़ गयी है। जिस्म को ऊपर से नीचे की ओर देखते हैं तो नाभि के गड्ढे में डूब जाने के डर से झुरझुरी-सी आ जाती है। वह कसकर आँखें मूँद लेते हैं और धीरे-धीरे उच्चारते हैं, ''नहीं, मैं नहीं डूँबूँगा भैरवी।'' भैरवी एकदम उनके निकट आ गयी है, जहाँ साँसें एक-दूसरे को छूने लगती हैं, गर्म साँसें। भैरवी फुसफसाती है, ''मन पर काबू रखें मुनिवर।''

''हाँ, मैं नहीं डोलूँगा...।'' औमी जी अपनी मुट्ठियाँ कसकर भींच लेते हैं, ''तू कुछ भी कर काम देवी, मगर मैं...।'' भैरवी की छातियाँ औमी जी के शरीर से छू जाती हैं, वह सिसक उठते हैं। सारा जोर मुट्ठियाँ भींचने तथा अपने शरीर को पीछे खींचने पर लगा देते हैं। मगर शरीर जैसे भैरवी के जिस्म के दो बिन्दुओं से जुड़ गया हो। औमी जी की आवाज़ बन्द हो जाती है।

उस रात मायूस मन से वह आश्रम में लौट आते हैं।

दूसरी और तीसरी रात भी ऐसे ही होता है।

दूसरी और तीसरी रात भी ऐसे ही घटता है।

चौथी रात...।

भैरवी लेटी हुई है। औमी जी एक-एक कर उसके वस्त्र उतारते हुए अपने मन पर काबू रखते हैं। उसे सिर से चूमना शुरू करते हैं। भैरवी मचलने लगती है। मुनिवर मन पर अंकुश बनाये रखते हैं। मगर भैरवी के सीने की ऊँचाई से फिसल जाते हैं...।

आठवीं रात...।

पिछली रातों में औमी जी ने स्वयं पर काफी काबू पा लिया है। आज वह लेटे हुए हैं। भैरवी उनके वस्त्र उतार रही है। वह शान्त पड़े रहते हैं। भैरवी उनके चरणों में बैठ जाती है। उसने उनके पैर के अँगूठे और पहली अंगुली के बीच जीभ से छुआ है। वह सिहर उठते हैं...।

और दोनों नजरें झुकाये आश्रम लौट आते हैं।

औमी जी को लगता है, वह कभी भी जीत नहीं पाएँगे। उन्हें स्वयं पर गुस्सा आता है और भैरवी पर भी। कहते हैं, ''शास्त्रों में सच कहा गया है, स्त्री नरक का द्वार है।''

भैरवी खीझती है, वह कुछ कहने ही लगती है कि साईंबाबा सामने आ जाते हैं, ''स्त्री जननी है। माता है मुनिवर। देवी है... हाँ, कुछ स्त्रियाँ बुरी हो सकती हैं, मगर बुरे तो आदमी भी होते हैं और कुछ साधु भी।'' ओमी जी शान्त नहीं होते, गुस्से में कहते हैं।

''यह आप मुझे कह रहे हैं, भगवन?'' साईंबाबा ने तुरन्त उन्हें अपने साथ

लगाकर कहा, ''नहीं-नहीं मुनिवर, आप तो जल्दी ही ब्रह्मा तक पहुँचने वाले हैं।''

औमी जी गहरी साँस लेते हैं, ''बहुत कठिन मार्ग है प्रभु। सोचता हूँ खुद के बारे में कितने भ्रम पाल लेते हैं हम। मैं कैसे जी रहा हूँ। स्वयं को कितना बड़ा ऋषि समझता था। मर्यादा पालक, ब्रह्मचारी, मगर...।''

साईंबाबा ने थपथपाया, ''हौसला रखें, साधना के मार्ग पर जा रहे हो तो प्राप्ति अवश्य होगी।''

''यही तो सोचता हूँ साईंबाबा कि इतनी देर क्यों कर दी चलने में। कितनी उम्र बीत गयी।'' उन्होंने ठंडी साँस भरी, ''एक बात कहूँ साईंबाबा। आगे चलकर कोई प्राप्ति हो या न हो, मगर इन दिनों का जो अनुभव है, वह बहुत बड़ी प्राप्ति है।''

''अनुभव...।'' भैरवी ने हैरानी से पूछा।

''हाँ भैरवी। अनुभव हुआ है कि साधु, ऋषि, मुनि, महात्मा यह सब कुछ भी नहीं होता। यह सब भ्रम है। मनुष्य मनुष्य होता है और कुछ नहीं। अपने गुण-अवगुण सहित। बाकी सब ओर हैं। साईंबाबा ठीक कहते हैं, ईश्वर हमारा पर्दा बनाये रखना...।'' औमी जी ने एक आह भरी तो भैरवी तड़प उठी, ''ऐसे हिम्मत न हारें मुनिवर। दुनिया में महापुरुष भी होते हैं, तपस्वी और त्यागी भी। अभी साधना में कमी है। वैसे मैं देख रही हूँ, एक दिन आपका नाम आकाश में चमकेगा। ध्रुव तारे की भाँति। क्यों साईंबाबा... ?''

''हाँ हाँ...।'' साईंबाबा मुस्करा दिए। मगर औमी जी की हालत वैसी ही रही, ''नहीं भैरवी, अब सब झूठ लगता है। जैसे मेरे श्रद्धालु धोखे में हों। कितनी कहानियाँ जोड़ दी हैं मेरे साथ। ऐसे ही, मालूम नहीं, यह ध्रुव भी... क्या मालूम...।''

''ना-ना, इतने निराश न हों औमी जी...।'' साईंबाबा की कुटिया आ गयी। भैरवी शायद लघु शंका के लिए आगे बढ़ गयी थी। वह स्नान करने के बाद ही साईंबाबा की कुटिया में आना चाहती है, परन्तु पहले से उलट आज बिना पवित्र हुए ही औमी जी साईंबाबा के साथ कुटिया में आ गये हैं। उन्होंने स्वयं ही घड़े से पानी लेकर पिया और सेवक से पूछा, रोटी पड़ी है कोई। लंगर में जाकर देख, शायद हो। बड़ी भूख लगी हुई है। सेवक हैरान हो चल दिया क्योंकि औमी जी सूरज छिपने के बाद भोजन नहीं करते।

औमी जी को आम आदमी की तरह व्यवहार करते देख साईंबाबा के चेहरे पर मुस्कराहट गहरी हो गयी है। तभी सेवक ने आकर कहा, ''मैं भोजन लेकर आ रहा था मुनिवर, देवी भैरवी ने मना कर दिया...।''

भैरवी भी अन्दर आ गयी। सेवक सहम गया कि औमी जी भैरवी से बुरा-भला कहेंगे। परन्तु औमी जी ने सहजता से कहा, ''बैठ जा भैरवी, तू जा सेवक...।'' साईंबाबा मुस्करा रहे थे कि भैरवी तेजी से बोल उठी, ''यह क्या कर रहे हैं मुनिवर, बरसों की तपस्या मिट्टी में मिला रहे हैं। इतनी निराशा... रात के समय भोजन, थोड़ा ध्यान कीजिए। धीरे-धीरे अन्तर आएगा। आप देख नहीं रहे, पिछली रातों से कितना

धीरज आ गया है आप में...।''

फिर भैरवी अधिकार से बोली ''मैं आपको ऐसा नहीं करने दूँगी। चलिए विराजिए, सुबह पूजा में जाना है...।''

बिना एक भी शब्द बोले औमी जी कुटिया में चले गये और भैरवी साईंबाबा को प्रणाम कर देवी-वास की ओर।

फिर नवीं, दसवीं, ग्यारहवीं और बारहवीं रात गुजर गयी। अभ्यास की रातें...।

और तेरहवीं रात। तेरहवीं रात, कुछ अलग-सा घटा पहले-पहल औमी जी भैरवी के जिस्म की गोलाइयाँ देख मचल उठते। फिर शारीरिक छुअन से, भैरवी की गर्म साँसें और कामना भरे बोल, उन्हें उत्तेजना से भर देते। मगर इन रातों में औमी जी ने अपना ध्यान मन को वश में करने में लगाये रखा। भैरवी जी के पोरों से लेकर जीभ तक के सभी कार्य साथ-साथ चलते रहे और साधना भी। औमी जी अपना ध्यान पवित्रता पर केन्द्रित करते। कभी वह भैरवी को माँ के रूप में देखते। कभी पूजनीय देवियों में। वह उनके साथ लिपटती तो वह विरोध न करते। बल्कि खुद को उसके हवालेकर देते और महसूस करते जैसे खुद को पवित्र गंगा के हवालेकर दिया हो। यह विधि साईंबाबा ने बतायी थी। वैसे कितनी ही विधियों से गुजरते हुए वह मंजिल के करीब पहुँचने वाले हैं और आज तेरहवीं रात है।

इस रात से एक दिन पहले...

साईंबाबा को औमी जी के अन्दर घटित हो रहे परिवर्तन का अनुभव हो गया था। उन्होंने कुछ साधुओं और देवियों को बुलाकर कहा था, ''आश्रम में करिश्मा घटित होने वाला है। औमी जी तथा भैरवी देवी एक प्रयोग में लगे हुए हैं, मेरे आदेश पर। प्रार्थना करो, वे सफल हों और एक बड़े उत्सव की तैयारी भी, जो उनका सम्मान कर सके। मगर उन्हें नहीं बताना...।''

तेरहवीं रात खत्म हो रही है और दिन चढ़ रहा है। भैरवी की आँखों में आँसू आ गये हैं, खुशी से। उसने अपना सिर औमी जी के चरणों में रख दिया, ''धन्य हैं मुनिवर...।''

औमी जी भी खुश हैं, मगर उन्होंने कहा, ''डर लगता है भैरवी। एक रात पहले गुजर चुकी है, जब मैं...।'' मगर उससे अगली रात फिर वही कुछ हुआ था।

''यह उस तरह की रात नहीं प्रभु, मैं जानती हूँ, आज मुझे एहसास होता रहा कि मैं किसी साधारण मनुष्य के साथ नहीं बल्कि महान तपस्वी के संग हूँ। जब आप नेत्र खोलकर मेरी ओर देखते तो मैं काँप जाती, काम से नहीं, भय से, मुनिवर। आज मुझे आपके नेत्रों में काम के नहीं, शिव के दर्शन होते रहे...।''

''फिर भी हम कुछ दिन और देखेंगे...।''

''जो आज्ञा प्रभु...।'' भैरवी ने पूरी श्रद्धा से कहा। अजीब हालत है उसकी, वह

समझ नहीं पा रही थी कि हँसे या रोये। वह एक ही समय में खुश भी हैं, उदास भी। मालूम नहीं क्यों?

तीन दिन तीन रातें और गुजर गयीं। भैरवी ने सचमुच बेहद जोर लगाया। मगर औमी जी स्थिर हे। वह उनके शरीर के साथ खेलती। खिलौने की तरह। मगर वह ऐसे होते जैसे कपड़े का गुड्डा हो, कोई बाबा जिसमें ना जान हो न भावना। वह रात भी गुजर गयी।

सत्रहवाँ दिन है। शुभ प्रभात। अभी वह दरिया वाली कुटिया से लौटे नहीं कि उन दोनों के नामों की जय-जयकार से आकाश गूँज उठा। वह कुटिया से बाहर आए। कितने ही हाथ उन पर फूलों की वर्षा करने लगे। वह हैरान ही खड़े थे कि साईंबाबा ने उन्हें दाएँ-बाएँ अपने साथ सटाते हुए कहा, ''श्रद्धालुजनो ये दो पाक रूहें हैं जिन्होंने काम जैसे महाबली को जीत लिया है। मैं इनके हर पल का गवाह हूँ कि कैसे इन्होंने इस कठिन मार्ग को पार किया। हम पूरे सत्कार से इन्हें आश्रम में लेकर जाएँगे।''

शोभायात्रा आश्रम पहुँच गयी। भैरवी ने सत्कार के कारण औमी जी के बराबर बैठने से इनकारकर दिया। साईंबाबा से आज्ञा ले, वह उत्सव के प्रबन्ध में जुट गयी। निर्मल जल में इत्र और गुलाब की पत्तियाँ मिलाकर औमी जी को स्नान करवाया गया। मेवे डालकर दूध पिलाया गया। शानदार मंच पर सजाये गये सिंहासन पर औमी जी सुशोभित हैं। हरेक गुणगान कर रहा है। उनके साथ आश्रम की स्तुति हो रही है। श्रद्धालु दौलत के ढेर उनके चरणों में लगा रहे हैं।

यह सब देख अचानक साईंबाबा को औमी जी के शब्द याद आते हैं, ''मैं औरत, दौलत और शोहरत से दूर रहूँगा।'' उनकी मुस्कान गहरी हो जाती है और रहस्यमयी भी। उन्होंने धीरे से कहा कहा, ''सब माया है।'' तभी उन्होंने सुना, भैरवी किसी से कह रही थी, ''सब साईंबाबा की कृपा है।'' वह असहज हो गये। उन्हें लगा हमेशा भैरवी उनके मन की बात पढ़ लेती है। और कोई नहीं। औमी जी भी नहीं। फिर वह सोचते हैं उनके पढ़ने लायक है ही क्या? आश्रम के सबसे सरल और सीधे साधु माने जाते हैं वह। मगर फिर खुद ही सोचते हैं कहीं ऐसा तो नहीं कि सबसे सरल मनुष्य ही सबसे उलझनमय भी होता है। शायद ऐसा ही होता हो।

''हाँ, हाँ। ऐसे ही होगा।'' भैरवी ने कहा तो वह सकपका गये।

''क्या। क्या कहा तुमने भैरवी... ?''

''देखो प्रभु, सभी लोग औमी जी का चरणामृत चाहते हैं। अब यह तो सम्भव नहीं कि सभी उनके चरण धोएँ। मैंने प्रबन्ध कर लिया है। चाँदी के बर्तन और पाँच कन्याओं का भी।''

''तो फिर?'' साईंबाबा सहज हो गये हैं।

''कुछ देवियाँ और साधु कह रहे थे कंजकों की उम्र बड़ी है। मगर मैंने कहा, वह

कंजकें नहीं... क्वाँरी कन्याएँ हैं। कंजकों से हम चरण स्पर्श नहीं करवाते। मगर यह कन्याएँ मुनिजी के चरण धोएँगी।''

''ठीक है, जैसा तुमने किया।'' साईंबाबा कुछ जल्दी में लगे। मानो सारा कुछ जल्दी समेटा जाये।

पवित्र जल आ गया। चाँदी का बर्तन भी। बड़े सलीके से सजी-सँवरी पाँच क्वाँरी कन्याओं ने सारा कुछ सँभाल लिया। सजी हुई कन्याओं को देखकर एक बार तो साईंबाबा भी चौंक गये। उन्होंने गौर से भैरवी की ओर देखा। उनकी मुस्कराहट और भी गहरी हो गयी।

दो कन्याओं ने बड़ी नजाकत से औमी जी के चरणों को पकड़ा। एक ने बड़ी इज्जत से नीचे चाँदी का बर्तन रखा। औमी जी बड़े उल्लास में हैं। उनके नाम के भजन गाये जा रहे हैं। लगता है जैसे वह स्वर्ग में आ गये हों। सारे प्रबन्ध को भाग-दौड़ से निभा रही भैरवी की ओर बड़े प्यार से देखते हैं। कन्याओं का सलीका देख वह समझ गये हैं कि यह सब कुछ उन्हें भैरवी ने सिखाया है। निर्मल जल बड़ी नरमी से उनके चरणों पर पड़ रहा है। उससे भी अधिक नम्रता से दो कन्याएँ उनके चरणों को प्यार से धो रही हैं। अचानक मुनिवर की नजर नीचे की ओर जाती है, झुककर चरण धो रही क्वाँरी कन्याओं के खुले गिरेबान के अन्दर...।

उफ! यह क्या हो रहा है? काम जैसे महाबली को वश में कर चुके मुनि का जयघोष हो रहा है। मगर उनके मन में क्या होने लगा है। मन में कैसा ज्वारभाटा उठ खड़ा हुआ है। वह कभी नीचे खुले गिरेबान की ओर देखते हैं, कभी सूरज की ओर। मन में उठा ज्वारभाटा शरीर में भरता जा रहा है। बेहद उत्तेजित हो उठे हैं वह... इतने उत्तेजित कि उनकी उत्तेजना से भैरवी परेशान हो गयी है और शायद साईंबाबा भी।

साईंबाबा ने भैरवी की ओर देखा... अर्थपूर्ण निगाह... जैसे कह रहे हों, ''इन कन्याओं का चुनाव तुमने क्यों किया भैरवी?''

भैरवी झेंप रही है। तेजी से कह रही है, ''सूरज परेशान कर रहा है मुनिवर को ... नेत्रों में चमक पड़ रही है...।''

साईंबाबा सिर हिलाते हुए कहते हैं, ''हाँ-हाँ...सूरज...औमी जी देख रहे हैं कि सूरज कब छिपेगा...?''

❑❑❑

कहानीकारों का परिचय

1. **गुरमुख सिंह मुसाफिर** (सन् 1899–1976) पंजाब और केन्द्रीय सरकार में भी सक्रिय रहे मुसाफिर कवि और कहानीकार थे। स्वतन्त्रता संग्राम की भावभूमि पर इनकी रचनाएँ चर्चित रहीं। सब अच्छा, सस्ता तमाशा, वक्खरी दुनिया, आल्हणे दे वोट, कंधां वोल पइयाँ सहित 'उरवार पार' कहानी संग्रह। साहित्य अकादेमी से पुरस्कृत भाषा में आंचलिकता के लिए भी पहचान।
2. **करतार सिंह दुग्गल** (सन् 1917–2012) समकालीन पंजाबी कहानी के प्रमुख कथाकारों में एक। पद्मभूषण से सम्मानित, राज्य सभा के सदस्य भी रहे। प्रान्तीय और केन्द्रीय सरकारों द्वारा पुरस्कृत, सम्मानित। आकाशवाणी, नेशनल बुक ट्रस्ट, इंडिया, योजना आयोग आदि से भी जुड़े रहे। लगभग दो दर्जन कहानी संग्रह प्रकाशित। हिन्दी, अँग्रेज़ी व अन्य भाषाओं की पत्रिकाओं में प्रकाशित हुए। इक्क छिट्ट चानण दी, सवेर सार, करामात, हँसा आदमी कतिपय कथा संग्रह।
3. **अमृता प्रीतम** (सन् 1919–2005) अति लोकप्रिय कवयित्री, कथाकार, उपन्यासकार और मासिक 'नागमणि' की सम्पादक के रूप में सुपरिचित, विवादास्पद भी। 'रसीदी टिकट' आत्मकथा और 'अज्ज आखाँ वारिसशाह नूं, विख्यात रचनाएँ। साहिर लुधियानवी और इमरोज से प्रभावित प्रेरित दर्जनों कथा संग्रह, उपन्यास व काव्य संग्रह प्रकाशित। असंख्य विदेश यात्राएँ। 'ज्ञानपीठ' और साहित्य अकादेमी द्वारा पुरस्कृत–सम्मानित। राज्य सभा में मनोनीत रहीं, पद्मश्री भी।
4. **प्रेम प्रकाश** (7.4.1932) प्रतिनिधि कथाकार। पंजाबी हिन्दू–संस्कृति को चित्रित करने वाले समर्थ रचनाकार, 'लकीर' पत्रिका के मालिक–सम्पादक। जालंधर में पत्रकारिता के बाद स्वतन्त्र लेखन। 'कुझ अनकिहा भी' संग्रह के लिए साहित्य अकादेमी से पुरस्कृत। कचकड़े, नमाजी, प्रेम कहानियाँ, श्वेताम्बर ने किहा सी' कुछ प्रसिद्ध कथा संग्रह। हिन्दी में भी प्रकाशित। संवेदना, संरचना, शिल्प–शैली में बेजोड़।
5. **रामस्वरूप अणखी** (28.8.32–14.2.10) प्रमुख कथाकार, उपन्यासकार। 'कहानी पंजाब' त्रैमासिक के स्वामी–सम्पादक। लगभग बीस कहानी संग्रह। 'कोठे खड़क सिंह' उपन्यास पर साहित्य अकादेमी द्वारा पुरस्कृत। मालवा क्षेत्र के पात्रों का जीवन्त चित्रण। 'सारिका' व अन्य हिन्दी पत्रिकाओं में प्रकाशित–

प्रसारित हुए आंचलिक लेखन के पुरोधा। 'सुत्ता नाग', मुहब्बत की मिट्टी, नाडुआ, 'रेशमा' प्रसिद्ध कथा संग्रह।

6. **गुरदयाल सिंह** (1933-2016) सुपरिचित कथाकार-उपन्यासकार। 'भारतीय ज्ञानपीठ' पुरस्कार से निर्मल वर्मा के साथ संयुक्त रूप से सम्मानित। पंजाब सरकार द्वारा भी पुरस्कृत। पद्मश्री। 'अद्ध चानणी रात' उपन्यास चर्चित, इसी पर साहित्य अकादेमी पुरस्कार भी। सग्गीफुल्ल, ओपरा घर, कुत्ता ते आदमी, मस्ती बोता, रूक्खे मिस्से वंदे बगाना पिंड, करीर दी ढींगरी, पक्का ठिकाणा कथा संग्रह। कृतियों का फिल्मांकन भी।

7. **सुरजीत सिंह विरदी** (1934-1970) पंजाबी में प्रयोगधर्मी रचनाकार। सन् 1963 से लन्दन में प्रवास। 'इन्सान भुक्खा है' और 'कैंसर अतेफुल्ल' सिर्फ दो कथा संग्रह प्रकाशित। मानव मन को विभिन्न दृष्टियों से चित्रित करने में पारंगत। गाँव-शंकर, जिला-जालंधर से, लन्दन में देहान्त, चौथा सुराख, मक्खियाँ, पहला इनाम, भीड़, मीनार, मन दा चैन प्रतिनिधि कहानियाँ। सातवें दशक की हिन्दी पत्रिकाओं में भी प्रकाशित।

8. **जसवन्त सिंह विरदी** (1934-2012) सुपरिचित कथाकार, उपन्यासकार, पंजाबी गद्यकार। धर्मयुग, सारिका आदि प्रतिष्ठित पत्रिकाओं में छपते रहे। दिल्ली, चंडीगढ़, होश्यारपुर, कपूरथला, जालंधर में रहे। पीड़ पराई, अपणी अपणी सीमा, गम दा साक, पावर हाउस, ज़िन्दगी, नुक्कड़ वाली गली, सीस भेंट, सड़कां दा दर्द, रथ दे पहिये, हमवतनी, खतरनाक खेड़ आदि कथा संग्रह प्रकाशित। पंजाब सरकार और कई गैर-सरकारी संस्थाओं द्वारा सम्मानित। नाट्य रचनाएँ भी की हैं।

9. **रघवीर ढंड** (1934-1990) सशक्त कहानीकार। पात्रों के मनोवैज्ञानिक चित्रण के लिए परिचित। एहसास और शिद्दत कृतियों से झाँकती है। प्रवास में रहकर लिखा और चर्चित रहे, पुरस्कृत-सम्मानित भी। बोली धरती, उस पार, कायाकल्प, कुर्सी, काली नदी दा सेक और 'शाने-पंजाब' इनके प्रसिद्ध कहानी संग्रह। हिन्दी में भी कतिपय कहानियाँ समय-समय पर प्रकाशित।

10. **दलीप कौर टिवाणा** (1935-2020) 'सरस्वती पुरस्कार' से सम्मानित पुरस्कृत लेखिका। पंजाबी यूनिवर्सिटी, पटियाला से सेवानिवृत्त, वहीं आवास रहा। 'एहो हमारा जीवना' पर साहित्य अकादेमी पुरस्कार। उपन्यासकार के रूप में भी प्रख्यात। कहानी संग्रह साधना, यात्रा, वंदना, वैरागी नैन, तूँ भरी दुंगारा, 'तेरा कमरा मेरा कमरा' चर्चित प्रकाशित पुस्तकें। आत्मकथा भी प्रकाशित।

11. **एन. कौर** (3.7.1936) जगजीत बराड़ की पत्नी नच्छत्तर कौर अमेरिका में रहती, एन. कौर नाम से कथा लेखन कर रही है। 'इक्क कुड़ी चुप्प सी' कथा संग्रह चर्चित-प्रशंसित। 'बोल पंजाब दे' तीन खंडों में प्रकाशित पंजाबी यूनिवर्सिटी,

पटियाला के पब्लिकेशन व्यूरो से आया महत्त्वपूर्ण संकलन। अपने शिल्प, शैली और नारीवादी भाषा के लिए प्रख्यात। पंजाबी महिला कथाकारों में उल्लेखनीय।

12. **मोहन भंडारी** (14.2.1937) साहित्य अकादेमी द्वारा 'मून दी अक्ख' कथा संग्रह पर पुरस्कृत। शिक्षा विभाग पंजाब से सेवानिवृत्त, चंडीगढ़ में आवास। तिलचौली, मनुक्ख दी पैड़, काठ दी लत्त, पछाण, तन-पत्तण आदि कहानी संग्रह प्रकाशित। निम्न मध्य वर्ग के पंजाबी स्वभाव को कहानियों में रूपायित करने में सफल। पंजाब सरकार व पंजाब साहित्य अकादेमी द्वारा भी सम्मानित।
13. **गुरवचन सिंह भुल्लर** (18.3.1937) प्रमुख पंजाबी लेखक, कथाकार व उपन्यासकार। दैनिक पंजाबी ट्रिव्यून का सम्पादन कार्य भी करते रहे। सम्प्रति दिल्ली में। ओपरा मर्द, बख्तां मारे, मैं गजनवी नहीं, अग्नि कलश, तिन्न मूर्तियाँ वाला मन्दिर आदि इनके कहानी संग्रह हैं। पंजाबी अकादेमी दिल्ली, राष्ट्रीय साहित्य अकादेमी द्वारा भी पुरस्कृत, सम्मानित।
14. **जगजीत बराड़** (10.2.1941) 1974 में भारतीय ज्ञानपीठ से प्रकाशित 'धूप और दरिया' के चर्चित लेखक। धर्मयुग, सारिका, कल्पना, समकालीन भारतीय साहित्य, वागर्थ, नया ज्ञानोदय, अहा! ज़िन्दगी, साप्ताहिक हिन्दुस्तान आदि प्रतिष्ठित पत्रिकाओं ने इनकी कहानियाँ छापीं। नव लेखन, वैचारिक विश्लेषण और ताजगी के लिए हिन्दी में सराहनीय। 'वापसी', 'माध्यम', 'लाल निशान' कहानी-संग्रह सहित 'डूबदे चढ़दे सूरज' काव्य-संग्रह भी पंजाबी में सराहनीय रहा। उम्र भर अमेरिका की यूनिवर्सिटियों में पढ़ाकर वहीं रह रहे हैं।
15. **जसवीर भुल्लर** (4.10.1941) पंजाबी और हिन्दी में भी प्रकाशित, सराहनीय कथाकार। रचनाकर्म में सैनिक जीवन के चितेरे। साहित्य अकादेमी और पंजाब सरकार द्वारा सम्मानित पुरस्कृत। उल्लेखनीय कहानी संग्रह—सुक्की नदी दे तैराक, कोरा कागज़, नो मैन्स लैंड, पौदिआँ, बाँगउग्गे जिस्म, अली बाबा ते पागल हवा। मोहाली में आवास। कविताएँ, उपन्यास भी प्रकाशित।
16. **त्रिलोक सिंह आनन्द** (10.11.1942) गुलनारी, त्रिलोकानन्द नाम से भी हिन्दी में प्रकाशित। गज़लकार, कवि, चिन्तक और कथाकार। प्रयोगात्मक छोटी कहानियों के लिए विख्यात हैं। पंजाबी यूनिवर्सिटी, पटियाला के प्रोफेसर— पंजाबी, डीन पद से सेवानिवृत्त। पटियाला में निवास। कुल पाँच मौलिक पुस्तकें प्रकाशित। सहज वृत्ति से पंजाबी में कहने और छपने वाले रचनाकार। कहानियों में वातावरण की गरिमा व मनोविश्लेषण के लिए जाने जाते हैं। हिन्दी अकादमी कलकत्ता सहित नौ-दस सम्मान-पुरस्कार प्राप्त।
17. **के.एल. गर्ग** (13.4.43) व्यंग्यकार लेखक के रूप में सुपरिचित। उपन्यास, कथा और अनुवाद कार्य के लिए सम्मानित, पुरस्कृत। अग्ग दे दायरे, तलब दा

रिश्ता, मोह भंग, लुके होए बन्दे, वाट-69, हौली-हौली कथा संग्रहों के साथ यात्रावृत्त, उपन्यास और हास्य व्यंग्य की कृतियाँ भी प्रकाशित। सम्पादित अनूदित कार्य भी उपलब्ध है। सरलीकृत-सहज लेखन के लिए सुपरिचित। पंजाबी अनुवादक के रूप में साहित्य अकादेमी द्वारा पुरस्कृत।

18. **बलदेव सिंह** (8.7.1943) सम्मानित-पुरस्कृत उपन्यासकार और कथाकार। ड्राइवरी करते हुए 'सड़कनामा' पुस्तक की रचना। पुस्तकें गिल्लियाँ धिटियाँ दी आग, चिड़िया खाना, सवेर, मिट्टी रुदन करे, नागवल, हरे सवेरे कहानी संग्रह और कई उपन्यास, अनुवाद व अन्य नाटक आदि भी प्रकाशित। उपन्यास पर साहित्य अकादेमी द्वारा पुरस्कार। 'अन्यदाता' उपन्यास ज्ञानपीठ से।
19. **वरियाम संधु** (1945) 'चौथी कूट' कहानी संग्रह साहित्य अकादेमी, नई दिल्ली से पुरस्कृत। अंग संग, लोहे दे हत्थ, भज्जीया बाहाँ आदि चर्चित कहानी संग्रह। इन दिनों भारत से बाहर प्रवास में। पंजाबी कहानी में नवीन झुकाव स्थापित करने वाले रचनाकार। पंजाब कला परिषद और पंजाबी साहित्य अकादेमी द्वारा भी सम्मानित। लम्बी कहानियों के लिए भी प्रख्यात।
20. **गुरपाल सिंह लिट्ट** (1947-2018) हिन्दी में भी समान रूप से परिचित गुरपाल सिंह लगभग सभी श्रेष्ठ पत्रिकाओं में अनुवाद होकर छपते रहे। मानव-संघर्ष और साहस की मानवीय गाथा में संवेदन, लिट्ट की कहानियों का मुख्य स्वर रहा। 'मुट्ठी चों किरदा मरुस्थल, जद वी चाहें माँ, इक हादसे दे आरपार, सलीबाँ दे संग चर्चित कहानियाँ। रचनावली एक ही जिल्द में 'इकबालनामा' उपलब्ध। निम्न मध्य वर्ग के सशक्त चित्रण में प्रवीण थे।
21. **जिन्दर** (2.2.1954) आत्म कथा, यात्रा संस्मरण, रेखाचित्रों के अतिरिक्त एक दर्जन कथा संग्रह प्रकाशित। उपन्यास, गज़ल, अनुवाद सम्पादन में भी हस्तक्षेप। जख्म, दर्द, आबाज़ा, मैं, कहाणी ते ओह, कच्चे-पक्के नक्शे, सियासत आदि कहानी संग्रह प्रकाशित। मराठी, हिन्दी, उर्दू के पाठकों ने भी सराहा है। जिन्दर की कथा पर शोध-आलोचना कार्य भी हुआ है। तिमाही पंजाबी पत्रिका 'शबद' का सम्पादन। कई देशों की यात्रा कर चुके हैं।
22. **बलदेव सिंह धालीवाल** (20.11.59) पंजाबी यूनिवर्सिटी पटियाला में शिक्षण-कार्य करते हुए प्रोफेसर पद से निवृत्त। पंजाबी कथा और शोध-समीक्षा में पर्याप्त दखल। पंजाबी कहानी के आरम्भ और विकास पर कुछ छात्रों को दिशा-दर्शन भी। प्यार और इज़हार के पंजाबी कथाकार के रूप में इनकी पहचान। हिन्दी में भी कथाएँ उपलब्ध हैं।
23. **सुखजीत** (1960) अपनी ज़मीन तैयार करके कथा पीढ़ी के सजग पंजाबी कहानीकार। अंतरा, मैं, रेप नू इंजवाए करदी हाँ, सहित तीन कथा संग्रह। रंगां दा

मनोविज्ञान कविता 'मैं जैसा हूँ, मैं वैसा क्यों हूँ', आत्म परीक्षण, पंजाबी में प्रकाशित। कथा एवार्ड, भाई वीर सिंह व नानक सिंह पुरस्कार। कथाधारा में पंजाबी कहानी को नए ट्रेंड दिए हैं। हिन्दी, उर्दू व अन्य भाषाओं में भी प्रकाशित।

20 **प्रो. फूलचन्द मानव** (चयनकर्ता व अनुवादक) : *शिक्षा* : एम.ए. हिन्दी, पंजाबी (स्वर्ण पदक), एम.फिल. सर्वोत्कृष्ट, पीएच. डी. हिन्दी, स्नातकोत्तर पत्रकारिता। *प्रकाशित कृतियाँ* : *कविता संग्रह*—एक ही जगह, एक गीत मौसम, कमज़ोर कठोर सपने, आईने इधर भी हैं; *कहानी-संग्रह*—अंजीर (हिन्दी), कथानगर (पंजाबी), कथानगरी (गुजराती); मोहाली से मेलबर्न (यात्रा-वृतान्त)। दुष्यन्त कुमार और साये में धूप। *पंजाबी से हिन्दी अनुवाद* : बीसवीं सदी का पंजाबी काव्य और चौथी दिशा (साहित्य अकादेमी), धूप और दरिया, कौरव सभा, अन्नदाता (भारतीय ज्ञानपीठ), किसपहिं खोल्हू गंठडी सन्तोख सिंह धीर की कहानियाँ, एन.बी.टी. और तेरह अन्य कृतियाँ। *हिन्दी से पंजाबी अनुवाद* : चीक कोरे कागज़ विच, सुदामा दे चौल, अमृत दी खोज और सात अन्य कृतियाँ। 1962 से लेखन, प्रकाशन।

❑❑❑